中国当代文艺学话语建构丛书（第二辑）

吴子林 主编

诗与哲学之间

思想史视域中的文学理论

·

冯 庆 著

浙江工商大学出版社
ZHEJIANG GONGSHANG UNIVERSITY PRESS

·杭州·

图书在版编目(CIP)数据

　　诗与哲学之间：思想史视域中的文学理论 / 冯庆
著. — 杭州：浙江工商大学出版社，2023.9
　　(中国当代文艺学话语建构丛书 / 吴子林主编. 第
二辑)

　　ISBN 978-7-5178-5537-8

　　Ⅰ. ①诗… Ⅱ. ①冯… Ⅲ. ①中国文学－当代文学－
文学理论－研究 Ⅳ. ①I206.7

　　中国国家版本馆 CIP 数据核字(2023)第 118522 号

诗与哲学之间——思想史视域中的文学理论

SHI YU ZHEXUE ZHI JIAN——SIXIANGSHI SHIYU ZHONG DE WENXUE LILUN

冯　庆著

出 品 人	郑英龙
策划编辑	任晓燕
责任编辑	张晶晶
责任校对	李远东
封面设计	朱嘉怡
责任印制	包建辉
出版发行	浙江工商大学出版社
	(杭州市教工路 198 号　邮政编码 310012)
	(E-mail:zjgsupress@163.com)
	(网址:http://www.zjgsupress.com)
	电话:0571-88904980,88831806(传真)
排　　版	杭州朝曦图文设计有限公司
印　　刷	杭州宏雅印刷有限公司
开　　本	710 mm×1000 mm　1/16
印　　张	19.5
字　　数	280 千
版 印 次	2023 年 9 月第 1 版　2023 年 9 月第 1 次印刷
书　　号	ISBN 978-7-5178-5537-8
定　　价	96.00 元

总　序

2023 年 6 月,习近平总书记到中国国家版本馆和中国历史研究院考察调研、出席"文化传承发展座谈会"并发表重要讲话,从党和国家事业发展全局的战略高度,对中华文化传承发展的一系列重大理论和现实问题做出全面系统深入阐述,发出振奋人心的号召:"对历史最好的继承就是创造新的历史,对人类文明最大的礼敬就是创造人类文明新形态。希望大家担当使命、奋发有为,共同努力创造属于我们这个时代的新文化,建设中华民族现代文明!"①

历史表明,社会大变革的时代一定是哲学社会科学大发展的时代。当前,世界处于"百年未有之大变局",我们正经历着历史上最为宏大而深刻的社会变革与实践创新。这种前无古人的伟大实践,给理论创造提供了强大动力和广阔空间。这是一个需要理论且一定能够产生理论的时代,这是一个需要思想且一定能够产生思想的时代。

改革开放之初,当代中国文化曾有一种"文学主义",文学在整体文化中居于主导地位,深度参与到文化之中,激动人心,滋润人心,维系人心;文学

---

① 习近平:《在文化传承发展座谈会上的讲话》,《求是》2023 年第 17 期。

研究随之呈现出锐意进取、多元拓展的局面,取得了丰厚的学术积累与探索成果。进入 21 世纪,资本逻辑、技术理性、权力规则使人遁无可遁,一切被纳入一种千篇一律的"统一形式"之中,格式化、程序化的现实几乎冻结了应有的精神探索和想象力,既定的文化结构令人备感无奈甚或无为。当从"文学的时代"进入"文化的时代"后,文学在文化中的权重不断下降。在当代知识竞争格局中,文学研究囿于学科话语而一度处于被动状态,丧失了最基本的理论态度和批判意识。

当代著名作家铁凝说得好:"文学是灯,或许它的光亮并不耀眼,但即使灯光如豆,若能照亮人心,照亮思想的表情,它就永远具备着打不倒的价值。而人心的诸多幽暗之处,是需要文学去点亮的。"① 奔走在劳碌流离的命途,一切纷至沓来,千回百折,纠缠一生;顿挫、婉转、拖延、弥漫,刻画出一条浓酽的、悲欣交集的人生曲线。屏息凝听时代的脉动,真正的作家有本领把现实溶解为话语和熠熠生辉的形象,传达出一个民族最有活力的一面,表现出一个时代最本质的情绪;他们讲述人性中最生动的东西,打开曾经沉默的生活,显现这个世界内在的根本秩序——一种不可触犯事物的存在。

在当代中国文学研究领域里,文艺学一直居于领军的地位,具备"预言"的功能与使命,直面现实并指向未来,深刻影响并引领着中国文学研究不断突破既有的格局。"追问乃思之虔诚。"(海德格尔语)与作家一样,当代文艺学研究者抓住文学的核心价值(追求"更高的心理现实",即"知人心"),并力图用蕴含着深刻的历史逻辑、理论逻辑和实践逻辑的话语释放这一核心价值,用美的规律修正人们全部的生活方式,引导人们"知善恶""明是非""辨美丑",帮助人们消除"鄙吝之心",向往一种高远之境。

21 世纪以降,文学创作、文学批评、文学传播乃至整个文学活动方式持续地发生广泛而深刻的嬗变;与之相应地,审美经验、媒介生态、理论思维、

---

① 铁凝:《代序:文学是灯——东西文学经典与我的文学经历》,《隐匿的大师》,译林出版社 2021 年版,第 5—6 页。

知识增量等交相迭变,人文学术思想形态发生裂变、重组,各学科既有的话语藩篱不断被拆除。"察势者明,趋势者智。"人们深刻体认到:中国作为一个拥有长期连续历史的巨大文化存在,其问题意识、思维方式、语言经验、话语模式需要重新发现与阐释,并且必须重新生成一种独立的、完整的、崭新的思想理论及其话语体系。这种话语体系是思想理论体系和知识体系的外在表现形式,与文化环境、传统习惯及社会制度等密切相关,具有深厚的历史积淀与现实根基。

进入新时代,文艺学研究者扎根中华大地,勇立时代潮头,与时代同行,发时代先声,积极回应当代知识生产的新要求,通过跨学科领域的研究致力于新文科观念与实践,重构当前各个知识领域的学科意识与现实眼光,有效参与对人类命运共同体的思考,孜孜于文艺学的学科体系、学术体系和话语体系的探索与创建,呈现中国特色、中国风格、中国气派的学术贡献与话语表达,为国家的现代化建设提供强大精神动力和智力支持。

理论的生命力在于创新。新领域的开辟,新学科的建立,新话语的生成,需要不同见解、彼此争议的砥砺。章太炎先生当年就慨叹孙诒让的学术之所以未能彰显于世,是因为没有人反对:"自孙诒让以后,经典大衰。像他这样大有成就的古文学家,因为没有卓异的今文学家和他对抗,竟因此经典一落千丈,这是可叹的。我们更可知学术的进步是靠着争辩,双方反对愈激烈,收效万愈增大。"[①]本着真理出于争辩及促进学科发展的愿望与责任,遵循问题共享、方法共享、思想共享的学术原则,浙江工商大学出版社邀请本人编选、推出"中国当代文艺学话语建构丛书"。本丛书拟分人分批结集出版相关的代表性研究成果,收录各人具有典范性的、在学界产生较大影响的佳作,以凸显"一家之言"的戛戛独造,为中国当代文艺学话语体系的建构尽绵薄之力。

"中国当代文艺学话语建构丛书"第一辑推出了当代文艺学研究界中坚

---

① 　章太炎:《国学概论》,中华书局 2003 年版,第 33 页。

代学者陈定家、赵勇、张永清、刘方喜、吴子林、周兴陆的 6 部著作,备受学界同人关注。第二辑推出的是当代文艺学研究界青年才俊的 6 部著作:王怀义《中国神话诗学——从〈山海经〉到〈红楼梦〉》、王嘉军《他异与间距——西方文论与中国视野》、李圣传《人物、史案与思潮——比较视野中的 20 世纪中国美学》、王琦《当代西方书写思想之环视——以让-吕克·南希的研究为中心》、汪尧翀《居间美学——当代美学转型的另一种可能》和冯庆《诗与哲学之间——思想史视域中的文学理论》。这些青年才俊生于 20 世纪 80 年代,师出名门,大都精通外语,受过良好的西学训练,又有强烈的中国问题意识,而努力在中西思想的碰撞、交流、对话中,通过跨学科领域的研究,致力于新文科观念与实践,自觉构建崭新的文学理论、文艺美学理论话语体系。他们的学术思想比较前卫、先锋,6 部著作都是穷数年之功潜心撰写而成的,它们融思想与学术于一体,具有健全的历史和时间意识,并由此返归当下,呈现了崭新的理论话语、价值体系、思维方式和文化逻辑,汇入了 21 世纪的理论创造之巨流。

行文至此,不知何故,我突然想起了柏格森及其生命哲学——

1884 年暮春的一个黄昏,25 岁的柏格森散步到克莱蒙费朗城郊。这是法兰西腹地的高原地带,漫山遍野生长着各种高大的树木。晚霞在万里长空向东边铺洒开来,远处卢瓦尔河的支流潺潺流动。柏格森站在高处,目睹河水奔流、树木摇曳、晚霞飘逝,突然对时光之逝产生了一种非常震惊的感觉。

在与尘世隔绝的静谧与冥思苦想中,意识之流携带着一切感觉、经验,连续不断地奔涌;在那些棱角分明的结晶体内部,也就是那些凝固的知觉表面的内部,也有一股连续不断的流:"只有当我通过了它们并且回顾其痕迹时,才能说它们构成了多样的状态。当我体验到它们时,它们的组织是如此坚实,它们具有的共同生命力是如此旺盛,以至我不能说它们之中某一种状态终于何处,另一种状态始于何处。其实,它们之中没有哪一种有开始或终结,它们全都彼此伸延。"①

　　时间无边无际、缄默不语、永不静止,它匆匆流逝、奔腾而去、迅疾宁静,宛若那包容一切的大海的潮汐,而我们和整个世界则如同飘忽其上的薄雾。时间之流的感觉驱动柏格森在克莱蒙费朗任教期间潜心思考时间问题,写出了他的第一部著作《时间与自由意志》。从这部著作开始,柏格森发展了一套以"绵延"为核心概念的庞大的直觉主义生命哲学体系。1927 年,为表彰其"丰富而生机勃勃的思想及其卓越的表现技巧",诺贝尔奖委员会将诺贝尔文学奖授予柏格森,并在"授奖辞"里写道:

　　　　柏格森已经为我们完成了一项重要的任务:他独自勇敢地穿过唯理主义的泥沼,开辟出了一条通道;由此通道,他打开了意识内在的大门,解放了功效无比的创造的推动力。从这一大门可以走向"活时间"的海洋,进入某种新的氛围。在这种氛围中,人类精神可以重新发现自己的自主性,并看到自己的再生。②

吴子林

2023 年 6 月 9 日于北京

---

① 　柏格森:《形而上学导言》,刘放桐译,商务印书馆 1963 年版,第 5 页。
② 　柏格森:《生命与记忆——柏格森书信选》,陈圣生译,经济日报出版社 2012 年版,第 204 页。

自序:哲学与诗之间的理论生活

一

在西方,"理论"一词的希腊语是 θεωρία,本义为"静观""审视",渐渐引申为"思索"和"理论"。这个词与"爱智"(φιλοσοφία)——现在所说的"哲学"——这一生活方式紧密相连。亚里士多德在《尼各马可伦理学》的最后一卷当中就将这种唯有哲人能够从事的生活方式称为沉思的生活或者说理论生活。[①] 理论意味着对现实事物背后的原理进行审视与追问,意味着朝向个别背后的普遍展开科学探究。与此相对的生活方式,就是实践,也就是一般意义上的日常生活。

在今天,"理论是灰色的,生活之树常青"成了许多人以日常生活的名义回避理论的理由。这里的"生活"当然并不是指理论生活,而是指日常生活,是劳动、需求和创作。人们对理论生活的回避,实则印证了两类人具有天然

---

① 对《尼各马可伦理学》的征引参考了 Robert C. Bartlett 和 Susan D. Collins 的英译本(Chicago:The University of Chicago Press,2011)和廖申白的中译本(商务印书馆 2011 年版)。本书所有引述《尼各马可伦理学》的内容均同此,只随文标注贝克尔编码。

的差异：对于大多数人来说，他们的生活就是紧贴大地——从满足肉体基本需要，到生儿育女传宗接代，在七情六欲当中过日子，从事他自己本分的实践。与此相反，极少数"理论人"热爱思考和探究，他们对纯粹知识或智慧的渴望远远大于对尘世生活享乐的需求，他们自然认为理论生活比日常生活更值得追求。然而，对大多数人来讲，这极少数人的"理论生活"根本不算生活。

从事理论生活的人总是异类，或是由于没有兴趣，或是出于自我保护的必要性，又或是担忧自己的生活干扰到多数人的生活，他们自己总是和大多数人之间保持着一定的距离。但是，这极少数异类也是人。热爱智慧的心灵必须依附在具有热量的肉体之上。在这个意义上，理论生活无法脱离实践生活。人天然是社会性动物，极少数人与多数人必然要共处。在很多情况下，极少数人不得不和不理解他们、不信任他们的人一起生活，并且按照世俗的原则和逻辑展开实践。然而，这种世俗的实践原则在擅于理论的人看来，总是有缺陷的——就像任何一个时代的任何一种政治制度在极高明的智者眼中都有其缺陷一样。这也就决定了理论家必须首先把在理论上不完美的具体现实世界视为他的理论生活的基本前提。面对这种不完美的世俗状态，极少数人当中不愿意屈服于世俗的，可能会前往高山与孤岛当苦行者和隐士；另一些则留在了社会共同体内，或是隐藏起来，安稳做人，或是大发宏论，试图改变现状。

与理论的热衷者们不同，大多数人在追求纯粹知识与智慧方面没有生存性的欲求——他们天然不爱追求至高的普遍性真理，而只能依赖信仰来虚设一个普遍作为他一生思考与行动的基础。这样的大多数人、这样的民众仅仅凭借文化与经验交付的知识，就足以找到此生的幸福。然而，与少数追求至高知识的人相处时，他们或是感到可怕，或是觉得自卑。如果恐惧的情绪超过了容忍限度，大多数人会倾向于驱逐少数人，甚至毁灭他们。如果自卑的情绪到了极致，大多数人会纷纷向少数人下拜，尝试学习他们的思想与行动。所以，智慧之人或是由于危险而遭到迫害，或是由于卓越而受到崇拜。这是人类历史的必然。历史上的伟大文明奠基者，如孔子、苏格拉底等,大都遭遇过多数人的迫害与排斥,但同时又受到另外一些人的崇拜。

迫害有时来自个别人,更多时候来自人类共同体的代表,也就是统治者。一般认为,迫害知识人或智慧之人的君主或政府是为了维护自己的权威与利益。但进一步说,若是站在任何一个统治者的角度,他既然要为共同体负责,就得考虑共同体内部风气的稳定,因为唯有风气稳定,国家的实体才会有条不紊地运行。一个共同体无论看上去多么开放,都有不可撼动的礼法与风气的基石,在这块基石之上,上至统治者、下至被统治者的行动都将得到根本的规范。用我们今天的话说,这种规范就是意识形态。

但这个礼法或者说意识形态究竟是否能够经受住不断追根问底之人的考验,则是成问题的。在大多数时候,一个共同体的礼法来源于绝大部分人共同生活过程中总结出的经验、意见与原则。但这种东西毕竟是一种意见,未必是真理。现实主义的立法者相信,这样一种普遍受到同意与敬重的意见已经足以成为礼法的基础。如果强行要对这些普遍受到同意与敬重的意见进行批判、怀疑与革新,那么,哪怕最终揭示了不折不扣的真理,但由于民众无法接受这种突然来临的变动,他们的心态和风气也会遭遇前所未有的纷乱。民众的纷乱如果达到一个临界点,共同体的基本礼法就会遭到破坏,动乱、分裂和灭亡也就可能随之而来。

所以,在一个共同体当前的统治者眼中,过度的知识探索必然会危害到自己共同体的秩序,不仅仅会危害到统治者自身的利益,还会危害到共同体其他阶级成员的利益。立法者不可能在由少数理论探索者所揭示的绝对真理之上建立礼法,原因在于,共同体中的大多数人并没有从事理论研究的能力和兴趣,难以企及也不关心什么是绝对真理,他们业已受到意识形态思维方式的影响,宁可在普遍受人信赖的意见当中生活。举例来说,生儿育女、传宗接代就是这样一种意见,如果有人在传统中国追问"为什么人要生育后代,为何要繁衍",就可能威胁到社会风气,被视为异端邪说。佛教当初在中国遭到强烈抵制,原因或许就在于禁欲生活会导致繁衍和生产的断绝。少数追求智慧的僧侣的禁欲生活只符合他们自身的生存倾向,却违背大多数人的天性和既有的认识,不适合构成社会风气甚至国家主张。明智的立法者通常会选择或创建最贴近大众自然本性的思想和宗教来承担礼法任务,绝不会将最高明、最少人懂的知识当作所有人应当企及的目标。

从热爱智慧者(简称"爱智者")的角度来看,他们的天性使得他们会对一切并非真实的东西产生怀疑。大众的生活中则往往充满了不切实际的幻景与妄想。爱智者把这些幻梦或者意见刺破,多数时候会引起大众的不满和恐惧,有时甚至会引出大众的疯癫与肆意妄为。所以,足够智慧的爱智者要么会保留意见,要么会采取特殊的表达策略。比如,有一类爱智者会把自己伪装成赞同大众意见的那类人,用巧妙的修辞和言说方式向少数能够理解自己的人传达思想。正如文学史告诉我们的那样,古代的言辞艺术充满了隐喻、暗示和双关,并非为了显示轻薄的机巧,而是基于作者们严肃且精微的政治洞见。这就是古之学者独到的节制与明智。

理论生活在本性上需要有意为之的节制,这并不是一件难以理解的事情。因为在实践生活中这么做,最终也是为了满足极少数爱智者人之为人的社会性:爱智者的共同生活或者说传宗接代也与多数人有着天然的区别,其所依赖的是知识与智慧的分享与传授。正所谓"有朋自远方来,不亦乐乎",这里的"朋"当然不是普通的社会关系,更应该将其理解为在学识与生活向度上有着共同品位的精神密友。热爱智慧、从事理论之人和大多数人一样也需要朋友,只是他所需要的朋友是与他自己类似的人。这样的人所构成的小共同体与大多数人所构成的国家、社会、市场、军队等都不一样。在现代社会,最接近这种小共同体的,只有部分的知识共同体。也就是说,爱智者的体验与尺度,永远只可能形成小范围的共同诉求。

热爱智慧,未必要让所有人都加入热爱智慧的行列。在某种程度上,爱智的生活只有极少数人有能力享受。对于他们来说,获得纯粹知识与智慧,这本身就是最大的快乐。"学而时习之,不亦说乎?"——但这的确是只有少数人能够感受到的快乐。反过来,对多数人来说,学习知识仅仅是为了在社会上谋求一个确定的位置,然后尽可能满足自己的身体或感官需求。大多数人的幸福是与自己的家庭和团体共同过上吃好穿好玩好的日子。学习知识,或者说哲学与科学探索,在他们那里仅仅是提高生活品质的一种附属工作,一项不得不为的义务。

但无论如何,热爱智慧与纯粹知识,当然也是一种生活取向,对少数人来说,它甚至是唯一的、至高的生活取向。对大多数人来说是灰色的理论,对爱智者来说是丰富多彩的生活。大多数人的共同体生活当然也是丰富多彩的,但热爱智慧的人既能够回到这种多数人的共同体生活当中,又不为其中的诸意见所迷惑困扰,反而让自己乐在其中。真正的理论高人,既可入世,又可出世。唯有明确了这一点,我们才能理解泰勒斯既会仰观星空结果掉进水井,又能通过观测气候大赚一笔;才能理解《庄子》中的贤者王倪为何"大隐隐于朝"。而王倪那位神龙见首不见尾的老师被衣带有讽刺意味的歌谣,也许正是在描摹一般人眼中这极少数高明之士的生活姿态:

> 形若槁骸,心若死灰。
>
> 真其实知,不以故自持。
>
> 媒媒晦晦,无心而不可与谋。
>
> 彼何人哉!

二

理解了理论生活的特性之后,我们就不难理解文学理论这个现代研究领域的内在张力。理论或者说哲学,意味着与世俗生活有别;文学或者说诗,则要求来源于生活、返回生活。这样一来,关于文学的理论,就与纯粹关于自然界、关于至高真理的那类理论探究有了差别。作为一种专门的学问,文学理论要求从事理论者回到世俗生活的文学经验当中去体验、发现、提炼出具有普遍性的智慧。"文学理论"在这个意义上,也就必然是以现实的社会政治生活为基础的哲学思索,进而也就和"政治哲学"发生了关联。

熟悉历史的人会知道,在西方古典政治哲学的语境中,并不存在我们现在所理解的文学,而只有音乐、诗与修辞等概念。音乐、诗与修辞是城邦生活中自然存在的;相较之下,关于艺术、诗与修辞的理论则是次生的、反思性的,和反思一切城邦生活的政治哲学是同时出现的。从现代的学理来看,自从政治哲学家柏拉图(《理想国》)和亚里士多德(《诗学》)对赫西俄德、荷马、索福克勒斯等诗人展开论述以来,自从诗和哲学的交锋开始以来,文学理论的历史也就随之产生了,以至于现代许多文学理论教材都喜欢从柏拉图讲起。如果这种说法成立,那么最早的文学理论家就是哲学家,准确地说,是政治哲学家。这与中国的情况很相似,孔子、刘勰、钟嵘乃至于王国维,都时刻关心政教、道德与人心等根本问题,他们绝非如今理解的文学理论家。

回到现代语境中,不难发现,在现代学术框架中,文学理论研究显得格外另类。一般说来,研究文学理论,就得首先具备哲学沉思的素质,又得拥有文学的识见和感悟力,还得具备相当程度的思想文化史功底,最好还能有一点关注共同体生活的伦理与政治常识……这简直是要研究者都成为柏拉图、歌德、海德格尔这样具有旷世天分的诗人哲学家。由于做不到,人们在接近文学理论时往往会自我限定,提出一种研究"理论"的具体路径,以免大而无当、顾此失彼。

在我看来,研究文学理论主要有三种路径:一是通过大量的感悟和归纳来探索潜藏在艺术作品背后的理论;二是从哲学原理当中阐发、演绎出用于解决现实文艺问题的理论;三是梳理各家各派理论的历史延续和突变,从其自我显现的现场中找出规律,这就要求能够从当代流行理论的内容和背景出发,"由小推大,由今推古,所谓'见之行事深切著明者'也"①。

探索一种思想史视野下的文学理论研究范式,是本书的目标之一。我选择第三种路径,不仅出于个人心性与兴趣,还出于对当下文论研究范式的

---

① 廖平:《穀梁古义疏》,中华书局 2012 年版,第 1 页。

不满。在许多中国文学研究者那里,西方理论似乎是平面的——翻开图书馆中常见的种种文论教材和文选,从柏拉图到德里达的各种观念和意图被平行地列举在各章各节之中,显得它们好像天然地位平等、层次相同。同时,这些理论又被文学研究者在研究中国的问题时随意引用,但很多时候显得有些笨拙,甚至引喻失义……在我看来,这两种做法都不合常识。一个文明之所以是文明,就在于它有其主导性的精神内核。无视这些主导精神融通、分裂和循环的历程,不去体察理论家的言说和争鸣语境,把握其真实意图,就不可能摸清复杂的思想史,也就自然不可能写出深刻的文论史。其实,并不是过去的学者不明白这样的道理,而是大多数学习西方理论的学者都带着西学为用的功利目标,他们只是想找到合适的理论话语来服务自己的批评实践。受到历史视野的局限和研究方法的束缚,这些学者以为西方理论就是一个超级市场,一切逻辑和方法都像商品般陈列其中,可以随意挑选着使用。这种做法一方面源于进化论影响下的盲目自信,认为相比过去的人,我们必然视野最宽广、思路最清晰,现代化的科学识见比古老的更进步、更有价值;另一方面则因为功利心作祟,想借用文学研究的标题实践别的事业,难以静下心来慢慢摸索……很少有人想过,如果不认识清楚"体",从哪里去谈"用"。就像我们不能在没有搞清楚药物的副作用时就吃药一样,我们也不能在没有搞清楚西方理论的来龙去脉、前因后果时,就急着谈论批评实践的话题。

这就是我选择西方文学理论之现场状态作为写作线索的问题意识:只有通过把握观念发生的具体场域,梳理清楚其作为言辞而得到表述的整个背景、起源和后果,我们才能说真正搞懂了一种西方理论,进而明白它的目标、价值与品位,有节制地使用它。不懂得一种理论在思想史上的真实情况,不去追源溯流,"做"出来的"理论"也是肤浅的。正如亚里士多德所言:"当某人以某种方式获得信念,并且也了解这种信念的起源,那么他就有科学知识;因为如果他了解的起源不比结论更多,那么他的知识就不过是偶然的。"(1039b32—35)

近三十年来,中国文学理论界最感兴趣的西方理论可以说基本上是美国理论。这里的美国理论指的不是在美国土生土长的理论,而是指在美国的学术市场上等待出售的诸国理论。一本名叫《法国理论》的书介绍了福柯、德里达、德勒兹等著名法国理论家在美国的遭遇:"他们的名字……都美国化了,其法语发音渐渐被人淡忘;这些名字横跨大西洋,成为必引书目,但在他们的祖国却没有得到足够的重视。"①正如阿伦特、马尔库塞等德国思想家在美国走红的境遇一样,法国理论首先在美国变成时尚,然后"返销"欧洲大陆并最后"出口"到第三世界国家。我们口中的西方理论大多通过美国大学的学术中介而为世界所知。从一些细节出发,考察美国文论乃至美国思想界的真实状况,可以帮助我们更好地理解整个当代西方思想的脉络。而我的研究也绝不仅仅局限在当代西方尤其是美国的范围内,而将回归到古希腊、中世纪和近代思想的关键节点,试图把握现代文学理论的历史起源。据说"做"理论让我们生发出"相悖的需要,即用认知的语言去理解某种在本质上无法认知的事物"②,那么我们又出于何种意图、基于何种视角,去从事理论的历史性研究?

出于关注思想之发生境域的诉求,在研究西方文艺理论的过程中,我将首要关注当代诸多观念背后不同的观念立场之间的论争,这些论争或是即时发生的,或是横跨千年的思想冲突。这些冲突包括古与今、右与左、传统与进步、专制与民主、理性与启示、科学与文艺、共同体与个人的冲突。我要采取由今天向往昔追述的方式,回归到古希腊、中世纪、启蒙时代与现代的一些关键节点,试图用个案研究的方式,把握当代西方理论的现场状况。这并不是以往常见的人头研究,而是以这一系列理论家的观点为火引,点燃询问的灯,仔细审视(θεωρεω)这些言辞戏剧背后隐藏的那些真意。

---

① François Cusset, *French Theory: How Foucault, Derrida, Deleuze, & Co. Transformed the Intellectual Life of the United States*, trans. Jeff Fort, Minneapolis: University of Minnesota Press, 2008, p. 2.

② 伊瑟尔:《怎样做理论》,朱刚、谷婷婷、潘玉莎译,南京大学出版社 2008 年版,第 201 页。

三

西方理论的演变历程非常漫长，对历史节点的观照，需要采取多重的视角，探求不同理论家根本性的运思逻辑，看到他们彼此之间的差异与矛盾的同时，又能在更高的维度发现其中赖以为前提的文明预设。本书的章节以理论问题的内在逻辑为线索进行安排，不光要彰显争执的土壤，还为了还原一以贯之的温床。

我们首先从当代中国文学理论的"问题"开始讨论。对青年一代的中国文艺理论研究者来说，诸多流行的理论观点正在引导他们未来的研究方向。譬如，王德威对"抒情传统论"的谱系建构，就具有极大的影响力。在他看来，重提"抒情传统论"，有助于中国文学研究者找到属于自己的理论。但若对他所引述的陈世骧、高友工等学者的论说加以仔细辨析，就会发现其背后有着浓烈的西方文学理论的思维基础。因此，我们不得不再度把西方文学理论放置到大的思想史脉络中展开考察。

一提到西方文学理论，就绕不开 20 世纪 80 年代以来对中国影响巨大的艾布拉姆斯。艾布拉姆斯的四要素理论长期被各种文学艺术概论教材规定为权威框架，以厘定文学研究的具体方向。本书第一辑针对的正是这样一个思想上的根本困难：四要素有着独特的西方思想特质，其形而上学方面的预设，足以将文学理论的初学者的视野完全西方化，进而导致中国文学的现实状态难以得到理论上的转译，无法以其本然的、传统的面目得到呈现与认同。同时，通过分析艾布拉姆斯的文化诉求，可以洞见，作为当代西方学界与社会普遍追求的价值形态，多元主义或者说崇尚人道与宽容的自由民主精神，并不是当代的独特产物，而是来自悠久的、独特的西方浪漫主义传统。进而，当代著名文学理论家克里斯特娃的文本理论中所蕴藏的浪漫主义诗性创造冲动，也将得到进一步的揭露，以作为对现代文论之内在精神之重要例证。深深影响到克里斯特娃等激进理论家的东欧理论大师巴赫金以对话理论闻名。通过梳理他的名著《陀思妥耶夫斯基诗学问题》的第一章，我们不难看到，尽管巴赫金坚信民主的、反"独白"的叙事是可能的，但在他的理论言说当中，"独白"却未能得到有效的规避。他本人对陀思妥耶夫斯基的解读过多地掺杂了一种源自基督教神学传统的伦理政治诉求。这种诉求强调绝对的个体性与平等，实则是一种唯名论的政治民主观念的体现。进而，通过对自康德以来的形式主义美学、文艺学、文学批评观念背后唯名论色彩的检讨，诉诸个体自由平等的倾向获得了呈现。在实在论和唯名论的斗争当中，现代民主精神的雏形获得了理论上的奠基，并在之后无数次影响到现代启蒙与民主斗争的运思和话语策略。"唯名论"作为一种神学上的运思方式，决定着关于文学、艺术和科学的种种现代探索当中必然预设个体的优先性。

本书的第二辑，将围绕言语行为理论在历史语境中遭遇的种种学术与政治层面的张力而展开。许多年后，当著作等身的大哲学家、美国人文科学院院士约翰·塞尔翻开《纽约时报》，看到有关"占领华尔街"的新闻时，他一定会想起 1962 年那个自己在广场上拿着大喇叭呼喊"Free Speech"的晴朗下午。值得注意的是，当他投身政治实践时，他也在"搞哲学"。1958 年，塞尔刚刚从牛津大学返回美国并获得伯克利加州大学的教职，十年之后，他出版了巨著《言语行为：论语言哲学》（*Speech Acts：An Essay in the Philosophy of Language*）。在这期间，塞尔没有别的贡献，除了呼喊"Free Speech"和研究"Speech Acts"……那么，作为政治观点的"Free Speech"和作为哲学观点的"Speech Acts"之间有没有必然的联系？西方政治哲学的源头之一亚里士多德在《政治学》中曾有这样一句著名的话："城邦是自然的产物，而人则自然地是一种政治动物。基于天性而非偶然情况离开城邦的人，或是超凡脱俗，或是卑下可鄙。"而亚里士多德论证这一观点所提出的最重要证据就是："……人与其他动物之别，乃在于懂得言语（希腊语，原文为λόγος，即'逻各斯'）……言语被造来表达有益和有害、公正或不公正。"

(1253a2—15)①原来,"人是言语(逻各斯)的动物"是"人是政治的动物"的必要条件。当哲学家塞尔一度喊出"Free Speech"并写下"Speech Acts"时,他是否回忆起了亚里士多德?他的"Speech",是不是古希腊那表达"公正或不公正"的"λόγος"的血裔?这样寻根问底下去,我们似乎发现,现代哲学与文学理论领域内许多围绕言语行为理论产生的争论,其实可以被放置在整个西方思想传统之中,获得更有趣也更有意义的审视。

首先,我将宏观梳理言语行为理论在当代理论场域中的接受与改造史。随着对言语行为理论之观念遭遇的时代"延异"的揭示,我们可以看到,民主的坚定信念最终必然化身为"后现代"的政治性话语,反噬一度为其奠基的启蒙理性。接下来,我将展现塞尔思想的基本情况及其建立在言语行为理论之上的虚构话语理论,结合其他学者的观点提出一些问题。通过解答这些问题,我会试图探讨这种虚构话语理论的古典哲学源头,并对当前流行的一些文学理论提出一定的批判。然后,我们将看到解构之父德里达与言语行为理论奠基人塞尔的论争。通过对这次论争的细节及其舆论效应的考察,西方当代理论界试图以伦理—政治策略压制哲学的动机得到了揭示。接着,在"索卡尔事件"及其相伴的"科学大战"当中,在"后现代"的文化多元的冲突语境中,一切知识均被理解为"建构"的产物。这种建构主义视角普遍来自"语言转向"的思想对真理符合论的摧毁。但"语言转向"又基于近代以来的认识论转向。在这个意义上,科技主义和文学理论具备近现代启蒙哲学的同源性,并最终让其预期的"对话"成为"对峙"。最后,我还将结合林云柯的《日常理性及其责任:斯坦利·卡维尔哲学及文艺思想研究》一书,鸟瞰西方分析哲学家斯坦利·卡维尔的语言哲学和文艺批评实践,从而反思其中蕴藏的伦理—政治哲学思考的意义和用法。

---

① 此处引文参考了"洛布古典丛书"中的希腊文原文和 H. Rackham 的英译本(Cambridge:Harvard University Press, 1944, pp. 9-11)、C. D. C. Reeve 的英译本(Indianapolis:Hackett Publishing Company, 1998, p. 4)。

在本书的第三辑"居间于诗的哲学"与"附录"中,我对文学理论的思考从"反题"逐渐转入"正题"。这些正题以尼采的思想脉络为轴心展开。张红军将开端于中世纪末的唯名论革命、完成于尼采的狄奥尼索斯哲学的"审美虚无主义"视为西方现代性的"精神本质",以马基雅弗利、笛卡尔、霍布斯、康德和浪漫派等为案例说明这一"先否定再肯定""先虚无再审美"的思想表象。通过回应这一观点,我认为,在唯名论式的意愿自由之下,实在论意义上的上帝与哲学契合论在民主时代的各种诗化变体需要得到进一步重视。然后,我以亚里士多德的古典哲学友爱论做比照,围绕《扎拉图斯特拉如是说》,对尼采在这方面的学说进行了梳理,由此进一步思考有文明担当的思想者在后启蒙时代如何居间于"诗"与"哲学"。

接下来,我还引入了对现代图像学理论的分析。我相信,具有哲学品质的图像学理论,可以借助布克哈特式的文化史视角,对"现实存在"进行提升,以求抵达历史性的整全意义。这样的图像学将试图呈现沃格林所描述的人类"参与无定生成"并同时"建构稳定秩序"的"理智性意识"。对图像的凝视或反思,不光让个体意识结构得以澄明,还是对人类文明之精神现象的记忆。最后则基于上述图像学理论,试图揭示:通过营构各种"瞬时的永恒"场景,婚礼摄影艺术不仅旨在缔造爱情纪念碑,还彰显着来自不同家庭的个体对共同生活未来走势的期待。婚礼摄影艺术在这个层面具有既传统又现代的审美品位,呈现着自然情性逐步文明化的过程,并最终为现代人的共同生活提供了一种形而上的祝福,"世界"在其中获得了稳定坚固的艺术表象。

通过这一系列考察,除了试图扩充关于西方思想的一些细节性的知识之外,我还试图证明两个观点:首先,我们对当代西方理论的确缺少历史研究维度的检验,也因为如此,往往并不清楚其中蕴含的真实诉求,尤其是无法理解在"诗与哲学之争""启示与理性之争""古今之争"等重要思想温床中生长出来的理论背后的实质所指;其次,通过理清西方思想史中的关节,我们应当明白的是,各家各派的理论背后都有着最为清晰的斗争逻辑,这种逻辑最终体现为理论生活与政治社会生活内在的张力。唯有明确了这种争执的、持续构成张力的理论氛围，我们的文艺学和美学研究才能实现对西方所谓权威理论话语的祛魅，超越各种既有的派系斗争，把捉到真正的理论命脉，在审慎节制的历史爬梳中找回复归东方文明核心的自信力，生发出重新理解并弘扬中国自身传统的心志。

目　录

第二辑　"以言行事"的张力

第三辑　居间于诗的哲学

第一辑 | "文学理论"的思想史透视

| 第一章 |

"抒情传统":传统的发明及其理论意图

第一节 "有情"的发明

随着学科建设的日益完善,文学研究界对"理论"的重视程度也越来越高。从民国时代开始,就有学者致力于建构中国本土的文学理论。时至今日,这种探索历程沉淀下来的精神财富已经蔚为大观。但是,我们依然没有能够获得一种得到大多数人认可的"中国文学理论"。学者们也认识到,要解决"中国文学理论"的问题,首先得搞清楚:中国文学的基本特征是什么? 我们应该从什么要点出发,去把握几千年的文学史命脉,进而提炼出一种理论?

既然如此,我们就得重视已经出现的围绕中国文学主流精神的学术命题。就目前的情况来看,越来越多的研究者认为,"抒情"是中国文学的主导因素。他们把抒情诗视为中国文学的主流,进而把中国文学的传统称为"抒情传统"。对这种传统的重新发现,可以追溯到民国时期的北平。以周作人《自己的园地》和《人的文学》为肇始,经历过瑞恰慈、艾克敦、朱自清、闻一多、叶公超、沈从文、林庚等中外大学者的审思、批判和重塑,"抒情传统"的表述在海内外开枝散叶,影响了好几代人。①

与此相应的就是,对中国文学"抒情传统"的表述本身也构成了一种新的理论传统。然而,如哈佛大学教授王德威所言,当这种理论传统"摆在 20世纪 60 年代初期中国的政治、社会语境里"时,却因为"不合时宜"而中断、沉寂,需要"英语世界"中的几位华人大学者重新接续。② 如果这种"抒情传统"的确是中国文学的主导传统,那么可以说,在一段时间里,真正坚持"传统"的人来自"英语世界"。看来,王德威当年在北京大学开展"抒情传统与中国现代性"系列讲座并汇总成书,应该有着"礼失求诸野"的抱负与情怀,试图通过重提"抒情传统",从"英语世界"的华人学者那里找回我们的文明根源。如果是这样,那么这本书就具有非常重大的思想史意义,值得关心构建中国文学理论的学者细致研究。

王德威素以文辞高妙著称,因此我们不得不仔细分析他的每一个表述,以免漏掉或者误解他的真实意图。在《抒情传统与中国现代性——在北大的八堂课》一书的开端,王德威呼吁我们注意大作家沈从文 1952 年参加"土改"时对"中国历史的两条线索"——"事功"与"有情"的如下表述:

> 对人生"有情",就常和在社会中"事功"相背斥,易顾此失彼。
> 管晏为事功,屈贾则为有情。因之有情也常是"无能"。……年表
> 诸书说是事功,可因掌握材料而完成。列传却需要作者生命中一
> 些特别东西……即必由痛苦方能成熟积聚的情——这个情即深入

---

① 对"抒情传统"论之思想谱系的相关研究,见陈国球:《"抒情传统论"以前——陈世骧与中国现代文学及政治》,《现代中文学刊》2009 年第 3 期;沈一帆:《台湾中国抒情传统研究述评》,《华文文学》2011 年第 1 期;徐承:《在比较语境中发明中国美学——域外华人学者揭橥的中国抒情传统谱系》,《文艺理论研究》2007 年第 5 期;徐承:《论闻一多对海外华人"中国抒情传统学派"的沾溉》,《杭州师范大学学报(社会科学版)》2012 年第 6 期。

② 王德威:《抒情传统与中国现代性——在北大的八堂课》,生活·读书·新知三联书店 2010 年版,第 7 页。

的体会,深至的爱,以及透过事功以上的理解和认识。①

沈从文这里对"有情"的表述,被王德威囊括在了"抒情传统"的理论谱系之中。但值得注意的是,在这段话之后,沈从文还说道(而王德威并没有引用这部分内容):

> 近年来,常常有人说向优秀传统学习,这种话有时是教授专家说的,有时又是政治上领导人说的。由政治人说来,极容易转成公式化。良好效果得不到,却得到一个不求甚解的口头禅。因为说的既不甚明白优秀伟大传统为何事,应当如何学,则说来说去无结果,可想而知。到说的不过是说说即已了事,求将优秀传统的有情部分和新社会的事功结合,自然就更不可能了。②

从最后一句话可以看出,沈从文字面上呼吁的,其实是"有情"和"事功"的"结合";在他看来,这正是史传传统表达的中国文学精义。

王德威的引用似乎并不全面,但不是疏忽,而是别有寄托。他认为,沈从文此处体现出"拉扯在这两种意识之间",进而见证"一个奉历史之名,无限上纲的时代的险恶"的心态。言下之意,沈从文此处的呼吁,其实是某种"静极思动"的"微言",并不是想要让"有情"结合"事功",而是要让"有情"取代"事功",用文人的理想主义情怀取代"现实主义"的文艺观,重新作史立言,这是一种"惜诵以致愍兮,发愤以抒情"。

王德威看到,这里的"抒情"自然不仅仅是"简化了的西方浪漫主义"和"晚明'情教'论以来的泛泛之辞",还是中国独特史传传统的衍生,"指向一组政教论述,知识方法,感官符号,生存情境的编码形式",进而认为,"一种

---

① 沈从文、张兆和:《沈从文家书》(上),江苏教育出版社 2005 年版,第 202 页。
② 沈从文、张兆和:《沈从文家书》(上),第 202 页。

抒情的审美观或生活模式也隐含了政治的维度，一种参与、干预或脱离政治历史情境的企图"，即一种"抒情的政治"。在中国的特殊语境之下，"抒情"这一概念"可以推而广之，成为一种言谈论述的方式；一种审美愿景的呈现；一种日常生活方式的实践；乃至于最重要也最具有争议性的，一种政治想象或政治对话的可能"。最重要的是，与西方只关注个人、主体、自我等方面的现代性体验不同，这种中国独特的现代性体验"饶富政治意义"，进而对于西方主流现代性话语来说，不啻为一种有意为之的逆反或"对话"①。

王德威把沈从文当作开宗明义的例证。我们从中可以看到，王德威此举有他公开的意图，即，在中国自己的传统中找到某些研究文学、文化的"理论话语"。的确，我们过去过于片面照搬西方方法论，反而忽视了自己的批评话语自觉。这实则也是面对全球化背景下"理论热潮"（甚至是"理论市场"，乃至"理论车间"）现象的正常反应：

> 当我们思考现、当代中国文论如何可以提出不同于西方的问题，或面对相同问题，得以达到不同的解答门径时，说不定就我们自己的传统里面就有不少材料、方法，等待有心人的重新发掘。②

这一问题意识并非王德威独有。早在 20 世纪 40 年代，被"抒情传统"论者视为理论鼻祖之一的朱自清就在《诗言志辨　经典常谈》的序言中开宗明义地写道："西方文化的输入改变了我们的'史'的意念，也改变了我们的'文学'的意念……"③在被文学史家概括为"救亡压倒启蒙"的三四十年代，知识人中间的这类焦虑俯拾即是。对于后世的许多知识人而言，这种焦虑依然或隐或显地存在着：我们还要借助西方的"理论眼镜"观看自己的传统

---

① 王德威：《抒情传统与中国现代性——在北大的八堂课》，第 3—6 页、第 11 页、第 71—72 页。
② 王德威：《抒情传统与中国现代性——在北大的八堂课》，第 74 页。
③ 朱自清：《诗言志辨　经典常谈》，商务印书馆 2011 年版，第 5 页。

到何时？进而我们不禁会感兴趣：王德威指出的"方法"和"方向"是否值得追随？这就要求我们能够回到王德威及其他"抒情传统"论者的问题意识框架之中，沿着他们的逻辑线索，结合历史事实，搞清楚"抒情传统"的确切所指，判断其论点的真伪得失。

第二节　"传统"的视差

王德威提到的"有情"论代表，除了沈从文，就是陈世骧。相比起沈从文在"险恶"时代的"史家微言"，生活在可以从事自由研究的"英语世界"，陈世骧并未将史传传统"发愤抒情"的特征看得太重要。在他那里，中国文学传统是"诗骚"的传统，而"诗骚"是抒情诗（Lyric），进而中国文学的本质是"抒情的"①。

这样的论证可能遭遇也确实遭遇到的责难首先是：如何定义"中国文学"的外延？曹丕《典论·论文》云："夫文本同而末异，盖奏议宜雅，书论宜理，铭诔尚实，诗赋欲丽。"②陆机《文赋》云："诗缘情而绮靡，赋体物而浏亮。碑披文以相质，诔缠绵而凄怆。铭博约而温润，箴顿挫而清壮。颂优游以彬蔚，论精微而朗畅。奏平彻以闲雅，说炜晔而谲诳。"③这些都是对"文"的穷举式定义。在汉末到魏晋的历史语境里，所谓"经国之大业，不朽之盛事"，至少囊括了奏议、书论、铭诔、诗赋和颂赞等部类（更为细致的分类自然是《文心雕龙》的第五到第二十五篇），"诗骚"的传统直接影响到的，或许只有"诗赋"和部分的铭诔、颂赞。王德威笔下"有情"论的提出者沈从文，或许因为其本人是小说家而非职业诗人，其根本不是从"诗骚"，而是从《史记》这类

---

① 陈世骧：《陈世骧文存》，辽宁教育出版社 1998 年版，第 2—5 页。
② 郭绍虞：《中国历代文论选》（一卷本），上海古籍出版社 2001 年版，第 60 页。
③ 郭绍虞：《中国历代文论选》（一卷本），第 67—68 页。

叙事经典那里看到"抒情传统"的。① 除此之外，《周易》《春秋》中一些较为具体的譬喻性、描写性内容，还有常见于古史当中的"辞令"或"修辞"，以及诸子百家、野史笔记中的"寓言""神话""传奇"，这些都未尝不能算是文学。事实上，这些内容除了被两千年来的"文统"完全囊括之外，也常常为新文化运动以来的数代文学史书写所涵盖，因此，至少我们可以说这些现象或成分具有"文学性"。那么，光用"抒情"二字来概括中国的"文学"，若不是用词失当，至少也是在挑战这个词(抑或"文学"一词)的日常用法。

把陆机《文赋》译成英文的陈世骧断然不至于不知道上述史实，唯一可以让他自圆其说的是，他所理解的"文学"，本就不是中国传统意义上的那个"文"，而是某种截然全新的观念。这种全新的观念我们并不陌生，正是在海内外都得到普遍理解和接受的"纯文学"观念。但是，稍有文学史常识的人都知道，"纯文学"的观念起源甚晚，直到 18、19 世纪才在西方世界开始流行，到了 20 世纪才蔚为大观。在前现代的语境下，无论中国的"文"，还是西方的 literature，其实际所指都甚广。如何可以说一种截然全新的观念是对传统的还原或重新发现？——除非像黄锦树先生所指出的那样，根本就没有什么"传统"，"传统"是作为历史书写者的陈世骧刻意发明出来的。②

正如西方大学者霍布斯鲍姆所言，发明传统的做法，其实是为渴求或反对改变的那些人提供历史上的"鼓励性先例、社会一致性和自然法"③。陈世骧此处必然是在夸张某种"先例"，将其视为主导性的传统，以渴望某种改变的来临。或许在他看来，某种旧有的"文学"观念与法则需要被淘汰了。而

---

① 沈从文在论述"抒情"的时候甚少提到中国古典的"抒情诗"，而是将知识人的一切"见于文字、形于语言"的表现都视为抒情。见沈从文：《抽象的抒情》，岳麓书社1992 年版，第 13 页。

② 黄锦树：《抒情传统与现代性：传统之发明，或创造性的转化》，载陈国球、王德威编：《抒情之现代性："抒情传统"论述与中国文学研究》，生活·读书·新知三联书店2014 年版，第 677—717 页。

③ Eric Hobsbawm & Terence Ranger, *The Invention of Tradition*, Cambridge: Cambridge University Press, 1983, p. 2.

我们必须看到,沈从文则是在诉求传统以回绝某种"改变"。诚然,他们都是在"发明传统"。但问题在于,他们所指称的并不是同一个"传统",所表达的也不是同样的意思。谈及"抒情"的作家、理论家还有很多,但王德威却偏偏将这两位放在同一"抒情传统"理论谱系之中,那么他们的"家族相似"又是什么呢?王德威会不会也在通过天才般的想象力,"发明"一种"抒情传统"论的理论谱系传统?

如果继续考察陈世骧的观点,就会出现这样的问题:纵使把"诗骚"传统视为中国文学的正统,但经由采诗制度建构起来、作为上古贵族对子弟部属进行政治教化工具的《诗经》,是否就等同于汉魏以后开始盛行、由士大夫独立创作的"抒情诗"?又是否能和西方起源于品达、萨福、西蒙尼德斯等人且诞生于城邦政治生活的 Lyrics 等而论之?诚然陈世骧可以通过所谓"字源学"和"人类学"这些看上去非常"科学"的手法,把《诗经》理解为原始人抒发情志的歌谣。问题在于,在中国漫长的诗经阐释史之中,鲜有人不从政教宗法伦理的维度理解《诗经》。作为经典而被历代读书人研读的"毛传郑笺"最为显著的意旨就是凸显"比兴美刺"的政治职能。就连一向被视为"抒情传统"论鼻祖之一的朱自清先生也实事求是地看到,中国的《诗》学本质上是为诗教服务的,无论将其表述为"载道"还是"言志",归根结底都以政治教化为指归。[①] 而陈世骧的论述则完全不提这一维度,言下之意,那不是真正的"传统",至少是不值一提的"传统",因为缺少"字源学"和"人类学"的科学方法作为佐证,进而可能是被某些人凭空发明出来的传统。然而,陈世骧本人不也是在发明传统吗?

对"传统"的学术研究,首先要做到对史实的忠实还原,而不是先凭空假定什么就该是传统,然后再去佯装"科学"地论证一番。我们当然应该研究词源,考察文献与出土文物,并与其他文明展开对比,"猜想"《诗经》这部书的原始状况。但这部经典在历朝历代得到过诸多阐释,不断生发出更为精

---

① 朱自清:《诗言志辨 经典常谈》,第 5 页、第 7—8 页。

微丰富的内涵,这段思想史则是更高层次的学术研究应该关注的精神财富。忽视这一事实,用读抒情诗的方式去读《诗经》,虽然并无不可,但若夸口还原了"传统"的本来面目,还把这种浅层次的"抒情传统"理论作为本民族应对西方方法论霸权的武器,这无异于捡了芝麻丢了西瓜,是僭用"传统"的名相抹去传统。

　　但王德威却不这么认为,因为陈世骧的言辞所贴合的或许并不是"传统"本身的实在(reality),而是王德威一厢情愿的某种"理念"(idea)。通过这种"理念"的建立,王德威要寻找的除了可以与西方理论一较高下的"中国资源"外,还有可以对现当代某些"非主流"作家,譬如胡兰成,展开研究的合法性话语。王德威能够看到胡兰成"操作中国修辞术的高妙之处",也能够看到他"文字高来高去,到最后我们简直不知道他的重心是在哪里了",看到他是一个从抗战两千万军民大撤退当中看出"礼乐民间"的假象制造者,是一个"多情,泛爱众"以至于"没有办法去照顾小悲小喜,甚至忠孝仁爱这类问题"的"智者"①,但却没有清楚告诉聆听者:胡兰成借由日本文化生发出来的许多念头,究竟是否符合中国礼乐文化的事实? 王德威始终没告诉我们为什么如今我们要阅读胡兰成,只是将这位看似智慧的写作者摆在我们面前,让我们在文学的自由市场当中自由选择。

　　王德威给我们提供的"理论资源"当然不止这么一点。他找到了周作人、梁宗岱、朱光潜、宗白华和沈从文这五位深受西方文艺思想影响的民国文人,认为他们本质上延续了某种"中国传统":

　　　　朱光潜和宗白华对六朝美学的重新关注,卞之琳和何其芳遥拟晚唐颓靡风格的诗歌试验,周作人对六朝和晚明文人文化的欣赏,梁宗岱在象征主义和古典中国"兴"的观念的影响下,对"纯诗"的提倡,沈从文对《楚辞》世界和巫楚文化的向往,胡兰成对《诗经》

────────────

① 　王德威:《抒情传统与中国现代性——在北大的八堂课》,第190—199页。

田园景象和儒家诗学的政治阐释……①

　　王德威的修辞高妙之处在于,他把学者关注的"内容",当成了学者秉持的"理论"和"立场"。诚然这些"深受西方影响"的民国学人在研究中国本土文艺现象方面下了很大的功夫,但是这并不意味着他们借助德国美学、现代派诗学、日本文论、"纯诗"理念、神话人类学等一副副五彩缤纷的学说太阳镜看到的"传统"就是真正的中国传统。王德威并非没有注意到这几位学人在考察中国传统时都有理论先行的癖好,也并非没有注意到他们关注的大多是"巫楚""六朝""晚唐""晚明"等"非主流"的文化模态,但王德威或许认为,在当下这个发掘"被压抑的现代性"成为政治正确的时代,这些喧宾夺主的诗学与文化当然有资格反击旧有的"宏大叙事"……

　　早有论者指出王德威的这种逻辑混乱,"……任何现代性方案作为建基于古今二元对立的宏观把握,都是'包含遮蔽的现代性',这种遮蔽可能是错的,但是被遮蔽的内容本身不足以构成'被遮蔽的现代性'"②。诚然如此。但这还不能让我们看到王德威"发明传统"背后"寄寓遥深"的权力意志。我们该追问的是:这种"发明传统"做法的正当性在于什么? 是什么样的基本信条使得王德威认为,"抒情"有必要在 21 世纪的今天复兴? 这就要求我们进一步研究"抒情传统"论最根本的理论基础。

第三节　"理论"的渊源

　　相比起沈从文、陈世骧和轻飘飘的胡兰成,"抒情传统"理论的集大成者高友工看似严谨得多。王德威浓墨重彩地标举高友工,似乎是因为后者巧妙地借助 20 世纪后半叶的西方诸家理论资源(特别是"语言学""结构主义"

---

① 王德威:《抒情传统与中国现代性——在北大的八堂课》,第 35—40 页。
② 汤拥华:《抒情传统说应该缓行——由王德威〈抒情传统与中国现代性——在北大的八堂课〉引发的思考》,《文艺研究》2011 年第 11 期。

的理论资源），完成了独到的"中国特色"美学理论构建。正是在高友工那里，我们看到了陈世骧把"抒情"视为中国文化核心传统的"哲学基础"。从"经验"出发，高友工借助康德式的范畴思维，一步步推演出"抽象"与"现象"、"现时经验"与"过去经验"、"主体"与"客体"、"分析性真理"与"综合性真理"、"科学教育"与"人文研究"、"感性"与"知性"等二元对照，最终提出要把"美"理解为一种超越客观与主观的"可感性质"，理解为与现实世界有某种神秘区分的某种观念构成物。也就是说，艺术的、美的对象并不直接反映现实，而是某种观念的重新构建。这听上去颇有点像是现象学中的"感觉予料"和"意向性"学说，很像英加登、杜夫海纳从现象学中发展出来的那种"美学"。高友工是否也是一位"现象学家"？无论如何，他应该会非常赞同这种发轫于德国哲学的"现象学美学"，因为现象学美学要求悬置实在，以便审美意识在心灵当中达到"审美经验的自由展开"状态①，这似乎与他印象中中国古人把"自我"视为"一切哲学思想的前提"的思路是相融贯的：

> 中国传统中，"真"同为一重要价值，却不必是唯一或最高价值。而且往往能以其他价值释"真"……因此屡见不鲜的中心问题都是此一"自我"的意义，或者说此一"自我"在何种条件下可以到达某些理想境界？因此"心境"的存在不但不予怀疑，而且是生命价值的体现。②

高友工对源自印度佛教思想，甚至可能来自德国美学思想的"心境""境

---

① 英加登：《对文学的艺术作品的认识》，陈燕谷等译，中国文联出版公司 1988 年版，第 119—120 页。
② 高友工：《美典——中国文学研究论集》，生活·读书·新知三联书店 2008 年版，第 37 页。

界"等概念①的琢磨体悟,是否的的确确符合中国文化的真实状况,在此姑且不论。吊诡的是,在王德威的表述中,对"主体""自我"的关注正是西方现代性体验的核心内容。按理说,如果要寻找独特的"中国现代性",就不能继续沿用西方的主客对立框架和个体主义美学的问题意识,因为这些因素一旦进入"文学"的层面,表达出来的与其说是一种传统儒家士大夫"修辞立其诚""文以载道"的积极参与精神(王德威似乎并不看好这一众所周知的真正传统),不如说是"为艺术而艺术""为语言而语言""为形式而形式"的"内部研究"癖好,这与西方 20 世纪主流的理论话语似乎不谋而合。

王德威欣赏梁宗岱、宗白华和沈从文,也是因为他们认为"'现实'无法呈现自身;它是被呈现的"②。他与高友工共同承认的这种逻辑其实是,"美"的艺术可以呈现比现实事物更为"真实"的一些东西,日常的生活无论如何无法触及这种超验的"真"。这就与德国浪漫派鼻祖施勒格尔关于"新神话"的构想不谋而合:

> 现代神话只能从精神最内在的深处产生出来,就好像是自己创造自己一样……唯心论不外乎是这场革命的精神和伟大的准则……人类竭尽全力寻找自己的中心……灰暗的古典文化将复活,文化教养的终极目标已经在孕育之中。……一个新的、同样无限的实在论将要、并且必然产生于唯心论的母体……这个新的实在论源出于唯心论,并且必然飘游在唯心论的土壤之上。它将以一种基于理想与现实相和谐的诗的面貌而出现。③

① 罗钢:《意境说是德国美学的中国变体》,《南京大学学报(哲学·人文科学·社会科学版)》2011 年第 5 期。
② 王德威:《抒情传统与中国现代性——在北大的八堂课》,第 40 页。
③ 施勒格尔:《关于神话的谈话》,李伯杰译,载刘小枫选编:《德语诗学文选·上卷》,华东师范大学出版社 2006 年版,第 254—255 页。

这里要孕育新"实在论"(即英文中的 realism,又译"现实主义")的"唯心论",指的正是如今译作"德国观念论"的那种哲学思潮。王德威并非没有留意到德国观念论美学对晚清—五四中国诗学传统重构者们的根源性影响。① 熟知西方思想史的学者知道,源于德国的"自律美学"和随后兴起的"为艺术而艺术""文本中心论"等观念构成了一条连贯的现代性脉络。这些观念并非如常人所理解的那样是"非政治"或"反政治"的,相反——如王德威对"有情"寄予的期望那样——其自身就或多或少带有某些政治色彩。②

高友工与王德威的理论构建,在细致的学理层面和宏观的视野层面都依然未能实现他们超出西方理论话语霸权、重建本土文学传统的梦想。任谁对西方美学、文学观念历史略有了解,在读到高友工(以及其他一些海外"抒情传统"构建者)的论述时,都能清楚地察觉到其中深入骨髓的西方美学思维。单就其书名而论:《美典——中国文学研究论集》中的那个非功利、无涉政法伦常的"美",指的难道是中国古典的传统吗?中国经典中的"美"概念——类似于古希腊语中的"kalos"③——在古代难道不是一个伦理政治概念,一直与"德""善"等概念密切相关吗?《论语》有云:"君子成人之美,不成人之恶。"这里的美是"善好"的意思。《说文解字》亦云:"美与善同意。"或许只有在西方美学兴起之后,"美"才变成了高友工描述的那个"无功利""非伦理"的范畴,并且在 20 世纪深切地影响了数代中国人的语言使用。经过数代启蒙主义审美教育洗礼的我们,现在是否忘记了古代的语言用法?

---

① 参见王德威《现代中国文学理念的多重缘起》(《长江学术》2012 年第 4 期)一文中对王国维、黄人(以及深受前者影响的中国台湾学者王梦鸥)的思想渊源分析,他承认德国美学对他们有极大影响。

② 冯黎明:《艺术自律:一个现代性概念的理论旅行》,《文艺研究》2013 年第 9 期。

③ 这个词在西方古代表示优秀、高尚、高贵、正确等带有伦理色彩的人类品质。柏拉图在许多对话录中都用到这个概念。参见罗念生、水建馥编:《古希腊语汉语词典》,商务印书馆 2004 年版,第 421 页。对这个词的思想史层面的理解,见 P. O. Kristeller, "The Modern System of the Arts: A Study in the History of Aesthetics Part I", *Journal of the History of Ideas*, 1938(4), p. 499.

在高友工那里,对真正传统的遗忘已经司空见惯。譬如,他在论述礼乐传统的"结构"时,把"天有六气,降生五味,发为五色,徵为五声"里明摆着的形而上层次的宇宙秩序解释为与"人文主义"的"象征了个人的情志"的礼乐思想"并行而不同"的倾向。他的意思是,尽管在古人那里,诸如"地气上齐,天气下降,阴阳相摩,天地相荡,鼓之以雷霆,奋之以风雨,动之以四时,暖之以日月,而百化兴焉。如此,则乐者,天地之和也"(《礼记·乐记》)①这样的宇宙论奠基俯拾即是,但暗地里始终存在着一条与这种宇宙论迥异的"人性学说"和"抒情主义"的脉络。他的论据有二:一是"乐者,心之动也",发源于"心"的,就是"抒情";二是把"音乐"视为对个人情志的象征。② 但我们会想:在传统中国的语境下,"音乐"会用来表现任何演奏者的"自我"吗?"治世之音安以乐,其政和;乱世之音怨以怒,其政乖;亡国之音哀以思,其民困。"(《诗大序》)③——这样的音乐观显然有超越"自我"的社会政治维度。非要说的话,传统中国真正的"个人""自我",难道不是一直处于天地之间,不离五伦日用的政治人吗?他何时变成了高友工、王德威笔下的现代审美主体?在传统中国的思想主流当中,究竟有没有高友工所说的自然与个人之间截然相分的二元对立?在此,龚鹏程先生对陈世骧的驳斥,似乎也能用来驳斥高友工:

> 在说"缘情"时,这个情乃是因气类感应而被鼓荡起来的,故钟嵘云:"气之动物,物之感人,故摇荡性灵,形诸舞咏","若乃春风春鸟、秋月秋蝉、夏云暑雨、冬月初寒,斯四候之感诸诗者也"。刘勰云"感物吟志,莫非自然",指的也是这一层,《物色》一篇,尤其集中论此。……情是感物而动的或攀缘外物而生的,所以才称为"感

---

① 孙希旦:《礼记集解》,中华书局 1989 年版,第 993 页。
② 高友工:《美典——中国文学研究论集》,第 165—166 页。
③ 郭绍虞:《中国历代文论选》(一卷本),第 30 页。

情"或"缘情"。……中国传统诗论,少说抒情,多言诗本性情,论情
不忘言性,能性其情,情才能得乎中行。①

　　"情"是人固有的特征。"情"源自"心之动"固然不假,但必然有一个自
然层面的"物使之然",还要有一个"性"——"天命之谓性"——的奠基。高
友工从中看出的却是高妙玄虚、灵犀一点的"表现论",多于以巩固自然—人
伦秩序为目标的"再现论",认为音乐不是"代表性的写实材料",而是象征性
的"抽象材料",进而认为在上古到中古的四五个世纪中,"实际上只有音乐
理论在美典上有不断的发展",言下之意,整个秦、汉朝的文学观念都是停滞
的、非发展的。这毫无疑问与真实的历史相悖,却与西方起讫于黑格尔与浪
漫主义的现代音乐本体论文艺思潮有异曲同工之妙。② 我们不难发现,高友
工这种非常"现代派"的表述实际上是在说,唯有逐渐让"个人"抒情这一"真
实"逐渐从礼乐道德形而上学的"遮蔽"中凸显出来,才能算得上是文艺史的
"进步"。也就是说,文艺史"进步"的标尺就是"个人"之"内在心境"的凸显。
这与鲁迅、周作人一代人把魏晋时期视为"文学自觉"时代,进而视为"进步"
的启蒙主义文学史观在本质上是一致的。黄锦树曾经认为"'中国的抒情传
统'这样的论题,相当程度上以现代的学术格式企图重新命名那被五四启蒙
光照遮蔽的古典荣光"③,这毫无疑问只看到了问题的表象。"古典荣光"只
是陈世骧、高友工和王德威论述中的字面诉求,他们的真实目的,则是延续
"五四"一代启蒙主义者的路径,进一步推动西方美学—文学理论对中国文
学研究的方法指导。

---

① 龚鹏程:《不存在的传统:论陈世骧的抒情传统》,《美育学刊》2013 年第 3 期。
② 牛宏宝:《音乐在现代美学"语言转向"中的作用》,《文艺研究》2012 年第 3 期。
③ 黄锦树:《抒情传统与现代性:传统之发明,或创造性的转化》,前揭。

第四节 "启蒙"的意图

我们正在逼近"抒情传统"论说背后真正的文化—政治意图。"抒情传统"论者们自称要重新发现中国文学传统,锻造中国自己的文艺理论,以抵抗西方的理论入侵。而这种入侵本质上是西方现代性文化精神的入侵。王德威的书名中有"中国现代性"一词,可见他有从"现代性"的问题出发重构中国文学研究范式的企图。于是他要谈中国的"传统",同时还要谈中国的"现代性",甚至可以说谈前者就是为了谈后者。但正如周宪提到的:

> 当我们不假思索地使用现代性这个关键词时,有一个难题无法回避:现代性究竟是一个中国文化研究的现实问题呢?还是一种类似"存在主义""现象学""解构"或"后现代主义"那样的"理论进口"? 换言之,现代性对中国当前的社会文化研究来说,究竟是一个迫切的"问题",还是一个虚设的"论题"?①

在我们前面的分析当中可以看到,陈世骧、高友工等人的"抒情传统"论说背后有着各式各样的"理论进口"(他们似乎视之为天经地义),进而有虚设"论题"的嫌疑。王德威会不会也是在虚设"中国现代性"的论题呢? 我们必须尝试着看清楚,在他那里,"抒情传统"与"现代性"之间究竟有着什么样的逻辑关系。

在《抒情传统与中国现代性——在北大的八堂课》中,王德威列举了展开中国现代性研究的四个方向:"真理与知识'启蒙'""正义与'革命'""欲望与'主体'""价值与'资本'"②。这四点除了都是后现代文化史研究的热门主题,还可以被纳入同一个问题视域之下:全球现代化进程中的中国启蒙经验

---

① 周宪:《审美现代性批判》,商务印书馆 2005 年版,第 45 页。
② 王德威:《抒情传统与中国现代性——在北大的八堂课》,第 73 页。

问题。若循其本,可以看到,政治革命的持续发生、文化主体的重新定义和象征资本的循环分配等历史经验,按照逻辑上的先后关系,实则都源于几代知识人始终如一的启蒙主义历史诉求与实践;这些诉求与实践以"变法""文学改良""新文化运动"等事件为表征,其精神内核或许是某种在东方与西方都渊源有自的文化启蒙诉求。由这种思路出发,那么"真理"和"启蒙"的问题,亦即现代性新知识与传统惯例和常识之间关系的问题,就是一切中国现代性经验问题的核心。

"启蒙现代性"在许多论者看来,只是整个现代性历史状态的一条支流,当然,即便如此,也是最为重要的支流。[①] 而我们不难看出,王德威的意图是沿着西方现代性问题研究中部分卓越成就的思路,把另一条支流——"文化现代性"抑或"审美现代性"的维度以一种合乎"传统"、合乎"中国"的方式提上台面。据某些学者的看法,这一维度体现为某种与福柯和罗兰·巴特相似的后现代思维:"如果说,'启蒙''革命'可以作为阐释人类的现代生存的关键词,那么,经过调适和改造的'抒情'为什么就一定不行?"[②]

这种理解似乎把"抒情传统"论者们看得太低了:或许"抒情"在他们那里,本质上就是一种"启蒙"。这是个很简单的学理问题:王德威自称要通过"抒情传统"的发明为中国文学研究者找到自己的理论,实质上却还是通过输入新颖的、欺骗性更强的海外理论解释传统中国的文学与思想。这本就是一个五四启蒙运动的当代版本,是一种自诩现代理性知识人、打破传统中国固有认识并重新立法的话语实践。尽管他本人一开始就说"抒情"的传统在"启蒙"的传统之外,但这基本上与他之后对陈世骧、高友工的引述相悖——后两者显然不是传统的还原者,而是文学观念方面的"革命者"。于是,我们有理由猜测,他并非不通"学理",而是与沈从文一样,在一个特殊的

---

① 周宪:《现代性的张力》,首都师范大学出版社2001年版,第4—14页。
② 李杨:《"抒情"如何"现代","现代"怎样"中国"——"中国抒情现代性"命题谈片》,《天津社会科学》2013年第1期。

语境之下,创作某种"微言"……

在摆脱二元对立思维的现代性研究视域当中,"审美现代性"和"启蒙现代性"或许并不是截然敌对、互无交集的状态。大思想家白璧德认为,代表"启蒙理性"一端的"培根主义者"和代表"浪漫主义"一端的"卢梭主义者"正是在"进步"的立场上取得了一致:他们都相信"最新的就是最好的"。在这个意义上,拥护传统的"古典主义"是代表科学主义的"启蒙"与代表浪漫主义的"抒情"共同的"敌人"①。这里面蕴藏着一个被白璧德称作"古今之争"的西方思想史根本问题:"求新"与"进步"的激进现代启蒙理念要求对传统进行颠覆,在这个语境下,以"抒情"与"想象力"为指归的文艺理论本质上同样把"新颖"和"进步"作为其终极追求目标,其导致的后果则是"强烈的个人主义和民族主义",以及"对原始、自发与本能性事物的盲目崇拜"②——换句话说,就是一种在德国浪漫主义、歌德、赫尔德乃至海德格尔那里常见的文化哲学。这同样是受到赫尔德、歌德、席勒极大影响的近百年中国文艺思潮的显明特征。早在 1956 年,茅盾就下了定论,"积极的浪漫主义"与现实主义"异曲而同工",共同针对"反现实主义的形式主义文学",也就是中国古代的正统文学。③ 此刻,通过前面的分析,我们看到,无论王德威、陈世骧们如何矢口否认,"抒情传统"论的实质当然就是从西方舶来的"浪漫主义"对真正古典精神的概念偷换。正如学者德兰蒂所言,现代性求新意志的合法性源于其对于历史的自我投射,这种投射"不仅标志着与过去的根本断裂",还标志着"未来成为对过去的回归和占用"④。在文艺复兴代表人物彼特拉克、浪漫主义代表人物施勒格尔乃至中国的"抒情传统"论者那里,都体现出这样一种"占用过去"的激进意志。陈世骧、高友工、王德威等人其实都是锐意

---

① 白璧德:《卢梭与浪漫主义》,孙宜学译,河北教育出版社 2003 年版,第 39—40 页。

② 白璧德:《文学与美国的大学》,张沛、张源译,北京大学出版社 2004 年版,第 116 页。

③ 茅盾:《夜读偶记》,百花文艺出版社 1979 年版,第 5—10 页。

④ 德兰蒂:《现代性与后现代性:知识、权力与自我》,李瑞华译,商务印书馆 2013 年版,第 14 页。

"求新""求变"的文学批判家,他们名义上"复古",却似乎看不上已经被视作千年正统的内容,决心要去挖掘"被遮蔽"的现代性,创造属于自己的"新传统"。

人们一旦看穿"抒情现代性"的皮相,就会进一步想到,其与舶来的"革命现代性",本就脱离不了干系。当王德威暗示我们应当从抒情当中找到某种政治力量时,他依然在强调"五四"以降文学与革命不分家的基本逻辑。他通过蒋光慈、瞿秋白、何其芳、陈映真等带有革命气息的文学人物,牵引我们看到,正是"因为抒情,革命得以尽情发挥魅力;因为抒情,革命已经埋下了'内爆'(implosion)的引信",进而看到"抒情在最后成了一种二律背反的吊诡,一方面挑动、抒发革命情怀;但另一方面又必须避免革命只成为审美的消费……"。显然,王德威谈论"抒情",就是在谈"革命"。我们很难知道,在当前的文艺政治秩序当中,王德威讲述胡兰成、白先勇等人的抒情方案,想要体现何种更为中肯的"政治"观念,但他基本的目标却非常清楚:"我们在现实的方寸之地里仍然要依赖一种审美的造作,一种艺术的生产,经过这样一个生产,还有社会性的媒介,我们再次去碰触那个可望而不可即的'情'字。"①现实是"方寸之地",而审美造作则通向一个"可望而不可即"的形而上学式的"情"——王德威使用这种在德国美学家如席勒、施莱格尔乃至马尔库塞那里常见的修辞,其意旨则显然是启蒙的、政治的:我们在聆听王德威借用诸家"抒情传统"论对某些作家笔下的美好图景大加构拟时,总不免要和那个"丑陋"的、"封闭"的现实政治世界进行一次次的对比。这种对比会暗示我们:某种应然的"真实"被当下的"现实"遮蔽、隐藏起来了,而"情"可以带领我们上升到另一个更加美好的"境界",在观念层面,进而在现实世界引发一系列的变革。

我们已经完成了解读王德威等人笔下"微言"的任务,也几乎看清了"抒情传统"的确切意图及其理论品质,至于这种意图与品质意味着什么,则需

①　王德威:《抒情传统与中国现代性——在北大的八堂课》,第 23—27 页、第 130 页、第 149 页、第 163 页、第 216 页。

有心人审慎判断。对真实的中国传统感兴趣的文学研究者,则或许有必要对"抒情传统"论展开新的梳理与评判。

同时,我们还得从中获得一个教训:古今中西思想之间的差异,也许远比我们想象的要大。在理论建构过程当中,如果对历史发展的思想轨迹不熟悉,不清楚理论家所处的论说背景,就容易陷入误解与过度阐释的困局。尤其是在西方理论堂而皇之进入中国的今天,我们很难说不与之进行正面的接触和争鸣,就能看清自己的传统。因为,如果不了解西方思想的基本脉络,我们就搞不清楚自己平素接触到的"传统话语"当中有哪些其实是披着各种各样的外衣的现代观念,进而就无法对自身的立场进行精确定位,也就无法实现重构"中国文学理论"的初衷。

随着中国现代化进程的加快,我们已经不可能逃离与西方思想或理论的直接会面。关键在于,我们不能再像过去那样对西方学术顶礼膜拜,而应当至少将其视为一个平等的对话对象,通过加深对西方学术思想史的了解,搞清楚他们的问题意识和基本诉求,进而反观我们自己的现代化进程。西方文学理论并非如当代文学理论史编撰者所说的那样铁板一块,而是充满了争执与不和。为了更好地辨别中国文学理论自身的独特性,受到长期西方启蒙思想教育的我们首先应当去研究西方理论的这种内在张力。

| 第二章 |

艾布拉姆斯：文学理论与思想史

第一节　"四要素"的用意与迷误

以《镜与灯：浪漫主义文论及批评传统》（简称《镜与灯》）闻名天下的犹太裔美国学者艾布拉姆斯在 2015 年春天去世了，享年 103 岁。他打破了伽达默尔与列维-斯特劳斯的记录，成为最长寿的文学理论家。

有哪个中国文学研究者会不认识艾布拉姆斯呢？除非他没有上过学校里开设的文学理论课，没有把"世界、艺术家、作品、欣赏者"这四要素熟记于心并视为不证自明的真理。艾布拉姆斯去世了，当我们应该缅怀他的时候，又突然发现对他似乎一无所知。对于中国学者来说，艾布拉姆斯可以说是"最熟悉的陌生人"：我们大多数人不知道他究竟提出过什么具体的主张，但每个人都愿意在他设计出来的"四要素"框架里谈论问题。但是，他们中的大多数人似乎并没有追问：为何艾布拉姆斯要在一部谈论浪漫主义的思想史著作开篇提出这一观点？

的确，我们无法找到比"四要素"更简练的框架来解释"文学"这一纷繁复杂的概念。有了一个简练的图式，我们不禁松了口气。的确，从柏拉图到黑格尔的文献已经让每一个研究者感到疲倦无比：西方思想史庞杂多端，其中包含着各式各样的武断、晦涩且冗余的成分——这一切似乎都构成了当

代文学研究者的沉重负担。20 世纪初期艾略特渴望诗人能够遁入其中的
"传统",却似乎成了后来人难以承受的历史压力。其实,庞大的"知识量"对
于刻苦的研究者来说并非难事。困难的是,在众声喧哗中习惯了平等对话
的当代研究者们最终发现,他们很难找到一种公认的科学中立视角来理解
思想史中的千沟万壑。

该如何让文学研究获得科学性呢?这种科学性会否变得专断,进而压
制其他声音呢?艾布拉姆斯的代表作《镜与灯》的问题意识正与此困惑相
关。在这部书的导言里,他提出:

> 当务之急是找出一个既简易又灵活的参照系,在不无端损害
> 任何一种艺术理论的前提下,把尽可能多的艺术理论体系纳入讨
> 论……一种较为可行的办法是采用一个不把自身哲学强加于人的
> 分析图式,在有待比较的理论中,把尽可能多的理论所共有的主要
> 特征利用起来,然后慎重地运用这一分析图,随时准备将一切有助
> 于眼下目的的特征收纳进来。[1]

文学理论研究的科学性,首先由一种归纳法来保证。这种归纳法预设
所有理论都有可取之处,不应当用一种理论压制另外的理论,而应当让它们
共存于一种最简单、灵活的体系当中。显然,这种归纳法的提出让我们清楚
地看到艾布拉姆斯在开篇引用亚里士多德《尼各马可伦理学》作为题词的
意图:

> 有识之士总是力求在题材的性质所允许的范围之内,尽可能

---

[1] 艾布拉姆斯:《镜与灯:浪漫主义文论及批评传统》,郦稚牛等译,北京大学出版社
2004 年版,第 4 页。

精确地寻求每一类事物的细微差别。①

《镜与灯》的开端所暗示的正是艾布拉姆斯本人的学术态度。作为一位文学理论的历史研究者,艾布拉姆斯有心学习亚里士多德在处理伦理学问题时的方式。众所周知,在《政治学》《尼各马可伦理学》等著作中,亚里士多德经常印证当时流行的理论观点和政治现象,通过例证的方式,归纳总结出新的看法。艾布拉姆斯则要以同样的方式从事精微的、分辨理论之间差异的思想史探索,尽量客观地将一定历史阶段中的种种艺术理论融贯到同一个题目下进行对比分析。然而,除了归纳法之外,亚里士多德的科学方法中还包括演绎法:亚里士多德的一切归纳背后都有一种预设的"大前提",从这一前提出发,他才能展开进一步的推理论证。显然,艾布拉姆斯也和亚里士多德一样意识到,在理论史的融贯过程中,不能缺少一个先在的视角和演绎逻辑。因此,艾布拉姆斯在归纳之前,也必须首先提出一个包罗万象的演绎图式,作为处理"传统"的基本纲要。这就是"四要素"的来源。

艾布拉姆斯提出"四要素",似乎是学习了亚里士多德,并表达了对古老西方传统的敬意和继承。然而,我们会发现,亚里士多德最终总是会得出一个笃定的结论来对种种意见进行替换,这是因为,亚里士多德的科学观自始至终以实在论意义上的真理为目的。但艾布拉姆斯的文学理论思想史研究,似乎并没有强调这一维度。相反,由于开篇的"四要素"远比《镜与灯》之后的历史考察更加著名,这一"大前提"却成了艾布拉姆斯最著名的"结论",这反而让艾布拉姆斯的研究显得不那么"科学"。

这种"大前提"是怎么变成一种权威"结论"的呢?这种"结论"会不会没有我们想象的那么靠得住?尤其是我们中国人更会想:这种以西方思想为阐释对象的图式,是否能够完全挪用来解释东方的、本国的文论传统?华人学者刘若愚虽然有重新调整"四要素"来处理中国文学问题的雄心壮志,但

---

① 艾布拉姆斯:《镜与灯:浪漫主义文论及批评传统》,第1页。

他依然沿用了艾布拉姆斯的大前提,默认了西方理论家将"形上理论""美学理论""表现理论"分而论之的做法。这就导致中国文论成了"材料",屈从于西方逻辑与形而上学的框架与前提。其实,这只能让中国文学思想变成西方所谓"方法论"信仰的一种"质料",变成经验对象,失去其本身具有的规范性和价值尺度。

20世纪80年代中期开始,艾布拉姆斯"四要素"就开始得到我国学者的重视,但他的思想史研究所获得的关注一直寥寥。艾布拉姆斯的文学术语词典编撰和其他方面的研究(比如与解构主义的论战等)虽然得到了一定的注意,但其理论生涯中的核心问题关怀却未能得到有效的澄清。何况,即便是对"四要素"的重视,也是片面的。大多数的论者和教材写作者倾向于将艾布拉姆斯的"四要素"视为不证自明的理论框架,将其他各家各派的理论安置在这一框架之中。到今天,"四要素"的"神圣法则"仍然在中国文学理论的课堂上屹立不倒,大多数人从进入文学理论训练的第一天开始,就被"四要素"框住思维,进入西方人的世界观和文学观当中,把"世界""作者""读者"和"作品"割裂对待,进而在面对中国文论时,深信"文如其人""与天地并生者何哉"等来自古代的命题都不够"科学""系统"和"精确",进而需要得到现代理论术语的重新翻译。"四要素"就像一个巨大的十字架,昭示着一种不需质疑的"真理",屹立在我们面前。姑且不论在这种"十字架"的约束下,我们的学术研究会有怎样的发展趋势,首先应该回过头来思考的是:假如我们相信艾布拉姆斯,那么,严肃的学术态度应该是首先了解他的真实思想诉求。艾布拉姆斯得享期颐之年而终,按中国人的说法,绝对算是"喜丧"。对这样一位当代文学理论立法者的悼念,应当回到他的思想与著作,给予其恰当的评价。

第二节 历史中的"理论"

生于1912年的艾布拉姆斯是一个时代的象征,是从"新批评"到解构主义漫长理论谱系的见证者。如果要找出一位人物来代表 20 世纪西方文学理论，那么艾布拉姆斯当仁不让。翻阅艾布拉姆斯的著作，不难发现他当年的导师瑞恰慈的影子。瑞恰慈矢志将心理学实证方法引入文学批评，艾布拉姆斯在剑桥游学时，或许深受这位大师的影响。艾布拉姆斯本人也具有爱国情操，这使得他在"二战"期间加入哈佛大学心理声学实验室的工作当中，研究如何在嘈杂的战争环境中借助听觉异常灵敏之人来传递军事密码。战后，艾布拉姆斯带着丰富的学识和实验经历在康奈尔大学开坛授业，培养出了哈罗德·布鲁姆（Harold Bloom）、赫施（E. D. Hirsch）和品钦（Thomas Pynchon）等大名鼎鼎的批评家和文学家。在这个意义上，艾布拉姆斯连接起了以瑞恰慈为代表的世纪之交的科学心理学实证主义和 20 世纪后半叶的"后现代主义"两大思潮。居于其间，艾布拉姆斯本人的作用非同寻常，我们不能单纯将他的思想视为 19 世纪和 21 世纪范式之间的过渡，更不能将他与"新批评""意图批评""多元论"等截然画等号，但通过对他的理解，可以更深地把握这些学派和范式的真实意涵。

　　艾布拉姆斯几乎与每一位知名的西方文学学者打过交道。在他身上体现的正是 20 世纪文学理论与批评范式的复杂性和含混性。这一阶段的大师们，如韦勒克（René Wellek）、英加登（Roman Ingarden）、弗莱（Northrop Frye）、布鲁克斯（Cleanth Brooks）、维姆萨特（William Kurtz Wimsatt）、泰特（Allen Tate）等，都志在找寻一种看上去绝对科学、自足、中立的文学研究方式，艾布拉姆斯也不例外。《镜与灯》问世于 1953 年的美国，在这之前四年，作为晚期"新批评"代表的韦勒克、沃伦（Austin Warren）出版了文学研究界的"立法大作"《文学理论》，将关注声音、语词意义、神话结构和风格技巧的"内部研究"视为文学研究的核心。这其实是对此前三十年来日益普及化、体制化的形式主义的"新批评"范式的总结。艾布拉姆斯紧跟其后，把"作品"安置在"四要素"图式的正中，也是为了响应这一时代潮流。但是，虽然身处这一历史语境当中，艾布拉姆斯并不是一个彻底的"新批评"人士，毋宁说，他更愿意用其他流派、思潮的观点，修正"新批评"为了课堂上的"可教性"而牺牲对历史之关注的实用主义作风。

"新批评"往往认为,文学课堂存在的意义是普及一种实用的方法和策略,让学生能够更好地剖析文学作品,从中获得起码的人文信息。在这个意义上,"新批评"是一种公民普及教育思维的延续,并且其所普及的内容往往与公民的感性和道德生活尺度密切相关。问题在于,"新批评"过于强调"亲民"的实效性,忽视了对文学作品背后承载的历史传统精神的深入教导。在课堂上习得由瑞恰慈开创的"实用批评"技巧的学生,在面对信息量巨大、行文艰涩、内涵丰富的作品时,往往捉襟见肘。艾布拉姆斯和其他一些对"新批评"提出过看法的人则意识到,让学生仅仅"知其然"而不"知其所以然",这根本于事无补,无法教育出真正有担当、有人道精神的公民。

艾布拉姆斯因此不算一位纯粹的"理论家"。他更关切的问题自始至终与"历史"有关。这从他最著名的两部经典学术作品《镜与灯》和《自然的超自然主义》的写作方式中可以看出来:这两部书其实不算纯粹的"理论"或文学批评,而是文学理论的"思想史"。对于大多数中国文学研究者来说,《镜与灯》在导论之后的内容之所以缺少吸引力,是因为这部分并非要提出一种能够帮助我们处理文学文本的实用批评理论,而是在西方传统的特殊语境当中进行思想的"精耕细作",以求推进对自身文明的进一步了解。如果我们熟悉启蒙时代直至 19 世纪末的思想史(维柯、黑格尔)、文明史(孟德斯鸠、赫尔德)乃至于艺术史(温克尔曼、里格尔)的种种经典写作,就会发现,正如《镜与灯》的副标题所暗示的,艾布拉姆斯这等现代理论大师真正关怀的永远是"历史"的问题,他们必须向其时代不断回答:什么是"西方传统"?现代人该如何对待历史?诗和文学意味着什么?它们与科学、宗教、政治制度的关系又是什么?它们如何共同构成了延续至今的宝贵遗产?过去究竟发生了什么?其中有何规律?

同样有历史关怀的艾布拉姆斯的同代人韦勒克的《近代文学批评史》规模巨大,试图勾勒出西方文学思想从启蒙时代以来朝关注"审美价值"的"内在批评"逐渐演化的历程。① 相较之下,艾布拉姆斯更加重视关键时期的关键转折,想要用简练而不乏丰富的断代思想史揭示"文学"与科学、神学、政治思潮各领域之间千丝万缕的联系。熟悉这种写作方式的人都会发现艾布拉姆斯与思想史大家洛夫乔伊(Arthur Lovejoy)之间在研究对象上的关联和方法上的差异。在艾布拉姆斯刚刚登上学术舞台时,洛夫乔伊已是美国学界的泰斗级人物,他对"诸浪漫主义"的论断构成了其思想史研究的核心之一。② 但是,与洛夫乔伊在面对定义繁多、内涵殊异的"浪漫主义"时选择以复数形式指称这种思想状态的消极唯名论策略不同,艾布拉姆斯坚持使用单数的"浪漫"来描述那个风起云涌的时代,原因似乎在于,如果不使用这样一个"概念",就无法保证对这一时代各种论述和行动的完整把握。③ 在这个意义上,艾布拉姆斯坚持的是黑格尔《美学讲演录》中的历史主义路线——"浪漫"不仅仅是一种趣味,是个别艺术家的立场与风格,还是一种宏大历史叙事当中的阶段性特征。如果不是有这种类似黑格尔主义的历史哲学作为思想先导,艾布拉姆斯的"四要素"就不会被轻易接受为一种历史规律,从"模仿""实用"到"表现""客观"的"总趋向"也就缺少逻辑基础。

第三节 浪漫主义之为传统

就像黑格尔的历史哲学遭遇的批判那样,在布斯对艾布拉姆斯的评论中,这种强行将一段历史中的某些思想因素突出并串联为主导原则的做法遭到了礼貌的怀疑。布斯看到,艾布拉姆斯的行文布局本身蕴藏着一种浪漫主义的特征,这种浪漫主义的底色促使艾布拉姆斯宣称自己是"多元主

---

① 参见 Sarah Lawall 对韦勒克历史思想不同于历史实证主义和新历史主义的解释, Sarah Lawall, "René Wellek and Modern Literary Criticism", *Comparative Literature*, 1988 (1), p. 9.

② 洛夫乔伊:《观念史论文集》,吴相译,江苏教育出版社 2005 年版,第 222—245 页。

③ 艾布拉姆斯:《以文行事:艾布拉姆斯精选集》,赵毅衡等译,译林出版社 2010 年版, 第 102—103 页。

义"。布斯则要追问,带着"多元主义"从事历史研究,怎么能够避免走向"相对主义"?"对于研究批评方式的历史学家来说,相对主义的问题不仅仅是寻找标准,毋宁说是我们能够带着对获得确定答案的信心,最终能够提出何种问题。……那么我们期待从人文主义研究中——具体说,艾布拉姆斯的研究中——获得什么样的知识?"①

艾布拉姆斯在《文化史的理性与想象》一文中对此进行了系统的回应。首先,他表明自己的历史写作旨在回溯传统,来揭示由华兹华斯、拜伦、柯勒律治等人构成的文学史本质上是《圣经》文化的程式产物,并且这种程式已经进入了西方人的语言乃至于思维当中。正是这批浪漫主义者将"天堂—堕落—救赎—重返伊甸园"的叙事线索转变成了"统一性—多样性—重获统一性"的人类教育进程,进而使得《圣经》的教谕世俗化为文学教谕。这一宏大历史观的缔造者包括莱辛、赫尔德、席勒、谢林、黑格尔等哲学家,而诺瓦利斯、布莱克、雪莱乃至于卡莱尔等文学家都是这种《圣经》叙事世俗化的功臣。艾布拉姆斯正是要梳理这一世俗化历史观从人为设计到成为共识的发展轨迹,这条轨迹其实正是古代宗教、神话叙事被哲学化、自然化地阐释为当代真理注脚的"现代性"历程。正是在这个意义上,艾布拉姆斯的真正目的,是要"督促读者的细读并唤起他们完整的回忆"——对过往宗教与神话传统进入现代文学的回忆,或者说,对世俗化历史进程本身的回忆。② 艾布拉姆斯本人则成为一个现代性思想史家,文学理论与批评的历史书写的目标,则是铭记西方现代文明进程的伟大历史。

这种历史书写首先体现为艾布拉姆斯本人对这段历史的"模仿":艾布拉姆斯选择用浪漫主义的叙事手法来展现浪漫主义的历史。在《自然的超自然主义》中,他像以断片书写而闻名的赫尔德、施莱格尔等人那样,加入众

---

① Wayne C. Booth, "M. H. Abrams: Historian as Critic, Critic as Pluralist," *Critical Inquiry*, 1976 (3), p. 414.

② 艾布拉姆斯:《以文行事:艾布拉姆斯精选集》,第104—106页。

多"小插曲",让历史"稍做停顿,转而为主题、结构、组织原则、形式结构等艺术技巧的叙述提供大量的特殊文本"①。事实上,这正是浪漫主义关注个别生成状态的艺术分析法。② 前面说到,同样是处理历史,相对于韦勒克试图将每一个重要思想家都囊括进整体叙事逻辑的做法,艾布拉姆斯对个别作家笔下个别思绪的兴趣远远胜于对把握整体融洽的兴趣。对于他来说,多元阐释也就是尽可能地表达具体文本、话语和历史事件本身的多样性与丰富性。在这个意义上,浪漫主义者们刻意营造出的语词的含混性或复杂性,就成了艾布拉姆斯心醉且致力研究、学习的对象。

抱着这种浪漫主义的态度,针对米勒等人对他在表述上无法做到确然实证的批评,艾布拉姆斯认为,对复杂思想和文学文本的解释必然要有一种敢于抛出观点给其他有理性的人进行对话商榷的底气,这也就要求诠释者能够尽心尽力投入对文本的多角度透视当中,并且在一定程度上遵守使用语言的共同模式。在这个意义上,与其说艾布拉姆斯像解构主义的怀疑主义者们那样认为文本意义无法企及,不如说他承认多元解释都必须建立在最为精致、复杂且充满敬意的细读分析之上,这使得他与浪漫主义时期的思想家与文学家们一样,对丰富多彩的"自然"表示肯定、激赏和信任。文本意义未必有定解,但无休止的讨论却彰显着一种对"定解"的自然诉求。

艾布拉姆斯与18世纪末的赫尔德有惊人的一致性,他们共同相信纷繁的历史现象中蕴藏着难以估计的可能性和艺术价值,进而在这个意义上承认,"多元"且充满信心地看待这一切,会让长久遭遇压抑的生活变得更好。这种浪漫主义的多元论会否在当代带来"相对主义"呢? 如果我们所说的"相对主义"是一种对确定性的彻底否弃并且最后会导致价值虚无,那么浪漫主义的多元论看上去似乎不会造成这种价值虚无。艾布拉姆斯坚信,他

---

① 艾布拉姆斯:《以文行事:艾布拉姆斯精选集》,第107—108页。

② Robert E. Norton 认为,浪漫主义奠基者赫尔德的美学接续了启蒙时期科学分析的方法论。*Herder's Aesthetics and the European Enlightenment*, Ithaca and London: Cornell University Press, 1991, pp. 12-50.

的多元论所能揭示的永远只是"部分真理"。尽管如此,在承认个体认知的有限性的同时,也完全可以承认真理的客观存在。浪漫主义并非怀疑真理,而是相信更为宏大的真理可以通过历史的、分析的方式得到全方位的呈现。这种确定性不只依赖于理性推理,还将更多的分析任务交给了感官、身体和情绪等对"自然"的整体把握。① 实际上,这也就和瑞恰慈和韦勒克一样,把个体的审美体验与心理在"内在"文本中的感性彰显视为了文学活动的关键环节。

那么,对于文学研究者来说,一旦认同了这种"浪漫化"的可能,并将自身沉浸到感性"自然"的流露和抒发过程中,那又该如何尽可能地贴近"真理"、把握作品呢? 答案是强化自身主动参与体验和阐释的积极性,并不断"回到传统":

> ……诗歌的完整意义取决于我们在允许范围内做出的阐释,而且随着我们关于传统的重要知识的增长,诗歌的意义也就随之扩大。我们并不是先分析诗歌本身再求助诗歌之外的传统。相反,我们要把传统作为衡量诗歌意义的一个尺度,将其视为诗歌内部的共鸣。当我们在一首诗里听到澄明我们的西方文化传统中某个伟人主题的呼声叫,呼声以艺术的名义与伟大作品相应而与它们的先祖之声相呼应,这就是评判伟大诗歌的标准。如果任何一种审美理论否定了该标准,认为它是与诗歌价值风马牛不相及的外在标准,那我们将怀疑这种论断存在的价值。②

在一个艺术与文学陷入极端形式主义和"非人化"(奥尔特加语)的时代,艾布拉姆斯呼吁返回"人道"(humanity)的根本原因,是要让人们能够在

① 艾布拉姆斯:《以文行事:艾布拉姆斯精选集》,第 108—112 页。
② 艾布拉姆斯:《以文行事:艾布拉姆斯精选集》,第 113—114 页。

民主化的语境之下重新重视传统作为生活尺度的意义。这也是浪漫主义思潮中的一大特征。无论是"四要素"的区分,还是对文学发展史的细描,抑或是对具体作品与思想的剖析,最终都是为了让生活在 20 世纪的西方读者看到,人类需要浪漫主义强调的朝向传统、文艺和神话的"认信"态度,才能够使得灵魂整全,身心自由。浪漫主义作为西方历史上一股长久而深刻的思想文化潮流,成了一种持久的青春活力之"原型"。这一青春的图景在民主时代鼓舞着一代又一代的"天才"引领文化的走势,发明新的传统,以至于其本身已经构成一种需要被历史化地看待的"传统"。艾布拉姆斯通过对浪漫主义的重新书写,再次编织了新的文学神话,并且试图给现代西方人提供精神食粮。在这个意义上,当代文学研究的真实价值——保护和赡养本民族的未来灵魂——得到最大限度的呈现。

在艾布拉姆斯所处的美国,这样的民族传统则是民主自由的传统。作为"居间"的"宗师",艾布拉姆斯独享霍布斯鲍姆所谓的"短 20 世纪",他在"二战"期间登上学术舞台,这使得他的研究打上了时代的烙印。我们不难发现,在一个"冷战"的语境中,美国人艾布拉姆斯强调"我们的传统",就意味着与东方舶来的共产主义新思潮保持距离。艾布拉姆斯与解构主义的对话,或许也正是自由主义传统与来自欧洲大陆的新思潮的对话,是两种政治文化意识的对话。"浪漫"作为对传统的回忆,也正是一种强烈的家园意识,旨在保护所谓"西方正统文明"的纯正血统。

第四节　如何面对艾布拉姆斯的当代遗产

艾布拉姆斯的 20 世纪已经过去了,如今再奢谈"浪漫",似乎难以回应日益功利化、现实化的世界氛围,浪漫主义的历史研究,也未必是唯一值得继续跟随的回归传统之路。但我们必须严肃对待这种浪漫主义的遗产,尤其是在文艺理论研究界。不难看到,德意志浪漫派一代人开创的人类学、民俗学和考古学至今依然生机勃勃;文化研究所强调的细读与深描,则与艾布拉姆斯的历史多元论视角彼此应和。20世纪各种文学理论思潮的历史最终教会我们：文学研究，尤其是理论研究，不能脱离传统背景。这也就是我们如今熟悉的"语境论"的基本观点。浪漫主义的历史主义，要求的并非彻彻底底回归传统"复古"，而是在传统中发现更加有效的现实方案，来服务于当下的实用目的。为"新批评"的实用目标补充历史营养的艾布拉姆斯也是如此，他的"以文行事"中的"事"，正是我们自己朝向未来的共同生活。明白了这一点，我们才能明白艾布拉姆斯作为文学教育者、作为20世纪文论代表人物的良苦用心。不仅是他，只要我们看到奥尔巴赫之于犹太文明、韦勒克之于欧洲现代美学、布鲁克斯之于美国南方保守主义的根深蒂固的语境与认同机制，也就能够真正进入西方当代文论的思维领域，看到这些"理论"背后的生命源泉，从而更好地明白20世纪的文学理论研究具有何种意义上的共性。

回到中国文学理论研究的最初问题上来。首先，我们从艾布拉姆斯与浪漫主义的案例中可以看到，对历史和传统的尊重是必须的。两千多年来，我国的文艺思想一直与经史传统保持互动。"经史"并不是彻底分离的"经"与"史"，而是"经"中有"史"，"史"中有"经"。的确，若无《春秋》《尚书》《诗经》所提供的翔实政治与社会经验，中国的文学之"经"与"道"也就无从说起。刘勰的《文心雕龙》也非常强调"原始以表末"的历史研究方法。艾布拉姆斯重视文本细读和历史分析的做法，显然与我国的传统有着相通之处。对于当下的文学研究与批评而言，理论与传统、经典、历史的分裂已经成为一个问题。在文学理论的课堂上，很少传达关于中西方各家各派文学作品和文学观念史的知识。这就导致理论工作者无法更好地掌握理论本身诞生的思想与社会温床。对于中国读者来说，如果仅仅把艾布拉姆斯当成一个"四要素"教条的提出者，那么无异于将他肤浅化为一个苍白的、被"神化"的名字。要纪念他，我们应当继续捧起《镜与灯》，阅读他的历史叙事和文本细读，并由此让文学理论研究扩张到思想史研究的领域当中。唯其如此，我们中国的文学爱好者才能学到真正的研究技艺，进而能够走出机械套用西方

理论的困境,带着充分的自信心和分析力,重新直面我们自己传统的真实
情况。

　　但这并不意味着我们应当将思想史中的浪漫主义方法视为一种永恒正
确的方法而全盘接受。毕竟,浪漫主义的感性与多元倾向有着相当强烈的
不确定性,其对历史的热衷往往也会带来激烈的"反传统"潜能,其最终将以
诗性的、抒情的解放口号表征出来,并形成一个时代的基本风气。

| 第三章 |

克里斯特娃：文本理论与诗化主体

第一节 "作品"变为"文本"的学术机制

20世纪80年代以来,一种涵盖一切人文社会学术知识、以政治关怀为基本导向的大写的"理论"开始在西方学界兴起,并逐渐形成一门特殊的学术研究领域。[①] 这种大写的"理论"具有批判性和症候性特征,往往紧密关注时代所面临的种种冲突和难题。就目前的情况来看,这一"理论"研究的范式已经获得中国人文学术界的认可,其影响力正在逐步上升。诸多哲学社会科学学者与文艺批评家都热衷于援引"理论",对社会、文化乃至于公共政策话题提出批判性的见解,以求解决中国的现实问题。

就文学研究来说,"理论"的风行往往与关于文学本体的讨论相关。一般认为,从文学的"内部研究"转向"外部研究",是"理论"出现之后的必然趋势;但只要对积极介入文学批评的"理论"派别如"解构主义""女性主义"和"后殖民主义"等有起码的了解,就会发现,大多数试图以"理论"视角展开伦理政治批判的学术实践,实际上更加依赖对"文学"本身亦即作品文本的剖析和阐释。排除掉少数简单粗暴的"强制阐释",回顾国内外学界自20世纪

---

① 周宪:《文学理论、理论与后理论》,《文学评论》2008年第5期。

80 年代以来的"理论"工作,不难发现其中蕴含着对"内部研究"传统的或隐或显的延续。尤其是进入 21 世纪以来,研究者已经形成共识:脱离"内部研究",单纯靠援引"理论"开展的批评实践并没有继续发展的意义。

"文学"的本体研究,往往被归结为文学文本内部的分析与解读。在"理论"潮流逐渐生成的过程中,"文本"也随之受到重点关注。因此,围绕文本问题开展的"理论"思想史研究,也就值得不断回顾。对克里斯特娃的文本理论进行语境式梳理,进入其理论的复杂系统中展开剖析①,可以获得理解西方当代"文本"理论的重要材料与观察视角,还能从中体味到中国新一代学者对西方"理论"的接受心态,并尝试提出一些由古今中西文化差异所带来的理论内部的问题。说到克里斯特娃,文艺理论界并不陌生:光"互文性"的概念,已经足以让她长居西方文学理论引用率排行榜前几位。然而,在2015 年的《克里斯特娃学术精粹选译》②出版之前,克里斯特娃本人的文艺理论著作,却甚少被翻译为中文。在一定意义上,翻译的热度往往可以代表研究的热度,"国内学界对克里斯特娃的理论研究关注较早,但专门研究少,深度欠缺"(第 4 页)。这难道是因为克里斯特娃比福柯、巴特这样广受关注的西方学者更驳杂丰富?或者是因为她比德里达更难读难懂? 实际上,克里斯特娃是一位思路清晰、观点鲜明的体系型理论家,这一特征尤其体现在她对"文本"概念的传统继承和重新阐发方面。

崔柯的研究非常重视克里斯特娃对西方"文本"观传统的继承,因此,他特地梳理了西方文艺理论界将传统"作品"概念逐渐改造为"文本"的历史。这一历史也正是"内部研究"和"文学性"逐渐得到体系化、理论化表述的历史。崔柯指出,无论是俄国形式主义在"文学语言"和"日常语言"之间的区分,还是英美新批评悬置现实判断后基于诗歌内部逻辑的"客观批评",抑或

---

① 崔柯的《克里斯特娃文本理论研究》(中国文联出版社 2016 年版)对此做出了探索。以下对此书的引用均只随文标注页码。

② 原译为《克里斯蒂娃学术精粹选译》,克里斯特娃的译名一直没有得到统一,本书依照崔柯的译法,译作"克里斯特娃",在引用其他译作时也随之改动。

是结构主义对语言结构系统的符号学处理,都不是要"否认、摒弃社会历史和作者因素,而是探讨这些现实层面如何结合、构建出一个意义结构"(第43页)。在这个意义上,他们共同关注的是作者将现实"编织"成作品的过程中的创作方式与艺术细节。

基于上述这些"内部研究",尤其是罗兰·巴特的符号学,克里斯特娃的研究找到了立论的出发点和批判对象。巴特的文本观具有涵盖一切文化现象的特质:无论是大众文化,还是精英文学,都具有"文本"的编织性,也就具有了可分析性。从这一角度来说,文学批评的涵盖面也就随之扩大,"文本"概念的泛化实际上意味着一切符号的存在均可被视为"内部研究"系统之下的文学作品,因此,文本解读者可以作为"文学/文化批评家",积极介入现实中的符号表意机制,以怀疑主义的方式对其生成机理进行剖析,使之背后隐藏的精神品质与意识形态暴露在外。所以,一旦走出文学作品的概念,以广义"文本"的概念取而代之,那么"内部研究"也就将发展为面向普遍文化生活的"理论",文学批评的权能由此扩大为社会批评的权能,批评者在现实世界中的影响力也将随之扩增。哪怕是如克里斯特娃所揭示的符号学的"自我怀疑"(第49页),本质上也是要强调批评家自身具备一种不断怀疑社会表意机制的批判能力,有时这种批判能力甚至等同于某种洞察实事本真的哲学视野。

而一旦"文学"概念弥散为"文本",文学研究的重点就会超出传统意义上的作品研究,并且事实上对构成经典序列的历史叙事进行扬弃,暗中可能贬低了那些在政治、宗教与社会维度与真实世界息息相关的作品的价值,反过来又将具备"纯文学"色彩、以纯粹审美和思辨为目标的作品摆置在中心位置。与此同时,我们也得承认,作为"文本"而可以得到解读的对象却又在不断扩增,以至于在影视、传媒乃至于日常的审美生活当中,文学理论往往会宣告自身具有权威的解释权。"理论"正是借助这一"文本"的本体论化,让文学研究由"内部研究"拓展为当前流行的文化政治学(cultural politics)。克里斯特娃对"文本"理论的发展,也正体现在这一方面。

对"文本"及其相关概念的这一泛化/本体论化,具有强烈的政治介入意识,并且往往和马克思主义的社会批判理论联姻。比如:后结构主义者如德里达揭示了符号的交互传递是以货币流通为典范的,研究符号系统和研究货币作为"共同尺度"具有逻辑上的一致性;而克里斯特娃则试图从这一维度的符号学跳出,走向关注交换阶段之前的"沉默的生产"阶段,就像揭示劳动的深层生产过程一样,揭示符号背后意义的深层生产过程,由此更加"及物"地把在固化形式之下的异质因素全面暴露出来。进而,克里斯特娃引入弗洛伊德精神分析学说作为策略,对这一前形式化阶段进行分析。无论将这一阶段所发生的活动称作"劳动"还是"生产",其中总是蕴含着对个体意识由潜在到显在的"发生"过程的关注。(第52—54页)在这个意义上,克里斯特娃的文本理论通过吸收马克思主义的思想传统,预设了这一具有丰富潜意识体验的个体在社会中展开体验与反馈的客观实存性,而这一维度的客观实存性,构成了其符号和文本表达的可分析性的前提。

第二节　克里斯特娃文本理论的主体旨趣

其实,上述这一符号生产过程,往往伴随着一种"主体"的重构,也就意味着将自由主义意识形态中的理性主体去魅,使之还原为被动进行感受、记忆与潜在重现的潜意识存在者。唯有将这一维度揭示出来,才能呈现一种"分裂主体",他或她往往"处在社会压抑和自身冲动的双重控制之下不断地调整、更新自我意识",这一过程必然也就是主体不断溢出现成意义系统和社会意识形态,在直接感性的生存体验中自我生成的辩证矛盾过程。这样看来,克里斯特娃关于"文本"的"生产符号学"和"解释符号学"的框架的建构目的是重新定义、发现一个在社会规训结构发生前就已经具备意义生成潜能的"反抗的革命力量"。(第57页)

克里斯特娃对这一前社会生产阶段的"符号态"主体的理论建构,引用了柏拉图《蒂迈欧》中关于"容器"(chora)的描述:"一切生成的载体,如同养育者。"在克里斯特娃自己的语境里,"容器"的主体阶段,意味着"真实界"和"象征界"尚未分割、符号表达仅仅处于无意识状态的生存阶段。其实,一旦注意到克里斯特娃在 20 世纪 60 年代接受的种种激进思想中包含着存在主义,并且意识到存在主义的核心就在于对这一前象征界的意识涌流阶段的发现,就能在克里斯特娃的"容器"与海德格尔的"此在"之间发现逻辑上的一贯。尽管理论资源来自弗洛伊德和拉康,但我们不能忽视海德格尔对法国思想界的决定性影响。

只不过,海德格尔明显依然是试图从对存在者之存在属性的分析来展开哲学探究,笛卡尔和康德等人的身影偶尔也会在他的理论中闪现;而克里斯特娃这一代人则更加注重以"经验科学"为外衣的精神分析理论,"克里斯特娃反对在现代哲学'超验自我'的基础上探讨这一问题,认为只有借助精神分析学说,才可以阐明主体问题"(第 86 页)。尽管如此,克里斯特娃关于主体存在状态的结论却和加缪、海德格尔甚至尼采的存在主义的结论非常相似:

> 人的自我不过是建立在对虚幻的能指的追求上面,主体终其一生,看似为理想努力,实则是一种错位和误读,主体竭尽全力寻找完美的自我想象,然而他所参照的空间,不过是语言的能指所组成的集合体。主体永远奔波在追求幻影的道路上……(第 89 页)

发现这一西绪福斯般的存在者之境遇后,克里斯特娃的态度,是通过回到"文本"中包蕴的强烈诗性特质,对这一语言能指的生涯给予积极判断。她相信,创制"文本"的行动需要依赖"诗性语言"的拟真特征:作为言语行为的"诗性语言",其自身具备语言规律的客观要求,能够与客观世界发生一种看似赋加真值的判断,但实际上又不必承担赋值的真诚性义务。比如,作家说"上海有个人叫张三"时,他并不保证上海有个叫张三的人的真实性。在此基础之上,"诗性语言"还可以超出单纯的主谓差序的语法关系,颠覆指称和陈述的一般规律,这样一来,"诗性语言"就能承担发现"他异性"(alterity)的任务。

主体通过诗性的能指陈述就此构建出一系列存在于文本内部的拟真客体,这些文本中的拟真客体将会涌入象征秩序中,参与打破和重构的任务,这一过程又反过来影响到主体自身在其中的定位。克里斯特娃就此发现了一种生产性主体对世界的整体意义进行再创造的契机。只是,不同于解构主义预设象征界秩序立足于意义混乱状态的悲观意识,克里斯特娃坚信,要在现实世界产生真正的革命性主体,首先要不断遵循语言、符号和文本本身的设定原理。唯有在设定原理的基础之上,拟真的符号指涉活动才会发生,意指活动的多元与丰富才能够实现(第84—98页)。这也许就是她相对于其他后结构主义、后现代主义者来说更为严谨且传统的地方。她并不渴望再度造就目的论色彩浓厚的新的象征秩序和大写的革命话语,而是要找出文本内在的生命冲动和自然终点:

> 这种文本实践与某种目的主义的和形而上学的能量没有任何
> 关系:它不生产任何其他东西,仅生产它自身的死亡。[①]

这也就引出了"文本"之上的"互文性"所生产的意义的性质问题。由于"文本"必然具有"互文性"特质,其意义的性质也就处于"定"和"未定"之间,主体的冒险创造在其中也就体现出超越形而上学的生成力量。在克里斯特娃看来,当下文本的前代文本是已经形成稳定意义系统的文本,这种文本叫作"现象文本",其意义显现机制就像"代数学"那样明晰;而在"现象文本"具备的稳定意义系统和交流机制背后,还有着一种被她称作"生成文本"的潜在的意义网络,这一意义网络的显现方式就像"拓扑学"那样,和接受者、解读者密切相关,进而充满了强大的、原生态的生成创造力量。在对"生成文

---

① 克里斯特娃:《符号学:符义分析探索集》,复旦大学出版社2015年版,第192页。

本"的体验过程中,"主体所能容许自身达到的最勇敢的探索之一"得到显现,甚至凭此来建构自身(第100页)。从而,对生成文本的创作和解读,也就能够开启主体力量的召唤结构。在这个意义上,无论是"诗性语言"还是"互文性",这一系列文本理论的表述,最终都旨在通向主体前社会状态之原初激情与力量的重新解放,这就是克里斯特娃文本理论的革命内涵。

在这一激进的主体解放立场之上,作为文学理论的文本理论才具有了介入社会的现实感。这也就启发我们看到"内部研究"也可能蕴藏积极的社会干预特征。在《反抗的意义与非意义》中,克里斯特娃尤其强调,社会介入或者说"反抗"应当依附在"美学"和"艺术"之上,依附在"想象的权利"和违抗禁忌的一系列实践之上。[①] 克里斯特娃尝试利用精神分析的理论凸显主体的原初诗性表现倾向,其实是为了让"文学"变成呼唤民主与公共自主权的政治武器。

那么,克里斯特娃乃至于巴特式的符号学理论,如果要在今天获得全面的学理审视,也就需要回应如下的追问:作为阐释"文本"的主体,符号学家或文学理论家们,应当扮演什么样的角色?

就20世纪60年代的语境来说,克里斯特娃这代关注"文本"的激进理论家,首先渴望的是将西方主流话语中的意识形态欺骗性揭示出来,并以文本批评解读的方式,营造一种对抗性、解放性的新鲜的公共舆论。从历史来看,这是19—20世纪上半叶西方文学批评中的先锋派倾向早已暗中具备的姿态。先锋的思想如何能够进入大众并生成强烈的颠覆性?这一问题在"文本理论"这一代人这里,得到了相对有效的解决。作为先锋思想代表的理论家、批评家具备符号学、文本学的专业知识,因此也就具备对一切文化表征的科学判断能力。公共舆论中上至文学经典作品、下至大众文化的一般看法,也将随着这批人的理论与批评工作而得到重新修正。通过符号学、文本学的批评解读,传统作品中的艺术机关被全面开启,其中可能存在的思

① 克里斯特娃:《反抗的意义与非意义》,吉林出版集团2009年版,第21—22页。

想操控乃至于意识形态欺骗也就随之暴露,这是一种亲近、启发和动员社会大众的姿态。在 20 世纪上半叶,我们不难看到,诸多与西方国家官方意识形态持不同意见的学者,试图用科学实证和形式剖析的态度建构"内部研究"的批评路径,这首先使文艺作品的解释控制权被牢牢控制在少数学院分析家手里,然后又让复杂的文学信息可以通过清晰通俗的方式,传递给公共舆论。看似科学的语言学、符号学手段,其实只是一种切断外在干预的启蒙途径。这是一种对"科学"的扮演,实则也就是对毋庸置疑的真理的扮演。

"文本"的理论史,在这个意义上正是文学批评承担起大众启蒙使命的思想史。编织一种关于"文本"的理论,并非简单地试图重建文学经典的序列或是仅仅朝向"科学"的解读法迈进,而是试图打开文学教育的方便法门,让更多的人拥有理解经典、创造经典的机会与勇气。"文本"概念当中包含着普及文学能力——包括阅读能力、分析能力和再创造能力——的诉求。

举例说来,当瑞恰慈、燕卜荪在中国传播"新批评"的诗学时,一种渴望审美独立地位的学院派生活态度也随之在中国获得一定地位,而其中也蕴藏着一种"实际批评"的普及化诉求①。到了 20 世纪八九十年代,随着纯文学、文学自律等口号的重新提出,一种文化启蒙的意味也涌现出来②。可以说,今天中国的"理论"热潮,是西方"文本"观的延续,也是文艺理论通过科学化、体系化手法积极介入社会的路线的延续。但从宏观的视角来看,他们的目标都是一致的:在突飞猛进的现代化进程当中,用文艺批评的文本实践来调节日益低俗化、平庸化的大众文化,使之能够反过来构成朝向未来解放的动力。

---

① 季剑青:《"实际批评"的兴起:20 世纪 30 年代北平的学院文学批评——以叶公超、瑞恰慈为中心》,《中国现代文学研究丛刊》2008 年第 1 期。

② 贺桂梅:《"新启蒙"知识档案——80 年代中国文化研究》,北京大学出版社 2010 年版,第 342—348 页。

第三节 "文本"背后的诗性愿景

那么,为什么是诗? 为什么是"文本"? 为什么是文学批评?

要回应这些问题,我们首先得回到现代文本理论的思想温床。克里斯特娃的理论虽然试图扬弃张扬的浪漫主义主体性,但正如崔柯借用艾布拉姆斯的"灯"的隐喻所暗示的,在"生产"的符号学当中,实则保留了浪漫主义的诗性创造精神:

> 文本理论中的作者失去了天才的光环,却获得了革命的力量。……文本理论中的"说话主体"和浪漫主义那里"诗人是世界未经公认的立法者"的说法一样,都显示了文学对现实的批判、对理想的寻求。(第 128—139 页)

这就启发我们猜想:浪漫主义的美学与诗学,是否为文本理论赋予观念基础? 通常会认为,把"作品"理解为"文本",对其展开单纯的形式分析,这意味着以笛卡尔主义的"做减法"方式,悬置外间世界和作者主体等因素对文本的内在诗性形式的影响。但实际上,在 20 世纪以降围绕"文学性""文学语言"和"形式"而衍生出的各家各派理论潮流中,这种极端的、纯粹的做法都并不多见。"文本"的本体限定特征,的确意味着笛卡尔式"限定性分析"思路的延续,但同时也意味着浪漫主义关于"内在无限"心灵的观点的客体化。

"内在无限"是现代文本理论的核心问题。相比起浪漫主义的内在无限的心灵,文本理论更愿意相信文本本身的意义是内在无限的,禁得起无数解读的拷问。面对文本追问其意义的内在无限性,实际上也彰显着一种启蒙的或者说解放的意图:在形式上追求明晰和普遍快适(对应康德所说的"美")的同时,解读者往往也会要求文本提供精神意义,提供一种强烈且普遍的情动感召。在这个意义上,通过文本意义的无限可能性的直观显现,反过来催生解读者面对文本客体时主体意志的内在无限性——这种康德意义上的"崇高感"体验,也同样是现代文本理论的题中之旨。这也就强烈要求文本批评拉回对主体的意识活动与情感体验的考量维度。在这个意义上,文本问题最终是语言的表达—使用问题:因为唯有在语言作为行动而实现于此世的过程中,主体意识与世界对象的意向性关系开始变得可以分析,主体内在的无限"潜意识"及其崇高体验,也就将在文本意义的无限性折射当中被呈现出来,进而,更为复杂丰富的主体性将得到综合的开掘。在这个意义上,谈论"文本",也就是谈论"语言"中这种无限主体意识和无限客观意义之间意向性关系的复杂呈现。文本理论家通过解读文本的丰富意蕴,可以促进自我和他人在阅读中发现或建构自我的文化记忆和意识结构。

浪漫主义者是西方思想史上第一批视"语言"为核心思想问题的人,这首先是因为在 18 世纪后期发现了语言的历史性规律:从习得到完全掌握一门语言,人类对外间世界进行把握的理性认识能力也随之逐渐生成。"逐渐生成"意味着人类个体在每一发育阶段暂时的不健全、不理智与不适应都是自然现象。一旦将这一逻辑扩大为文明论观念,就会有人认为,对于在文明秩序当中暂时居于落后状态的群体来说,只要他们表现出强烈的进步的潜能与欲求,他们就应当得到与高度发达的文明同等的对待。换句话说,如果语言与语言之间、文本与文本之间能够实现互通有无乃至于对译,那么也就意味着这些语言所对应的社会群体、民族国家和文明体系之间能够实现地位平等。要证明两种在表现实在世界方面显然差别甚大的语言之间其实并无高低之别,理论家会尝试论证,在表征客观方面有欠缺的语言,反而更加具有表征主观内在世界的能力。这就是"表现主义"或者说"浪漫主义"的内在无限观的起源。

赫尔德、歌德和浪漫派这代人就宣称,德语将构成与精确明晰的法语地位平等而又独具个性的"诗性语言"①。这种"诗性语言"的特征,就在于其中

---

① 冯庆:《民族的自然根基——赫尔德的"抒情启蒙"》,《文艺研究》2018 年第 5 期。

表现着每一民族个体心灵的内在无限性,进而蕴含着无穷的文明潜能。在此之后,凡是后发的民族共同体及其代言人,都会渴望通过诉诸语言在表现内在无限性方面的特性,来和其他的民族争夺文明等级上的平等。但这并不意味着这种"内在"必然要求排斥"外在";相反,"内在"的丰富意味着一种对客观世界更加真实细腻的体现与占有。就此而论,作为主体表征外在世界核心能力的作诗能力,也就被提升为人类文化生活的首要能力。诗,进而成为主体的内在无限性通过想象力和艺术手段为新世界赋予秩序的最佳途径。

作诗的能力或者说"想象力"通过塑造人类的内在世界,最终意味着对自由生活愿景的塑造。克里斯特娃曾经动情地声称:

> 由意识最终确定的说话主体的统一性是通过一系列生活和意义的变化来不断巩固的……"我们""自我"和"本我"是由许多面组成的。正是这个多面让我们又喜又忧,对我们又贬又扬,使我们的言语交流一语多关,让我们懂得在生活中苦中作乐,为生命增添亮彩。从这个角度来说,写作或思考可以称为对"世界的心理"的永远质疑。[①]

这一通过言词意义的多变来激发生活之多元性的诗性期许,基本上构成了浪漫主义以来文艺理论家们普遍的"原欲":从什克洛夫斯基的"陌生化"到穆卡洛夫斯基的"前景化"的审美原则,都并不在于以科学手法落实对文学文本的剖析,而在于借用客观化手法来让人类的内在自由表达获得正当性依据,在揭示自由意志无限可能的同时,使之呈现出可把握性和可效仿性。

唯有在把握浪漫主义内在无限性观念对 19、20 世纪文艺理论的巨大影

---

① 克里斯特娃:《反抗的意义与非意义》,第 28 页。

响之后,我们才能理解"文本"理论的激进性,进而理解以克里斯特娃为代表的理论家为何会从孤立的"文本"观中很快走出,再度提出关于主体、表现与再创造的诗学诉求。在这方面,西方诗学之父亚里士多德的经典判断,似乎可以永远用来传达"理论"通向"诗"的真实动机:诗比历史更哲学也更高尚,因为诗倾向于表现普遍之事。我们时代的理论家们总是致力于进一步让诗性的文本实践表现更高、更富哲学性的普遍意味,进而在现实世界中发挥强烈效用。而这种话语实践又必然会不断返回最初的诉求,推动起新的波澜。在今天的中国,随着文艺理论研究的推进,这种大写的"理论"也将不断发挥上述作用,如何对这种学术实践进行宏观定位,则需要有心人仔细思索。

| 第四章 |

巴赫金：在对话中独白

第一节　巴赫金与"文艺学"

文学需要得到阅读，文学理论的首要问题是如何解读文学文本的问题。就此，文艺学学科已经提出过诸多看法。其中最为耀眼的研究成就，莫过于苏联学者巴赫金的"对话"理论。在如今的文学理论界，在解读任何一部文学作品时，如果不能引用对话理论，不懂得"复调"的术语，不懂得克里斯特娃等一批法国后现代主义者从巴赫金那里领悟到的"互文性"概念，就几乎等同于门外汉。

的确，巴赫金是文艺学最伟大的先驱之一，是有效将"马克思主义"与"形式主义"的批评方式结合起来的一位代表人物，是 20 世纪文学研究范式转型的一个典型案例。要让一种新的学术范式从传统中脱颖而出，最佳的方法就是从细微、个别的案例出发，挑战既有的范式。这种挑战应当首先对传统展现出适当的尊重。在题为《陀思妥耶夫斯基诗学问题》的书中①，巴赫金用宝贵的第一章来讨论前人对陀思妥耶夫斯基的研究。这一段为当下的

---

① 以下对巴赫金的引文全来自《陀思妥耶夫斯基诗学问题》，刘虎译，中央编译出版社 2010 年版。

文艺学研究提供了非常漂亮的文献综述写作样本。对这样一个经典的理论文本进行细致的解读,学习巴赫金的阅读与运思方式,有助于我们更好地掌握文艺学这一学科的基本学理和诉求。

巴赫金开门见山告诉我们,在解读文学作品时,首先得从使得我们留下深刻"印象"的话题出发,这个话题就是,在被研究者陀思妥耶夫斯基身上,存在着一种迥异于其他作家的特征。这种特征体现为其笔下人物丰富的哲学观念立场。陀思妥耶夫斯基的独特情况在于,作者本人的哲学思想与这些笔下人物的思想的关系是错综复杂的:是混杂于其中,或是所有思想的综合,甚或被这些思想所"淹没"?巴赫金试图解决的正是这一问题。他打算告诉我们的答案,并不是陀思妥耶夫斯基本人的哲学思想是什么,而毋宁说是陀思妥耶夫斯基本人的写作意图是什么。

《陀思妥耶夫斯基诗学问题》的题目以及文中不时出现的对"有机整体"的强调,提醒我们这是一本有亚里士多德血统的著作。在亚里士多德的诗学理论当中,诗人的技艺和意图决定了情节具有的有机整体性,后者反过来成为衡量诗人水准高低的标尺(1451b27—1452a,1456a4—8)[①]。巴赫金暗示我们,陀思妥耶夫斯基在创作过程当中并非没有进行冷静的思索和哲学思考;陀思妥耶夫斯基写作意图背后的真实观念,是我们用通常的阅读方式无法发现的。似乎当代文艺学应当延续亚里士多德的传统,发现在这一维度上尚未被发现的作者意图。

"意图"在20世纪的文艺学研究中是核心问题。这并不是说在过去"作者意图"就不重要,甚至,在一度的文学阅读中,作者意图是唯一重要的话题。巴赫金想要让我们相信的是,"作者意图"不再是19世纪的"艺术意志"学说(这种学说有深厚的19世纪历史哲学背景)所强调的那样,是由社会语境和文化背景所造就、可以通过哲学或社会学维度的分析而讲清楚的东西,而是一种仅仅体现在具体某个创作者身上的特殊内容。对这种特殊内容展

---

① 　陈明珠:《〈诗术〉译笺与通绎》,华夏出版社2020年版,第81页。

开的"艺术的""结构的""形式的"分析,就是"文艺学"。文艺学理解的"作者意图"看上去不关心一切既有的社会现实话题和哲学理念,而是一种上升到原理层面的艺术构思与策略。文艺学所要分析的对象,其实是作者的"艺术建筑学"。

作为一位现代文艺学家,巴赫金试图在这一章乃至整本书中达成的潜在意图之一,就是为"文艺学"提供一种崭新的基本研究范式。如果用他的理论来理解他自己,我们应当分析巴赫金这次写作中的艺术构思与策略。显然,我们可以展开一种略微大胆的猜测,认为巴赫金想要提供的文艺学范式与其研究对象一样,或许本身具备"对话"的特征。用巴赫金本人的话说,"各种独立的不相混合的声音与意识之多样性、各种有充分价值的声音之争的复调"是陀思妥耶夫斯基的新艺术形式的基本特征,也是其从传统当中脱颖而出的特征。如果文艺学是唯一能够从陀思妥耶夫斯基身上看到这种特征的学术视角,那么我们自然会设想,文艺学与这种基本特征有相当程度的亲和力。之后我们会看到,陀思妥耶夫斯基笔下人物的声音,在巴赫金看来是各自为政的。那么,巴赫金笔下的各种声音又是何种情况呢? 就像我们在这一章里看到的那样,巴赫金也似乎试图做到让"各种独立的不相混合的声音与意识之多样性"彼此争鸣。这是否属实?

第二节 《陀思妥耶夫斯基诗学问题》开篇的各种"声音"

我们需要通过分析巴赫金引用的那些"声音",进行一番细致的考察。

伊万诺夫素来强调来自拜占庭—东正教文化传统的宗教共同体构建,他的理论在巴赫金看来是一个典型的案例:在伊万诺夫眼中,陀思妥耶夫斯基是已知的艺术意志的代言人,这种艺术意志是旧时代形而上学与伦理学的独白。相比起这种答案,对艺术作品的具体形式的分析是伊万诺夫的弱项。阿斯科尔多夫的看法与伊万诺夫类似,将陀思妥耶夫斯基视为一个浪漫派的独白写作者,未能看到这位大师卓越的观察力和艺术综合力。陀思妥耶夫斯基是一个冷静的文本控制者与谋划者,小心翼翼地藏在他的人物行动和纷繁复杂的思想背后,人们不能通过既有的一切心理学或哲学概念去分析他的真实哲学观念。巴赫金认为,伊万诺夫强烈的伦理政治诉求和阿斯科尔多夫作为兄弟会成员(巴赫金一度是他的同门会友)的文化精神诉求使得他们无法让文学摆脱既定的"哲学"的约束,无法看到小说中由作者精心设计的人物与思想自由。巴赫金这里的比喻饶有趣味:主人公的自由不会破坏作品在结构上的严格确定性,就像无理数或超穷数的出现不会破坏数学公式的确定性一样。这似乎是将陀思妥耶夫斯基比作一位运算无理数的数学家。数学家把握的是无理数的形式概念,而非其确切内容。没有人能知道 π 的所有位数。同样地,陀思妥耶夫斯基也并不了解每个灵魂的所有内容(这似乎跟无理数一样是无法穷尽的),他知道并写下的只是灵魂的形式概念。陶醉于哲学、理念式解读的批评家,正是错误地将这种形式概念理解成了陀思妥耶夫斯基试图集中表达的现实内容。

格罗斯曼涉及了小说的艺术结构,因此被巴赫金封为"我国文艺学界客观全面地研究陀思妥耶夫斯基诗学的奠基人"。但格罗斯曼的看法与其说是诗学,不如说是反(亚里士多德式)诗学:他认为陀思妥耶夫斯基的基本特征是破坏通常的有机统一法则与故事完整结构。这种俄国形式主义式的"陌生化"理解依然不能完全满足巴赫金,原因在于,陀思妥耶夫斯基的独特性远超格罗斯曼所定义的那种福楼拜也同样具有的特征。这种独特性就是"多文体""多重音"乃至"多世界",价值与素材在其中彼此冲突,又构成更高的统一。格罗斯曼将这种冲突局限在人道主义和宗教之间,这就将其抽象化、哲学化,进而独白化了。巴赫金还在戏剧对话的问题上体现出更为反亚里士多德的看法,认为以往的戏剧对话其实依赖更为坚实的世界统一,进而就其作为整体上的戏剧行动而言是纯粹独白的。在亚里士多德式的古典戏剧当中,其实不可能出现陀思妥耶夫斯基式的复调现象。问题出在根本性的"对话立场"之上:陀思妥耶夫斯基没有把各种声音、意识与观念吸收到自己的意识当中作为整体呈现,他所呈现的是多种意识之间的相互作用,以至于作者本人成了一个具有"最伟大力量"却又彻底"置身事外"的"第三者"。这种作者在亚里士多德时代有没有,我们姑且不谈,但在巴赫金的时代,陀思妥耶夫斯基似乎是唯一的典型。我们可以见仁见智地通过研究文学史来判断这一看法的对错。

考斯对陀思妥耶夫斯基这种内在的矛盾与多元性的解释是,这类小说是对资本主义精神的最真实展现。这个说法在巴赫金看来不算"独白的",因为考斯理解的资本主义状态正是一种意识形态保持平衡的社会圈子被彻底摧毁后出现的现代冲突状态。有了冲突,才会有陀思妥耶夫斯基想要呈现的那种"对话"。然而,巴赫金还是认为,尽管在政治与社会的维度获得了合理性,考斯的观点在"艺术"的维度仍然不尽如人意。相反,科马罗维奇只从艺术结构上看到陀思妥耶夫斯基具备断片写作的外观,但他依然执着于把捉每一主人公的独白视域,这其实依然是一种浪漫主义的解读方式,看到的只是每一个体及其情节在自我对话中构成的统一,其最终的实现依然是个人的意志,而非对小说整体当中不同世界与不同价值的统一。真正复调的艺术意志,用巴赫金的话说,应是结合了许多意志的意志,是与事件本身结合的意志。

恩格尔哈特的研究得到了巴赫金的赞誉,原因在于他看到了陀思妥耶夫斯基笔下的人都是失去文化传统与土壤的平民知识分子,思想(我们所说的哲学)俘获了他们,在他们身上施行专制,破坏其生活与意识。进而陀思妥耶夫斯基的独特之处在于,他是一个在这一背景之下对"思想"本身的运行与冲突进行描绘的作家。但恩格尔哈特关于"环境""土壤"和"大地"的辩证发展叙事则被完全否定了——巴赫金反对这种黑格尔辩证法唯心论的哲学独白处理方式。在巴赫金眼中,陀思妥耶夫斯基是非常深刻的,甚至是绝对的"多元论"。这里出现的第三个重要比喻是"教会":各种不相融合的灵魂在这里得以"相遇",多元性转换成了绝对的永恒性,这并非精神的统一,而是各种不同的身位保留彼此的个性而按照但丁式的世界观构成的整体状态。是这个时代客观的、矛盾的社会状态决定了陀思妥耶夫斯基小说中这种思想共存、相互作用的状态,这些思想是按照空间逻辑而非辩证法的时间逻辑组合起来的,没有彼此取代、征服的色彩。它们是同时出现的,体现着陀思妥耶夫斯基"最大可能地集中多样化的性质"的倾向。陀思妥耶夫斯基的小说时间与其说是一种戏剧时间的统一律,不如说是对时间的克服。因为"速度正是在时间中克服时间的唯一方式"。

我们不得不说巴赫金在这里其实暗示陀思妥耶夫斯基有一种关于世界的哲学,那就是"一切都是同时的,一切都在共处之中"。无论是将一个人内在的对立刻意分裂为两个人的做法,还是使得主人公因缺少回忆而获得自由,实则直面不可救赎罪孽的宗教意图,抑或是对杂志、报纸内容中极端的矛盾对立直接铺陈开来的状态的迷恋,都反映出陀思妥耶夫斯基"对世界的艺术理解":"在人们只看到一种思维的地方,他却善于发现和感觉到两种思维、双重分裂……只有但丁能与之相媲美。"这并不是说思想是陀思妥耶夫斯基的真正对象,恩格尔哈特的错误还包括将作为"人"的主人公简约为思想,但巴赫金则看到了"人身上的人",也就是一种基督教中常见的体现在肉身之上的人性。进而,陀思妥耶夫斯基的小说其实营造了一种新的艺术意志,巴赫金称之为"意识社会学"——我们不难从这个术语当中看到19世纪唯名论—实证主义精神的延续。这类社会科学认为"形而上学"应当被驱逐出人类研究的领域,但事实就是,新的形而上学或者关于人的本质的伦理学又从中诞生。

卢那察尔斯基高度赞扬巴赫金的研究,赞同他关于"多声部"和"对话"的理论,并认为莎士比亚和巴尔扎克是这类写作方式的先驱。但巴赫金却表示,既然戏剧是排斥复调的,那么莎士比亚就不该是这种崭新艺术(伦理)形式的一个典型:莎士比亚笔下没有"多世界"的出现。巴尔扎克更不用说,其作品本质上是独白传统的代表。卢那察尔斯基的历史社会起源分析使得他过快对陀思妥耶夫斯基的艺术价值得出结论,认为只有暂时的俄国早期资本主义尖锐矛盾能够催生"复调",并把"陀思妥耶夫斯基分裂症"现象抽象出来加以批判,进而对小说中具体人物的思想加以批判。在巴赫金眼里,这不啻是一种过快的(不成熟的、武断的)结论。文艺学真正要学习的不是小说中的具体思想与声音(人物的思维方式与价值尺度),而是陀思妥耶夫斯基创造复调的技艺。社会—历史的分析不是"文艺学"的正途,不应当越俎代庖。相较之下,之后的批评家基尔波京依然有从社会现实角度出发观察作家的视角,但巴赫金赞赏他能够看到陀思妥耶夫斯基旨在表达的是"同时共存的"每一个"他人"的"平等权利",这等同于扬弃了资产阶级颓废派的主观唯我主义(当然也就体现着一种新的价值向度)。

著名的什克洛夫斯基则进一步运用大量的历史、文学史和传记材料(这似乎与他曾经主张的"文学性"观念不大一样)来解释陀思妥耶夫斯基作品中的思想争论背后的历史渊源。当然,巴赫金最感兴趣的不是这点,而是什克洛夫斯基偶然洞察到的"未完成性":"人们一直在争论,还没有因为缺乏结论而绝望。"来自似乎真正独立于作者的人物话语的那些观念始终是情节性、刺激性的,就其作为一种思想而言,它的确是未完成的,或者说按之前的结论,是无时间性进而是无休止的对话。但这恰恰是从"独白"的完成性标准来看才会得出的结论。什克洛夫斯基看到的"未完成性",在巴赫金眼中恰恰是陀思妥耶夫斯基的完成性。"复调"的对话正是因为未完成而具备了永无休止的完整特性(就像无理数一样)。具体说来,小说作为"大对话"是一个程式化的完成体,但其内部的"小对话"则是无休止的。这就是陀思妥耶夫斯基的"语言文体"的特点。

最后,格罗斯曼再次出场,巴赫金给他足够的空间展示新的成果。这些新的见解就是用音乐中的"变调"和"对照"技巧来比喻陀思妥耶夫斯基的小说创作。这个见解之所以值得一提,是因为它是从"结构"的方面来谈的。巴赫金强调要从陀思妥耶夫斯基那里看到"新东西",这就是新的形式技艺。陀思妥耶夫斯基就是依靠这种技艺超越了独白传统,甚至使得意识形态的研究对他已经显得落伍。对这种"新东西"的研究将由巴赫金本人在之后的章节完成。

第三节 "独白"和"对话"的历史辩证法

巴赫金这次文献综述的写作意图,看上去是摈弃其他批评家在研究陀思妥耶夫斯基时带入的那些主观意图。但是,我们最终从巴赫金对其他批评家的批评当中发现,巴赫金自己并不能反对在作品当中找寻作家的哲学思想,因为他自己无时无刻不相信陀思妥耶夫斯基身上有着一种崭新的哲学思想。至少,巴赫金自己的写作与运思方式依然是哲学的,甚至与他所批判的"独白"传统的相似性,多于同他刻意塑造的"复调的"陀思妥耶夫斯基的相似性。我们可以根据一些推理来说明这一点。

我们从一开始就看到,巴赫金在本章中的所有讨论的核心其实都是这样一个哲学问题:被作者表达出来的观念,在何种程度上不是其本人的真实信念?这本来是一个常识,尤其是在戏剧当中。我们绝不会把剧中任何人物的观点都当成剧作家的观点,甚至在戏剧上演的过程中,剧作家的观点是应当刻意隐藏起来的。只有在浪漫主义时期及之后,作者的思想才会成为文学接受者的主要关注对象。这一方面是因为"作者"作为"天才"获得了一种神学维度的优越地位,另一方面是因为"思想"作为黑格尔笔下时代精神的阶段性体现而获得了一种宗教维度的优越地位。"作者的表达不一定是作者的理念",这一习以为常的看法之所以在巴赫金的时代变得不再习以为常,一定是某种反常的现象被当成了常态。这种现象就是浪漫主义以降唯我论的哲学—启蒙式写作,也就是巴赫金确切针对的那种"独白"的传统。

根据巴赫金的理解,在 19 世纪末到 20 世纪初,这种"独白"的传统使得在解决作品当中的真实作者意图问题的时候,不外乎得通过这样两种手段:一种是实证主义的手段,即通过社会学和心理学方法寻找作者写作的"客观"原因;另一种则是思辨的手段,即把一切作品视为哲学或启示作品,从中抽象出概念、原理或教义。巴赫金排斥这两种做法,因为它们只适用于欧洲独白小说、单调小说的既有形式。这两种范式都用对实在世界的关注取代对文学作品本身的关注。这也正是文艺理论的历史告诉我们的：在浪漫主义的文艺观和黑格尔的历史哲学影响之下，诗、戏剧、小说成了历史、政治、文化观念的负载，无论是作者还是研究者，都将这视为理所当然的；这个传统当中对"作者意图"的关注，实则是对作者哲学思想的关注。巴赫金通过陀思妥耶夫斯基的案例试图反过来说明，缺少"文艺学"对艺术结构及其背后作者艺术意图的研究，这一切的讨论都是缺少新意与深度的。看来，巴赫金似乎与浪漫主义乃至黑格尔主义决裂，旨在探寻新的"艺术意志"。

但我们会发现："对话"或"复调"必将在历史层面取代"独白"，这一看法的前提，仍然像是一种黑格尔式的历史主义。我们很难说在巴赫金那里不具备一种成熟的、高度抽象化的历史主义的哲学原理。在对前述批评家的解读当中，马克思主义的历史唯物论是内化在巴赫金的理论之中的。此外，巴赫金将陀思妥耶夫斯基比喻为歌德笔下的普罗米修斯，认为他们都创造了"自由的人类"——"与自己的创造者站在一起，不与他妥协，甚至反抗他"——的修辞，似乎已经向我们暗示了启蒙或解放的意志依然存在于巴赫金的意识之中。

是否存在着一种与黑格尔式历史主义哲学原理相似的哲学贯穿了巴赫金的全部写作，就像在巴赫金看来，存在着某种哲学贯穿了陀思妥耶夫斯基的全部写作一样？如果存在，那么，巴赫金试图建立的"文艺学"范式就是这种哲学的延伸，甚至就是这种哲学自身。"复调"作为"文艺学"当中的经典理论，也就是这种哲学观念的典型体现。巴赫金执意从陀思妥耶夫斯基那里发现的东西，也正是这种哲学执意要在尘世建立的东西。文艺学家想要从经典作家那里发现新的"艺术建筑学"，那么与之相应，处理文艺问题的这类哲学家就想要给这个世界以新的阐释，"复调"与其他相关理论，也就会获得一种世界观与形而上学维度的含义。

在这一章开篇不久，巴赫金将既有的哲学式解读，如罗扎诺夫（背后站着尼采或弗洛伊德）、沃伦斯基（唯美主义）、梅列日科夫斯基（属灵的神学）和舍斯托夫（犹太神秘主义）对陀思妥耶夫斯基的解读划到过于抽象的"独白"一边,相较之下,巴赫金本人的看法则是,作家的世界是"深刻个性化"的,体现的是"完整的人所具有的活生生的声音",思想在其中与相互作用的事件与意识共同产生,不能分而论之。相较于梅列日科夫斯基和舍斯托夫,巴赫金式解读的不同之处,体现为其背后的这种"个性化"立场。进而,"文艺学"背后有什么样的哲学、神学或意识形态立场,就成了我们在阅读巴赫金作品时,需要留意的主题之一。

通过前面对巴赫金文献综述的分析,可以看到,巴赫金事实上反对的,是通过作品陈述的社会或观念内容寻找作家的思想,因为,作家还可以从更高的维度,即谋篇布局的艺术加工维度,传达他的思想。这就是教堂或者但丁等譬喻所暗示的看法:陀思妥耶夫斯基扮演的不是空间中的个体,而是容纳个体的空间;他作为作家或诗人,制作的并不是某种既有的观念,而是让观念得以持存的一种叙事框架或平台。关键在于,从某种角度说,这种叙事框架或许也是一种观念的体现。这种哲学观念不同于那些在小说当中出现的观念,后者是用以运算的符号概念,但前者则是对"运算"这一行动的先天直观领会。巴赫金对他在《陀思妥耶夫斯基诗学问题》中一直用来奠基的这种先天直观领会语焉不详。但我们可以通过他一再强调的那些关于"平等""多元"和"多世界"的伦理话语来猜测这种哲学观念的实质。20世纪前半叶的巴赫金作品的读者或许不会想到,五十年后,在许多后现代理论家那里,将会再次看到这种哲学。

为了更好地看清楚巴赫金这种哲学的基本特征,我们可以先询问:巴赫金的"文艺学"为什么选择陀思妥耶夫斯基这位作家作为代表性的论说对象?不难看到,巴赫金反驳的所有将陀思妥耶夫斯基解释为"独白"的批评,都可以被理解为一种意义实在论的批评方式。相较之下,巴赫金自己则十分关注作家笔下的差异性与不可调和性。他还将陀思妥耶夫斯基神化为一个老到、智慧的谋篇布局者,认为在他那里,一切哲学和哲学思索者都不过是素材。作为作家,陀思妥耶夫斯基的任务似乎是呈现理念与理念之间不可调和的宇宙逻辑,而不是思索这些理念。但这有些说不通的是,没有经过思索的理念应当如何在文学的呈现过程中成为一种确定的对象？我们没有明晰地把握到一片树叶，那么我们是否能够真实地在诗当中伤悼树叶的凋零？这是一个典型的柏拉图式的问题，即，我们在文学作品当中看到的事物乃至以语词形式出现的"观念"，是否仅仅是真实世界与观念的影像？巴赫金看上去没有考虑这些，而是将陀思妥耶夫斯基这种呈现"差异""不可调和"的能力视为一种超凡的艺术能力。这是 20 世纪文艺学或文学理论研究中常见的倾向。我们必须承认，对于柏拉图式的哲学观念的放弃和暗中质疑，这本身也是一种哲学，在哲学史上，我们称之为"唯名论"。从这个角度说，"文艺学"就是这种唯名论哲学的一个表征。巴赫金笔下的陀思妥耶夫斯基对"事件""冲突"和"差异"的钟爱实则是一种唯名论哲学的艺术化体现，从柏拉图的角度来看，它对于共相的怀疑是由诗、艺术或者文学创作的模仿本质决定的。

最终我们会看到，在强调"对话"和"复调"的文艺学独白文本当中并非不存在任何既成的哲学观念，相反，而是只存在一种哲学观念，那就是从晚期基督教哲学到当代哲学界共同承认的某种基本立场。这种立场在形而上学层面，体现为反对共相理念论的唯名论和历史主义；在伦理学和美学层面，就体现为"人及属人的艺术应当是平等、自由且多元的"时代精神。我们在 20 世纪文艺学的经典论著当中读到的不外乎是这种基本立场的置换或影像。不管在这类文艺学写作当中遭到攻击或扬弃的哲学和文学史对象事实上算不算"独白"的，它们至少在政治上都或多或少缺少对这种"文艺学"基本立场的绝对认同。譬如，柏拉图或色诺芬笔下的苏格拉底对话，在名义上显然是实实在在的"对话"，但巴赫金会认为它们都是独白。这就像巴赫金自己的作品明明具有独白的艺术结构，他却以为是自己和自己效仿的批评家们在"对话"。

我们可以猜测，巴赫金及其"文艺学"反对和赞许的，或许是同一种现代哲学原则。从流行的研究视角来说，这也许与"现代性的自反性"有关。最终我们会发现，或许巴赫金与他笔下引用的这些学者并没有什么本质的不同,他们都有自己的伦理政治视野,从不同角度对陀思妥耶夫斯基提出不同理解,就像陀思妥耶夫斯基笔下的人物对同一事件有不同的价值判断和思索一样。但巴赫金并不像他所看到的陀思妥耶夫斯基那样高明,善于将自己隐藏在写作艺术的结构之后。这或许是论说式文体不可避免的麻烦,这种麻烦让理论观念和作为话语实践的理论写作在艺术结构层面构成了冲突与反讽。这不仅是我们在巴赫金身上看到的困难,还是 20 世纪文艺学——以对"艺术结构"和"艺术建筑学"的分析为基础——的基本困难。这并非说这种分析是错误的或不必要的。但我们不能认为这种分析是一种绝对新鲜的东西,进而认为其背后就没有艺术层面上的虚构与修辞。我们今天非常热衷于对文学作品中"个性""自我"的发掘,但问题在于,我们的理念生活本就处于对话的复杂语境之中,如果悬置这种生活的理念,孤立地谈论"个体",这反而会让我们越来越抽象,在唯名论式的理论思辨当中离真实世界越来越远。这正是我们在西方思想史上看到的普遍现象。

| 第五章 |

唯名论与西方文论

　　形而上学史表明,实在论与唯名论的论争由来已久。实在论认为,在"个别"和"一般"之间存在区别,具体事物是一般事物的例证,如,个别有德性的人是普遍德性的例证。这里的"普遍德性"叫作"共相"。建立在这种实在论基础之上,亚里士多德式的种属关系得以确定,科学地认识世界成为可能。相反,唯名论则认为:如果具有相同的解释效力,那么涉及的共相内容越少的理论也就越值得选择;在个别或个体那里能够用最简单方式得到澄清的内容,不需要形而上学实在论的概念设定来帮助人类理解世界。唯名论者会认为,只有一种范畴实体实际存在,那就是个别。中世纪的唯名论者罗色林(Roscelin of Compiegne)认为,对一般的讨论实际上是对语言表达式的讨论;奥卡姆的威廉(William of Occam)则进一步认为,一般只是人类内心的概念,只能通过语言表达式而得到认识。① 中世纪晚期的这些关于唯名论的基本表述构成了哲学史上反对形而上学的理论先声。今天,在科学哲学、分析哲学的核心话题中,实在论与唯名论的斗争总是以不同的形式出现,伴随着不同程度的细节分析和立场对抗。实在论者和唯名论者都认为自己的形而上学预设是唯一科学的路径。

在文学研究中,唯名论开始获得越来越多的承认和接受。学者们相信,通过分析语言,"文学"就可以得到内容上的澄清。这种信念基于两个前提:作为实体的"文学"并不是传统意义上的"一般",而是具体的、可分析的语言表达式;对"文学"的科学解释必然要通过经验中直接可感的个别语词才能进行。这也就意味着,只有研究文学的语词形式,才是最本体、最正当的"文学研究"。所以,随着科学思维的逐步推进和神学意识的逐渐淡化,人们开始将文学研究向语言研究的范式转变视为理所当然。如今的问题是:传统的文学研究究竟是否应当被语言研究所取代? 而传统的文学研究和现代语言研究的不同关注点究竟是什么? 要回答这些问题,从哲学思想史的角度出发,考察西方文艺思潮当中"唯名论"氛围的起承转合,也就迫在眉睫。

---

① 路克斯:《当代形而上学导论》,朱新民译,复旦大学出版社 2008 年版,第 75 页。在许多现代学者眼中,奥卡姆的看法并不见得是最极端的唯名论,而毋宁说是温和的唯名论或称"概念论"。"概念论主张共相存在,但认为它们是人心造作的。"(蒯因:《从逻辑的观点看》,江天骥等译,上海译文出版社 1987 年版,第 14 页)为了方便论述,本书把"概念论"也称为"唯名论",因为这两个名词其实有着同样的反柏拉图—亚里士多德倾向。此外也有学者提出"主观唯名论"和"客观唯名论"的区分,前者指认为客观世界不存在或我们无法真正感知到客观世界的那些观点,后者指认为真正的知识只是与具体的客观对象有关,除此之外别无其他真实的观点。按照这种分法,现代哲学中的观念主义是主观唯名论,而科学主义、自然主义、实证主义等极端唯物论是客观唯名论。

第一节 当代语言学文论中的唯名论诉求

在《瓦格纳事件/尼采反瓦格纳》这一对现代文艺氛围进行深度批评的哲学著作中,哲人尼采曾经说道:

> 文学颓废通过什么特征显示自身?通过生命不再居留于整体中。词语变得独立,从句子中跳跃而出,句子越过边界,模糊页面的意义,而页面以牺牲整体为代价,赢得生命——整体不再是整体。……每次可见的是原子的杂乱无序,意志的支离破碎,"个体的自由",用道德的口吻说,——扩展为一种政治理论,即"人人具有同样的权利"。……到处是瘫痪、艰辛、僵化或敌对混乱:人们登上的组织形式越高,敌对和混乱这两者,就会越多地进入人们的视野。整体不再生存:它是拼装起来的,被计算出的,假造的,是一种人工制品。①

一旦具备唯名论和实在论斗争的理论视野,就会发现,尼采早已洞察到现代文学与艺术和形而上学唯名论之间的密切关系。在不少的理论家、批评家和艺术家看来,现代文学和艺术强调对语词本身的关注,语词所指涉的实在世界,则仿佛成了一个"神话"。法国一代"文宗"布朗肖曾说:

> 一种驱之不散的念头把作家同某个偏爱的主题连接在一起,这念头迫使他再次去说他已经说过的东西,有时才气横溢,但是有时却絮絮叨叨,苍白无力地诉说着同一件事,越说越没劲,越说越单调乏味……似乎他归属于事情的影子而不是事情的实在,归属

---

① 尼采:《瓦格纳事件/尼采反瓦格纳》,卫茂平译,华东师范大学出版社 2007 年版,第 45—46 页。

> 于形象而不是事物,归属于这样的东西:它使词语本身能变成形
> 象、表象——而不是符号、价值、真实能力。①

从某种意义上说,现代文学家的使命是尽善尽美地使用语词。面对世界时,他们内心充满了敏感的情绪,在选择语言来再现实在世界时,这些纷繁复杂的情绪与感触,使得他们容易陷入某种困境与幻想,以为自己的任务是把握甚至是刻意"创造"某种概念与形象上的"殊异"。进而,共相与实在世界就会成为他们试图扭转、颠倒的对象。在这个意义上,文学家天生有陷入语言唯名论的倾向,他们的创作刻意展现"差异性",似乎千差万别的世界难以用普遍性话语囊括。进而,大多数现代理论家似乎认为,文艺活动,本就无法依据实在论与符合论的方式下定义。在他们眼中,"文学"或许并非某种现实的技艺,而仅仅是一种符号学家笔下的"占卜术",无限地制造意义,而不是有限地洞察意义。② 按照这种逻辑,当然应选择唯名论而非实在论的视角来研究文学。

于是,在20世纪中后期,坚持唯名论逻辑的形式主义与结构主义据说"促使了'词与词'的关系取代'词与物'的关系成为文学研究的重心"③。强调差异性和非事实性的符号学文论至今已蔚为大观,通过分析语词符号与句法结构来解读文本是当代每一位批评家的基本功。这座理论的大城并非一日建成的,我们不妨回顾一下那段形式主义文论的历史,看看它的本性,看看它究竟想要告诉我们什么"真理"。

"一种障碍重重的、扭曲的言语"——这是什克洛夫斯基对"诗歌语言"的评价,而与"诗歌语言"对举的"散文语言"是"节约、易懂、正确的语言"④。

---

① 布朗肖:《文学空间》,顾嘉琛译,商务印书馆2005年版,第5页。
② 巴特:《文艺批评文集》,怀宇译,中国人民大学出版社2010年版,第260—262页。
③ 赵奎英:《当代文艺学研究趋向与"语言学转向"的关系》,《厦门大学学报(哲学社会科学版)》2005年第6期。
④ 什克洛夫斯基:《散文理论》,刘宗次译,百花洲文艺出版社1997年版,第22页。

这种看法旨在推出文学作品区别于其他语言造物的特有的"文学性"。与之相似的看法是瑞恰慈的"情感语言"说,这种观点强调文学言语中情感、态度的重要功能,认为"情感语言"应区别于"示意语言",并且"抛弃知识和符号性真理之后,诗歌也许会回归其伟大地位"①。布拉格学派的穆卡洛夫斯基则在《标准语言与诗歌语言》一文中,提出诗歌语言的作用在于"前推",在于对标准语言公式化的有意违反;这种"前推"具有一种结构性的统一,是标准语言规范和传统"审美原则"之间的张力互补。② 尽管立场更为缓和,穆卡洛夫斯基语境下的这种"审美原则"与"文学性"或是"情感语言"的诉求一样,所要求的依然是"文学"相对于日常言语行动的某种自律特征,它旨在为诗人制定一套异于一般语言规则的规则。

在这三位具有巨大影响力的理论家那里,纯粹明晰的语言世界中必然有着一处无法被理性法则照亮的"黑洞",这个"黑洞"就是"诗歌语言"。带着"科学"的眼镜,他们共同认为,只有通过对日常言语的"扭曲"和"前推",我们才能迫使这个"诗歌语言"中未知的文学世界自我呈现。这是在"做减法":把日常的、理性的成分通过各种方式悬置起来之后,剩下的似乎理所当然就该是属于"文学"的成分了。只要确立了"诗歌语言"或"文学语言"的研究方案,那么"文学"的研究方案也就得到了根本的解决,一切政治的、社会的关涉客观实在对象的外在评论就会被贬低,甚至被逐出文学研究的范围。

这些 20 世纪的语言学家受德国美学的影响,刻意制造出"诗歌语言"的概念,使其与日常语言构成对立,其真实意图是要借助语言学这一现代科学为文学研究开辟一块自主、"科学"的领地。③ 然而,这些形式主义者这种"做减法"的区分方式充其量让我们承认文学语言的确有不同于日常的话语的

---

① See C. K. Ogden & L. A. Richards, *Meaning of Meaning*, London: Routledge and Kegan Paul, 1923, pp. 149-159.

② 赵毅衡编选:《符号学文学论文集》,百花文艺出版社 2004 年版,第 18—22 页。

③ 卡勒:《文学性》,昂热诺、佛克马等编:《问题与观点——20 世纪文学理论综论》,史忠义等译,河南大学出版社 2010 年版,第 26 页。

地方。若要深究，我们会发现，疯言疯语、醉话或是梦话也是"障碍重重的、扭曲的言语"，也是一种情感的、态度的语言，甚至有时也符合某种审美惯例（譬如，在梦中唱起歌来），然而这些非理性的、扭曲的、引人注目的话语并不是我们日常所说的文学话语。从另一个角度说，与日常话语不同的语言还有很多，"科学语言""哲学语言"就是例子；而日常语言当中也充满了带有文学色彩的话语。所以，很难从这种区分中获得更多的结论，依然无法给"文学"下定义。

　　语言学家试图给予"诗歌语言"一种独立的甚至是反哺日常话语的地位，这好像回答了"诗人到底有什么知识"①的疑问，但这种解决方法本身出了问题。其中最大的问题就是，在这种考察、定义和区分的过程中，看似科学的符号学、语言学方法其实并没起太大作用，最终被用来确定文学独立地位的依然是浪漫主义的直觉论或"灵感"论。正如穆卡洛夫斯基最终坦言的那样："应该由诗人按照自己的创作直觉来使用这些方式，除了自己的灵感以外没有任何其他限制，公众舆论则会做出最后裁决。"②这就像面对苏格拉底"诗人有何技艺与知识"的诘问，最终伊翁不得不承认只有"灵感"才是诗人行动的源头一样。③

　　俄国形式主义、布拉格学派与部分"新批评"成员在现代哲学和科学的阴影之下分别开创了自己矛盾重重的文学研究方法，并直接为 20 世纪西方文学研究确定了基本的理论进路。而现在回过头去看，我们不得不思考，瑞恰慈的语言哲学之所以排斥日常用法，或许不仅仅是为了追求科学性，还是

①　柏拉图：《伊翁》，王双洪译，华东师范大学出版社 2008 年版，第 55—61 页。
②　赵毅衡编选：《符号学文学论文集》，第 27 页。
③　柏拉图：《伊翁》，第 65 页。

为了对"日常"的繁杂进行快刀斩乱麻的切割,[1]进而成为一种试图清除一切意识形态内容乃至"一切语义负载"[2]的神秘主义。这种神秘主义其实是受到德国逻辑实证主义与美国实用主义双重影响的唯名论。兰色姆在谈论瑞恰慈时曾提道:

> 这本书(《意义的意义》)具有很重的唯名论倾向……一个词好像是在指称客观世界,或者说好像有它客观的"指称对象",但实际上是在指称一种心境,并没有客观指称对象,这一倾向几乎统摄了瑞恰慈在这本书以后对于诗歌的所有思考……共同驰骋于知识疆场的唯名论与实证主义实在是一对奇怪的伙伴,但必须承认二者也许能够做到珠联璧合。[3]

所谓科学的"实证主义"本身就是现代唯名论的一种面相。只要具备哲学与文学的双重视野,就能发现瑞恰慈、奥格登与逻辑实证主义之间的密切联系。[4] 瑞恰慈及其追随者通过一种表面上抽象、科学的定义与区分来表达对哲学和理性的假意投诚,其真实目的是利用唯名论的方法论回应来自"模仿—符合"传统的诘难,为文艺与诗歌正名。

这种做法之后集中体现在"新批评"的文学研究观中. 方面,"新批评"利用心理学、符号学、语言学等现代学问作为自己的旁证;另一方面,诗人和

---

① "(奥格登和瑞恰慈)把注意力集中在语词的指称用法上,这种语言用法观偏重科学陈述,几乎一点也不适合语言的普通的日常的用法的事实。……缺乏对语言史的考察,缺乏对人们学习语词和实际使用语词的方式的考察……"——威廉·哈迪:《奥格登与理查兹的符号科学》,见车铭洲编:《西方现代语言哲学》,李连江译,南开大学出版社 1989 年版,第 69 页、第 71 页。

② 威廉斯:《现代主义的政治——反对新国教派》,阎嘉译,商务印书馆 2002 年版,第 96 页。

③ 兰色姆:《新批评》,王腊宝、张哲译,江苏教育出版社 2006 年版,第 4 页。

④ 陈本益:《论新批评受实证主义的影响及其他相关问题》,《东南大学学报(哲学社会科学版)》2002 年第 1 期。

批评家们又强调文学自身必然存在着某种不可被理性所完全解剖的机制、经验或"知识",与之同时出现的当然就是"态度""灵感""力量"或"良心"等模棱两可、含混不清的词汇,这没能向我们揭示任何实质性的东西。很显然这里的一切结论都是不恰当地按照奥卡姆的"剃刀"逻辑"做减法"而得来的:将一切成熟的、理性的、节制的、日常的成分排除在外,剩下的就被先验规定为天真的、自然的、激情的、超越的成分,而诗人则宣称这些成分全属于自己。这在严肃的哲学家看来构成不了论证。柏拉图的诅咒在诗人身上烙下了悖论的印记:渴望在理性层面获得证明,就首先得抛弃自身的非理性成分,在内容上自证。然而,正是这些被视为"非理性""神秘"的成分决定了诗人之为诗人。

第二节　康德主义审美人类学中的唯名论倾向

这种实证主义为何如今能够获得支配权,成为文学教育课堂上的必修内容?因为它背后有着更为复杂深刻的思想传统。20 世纪形式主义受到德国美学的关键性影响。用当代文学理论大家、接受美学代表人物伊瑟尔的话说,文学理论的兴起的重要性可以与 19 世纪德国美学对亚里士多德诗学的取代相媲美,但它相比起美学更加功能化与"多元化"[①]。我们可以把这种说法反过来,将 20 世纪文学理论的兴起视为对 19 世纪美学的一次模仿。这种"模仿"说明它们之间有亲缘性,当然也说明它们的品质并非完全相同。

德国美学和人类学的源头之一是康德,据说是他奠定了"不是知识依照对象,而是对象依照知识"的现代哲学认识论转向基础,证明了人类认识的客观与真理性是在"思维范畴对感觉杂多的能动的综合统一里"[②]。我们前面提到韦勒克深受自然科学—语言学方法和历史主义解释学的影响,而这两种学术范式在哲学上的奠基者都是康德。在《实用人类学》中,康德曾提

① 　伊瑟尔:《怎样做理论》,第 1—5 页。
② 　杨祖陶:《康德范畴先验演绎构成初探》,《武汉大学学报(社会科学版)》1983 年第 6 期。

出奥卡姆剃刀式的区分:"要是问题只是在于,我作为能思的存在,除了我的存在之外,是否还有理由承认和我处在一个共同体之中的一整个其他存在物(所谓世界)的存在,那么这就不是人类学的问题,而仅仅是形而上学的问题了。"①"形而上学"是与康德自己要建立的实用人类学相互冲突的。这里的"人类学"是一种新科学,它将人首先视为"个人主义"的。于是可以看到,20世纪最著名的康德主义者卡西尔提出这样的看法:

> 一旦我们改变一下出发点,不按形而上学系统,如柏拉图的理念体系那样来定义实在,而是按人类知识的批判分析来定义实在,问题就会以新的完全不同的样子出现了。正是康德,通过这种分析,为新的科学概念和科学真理概念铺设了道路……语言是我们经验对象的前提,是我们思考所谓外部世界的先决条件。②

这是一种"语言转向"的经典描述,并时常得到当下热衷于"符号学"的文学理论家的引用。作为卡西尔观点的借鉴者,康德主义者伊瑟尔的接受美学和人类学自然也是某种康德主义。这也意味着他会把认识论化、批判化的"人类学"作为理论根基,所以我们不难理解他在谈论"虚构"时引述的四位理论家在不同程度上都有唯名论气质。他们包括科学主义的奠基人培根、经验主义者边沁、新康德主义者费英格与分析哲学家古德曼。伊瑟尔通过引述这几位思想家描述了一段"虚构"逐渐克服真理符合论的思想解放史,他自己则最终出场,进一步强调艺术中虚构精神的重要性,带领我们去"越界":"作为人的存在的一种扩张,虚构使人超出自身的限制进行操作成为可能。这需要将超越语言(边沁)或意识(费英格)或现存的世界译本(古

---

① 康德:《实用人类学》,邓晓芒译,上海人民出版社2012年版,第6页。
② 卡西尔:《语言与神话》,于晓等译,生活·读书·新知三联书店1988年版,第129—130页。

德曼)的事物,带进必要的实用边界状态",所以,在康德主义者看来,我们必须有一种专门的"人类学",以把捉符合论思路无法认识的领域状况。①

这样的"人类学"正是从康德到伊瑟尔的诸多理论家共同分享的计划,即根据语言的生产机能,从艺术和文学的立场出发,去重新定义过度日常化、理性化的"人"。"语言"的主体使用者是原子化的个人,一旦提升"语言"作为中介的地位,使之凌驾于自然世界和神圣定律之上,那么这就意味着某种人类中心主义甚至是自我中心主义的诞生:"人的符号活动能力进展多少,物理实在似乎也就相应地退却多少。在某种意义上说,人是在不断地与自身打交道而不是在应付事物本身。……生活在想象的激情之中,生活在希望与恐惧、幻觉与醒悟、空想与梦境之中。"通过将亚里士多德"人是逻各斯的动物"这一古典定义重新阐释为"人是符号的动物",卡西尔让我们看到,"人"并不完全按照通过理性发现并改造世界的传统方式存在,②新的对人类的定义以及与之配套的新价值观就此依据符号人类学的原理而诞生:"伦理道德的最根本问题就是随时随地承认符号;这就是说,不要错把符号当作自然的现象,应该揭示它们,而不是掩盖它们。"③古典文学传统对人类实在德性的关注,就此转变为对外在规则、形式与语词符号的关注。

接受美学的源头不仅是新康德主义,"唯名论"的现代表征也不仅是狭义上的符号学,还包括其他一些把哲学问题转化为语言问题,进而尝试通过语言或文艺实践来创生新世界的思想。这里指的是由德国语文学转变而来的当代解释学。伽达默尔当然意识到了唯名论对传统文艺观念的颠覆力量:"对于现代科学的唯名论以及它的实在概念——康德曾根据这一概念在美学上得出了不可知论的结论——来说,模仿概念却失去了其审美的职责。""模仿"所携带的认识与实践功能被一把看不见的现代科学剃刀取消掉

---

① 伊瑟尔:《虚构与想象:文学人类学疆界》,陈定家、汪正龙译,吉林人民出版社 2011年版,第 105—186 页。

② 卡西尔:《人论》,甘阳译,上海译文出版社 2003 年版,第 41—42 页。

③ 卡勒:《结构主义诗学》,盛宁译,中国社会科学出版社 1991 年版,第 382 页。

了。面对这种时代境况,伽达默尔没有试图维护古典的立场,而是坦言"自我表现"的"游戏"才是艺术作品的本质,这种"游戏"是"进入此在的活动",是一种行动中的"意义整体";对这种艺术作品的阐释则是阐释者的"再创造"①。他结合歌德的"万物皆符号"观念、德国古典语文学、洪堡特语言学与现代语义学得出的结论是"可以被理解的存在就是语言",而唯有艺术语言最能让存在的普遍联系性去蔽,带领人们走向新的"世界"——"汝须改变汝之生活"②。许多当代理论家沿着伽达默尔与接受美学家的路径往下走时默认了他们的思想来源的一些成分,进而承认了他们对于艺术游戏中的现代人的定义。

德国人阿多诺则在《美学理论》中专门探讨了"唯名论与艺术体裁的消亡"。他发现现代艺术一直受到唯名论—现代观念主义哲学传统的影响。作为一种美学原则的唯名论"内在于寻求解放自己的主体之中",会"捏造出艺术与其周围未经加工的和难以名状的现实之间的分界线";资产阶级的小说艺术就全然是唯名论的艺术形式。最关键的是,由美学唯名论引出的形式主义在自身寻求解放的"异质性"是不可能的,它必将在外部寻找一个实在的依靠,而在时代背景下,就必然"以拜物主义告终"——这种静态的美学观念必将在转向动态的建构过程中被资产阶级意识形态奴役。③詹姆逊认为阿多诺这种批判的矛头指向的是当代思想危机的代表:实证主义。美学的唯名论或称内部形式主义的东西其实正是一种反古典形而上学的现代实证主义,在构建或诠释文本时,它可能会把一切哲学方法变成世俗化的路德神学,表现出科学理论的姿态,却反而将文本与实在世界割裂,变成完全属灵的神秘本体。这种唯名论氛围是一种"新的"东西:是"唯一的、无名的、不

---

① 伽达默尔:《真理与方法》,洪汉鼎译,上海译文出版社 2004 年版,第 147—156 页。

② 伽达默尔:《哲学解释学》,夏镇平、宋建平译,上海译文出版社 2004 年版,第 60—106 页。

③ 阿多诺:《美学理论》,王柯平译,四川人民出版社 1998 年版,第 342—348 页、第 377—384 页。

可比的、不可重复的、不能与其他东西交换的综合",不但是反抗"普遍性"的方式,还是一个现代性历史的困境。① 这样的资产阶级唯名论新人,用阿多诺《启蒙辩证法》中的寓言来说,就是用狡计欺瞒老实巴交古代巨人的启蒙英雄奥德修斯。他的行动最终导致"词语的永恒义务已经与所有内容丰富的意涵毫无关系了,也与一切可能存在的内涵保持了距离,包括'无人',也包括奥德修斯本人"②。留给文学阅读者的只剩下空泛的符号与符号关系,意义被抹平了,或者说被"民主化",以至于我们无法继续讨论更传统的话题。

第三节　唯名论与现代性

该如何理解这种"唯名论"的思想本质呢? 我们不妨回到这个词诞生的中世纪晚期,考察一下当时所谓"两种道路"——via moderna[现代方式](即"唯名论")和 via antiqua[古代方式](即"共相论")——之间的争执。③ 中世纪的经院神学家如多明我会的阿奎那认为,与其说"人是万物的尺度",毋宁说"事物趋向人的思维的尺度,但这种尺度来自作为万物尺度的神的思维"④,并试图通过理性方式谈论上帝,把宇宙描述为一种充满神恩与爱的理念世界。而方济各会的一些修士,尤其是奥卡姆的威廉则认为"任何普遍的东西都不是实体",而是心灵中的意向,只有意向或约定俗成的符号才是普遍的。⑤ 在中世纪的语境之下,这就变相导致了在面对上帝神恩遍布的宇宙时,人们可提问题数量的减少,进而间接否定了对本质形式和个别事物分析

---

① Fredric Jameson, *Late Marxism*：*Adorno*，*or*，*the Persistence of the Dialectic*, London：Verso Press, 1990, pp. 89-91, 160-164.

② 霍克海默、阿多诺:《启蒙辩证法》,渠敬东、曹卫东译,上海人民出版社 2006 年版,第50 页。

③ 毕尔麦尔:《中世纪教会史》,雷立柏译,宗教文化出版社 2010 年版,第 346 页。

④ 赛德尔:《实在主义的形而上学》,周春生译,大象出版社 2009 年版,第 29 页。

⑤ 奥卡姆:《逻辑大全》,王路译,商务印书馆 2006 年版,第 43—44 页。

的可能性,否定了个别语言符号与实在神恩的符合论,割断了人与上帝的联系。① "唯名论试图撕碎上帝脸上的理性主义面纱,进而建立一种真正的基督教,但是这么做之后,一个无常莫测的上帝出现了,其具有令人恐惧的权力,不可知且不可测,不被自然和理性所约束,不再区分善与恶。"通过把上帝描述为全能但不可知的对象,唯名论者进而事实上悬置了上帝的世俗威信,这从理论上削弱了罗马天主教会的权力,进而推动了路德、加尔文的宗教改革,也推动了彼特拉克、伊拉斯谟的文艺复兴和近代科学的诞生,奠定了"属于理性个体的混沌世界"的个人主义基础:"中世纪晚期某些思想中专断绝对的上帝成为现代自决意志的模范。"②

按照政治思想家沃格林的说法,"唯名论"其实是一种"衰世"的政治治理术,是政治共同体失去权威、各种社会势力登上历史舞台时出现的一种极端主义的应急措施:

> 奥卡姆的威廉有绝对上帝、绝对教皇和绝对信仰,世俗领域就出现绝对君主、绝对人民和绝对启蒙理性⋯⋯从强调正义秩序的内容向强调终极解释权问题的转变⋯⋯一套唯名论的法学理论最

---

① 勒戈夫:《中世纪的知识分子》,张弘译,商务印书馆 1996 年版,第 117 页。大学者布鲁门伯格会说这是一种诺斯替主义的体现,See Hans Blumenberg, *The Legitimacy of the Modern Age*, trans. Robert M. Wallace, Cambridge: MIT Press, 1985, pp. 153-156. 我们会想起来,在著名的艾柯—罗蒂—卡勒对谈中,艾柯提及了"诺斯替主义":"将恶视为一种富于启示性的审美体验并加以庆贺的做法显然是诺斯替主义的;许多当代诗人也是这样,他们通过肉体折磨,通过纵欲、神秘的狂欢、吸毒以及语言谵妄等方式去寻求那种幻景式的审美体验。有人在浪漫观念主义的主要原则中发现了诺斯替主义的痕迹。"艾柯在罗蒂与卡勒面前谈这个话题的意图是什么? 见艾柯:《诠释与过度诠释》,王宇根译,生活·读书·新知三联书店 2005 年版,第 38—40 页。

② See Michael A. Gillespie, *The Theological Origins of Modernity*, Chicago: The University of Chicago Press, 2008, pp. 14-43; Terry Eagleton, *The Event of Literature*, New Haven: Yale University Press, 2012, pp. 1-13.

感兴趣的问题不是秩序的正常运转,而是秩序瓦解的紧急状况以及能够做出决断来维持秩序的紧急权力。①

唯名论者的政治立场是世俗的、民主的,与此同时其行事方式是决断的、实用主义的。而对文本的"解释权"——就像我们在当代文学理论家那里看到的那样——便会成为主要的问题。对个别权益的关注意味着对每一个社会终端的具体情况的兴趣,以及由之而来的在价值上的承认。这反过来激励每一个体都以自我利益为行事的目标,进而容易变成披着多元主义外衣的功利主义或实用主义者,把"真理"视为某种因个人利益或感觉而变得有效的东西。

正如哲学家吉尔比所看到的:"唯名论至少汇集了两种潮流,一种来自经验科学,另一种来自诗人的感觉。"②"诗人"对多种多样的个别的美感兴趣,但从来不继续追问什么是"美本身"③。唯名论神学家可能会认为"美本身"只是一个心中的概念或图像而非实在,进而不再将其纳入哲学的考察范围,或是专设一种与正统哲学分离的"新科学"——"美学"——去研究它。事实上,这么做其实是为了方便他们更好地追求属于每一社会个体"自己的"定义或解释。福克鲁尔看到,"出现于现代早期的个体是个性化的个体,他承担起了对世界的责任。他是一个民主生活将试图保护其自由的个体……从此,美不再是绝对的和神化的,而是变得主观和人性化"④。在这个历史语境之中,唯名论者不只为智术师所提倡的人本主义和民主制度辩护,还为诗人辩护;他们都是古典实在论哲学精神的反对者,在看护"文艺"与"美"

---

① 沃格林:《政治观念史稿·中世纪晚期》,段保良译,华东师范大学出版社 2009 年版,第 119—124 页。
② 吉尔比:《经院辩证法》,王路译,上海三联书店 2000 年版,第 51 页。
③ 柏拉图:《大希庇阿斯》,《柏拉图文艺对话集》,朱光潜译,人民文学出版社 1983 年版,第 178—210 页。
④ 福克鲁尔:《音乐和现代个体的诞生》,见托多洛夫等著:《个体在艺术中的诞生》,鲁京明译,中国人民大学出版社 2007 年版,第 29 页。

的过程中看护现代语境中的"民主社会"。

沿着这样的思路,理论家伊格尔顿认为唯名论与现代美学的诞生有关,并且影响到后现代主义思潮以及我们今天看到的诸家"文学理论":

> 奥卡姆的威廉这样的唯名论者认为实在论者混淆了语词与事物,就像保罗·德·曼这样的文学理论家所认为的那样。……(唯名论)对权力和欲望的兴趣在后现代思想中根本性地保留了下来,而根据理性对这些东西进行批判性反思的能力却明显被截去了。对于后现代主义者,也对于那些经院神学家而言,理性活动发生在这些权力和欲望的框架之内,不能超越它们进行评判。我们之后会在斯坦利·费什的书里读到类似的文学理论。[①]

根据古典学家的看法,近代思想史中存在着一种将个体视为对称、和谐、合比例的完满样本的转向,这种个体的完满的概念是在直接的直观和感觉行为中向我们敞开的,这种只有直觉感知才能把握的个体是连续的、无限的,不能被理性沉思定在地把握。这就从根本上摧毁了古典实在论的符合论与合理性基础,迎来了"美学":"通过感性感知和感受转向具体的个别事物,也就是转向个体,这是艺术之为艺术产生的决定性条件。"[②]熟悉文学思想史和美学史的人都知道,"为艺术而艺术"正是大部分当代文学理论家与诗人、作家的工作。

史学家加林看到,随着奥卡姆的威廉终结了中世纪"统一的、等级的、协调的和道德化的宇宙",欧洲出现了一个"被封闭在他的现实中的人向'诗人',即向'创造者'的跳跃",人们不再沉思本然的宇宙秩序,而是积极面对

---

① Terry Eagleton, *The Event of Literature*, pp. 7-13.

② 施米特:《现代与柏拉图》,郑辟瑞、朱清华译,上海书店出版社 2009 年版,第 15 页、第 32—33 页。

无限的可能性世界①。说到这里,我们不难想起卡西尔、伽达默尔等人关于"创造性语言"的表述。如果认为美学和文学理论的基本价值观来自这种现代的人文主义,那么我们就该想到,唯名论(或者至少是"反实在论")说不定正是历代文学与艺术理论家共同的立论根基。

我们还得注意,20 世纪西方文论暗中模仿的另一个对象——现代自然科学——也从唯名论运动中受益匪浅。这就要从自然科学的经验主义哲学根基说起。中世纪的形而上学实在论者认为"真理正是存有者与理智本体上之符合",知识是真理的结果,逻辑真理建立在对实在物的符合的基础之上,这种真理寓于亚里士多德哲学与基督教融贯出来的"神性理智"之中,事物之存在是神性理智赋予的,而人的认识要与这种存在之真理相符。② 而唯名论则通过颠倒普遍与个别的等级地位,让哲学研究的提问方式发生了变化。按照陶伦斯的说法,亚里士多德的提问秩序是"quid sit""an sit"和"quale sit",即先问事物的存在本性,再问事物的可能性,最后询问它的个别特征。而新教伦理的奠基人如加尔文则会颠倒这一次序,先问"quale sit":"什么是我们所知道的事物的现实本性?"这意味着我们是通过自身对事物的认识去理解事物的本质的。然而,现代实证主义科学精神的首要问题就是"quale sit":"我们现在有什么?"古典哲人如亚里士多德是在"提问"(quaestio),是根据已有知识发问以消除困惑;唯名论者则是在"讯问"(interrogatio),是为了逼迫出"新的东西"③。后一种提问方式在现代科学家、启蒙哲学家乃至文学理论家那里最常看见。沃格林认为,对于唯名论者来说,由于事先已经将共相的实在性悬置了起来,他们的思考不是产生于真正的哲学惊异体验,只是对于个别环境要求的应对性解答,"如果自然的本质是不可知的,我们关于外部世界的知识就成为一个如何依靠人类理性的

---

① 加林:《中世纪与文艺复兴》,李玉成译,商务印书馆 2012 年版,第 33—34 页。
② 吉尔松:《中世纪哲学精神》,沈清松译,上海人民出版社 2008 年版,第 195—196 页。
③ 陶伦斯:《上帝与理性》,唐文明、邹波涛译,中央编译出版社 2004 年版,第 27—28 页。

概念工具组织经验材料的问题",这就开启了"经验科学与理性批判之路",并最终在康德那里以三大批判的形式出现,奠定现代哲学的根基;但这么做的最终目标和结果是把科学与信仰分割、限制在各自的领地之中,"在威廉这里……协调精神与理智的努力早已失败"①。

把通向上帝的理性路径用"奥卡姆剃刀"砍去,让信仰和理性彻底割裂、各自为政,唯名论的确为近代的经验主义自然科学提供了哲学与逻辑上的部分基础,另外还实际上推动了欧洲的人文主义进程和理性启蒙。根据学界的普遍观点,从唯名论中发展出来的近代科学实证主义不再像古典哲学那样重视思想本身,而是铸造新的合理性原则,试图给新发现的种种个别赋予新的秩序。"每一个个别事物自身都是它的法庭,也就是说:一、概念的法庭,这至今都是许多认识论混乱的根源。……人们能够从最小的单位推演出整体,因为万事万物都符合某种确定的秩序,这种信念也已经过时了。"②世界不再能够从整体上得到把握。进步论、系统论和结构论使得科学研究变成了不断发生着变革的体系或"范式";唯有根据我们自身的感知、利害和"概念网络"去截取和考察流变的个体对象,才是真正有效的科学研究。③ 是"概念"发生了变化,实在世界本身注定得不到澄清——这种实用主义的思维其实是在鼓励研究者尝试新的视角、创作新的理论,而不再是考察绝对真理。我们在 20 世纪西方文学理论,尤其是形式主义理论中遭遇的种种现象都足以说明这一点。

实在论和唯名论的对立所体现的并不是思潮、学术范式或社会机制的个别特征,而毋宁说是作为思想者的个体的思维方式与气质的总体特征。

---

① 沃格林:《政治观念史稿·中世纪晚期》,第 113—115 页。
② 施米特:《现代与柏拉图》,第 56 页、第 62 页。
③ "牛顿力学到爱因斯坦力学的转变才特别清晰地显示出:科学革命就是科学家据以观察世界的概念网络变更了。……范式一改变,这世界本身也随之改变了……"库恩:《科学革命的结构》,金吾伦、胡新和译,北京大学出版社 2003 年版,第 94 页、第 101 页。

唯名论的幽灵在各个时代都存在着,有着具体的语境和表相;但任何具有这种精神气质的人都免不了或明或暗地与他的前辈或后人产生"家族相似性"。实在论和唯名论的分歧是形而上学或者说神学上的,决定着思想者看待世界的根本态度与方式,因此,它在很大程度上是最为根本也是最为关键的理解思想史的契机,与我们最关心的事情,即我们文学生活根本价值的真正来源有关。

| 第六章 |

《文学理论导引》：文论教育的"经验"基底

第一节 "反本质主义"：时代的诉求与难题

新时期以来，关于文学理论教育和教材的讨论就从未终结过。从最早的"本质主义"惯例，到 21 世纪以降"以史为论""关键词""问题中心"等口号的出现，文学理论教材的写作方式实则暗示了不同时期文艺学领域对于"文学"的不同理解。就其形成的历史来看，从其在新中国诞生时作为正式学科出现伊始，"文艺学"就带有鲜明的意识形态痕迹；其前身"文学概论"由于大量吸纳日本、苏联的"左"倾激进思想，曾经在民国时经历过由一般的审美教育逐渐向左翼意识形态过渡的阶段①。社会主义中国要求"文艺学"体现强烈的意识形态关怀，这是顺理成章的事情；由于马克思主义哲学成为刚性的指导思想，"文学的本质"问题也就成了文艺学和文学概论课程必须首先关注的焦点。这是由"指导思想"的经院形而上学性质所决定的：唯有在哲学成为一种硬性普及的社会规范时，本体论、本质论的追问才是首要的、必须的。在这一阶段，哲学主宰着文艺工作，"本质主义"的教材观也就随之诞生。

---

① 朱立元、栗永清：《新中国 60 年文艺学演进轨迹》，《文学评论》2009 年第 6 期。

正如科学史家库恩所言,研究思维与惯例作为科学范式一旦在学术共同体当中形成,在短时间之内是难以改变的:

> 科学共同体取得一个范式就是有了一个选择问题的标准,当范式被视为理所当然时,这些选择的问题可以被认为是有解的问题。在很大程度上,只有对这些问题,科学共同体才承认是科学的问题,才会鼓励它的成员去研究它们。别的问题,包括许多先前被认为是标准的问题,都将作为形而上学的问题,作为其他学科关心的问题,或有时作为因太成问题而不值得花费时间去研究的问题而被拒斥。①

改革开放之后,从伊格尔顿和詹姆逊开始,西方马克思主义的文艺理论著作被大量译介进国内,这一方面反映了文艺学界学术视野的愈加开阔,另一方面则反映了教条化马克思主义哲学长久作为指导思想带来的范式依赖。马克思本人以科学历史主义反对形而上学的诉求在稳定化、意识形态化的教育制度当中被遗忘,其关于文艺的思想也进而异变成了一种形而上学,进而遭到 20 世纪八九十年代以来几代青年学者的质疑与批判。文艺理论研究中一度盛行的"反本质主义",实质上针对的就是这种将理论学说形而上学化为僵死范式规约的现状。②

如果回到最开始提到的"文学理论"本身的问题张力——哲学思维与文艺思维的张力——框架中,不难发现,"反本质主义"其实反对的是:让唯有部分人感兴趣并赞同的哲学原理普遍化为教条主义的"公理"和"法则"。"反本质主义"诉求的并不是把意识形态话题赶出文艺研究领域(如果这么做,那不啻为另一种本质主义),而是一种"理论的民主",即,承认理论的、哲学的

---

① 库恩:《科学革命的结构》,第 34 页。
② 陶东风:《大学文艺学的学科反思》,《文学评论》2001 年第 5 期。

探索可以有一定的宽容度,关于"本质"的讨论要受到社会民主时代标榜的多元主义原则的检验——"本质"如果无法被大多数人接受,也就不能称为"本质"。进而,文学概论的教育,首先要教会学生的不是某种特定的普遍教条,而是敢于考察、学习、使用不同时期和不同民族理论家的不同见解,凭借自己的批判性思维去接受其中最适合自己心性与趣味的理论。这样的理论立场与改革开放时期盛行的市场化逻辑步调一致。当童庆炳教授把传统教材中"本质论、创作论、作品论、发展论和批评鉴赏论"的板块改写为"文学活动、文学生产、文学产品、文学消费与接受"时,时代精神也就随之彰显。

作为突破旧有范式、迎接时代精神的典范,童版教材的意义在于其中暗示了各种各样的可能性,鼓励文学研究者培养开放视野。但若从"反本质主义"的角度来说:要做到响应马克思主义哲学的学院模式,文艺理论自身也就必须带有哲学上的规定内容;尽管把"本质论"替换成了"活动论",但这种定义依然是排他性的,拒绝了某些传统文论、地方性文论进入主流话语的可能。因此,尽管强调"对话"与"多元"是"反本质主义"时期文学理论教材的普遍共识,但其中依然有着本质主义因理论写作本身的需要而突然冒出的危险。

南帆、王一川和陶东风三位教授在 21 世纪陆续推出的三部教材,则带有解决这一危险的意识。他们共同的答案是以"问题"为基本导向。南帆的教材强调一种"关系主义",以西方时兴的文化理论来反观文学活动中出现的种种问题与作品之间的关系。王一川的教材以"批评"为基本导向,暗示源自本土文论的感性修辞论是将容易滑向本质主义危机的"文学理论"拉向以个体感性生活经验为表征的"文学批评"的枢纽。陶东风的教材则旨在击破宏大叙事与绝对主体式论说,试图从地方性和历史性的角度重新整合关于文学的问题。

但正如朱国华教授所言,这三部教材在话语的使用方式和章节安排上,依然没能与本质主义进行完全的切割;相较之下,学习西方的"指南"和"理论史"写作,或是尽量减少教材作者的声音,以文论选取而代之,或许能够更好地消解本质主义的大写主体。① 诚然,我们已经看到了诸如杨冬《文学理论:从柏拉图到德里达》(2009)这样"以史论代概论"的著作,也看到了汪正龙《文学理论研究导引》(2006)和童庆炳、赵勇的《文学理论新编》(2010 年第 3 版)把文论经典选文作为核心的做法,更注意到了本尼特、罗伊尔效仿雷蒙·威廉斯而写就的《关键词:文学、批评与理论导论》(2007)——这些承担着教材使命的著作都有着拓展学生眼界、规避一家理论独大的民主诉求。但它们也有着一个最为致命的问题,那就是:对历史信息、经典文论和关键问题的选择尺度该如何把握? 杨冬的著作中没有考察中国文论,显然是认为"文学理论"主要的核心是西方文论,这其实是一个非常值得商榷的判断;文论选与关键词的写作也无法做到面面俱到,其中必然带有写作者自身的价值判断与意识形态倾向。因此,朱国华教授提出的必须消解大写表征主体的主张依然无法得到有效的回应。

对于文学理论教材的写作来说,"如何反本质主义"是不是一个需要去全身心面对的问题,这其实是值得讨论的。尤其是在时代精神已经发生转变的今天,即便要更好地回应民主化时代的文学教育的诉求,也未必需要延续把"反本质主义"本身视为一种观念先行的老路,不断地以"本质主义"的方式去"反本质主义"。相反,如果我们回到文学理论教育的初衷——帮助学院内外的初学者更好地学习到与文学相关的各种思想和理论,以此来更好地指导文学创作、批评与欣赏的实践,那么,如前文所言,跳出"意识形态""问题"乃至于"关键词"和"文论经典"等带有规定性的标尺的约束,直接面对文学经验的方方面面,将各种既有的先入之见"悬置"起来,也许是通向真正多元民主对话的教育方案的一条可靠途径。在这方面,周宪教授的《文学理论导引》似乎可以作为一个较好的案例来展开讨论。这并不是说周宪教授已经实现了"反本质主义"的写作,而是说他的独特运思方式和问题意识构成了一种可供选择的"召唤结构"。

---

① 朱国华:《反本质主义文艺学教材的可能性》,《学海》2011 年第 5 期。

第二节 《文学理论导引》的科学诉求

专业化的文学研究也就注定需要专业化的文学理论教育。这是周宪教授《文学理论导引》一书的基本背景。为了解决文学理论难教难学的问题，周宪教授特地强调，这本教材是以文学文本为中心，绝不是围着抽象理论"打转转"。"文学理论说到底就是基于文学文本及其阅读经验的理论思考。"①文本与经验是文学院系学生最为熟悉也最感兴趣的内容，正是因为如此，周宪教授要首先讨论文学经验问题。他将这一问题与"文学是什么"的艰难问题结合起来，承认文学概念是一种流动的、液态的、难以准确把捉的存在，其中包含的名目繁杂多端，进而在定义文学时，把种概念转化为属概念，"以个别来取代总体，以具体来取消抽象"，这是一条捷径。也就是说，周宪教授倾向于以科学的经验归纳法来把握文学，然后从中获得最根本的文学理论图式。这就和过去由哲学原理出发的演绎式文学理论写作拉开了距离。演绎式的文学理论教材由于必须顾及某种"政治正确"的尺度，而让大前提站不住脚，进而让全书的论述陷入矛盾与困境。周宪教授则试图摆脱"观念先行"的思路。当然，这也就会带来另外一个问题：文学现象和理论纷繁杂多，那么，对经验的样本收集，又应当根据何种标准？

周宪教授采取了历史与逻辑两条线索来展开他的经验归纳。通过对文学概念历史的简单梳理和对大文论家艾布拉姆斯"四要素"逻辑框架的重新解释，周宪教授得出了他对文学的初步定义："文学是用精致语言书写的具有艺术价值的以文本为中心的文化系统。"这一定义其实也就规定了全书的核心朝向：为语言精致的、艺术的文本作品提供分析的工具。"语言精致"这一定义与"具有艺术价值的""以文本为中心的"其实有其内在的关联：出于作者的谋划，语言的精致性才得以实现；出于读者的把握，作品的艺术价值

---

① 周宪：《文学理论导引》，高等教育出版社 2014 年版，第 3 页。

才得到呈现;而这两种行动之间的信息媒介是文本。进而,周宪教授的定义当中或许有着某种麦克卢汉主义:信息媒介本身即是交流行为的中心。麦克卢汉主义的前提是针对媒介的科学研究,进而其所关注的中心当然是媒介。用科学的思维来看,文学研究的中心也必然是文本。但"科学"是针对"非科学"而言的,非科学的文学研究所关注的,则是超出具有艺术价值的、由精致语言构成的文本之外的内容,如作者本人的思想来源与政治意图、文本的文献源流和作品的社会伦理效用等。尽管周宪教授承认这样的研究也包括在对广义的文学——作为"文化系统"——的研究当中,但显然并不是符合学院体系标准的"科学研究"。至少对于打基础阶段的本科生来说,关注精致语言、艺术价值和文本本身的科学研究——也就是维勒克所言的"内部研究"——应当是必须掌握的基本功。

"文本"的概念是对"作品"概念的颠覆。"文本"的称谓,意味着被作家创作出来的东西必然是可被科学分析的。因此,"文本"暗示的是一种理论的可能性。"回到文本本身"的口号,其实暗示着哲学理论进入文本的天然正当性。这是相对于过去文艺作品当中承载着宗教或政治的神秘意涵,难以得到批评家以平等视角展开理性分析的阶段而言的。在"内部研究"的时代,文学作品的神秘性被批评家从宗教与政治当中抽离出来,归结为作家自身意图的暧昧含混,进而归结为语言的精致谋划。"新批评"所分析的文本"肌理",实则暗示了一种对神话、宗教、政治隐喻背后宏大文化场域的"去魅"——可以得到科学分析的"肌理",其实不外乎是艺术家的精心设计。这也就把文化研究必须面临的复杂的历史文化问题简化为了语词的使用问题。譬如,在研究《诗经》的时候,从《毛诗正义》到《诗集传》的做法都是考察诗句背后的政教或哲学诉求。而在闻一多的时代,这一切烦冗的内容都因为不符合时代潮流被抛弃,科学的文学研究的重心转向了对隐喻的文化符码的解读和对抒情审美特质的挖掘:"我们要的恐怕是真,不是神圣。(真中自有着它的神圣在!)"①《诗经》的抒情性可能其实意味着《诗经》的理论可能:唯有人类学、民俗学、美学的各种理论的介入,才能证明《诗经》不是"经",而是抒情民歌集。这种源自德国浪漫派的民俗学—美学解释学实则是"内部研究"的滥觞,也是文学理论研究的滥觞。如果说要使得"文学理论"的传授得以成为可能,那么,关注文本肌理及其美学谋划和价值的内部研究也就是一个先在的前提。这正是周宪教授归纳法背后的演绎基础。文学理论天然诉求科学的确定性,唯有用"文本"这一可得到分析的概念来指代文学作品,才能有接下来的理论工作。同样,"文本"具备的中立性特征不再诉诸先在的形而上学与意识形态,而是把空间留给了单纯的心智活动——包括智性分析与审美感触两方面——这也是"内部研究"的根本诉求。

所以,一改过去文学理论教材以"世界"或"作者"开头的做法,周宪教授的教材开篇就讨论"文本"的问题,紧接着就是对"文类"的讨论——这都说明,周宪教授的关注点,始终是文学理论研究的科学性、确定性。这里面其实也有着一种非常务实的考虑:让学生能够更加方便快捷地进入对理论思维的掌握当中。这就像最好的医学教育是临床实践一样,最好的文学研究教育就是进入"患者"——文本——的身体,真切地把握其中的气息流动,从而获得更加理性、辩证的思考态度。"文本"所规定的不仅仅是对意识形态化的理论教育必然带来的视野逼仄的排除,还是对一度盛行的诗性的、抒情的批评态度的排除——前者缺少主观能动性,后者过于主观,都不是科学的、实事求是的文学理论态度。

周宪教授的理论态度进而非常明显地展现了出来:尽可能地逼近一个科学的、稳妥的、中立的立场,用具体的证据来表达对文艺的看法。这也是他在面对各家各派理论时依然尝试维护对话之多元性的原因。理论对话的

---

① 闻一多:《神话与诗》,上海世纪出版集团 2006 年版,第 266 页。

多元性,首先体现在人文理论无法真正达到精确、确定的"软理论"特性中①,然后体现为辩证与说服在人文理论中的核心作用。在这个意义上,周宪教授暗示,判断文学理论是否成立的根本标准,是是否具有说服力,而非如"硬理论"那般,是是否反映客观事物的真实情况。"软理论"和"硬理论"的区分,排除了"本质主义"的强行阐释可能,同时也把文学理论再度拉回到人文的、修辞的领域之中。变化多端、难以用"类"的逻辑来把握的文学,自然会对应出难以用类的逻辑把握的文学理论。在这个意义上,与其关心哪一种理论"正确",不如关心在面对具体文本时,哪一种理论更加"有用",更能够说服他人。这也正是周宪教授所暗示的一点:在文学理论教育中,重要的不是"文学是什么",而是"什么是文学"或者说"什么可以被称作文学",因而需要进一步考察的就不该是"什么文学理论是正确的",而是"各种文学理论该怎么使用"。经验与用法才是关键。那么,这么做会否陷入一种实用主义、工具主义的误区呢?

第三节　"语言转向"作为策略

　　大多数文学院系的学生需要的仅仅是具体有效的文本解读策略,在这个意义上,《文学理论导引》尽可能满足这一需求,把各家各派的理论整合在文学概论的写作当中。周宪教授在行文中穿插了各式各样的"小工具箱",以链接的方式指引读者通向与这一部分内容相关的中西方理论,甚至是给出某些学者关于"诗""小说""戏剧""结局""超文本""视点"等关键概念的定义,帮助学生直接获知有效信息。借助《文学理论导引》,入门读者能够最快地掌握与具体问题相关的得到普遍认可的结论。

　　但这也并不意味着《文学理论导引》终结了学生对于文学理论问题的探索,在每一小节的末尾,周宪教授设置了"驻足思考片刻"的环节,暗示读者

---

①　周宪:《文学理论导引》,第15页。

不要局限在书中的判断和分析中,而是结合自己的文学经验来进一步思考一些根本性的问题。与其说《文学理论导引》试图提供答案,不如说它要帮助读者尽可能学会批判性的反思。所以,周宪教授通过两个小板块的设计,顾及了寻找实用支撑和愿意进一步思考的两类读者的需求。

周宪教授试图与维勒克的《文学理论》保持某种程度上的呼应,同时又进行贴合中国文学现实的扩充。这或许就是他将"文类论"单独提出来作为大章节之一的原因。在维勒克那里,文体或者说文类问题虽然不能说不重要,但只是"内部研究"中的一个功能性的小章节。周宪教授或许是注意到了中国文艺理论经典如《文心雕龙》等对文类的重视,才试图在这方面进行拓展。毕竟,从科学分析的角度说,诗歌、小说、戏剧三种基本类型的历史渊源、表现形式与艺术效果都大相径庭。这就决定了我们必须重视它们之间的差异。重视文类,也就意味着重视千差万别的文学史现象。

周宪教授将维勒克称作"外部研究"的部分称作"语境论"。从这个术语当中可以看出,作者已经将"语言转向"导致的语言论文论视为文学研究的基本标尺。语言论文论最大的特征在于试图让文学研究科学化、中立化、可操作化。相比起"世界"这一形而上学意味浓重的概念,相比起"现实"这一内涵丰富且包括太多意识形态元素的概念,选择"语境"意味着选择摈弃一切外在政治、伦理、宗教实体的干预,仅仅将外部话题视为语言发生的条件,视为相对于"文本"来说更为次要的部分。这也是周宪教授对"文学理论"的理解所规定的等级制:"语境"应交给文学史和意识形态批评去关注;纯粹的理论研究,应将注意力集中在文本的形式、分类和意向性活动之上。

这对于大多数人来说是一种有效的规训,防止他们过于重视意识形态与历史话题而忽略文学形式本身。但少数人则会感到忧虑:如果文学的外部关涉维度遭到贬抑,是否意味着文学本身在现实世界中的地位相应受到贬低?《文学理论导引》的安排难道暗示,中西方两千多年来让文学承载"道"或"形而上学"的传统过时了,或者说至少得不到科学研究的认同?也许,周宪教授的意思其实是,至少对于初学者来说,文学理论的科学研究是以文本和文类为焦点的研究。该怎样理解周宪教授这么设计教材的真实想法呢？"文学理论"近半个世纪以来转向"理论"和"后理论"，试图回到现实，甚至改变现实。周宪教授认为这种过于激进的姿态其实缺少审慎的理论心态，对于刚刚入门的学生来说，过早接触到这些针对性太明显的理论，对他们切近文学自身规律与问题的学习显然没有帮助，甚至还容易造成负面影响。的确，文学文本的肌理分析，是文学研究者的基本功；从其中找寻审美的、艺术的效果，更是有助于未必从事文学研究工作的学生们提升自己的生活品质。《文学理论导引》相对于意识形态诉求过强的理论写作，强调中立性、多元性与科学性，实则是要凸显文学作为艺术的生活效应：帮助我们更好地认识到美，进而更好地奠定关于外间世界的基本判断尺度。在这个意义上，《文学理论导引》不光是一部学科内部的教材，还和周宪教授《美学是什么》等其他著作一样，都旨在从学理的角度引导读者思索什么是当代公民社会进行沟通的思想与感性根基。①

　　所以，《文学理论导引》所强调的实用性与工具性，并不是要回应学生该如何依样画葫芦地生产文学研究论文的话题，而是要帮助读者更加方便快捷地进入理论状态，进而进入对生活中文学艺术现象进行反思的领域。直接让文学爱好者进入哲学思辨的困难无须多言。其中的原因在于概念分析本身脱离生活的抽象性——这也是"本质主义"得以产生的根源。而周宪教授所诉诸的"语言转向"思潮的核心意图，就是借助语言的自我更新机制，在理论话语的操演当中敦促学习者重新理解经验、塑造生活，而非让既有的哲学观念来压制生活。这也是维特根斯坦"意义即用法"口号的根本诉求。在这个意义上，周宪教授的写作策略与维特根斯坦的语言哲学处于同一思想谱系当中，而非简单的工具主义和实用主义。语言的用法才是关键，原因在于，通过使用某种从属于自身的话语，人们至少获得了一种内在的思想自

———————————

①　可以从周宪教授关于"公民性"的讨论中看出他的诉求，见氏著：《当代视觉文化与公民的视觉建构》，《文艺研究》2012 年第 10 期。

由,进而帮助使用这些话语的人摆脱陈旧的概念体系,通向对生活处境的重新理解。① 同样地,通过学习《文学理论导引》,越来越多的初入门径者或许也将在系统的知识获取与理论话语操练中逐渐掌握到真正理论生活的乐趣,通过掌握各种理论的"用法","由技入道",渐渐修行而最终启发顿悟,这也许才是科学的文学理论教育必然保留并推崇的用意。《文学理论导引》是否解决了文学理论难教难学的问题,是否有效地回应了"反本质主义"的时代诉求、消解了大写的理论主体,依然有待具体的教学实验来证明。周宪教授的独到思路,则值得同道中人参考借鉴。

---

① 对此的理论阐释,可见王峰:《私有语言命题与内在心灵——维特根斯坦对内在论美学的批判》,《文艺研究》2009 年第 11 期。

第二辑 | "以言行事"的张力

| 第一章 |

"言语行为"的后现代状况

在《文学术语词典》里，艾布拉姆斯为"语言转向"后在英语世界普遍盛行的"言语行为理论"（speech act theory）提供了一个词条，[①]这标志着这种语言哲学理论已经被视为一种文学理论。这种理论强调"言即是行"，言语与其他人类行动一样，具有其独特的"意向性""背景"和"力量"，能够带来实在世界的改变，也能被有效地分析。通过分析言语行为得以成功实施的准则和语境，人们可以掌握各种各样"言外之力"的逻辑机制。言语行为理论对 20 世纪中后期文学理论研究的范式转换产生了根本性的影响，对这种理论进行一番"追源溯流"，搞清楚其核心观点和流变过程，非常有必要。尤其是在这个"理论"的历史未得到有效清理的时代，为了避免误解和误用，对一种理论话语的发源和流变进行剖析，不仅是为了弄清楚观念自身，还是为了让我们看到言辞背后的某些意向性的"延异"可能。

第一节 分析哲学传统中的"言语行为理论"

在科学飞速发展的 20 世纪前半叶，石里克、赖因巴赫、卡尔纳普、艾耶

---

① 艾布拉姆斯：《文学术语词典》，吴松江等编译，北京大学出版社 2009 年版，第 583—589 页。

尔等哲学家认为哲学的任务是通过科学手段来解释语词与世界之间的关系。① 在他们看来，带着各种"先设"（presupposition）的传统形而上学应该终结，真正的哲学应是"科学的逻辑"，其功能是"分析""区分"和"定义"，目标是通过判断命题的真假来确定事实与"真理"。② 相比之下，言语行为理论的创始人约翰·奥斯汀（John L. Austin）则属于语言哲学的另一谱系：以摩尔（Moore）、赖尔（Ryle）、后期维特根斯坦为先驱的日常语言学派。这一派认为逻辑实证主义仅仅通过科学数理逻辑手段探寻"理想语言"的做法有缺陷；真正的语言哲学应该关注被使用着的"日常语言"。

　　奥斯汀的独特哲学方法叫"语言现象学"。③ 他通过这种"语言现象学"看到逻辑实证主义宣扬的"符合论"（correspondence theory）存在着问题。符合论认为，语词应当与实在世界中的"指涉物"（reference）一一对应，人们可以依照语词与世界的符合关系来对语言命题进行真假判断。奥斯汀则在《如何以言行事》中指出：存在着大量的表达，如宣布、疑问、祈求、礼貌用语、感叹等，天然地无法判断是"真"是"假"。这些句子被说出来并不是用于"描述"或"报告"实事，而是一种创造实事的"行为"。那些能够判断"真"或"假"的句子被奥斯汀称为"述谓"（constatives），而那些没有真假、用以行事的句子则被命名为"述行"（performatives）。通过辨析，奥斯汀发现"述谓"其实也应当包括在"述行"之中，一切言语都有"述行"的可能。进而，他将之前的两分法发展成为一种"言语行为"的一元论，而一次言语行为的内部可以区分出三类行为：以言表意（locutionary）行为、以言行事（illocutionary）行为和以言取效（perlocutionary）行为。"以言表意"即表达"字面"意义的言语行为；"以言行事"即通过"字面"意义表达其他意义的行为——说话人在其表

---

① *The Cambridge Companion to Logical Empiricism*, Edit. Alan Richardson and Thomas Uebel, New York: Cambridge University Press, 2008, pp. 3-5.

② 艾耶尔：《语言、真理与逻辑》，尹大贻译，上海译文出版社 2006 年版，第 1 页、第 18—23 页、第 32—33 页、第 139 页。

③ 杨玉成：《奥斯汀：语言现象学与哲学》，商务印书馆 2002 年版，第 17—19 页。

意过程中试图生产某种"言外之旨",这种"言外之旨"有其"以言行事力量"（illocutionary force），对受话人施加影响，促使其他行动的发生；"以言取效"即在言语行为过程中对受话人实际上产生影响的行为。这三者其实是同一个言语行为的不同维度。举例来说，在一间闷热的屋子里对人说"窗户关着"，"窗户关着"本身是"以言表意"表达的"意"，话里未明言的"请你去开一下窗"是说话人"以言行事"意图实施的"事"，而受话人听到这句话之后反馈的"我去开窗"这一行动是"以言取效"最终获得的"效"。[①] 奥斯汀认为语言哲学家的工作就是对这些行为及其相关问题的考察，哲学研究也就从真值语义学扩展到了语用学的维度，对命题"真或假""是否符合事实"的追问被扭转为对言语行为"是否适宜""是否成功实施"的追问。[②]

奥斯汀的学生约翰·塞尔继承并发展了这种理论。他认为，语言交流的基本单位并不是符号和词句，而应该是"在实施言语行为时对符号、词句的生产或发布"，而"研究语言就是恰当地研究言语行为"。但在塞尔看来，对词句意义和对言语行为的研究并非截然有别，因为在一定的语境之下，足以根据话语的字面表达来判断是否准确地实施了言语行为，所以，研究言语行为只需研究那些能够被准确理解的句子。[③]在塞尔那里，言语行为理论依然是一种语义学理论，他想延续分析哲学的传统进路，准确把握语言意义，探索语词与世界的关系。

塞尔想建立言语行为理论的一般规则或体系。他认为以言行事行为可以得到进一步的分类，而这种分类的原则包括：(1)命题内容；(2)准备原

---

① J. L. Austin, *How to Do Things With Words*: *The William James Lectures Delivered at Harvard University*, London: Oxford University Press, 1962, pp. 3-8, 97-107.

② 关于奥斯汀思想的更多简述，可见黄衍（Huang Y）为 *Concise Encyclopedia of Philosophy of Language and Linguistics* 所撰写的"言语行为"词条，Elsevier Ltd.，2010, pp. 705-708.

③ John R. Searle, *Speech Acts*: *An Essay in the Philosophy of Language*, London: Cambridge University Press, 1969, pp. 16-21.

则——说话人在发出一个以言行事力量时必须有一定程度的理智与能力上的准备;(3)真诚原则——说话人对说出的话语必须承担一定程度的义务;(4)基本原则——话语本身必须可以被受话人解释成一种意图。例如一个人说"窗户关着"并试图让听者去开窗,那么说话人首先必须确定自己的命令有足够的力量让听者有所行动(准备原则),然后他必须真心实意地想要窗户被打开(真诚原则),此外还必须假设听者能够理解自己的意图才说这话(基本原则)。可以看到,塞尔在进行语言分析的过程中考虑了说话人和受话人的心理活动,这种心理活动的成分被塞尔称作"意向性"。一个人说话并且意谓什么时他就是在进行一种意向行动,而意向性将把实现意义的满足条件赋予话语,这种满足条件就是"成真条件":"当我说它并意谓它时,我便承诺了它的真值。"①这为传统的真值语义学提供了有效的补充。

第二节　定义"虚构":从语言哲学到文学理论

塞尔的观点不仅仅给语言哲学带来极大的冲击,还给 20 世纪后半叶的文学研究带来根本性的影响。这种影响包括三方面:首先,塞尔从言语行为理论出发而建构的虚构理论提供了一种定义文学的途径;其次,在批判塞尔的过程中,解构主义将言语行为理论改造成了一种剖析文本的批评策略;最后,通过挪用言语行为理论的基本理念和术语,后现代思想家们找到了实施权力话语批判的手段。接下来我将分别从这三方面展开对言语行为理论之"接受史"的描述。

1975 年,美国中西部现代语言协会召开名为"言语行为与文学"的讨论会,塞尔发表《虚构话语的逻辑地位》一文,这一事件标志着言语行为理论被系统运用于文学研究。在文章中,塞尔开启了一种讨论文学语言和本体论地位的新范式,奠定了言语行为理论重视作者意图、词句意义和语言规则的

---

①　塞尔:《心灵、语言和社会》,李步楼译,上海译文出版社 2006 年版,第 138—140 页。

基调。

这篇具有里程碑意义的文章旨在讨论"虚构"是否是一种"以言行事行为"。在塞尔看来,由于任何虚构作品的作者都不保证他在虚构作品中说出的命题的正确性、真诚性与真实性,所以虚构行为没有遵从"断言式以言行事行为"得以实施所必备的"基本原则""准备原则"和"真诚原则",进而仅仅是伪装(pretending)成断言式以言行事行为的别种言语行为。进而,塞尔提出了"纵向原则"(vertical rules)和"横向惯例"(horizontal conventions)的区分:纵向原则在日常语言与现实世界之间建立联系,而横向惯例打破这种联系,使虚构得以成为可能。这种横向惯例是被作者的虚构意图唤起的①。

在塞尔的理论框架中,"虚构"首先是一种特殊的言语行为,它非真非假,寄生在日常言语行为之上,不具备真正的以言行事行为得以成功施行的原则,也就自然不具备真正的"以言行事力量"。但是,"虚构"的言语行为依然需要虚构者的"伪装"意图作为保证才能被施行,这种施行依然有"成功"与"不成功"之分。总的说来,塞尔认为虚构话语与真正的以言行事行为之间是"模仿"与"被模仿"的关系:虚构行为与以言行事行为的游戏规则在本质上是不同的,但同时虚构必须依存在严肃的以言行事行为发生机制之上。

许多学者认为,沿着这种思路可以解决从俄国形式主义到布拉格学派和"新批评"一直无法解决的"文学本体"或"文学性"的问题。文学理论家奥曼在《言语行为和文学定义》一文中批判了瑞恰兹、弗莱、比尔兹利和雅各布森等人的形式主义与结构主义文学定义,认为应当在言语行为机制上而非在语义结构的维度上定义文学。奥曼与塞尔的看法相似,认为文学作品中其实含有某种特殊的以言行事力量,这种力量来自对真正以言行事行为的"模仿"(mimetic);在"模仿"的过程中,读者会被作者的意图和文本所处的语境一并带动,共同实现这种"次一级的言语行为"(quasi-speech-acts):"对

---

① John R. Searle, *Expression and Meaning*: *Studying in the Theory of Speech Acts*, London: Cambridge University Press, 1976, pp. 62-67.

正常以言行事力量的悬置可以让读者的注意力转向以言行事行为自身,转向其以言取效效果。"①读者本质上不会认为文学是真实的以言行事,但又具备某种"模仿"的能力,假定文学是真实的以言行事行为,进而让真实的以言取效效果产生。

　　这种看法遭到了理论家普拉特的反对。她试图利用言语行为理论对"背景""惯例"和"交流"的强调为一种语境决定论奠定基础:"文学本身是一种言语语境(speech context)。人们是通过不言而喻、约定俗成的规则、惯例和期待来理解这种语境的。"在这个意义上,普拉特推翻了形式主义者关于"文学性"的说法,认为文学话语与其他话语应当具有相同的定义方式,因为虚构中存在真实的日常言语行为,而日常言语行为中也饱含虚构,两者之间不存在明确的界限。也正因为如此,普拉特认为塞尔和奥曼的"模仿"观念是有问题的,虚构并不悬置、模仿真正的以言行事行为,相反,它与真正的以言行事行为一样,具有创造"可能世界"的力量。②

　　在塞尔那里,对"以言行事行为"的语言哲学分析只关注语词意义和说话者的意向,对接受者群体和具体语境的分析被归到"以言取效"的研究范畴,并未得到进一步的讨论。而塞尔之所以遗漏了他自己发现的宣言式以言行事行为,也是因为他只关注单个句子中的语义真值和真诚意图,并没有将虚构叙事行为作为一个整体事件来对待,更没有将其作为一种社会交流行为对待。帕特雷就此认为塞尔的理论其实背弃了奥斯汀的言语行为观,回到了分析哲学的陈旧观念。③ 一段时间之后,塞尔也承认,如果把虚构视

---

① Richard Ohmann, "Speech Acts and the Definition of Literature", *Philosophy and Rhetoric*, 1971, 4(1), p. 17.

② Mary Louise Pratt, *Toward A Speech Act Theory of Literary Discourse*, Bloomington: Indiana University Press, 1977, pp. 86-99.

③ Sandy Petrey, *Speech Acts and Literary Theory*, New York: Routledge, 1990, pp. 67-68.

为一种宣言,那么,虚构话语也该是一种"述行",与社会语境息息相关。[①]

　　除了上述几种比较典型的看法之外,柯亨(Cohen)、马提尼兹-伯纳提(Martinez-Bonati)、汉切尔(Hancher)、帕维尔(Pavel)、冯·沃特(van Oort)、阿沃德(Alward)等学者也对言语行为理论的虚构理论提出了各自的见解。塞尔的论文也被诸多语言哲学家、叙事学家视为文学虚构本体论研究的经典范例。[②]

　　可以看到,言语行为理论被用于考察文学虚构之定义的历史,其实也是理论家们对塞尔的观点从不同角度有所继承和批判的历史。这是一种语言哲学被应用于讨论文学问题所必需的修正与改造。总的说来,这些批判基本上是在言语行为理论内部展开的,这些理论家都沿着奥斯汀和塞尔的思路前进。相较之下,德里达等人的"解构主义"则从完全不同的立场出发,撼动了奥斯汀与塞尔理论大厦的地基,使其外延和内涵发生了根本变化。

第三节　遭遇"解构":从确定意义到多元阐释

　　1971年,德里达在蒙特利尔宣读《签名事件语境》一文,对奥斯汀进行了一番评判。在《雕像》1977年第1期上,塞尔以《重申差异:答复德里达》一文为恩师辩护,指出德里达对语言哲学的无知。德里达不甘示弱,回以《有限公司abc》一文,用戏谑笔法嘲弄塞尔,引来两人长久的论争与不和。

　　德里达觉得奥斯汀设立"日常语言"的概念,是为了从伦理上排斥或忽视表演、诗歌等不严肃的、依附性的言语行为。进而,他质疑奥斯汀"言语"先于"书写"的预设,用"重复性"和"引用性"两个概念来解构奥斯汀附加在

---

① John R. Searle, "How Performatives Work", *Linguistics and Philosophy*, 1989, 12(5), pp. 546-557.

② See *A Companion to Narrative Theory*, Edit. James Phelan and Peter J. Rabinowitz, Malden: Blackwell Publishing, 2005, pp. 154-155; Peter Swirski, *Literature, Analytically Speaking*, Austin: University of Texas Press, 2010, pp. 89-94.

"述行"之上的"意图"立场："书写创造着标记，构成一种反复创造的机制……由于引用性的结构，赋予话语活力的意图将不再彻头彻尾地呈现其自身及其内容……引入了一种本质性的沟壑与断裂。"奥斯汀认为清醒的言语意图应当在语境当中成为起决定性作用的"中心"，这在德里达看来其实是对有意识的自我(conscious ego)的不当膜拜，是一种"形而上学"①。通过对奥斯汀关于"严肃"与"不严肃"、"虚构"与"非虚构"等各种二元对立观念的"解构"，德里达进而否定了言语行为理论作为哲学方法的意义。

为了捍卫奥斯汀，也为了捍卫自己的虚构理论，塞尔列举了德里达的种种"无知"。首先，德里达犯了常识性的错误：奥斯汀"日常语言"概念的对立面其实是数理化、形式化的"科学语言"，而非"文学语言"或是"不严肃的话语"。奥斯汀从未否认戏剧、诗歌和独白的语言是日常语言，在他那里并不存在"日常语言"和"文学语言"之间的二元对立。其次，奥斯汀的论说不带有半点伦理的、政治的意味，"寄生论是一种逻辑依赖的关系，并不隐含着什么道德判断，自然地，寄生者无论如何并不比寄主更为不道德"，而这种逻辑层面上的依赖性具体说来就是："人们不可能不先具备严肃话语的概念，就具备虚构的概念。"②这不涉及任何道德问题。再次，德里达用来解构奥斯汀的"重复性""引用性"概念一方面含糊不清难以理解，另一方面则反映出德里达缺少语言哲学的常识，以至于混淆了符号的"使用"(use)与"提及"(mention)、"范例"(type)与"标记"(token)等范畴。在塞尔看来，尽管在某些场合一些话语会偏移其字面意义，但是这并不意味着话语本身由于不断地遭到重复和引用而失去了它的"本意"："我通过我所说的一些话语来进行意指，而别的人可能用我用过的词句的别的标记形式，来意指某些完全不同的东西，如果从这样的事实竟然推论出我以某种方式失去了我对我的言语

————————

① Jacques Derrida, *Limited Inc.*, Evanston: Northwestern University Press, 1988, pp. 8,14-18.

② John R. Searle, "Reiterating the Differences: A Reply to Derrida", *Glyph*, 1977 (2), pp. 204-206.

行为的控制,那么这样的推论不外乎是思维混乱。"①最后,塞尔认为德里达混淆了"认识论"和"本体论"的不同提问方式:我们可能无法通过现有手段知道作者的意图,但这并不等同于作者意图天然不存在,也不是说文本本身没有固定的意义。

可以看到,"解构"与言语行为理论的最大分歧在于:前者认为文本的意义是不确定的,作者的以言行事力量不可控制,进而可以对之展开游戏式的多重阐释;但后者则认为能够通过对话语的规则和语境的把握确定其以言行事意图。如果说塞尔的本体论建构必须考察言语行为意向性的具体情况,那么德里达其实是在强调读者必须抛弃对作者意图的追寻来换取阅读的绝对自由,进而获得一种具有伦理—政治意味的解放。解构主义关注的始终是潜藏在文学理论和语言哲学命题下的"暴力"和"反暴力"互动关系,关于语言规律的本体论研究被转化为寻找各种"弦外之音"的认识论探索。这正是米勒、卡勒等理论家的立场:他们一直试图将言语行为理论引入文学批评,其最终目标则是"解构"的自由阅读。

希利斯·米勒的真理观和语言观本质上是"解构主义的":"任何词语一开始都是隐喻式的置换……世界上没有合适有效的语言。……真理是人们对一系列谎言的传统认同。"②受到德里达和德曼的影响,米勒在讨论文学中的言语行为时认为文学文本中有某种来自他者的"呼唤"(calling),而批评就是对这种"呼唤"的"回应"(response),进而是对他者的"责任"(responsibility)③。这便是他想通过奥斯汀与塞尔的理论进一步构建"阅读伦理学"的真实动机:"在阅读的行动中有一种语言交流的述行力,这种力量

---

① John R. Searle, "Literary Theory and Its Discontents", *New Literary History*, 1994, 25(3), p. 648.

② J. Hillis Miller, *Topographies*, Stanford: Stanford University Press, 1995, p. 172.

③ 德里达:《文学行动》,赵兴国等译,中国社会科学出版社 1998 年版,第 281 页;J. Hillis Miller, *Speech Acts in Literature*, Stanford: Stanford University Press, 2001, pp. 214-215.

将流向知识、政治和历史的领域。"这种阅读是一种对抗一元理性的压迫、立足文本差异性的语词行动,是自由的"重新写作",是一种以读者为最终服务对象的"述行"式的再生产①。

德里达认为文本中的以言行事力量本质上不可控制,这得到了卡勒的同意。在评价德里达对奥斯汀的解读时卡勒认为:"宣告意义的不确定性既是可能的也是恰当的……而继续阐释文本、对言语行为进行分类并尽可能多地阐明意义的条件也是必要且恰当的。"②对卡勒来说,如果追问"文本做了什么""如何做的"这一类问题,进而追问文本之间或文本与其背后世界的关系,人们就必然要去追求一种充满激情的"过度诠释"(overinterpretation)。在他看来这种"过度诠释"正是奥斯汀留给当代文学理论的一笔"财富":关于"述行"的追问可以给予人们一种更为精巧的方式(more sophisticated way)去探索现代世界中"日益模糊的真实与虚构之界限,或是虚假事件之类的问题"。③ 在这个意义上,卡勒将言语行为理论改造为一种在探索中获得愉悦、认同多元阐释的批评理论。

有一种观点认为,言语行为理论在今天还被人记得"主要是因为德里达的解构主义"。④ 可以看到,经过德里达、米勒、卡勒等解构主义者的不断阐释,作为一种语言哲学的言语行为理论被纳入多元主义文本阐释学的框架内,与此相伴的,则是解构批评家对奥斯汀和塞尔原初理论目标和原则的遗忘与抛弃。这些在不同层面被抛弃的原则包括作者意图、语义确定性和语

---

① J. Hillis Miller, *The Ethics of Reading*: *Kant*, *de Man*, *Eliot*, *Trollope*, *James*, *and Benjamin*, New York: Columbia University Press, 1987, pp. 5, 118-120.

② Jonathan Culler, "Convention and Meaning: Derrida and Austin", *New Literary History*, 1981, 13(1), p. 28.

③ Jonathan Culler, "Philosophy and Literature: The Fortunes of the Performative", *Poetics Today*, 2000, 21(3), p. 518.

④ *The Cambridge History of Literary Criticism*, Vol. 8, *From Formalism to Poststructuralism*, Edit. Raman Selden, Cambridge: Cambridge University Press, 1995, p. 347.

境的稳固性等,取而代之的则是读者中心主义、无限"延异"的语言观和倡导开放、愉悦地介入政治的阅读伦理学。这种改造在许多人看来是有争议的。相比起米勒、卡勒,同样赞同开放阅读的艾柯就对此感到"困惑"(perplexed)。① 艾布拉姆斯则从另一个角度看到,这种理论先行、操作井然的批评其实并不见得会带来"开放"与"自由",因为"阅读激进解构批评家作品的读者很快就学会了期待那个不变的发现"。② 大卫·格曼则从多个方面质疑了当代文学批评对言语行为理论的"滥用",认为文学研究者最好不要低估也不要高估言语行为理论,"在尝试使用之前最好先搞懂它"。③

第四节 超越"结构":从语义分析到文化政治

德国学者费舍—里希特观察到,言语行为理论的观念到了 20 世纪 90 年代"在文化研究和批评理论中迎来第二波高潮",人们的研究焦点渐渐从"作为文本的文化"(culture as text)转移到了"作为施行的文化"(culture as performance)。④ 言语行为理论在一定程度上影响到了文学研究向文化研究的范式转换,同时这种转变与一些后现代理论家对"述行""以言行事"等概念的搬用和改造不无关系。相比起美国哲学和文论界对言语行为理论的全景式把握和批判,欧陆学界则普遍喜欢"挪用"这种理论。这种"挪用"首先体现为对奥斯汀和塞尔观点的局部搬用,其次体现为史学、社会学家的跨学科综合利用。

"挪用"的先驱当属米歇尔·福柯。福柯与塞尔交情颇深,曾多次前往塞尔所在的加州伯克利大学访问。在其经典论文《作者是什么》中,福柯就

---

① 艾柯:《诠释与过度诠释》,第 71 页。
② 艾布拉姆斯:《以文行事——艾布拉姆斯精选集》,第 300 页。
③ David Gorman, "The Use and Abuse of Speech-Act Theory in Criticism", *Poetics Today*, 1999, 20(1), pp. 93-119.
④ Erika Fischer-Lichte, *The Transformative Power of Performance: A New Aesthetics*, trans. Saskya Iris Jiam, London: Routledge, 2008, p. 26.

曾引用塞尔同年出版的《言语行为》中关于"专名"的论述。[①]　在《知识考古学》中福柯谈道:"话语是由符号构成的,但是,话语所做的,不只是使用这些符号以确指事物。正是这个'不只'使话语成为语言和话语所不可减缩的东西,正是这个'不只'才是我们应该加以显示和描述的。"这种超越传统分析哲学和符号学的"话语实践"观念显然受到了奥斯汀和塞尔的启发。只是,塞尔认为由集体意向性构成的"背景"与"网络"决定了"以言行事"的成功与否;而在福柯看来,任一发生过的话语实践会"反过来改变着它将它们之间建立起关系的那些领域",会对话语背后的结构网络造成差异性的冲击和破坏,在突破规则的同时构成新的规则。[②] 哲学家普拉多则进一步看到他们分歧的核心:"通过检查句子与客观实在的冲突程度来验证句子的真实——福柯呼吁对这种标准进行质疑,塞尔则反对福柯。"[③]对于福柯来说,塞尔只在宏观维度上提供了"言即是行"这一启发。当塞尔坚持真值语义学的基本立场时,福柯将从笛卡尔、马克思和尼采那里继承的怀疑主义成分注入对人类科学诸话语的研究之中,考察历史中种种言语行为背后的权力运作,进而对塞尔所倚靠的先验的真理信念先设展开清理与批判。塞尔分析话语是为了建立通用的语言哲学体系,福柯分析话语是为了颠覆话语体系的合理性。在这个意义上,福柯与德里达的目标一致,其对言语行为理论的吸收和改造也是相似的。

当然,也有史学家坚持言语行为理论的基本观点。这方面的代表是思想史家昆廷·斯金纳。斯金纳表面上延续了塞尔对作者意图地位的维护,认为思想史研究的目的是复原思想家以言行事的意图。在他看来,"公然抨

---

① Michel Foucault, *The Foucault Reader*, Edit. Paul Rabinow, New York: Pantheon Books, 1984, p. 120.

② 福柯:《知识考古学》,谢强、马月译,生活·读书·新知三联书店 1998 年版,第 53 页、第 80—83 页。

③ C. G. Prado, *Searle and Foucault on Truth*, New York: Cambridge University Press, 2006, p. 116.

击这种研究并不是对理性的维护,而是对开放社会本身的一种亵渎"①。斯金纳将福柯与塞尔的观点有效地熔于一炉,开启了"剑桥学派"的语境主义思想史研究范式,其中蕴藏着看似平和实则相对激进的公民共和主义立场②。

文学批评家朱迪丝·巴特勒显然是在福柯的启发之下化用"述行"这一概念的。她承认自己对奥斯汀的兴趣仅仅集中于奥斯汀对语言中的"主宰力量"的发现,而她的《性别烦恼》(Gender Trouble)中的"述行"观念其实更多受到德里达的影响。③ 可以看到,在《过激言语:一种政治表演》(Excitable Speech:A Politics of the Performative)中谈论"中伤的言语行为"(injurious speech act)对身体的塑造和摧毁时,奥斯汀只不过是一个遭到扬弃的讨论起点,巴特勒的价值诉求其实来源于阿尔多塞、黑格尔、福柯与德里达,④来自欧陆的主体辩证法哲学。

与巴特勒的作风相似,许多文学与文化研究者也纷纷采取这种欧陆哲学为干、言语行为理论为辅的策略,在种族、阶级、性别、地域等多方面展开了话语—权力模式的批判行动。这方面的代表人物是利奥塔尔。在其名著《后现代状态》中,他引用维特根斯坦、奥斯汀和塞尔的观点来为自己"说话就是斗争"的"语言游戏"论辩护,认为"不断地发明句式、词汇和意义,这在言语层面上促进语言的发展,并且带来巨大的快乐……这种成就感是因为至少战胜了一个势均力敌的对手而产生的,这个对手就是根深蒂固的语言,就是内涵"。塞尔对言语行为的定义被他"与争斗联系在一起,而不是与交

---

① 斯金纳:《言语行动的诠释与理解》,《思想史研究》第一辑,丁耘主编,上海人民出版社 2006 年版,第 136—165 页。

② 刘小枫:《以美为鉴:注意美国立国原则的是非未定之争》,华夏出版社 2017 年版,第 353—378 页。

③ Vikki Bell, "On Speech, Race and Melancholia:An Interview With Judith Butler", *Theory Culture Society*, 1999, 16(163), pp. 164-165.

④ Judith Butler, *Excitable Speech:A Politics of the Performative*, New York:Routledge, 1997, pp. 3-6.

流联系在一起"①。这种试图通过"语言游戏"反抗"宏大叙事"的理论作风与德里达、卡勒、福柯和巴特勒的理论在一定程度上构成了"统一战线",但奥斯汀与塞尔对"西方理性主义传统"②的哲学坚持则同样地被无视了。哲学家弗拉克看到,利奥塔尔其实仍然秉持一种前奥斯汀的语言学立场:"利奥塔尔的模式乃是某种自上而下的施舍式的东西,发送者向接收者传达关于某个对象的消息。"与德里达一样,利奥塔尔对语言哲学缺少本质性的体认:"利奥塔尔在各方面都广泛地追随维特根斯坦,虽然那位分析哲学微雕技师的精确性在他身上未能保存下来。"③

　　哈贝马斯与利奥塔尔的立场表面上截然不同。他认为德里达实际上想要"承担起一种普世性的传教使命";而塞尔则秉持一种"理想化"的信念,试图明确言语行为得以成功的意向性与语境条件。这同时也是哈贝马斯的信念。④ 在《交往行为理论》中,哈贝马斯试图通过言语行为理论发展出一种关于"沟通"的普遍理论:"如果我们能把言语者用于判断的潜在标准挖掘出来,我们也就找到了我们想要得到的沟通概念……我们所说的沟通和以沟通为取向的立场,必须紧紧依靠以言行事行为来加以解释。"塞尔关于真实性、真诚性和确定性的意向性观点在哈贝马斯那里被发挥成了三种实施以言行事行为的"立场":客观立场——考察客观世界存在事态;表现立场——表达言语者内心世界的主观经验;规范立场——对社会中正当行为的表述。这种三分法中有着康德、韦伯的影子。进而,哈贝马斯以社会语用学的方式超越了塞尔的真值语义学,把追求语言意义之确定性的任务发展为"深化共

---

① 利奥塔尔:《后现代状态》,车槿山译,南京大学出版社 2011 年版,第 38—41 页。

② Richard Rorty, *Truth and Progress*: *Philosophical Papers*, *Volume 3*, Cambridge: Cambridge University Press, 1998, p. 67.

③ 弗拉克:《理解的界限:利奥塔尔和哈贝马斯的精神对话》,先刚译,华夏出版社 2003 年版,第 34 页、第 44 页。

④ 哈贝马斯:《现代性的哲学话语》,曹卫东译,译林出版社 2011 年版,第 224—246 页。

识",追求普遍性、合理性等价值。①

尽管承认塞尔是第一个准确把握"言语行为结构"的人,但哈贝马斯并不满意塞尔立足说话人视角展开的分类方式,因为真实性不能仅仅从语义学、言语者的角度来加以定义,而应该追求主体之间通过尊重与理解所实现的"相互承认"②。但是哈贝马斯对塞尔的改造与德里达、利奥塔尔有本质性的不同:前者试图通过言语行为理论对"理性"与"交流"的重视来重建一种康德式的人类社会结构,而后者则想利用这种理论对权力的敏感来批判、颠覆现实中的种种隐蔽的权力机制。奥斯汀、塞尔试图通过构建体系来探索言语行为的"结构"本质,而后现代理论家们则试图瓦解"结构",把语言问题引向社会文化现实,引向考察压迫与反压迫、暴力与驱赶暴力等二元对立命题的政治—伦理维度。哈贝马斯吸收了前者的理论诉求,与后者在同一维度上展开对话。

以上从几个方面对言语行为理论在"后现代"语境下遭遇的改造进行了梳理,在这段历史过程中,我们实际上看到的是两种哲学观点的对抗和互相影响。正如理查德·罗蒂所归纳的,存在着两类哲学家:第一类渴望通过对世界规律的"描述"和"再现"来"预测和控制";另一类则认为前者的"再现"是无意义的,人类无法见证一个"与人无涉"(nonhuman)的客观世界③。前者是诸如康德、塞尔、哈贝马斯这样的热衷于通过理性手段追求真理之"结构"的哲学家,后者则是德里达、福柯、利奥塔尔等反"结构"的后现代主义者。"康德主义者"——语言哲学家们——倾向于纵向地把哲学视为"以探讨关于语词与世界的关系的一系列问题为中心的领域",将对科学真理的探

---

① 哈贝马斯:《交往行为理论》(第一卷),曹卫东译,上海人民出版社 2004 年版,第274—279 页、第283—287 页、第292—294 页。

② 哈贝马斯:《后形而上学思想》,曹卫东、付德根译,译林出版社 2001 年版,第132—133 页。

③ Richard Rorty, *Contingency, Irony, and Solidarity*, New York: Cambridge University Press, 1989, pp. 4-5.

寻视为哲学的核心任务；而黑格尔辩证法的继承人——文化哲学家和解构主义者们——则横向地把寻找"真理"视为对"阐释"的反复操作，把科学视为文化的一部分。在后现代思想家的眼中，20世纪"语言转向"以来的语言哲学企图延续康德(乃至柏拉图)对超时空真理的探寻，将语词与事物的关系"规则化"，试图展示其间的"结构"，但是这种结构实质上禁不起实践的辩证法的颠覆。①

　　这就让我们看到了言语行为理论遭遇"解构""挪用"的根本原因：它被后现代理论家们视为一种来自语言哲学内部，同时又具有反"结构"素质的理论资源——无论是对言说者心灵的观照，还是对语言使用背景的具体考察，抑或是对言语之"力量"的强调，言语行为理论都对结构主义的语言学、诗学传统有所颠覆。这体现在文学研究中，就是对"文学性"乌托邦的质疑；体现在文化研究中，就是对"权力机制"和"语境"等范畴的重视。然而可以看到，在这些文化、伦理乃至政治层面的"以言取效效果"甚嚣尘上的同时，言语行为理论最初被提出时的"以言行事意图"却被渐渐遗忘。

---

① Richard Rorty, "Philosophy as A Kind of Writing: An Essay on Derrida", *New Literary History*, 1978, 10(1), pp. 141-144.

| 第二章 |

虚构之为以言行事：问题与谱系

第一节 约翰·塞尔论虚构

分析哲学的鼻祖之一罗素曾将文学视为假命题的集合,这些假命题超越了我们的一般经验,具有某种唤起我们情感的"含义"。在阅读莎士比亚的戏剧时,我们经验的是"哈姆雷特"这一虚假命题集合中的语词符号,但我们会认为自己经验到的是哈姆雷特这个实在的人。罗素会分析说,我们的确能根据之前的经验对"哈姆雷特"这个名字产生信念与情绪,但我们也必须承认这个名词与任何实在事物无关。剧中的"哈姆雷特"这个人不存在。接着这个话头,罗素认为"古罗马人崇拜罗穆卢斯,中国人崇拜尧和舜,而英国人崇拜亚瑟国王,尽管所有这些杰出的人物都只是文字上的虚构"①。看来,分析哲学家笔下的"虚构"是一种具体的事态,在文学、历史、宗教的语境中都很常见,有相当丰富的内涵等待着人们去研究。我们将看到,作为分析哲学传统中关于"虚构"问题的首要理论家,言语行为理论的奠基人之一约翰·塞尔继承了罗素的某些看法,并在许多地方有所深化。

在讨论前需明确的是,塞尔所分析的"虚构"是作为一种日常语言用法

---

① 罗素:《意义与真理的探究》,贾可春译,商务印书馆 2009 年版,第 349 页。

的"虚构",而并不完全是文学的虚构。他认为:"能被意指的就能够被言说,这一原则并不必然意味着能被言说的就一定能被别人理解;因为那有可能排除了一种私人语言的可能性,除了说话者之外,这种私人语言在逻辑上对任何人而言都不可能被理解。"[①]这里的"理解"指的是理性的、逻辑的理解,而非纯粹审美层面上的"领悟"。除此之外,还有三个概念必须事先交代。第一个是"真值"(Truth Value)。源于弗雷格的"真值"概念指的是"句子对于其指涉物(reference)所承担的必然逻辑状态,即句子的真实情况和指涉物的真实情况的统一"[②]。第二个是"真诚"(Sincerity)。"真诚"指说话人在说话时承诺自己的话真实传达了自己的意图。第三个是"真实"(Truth)。这里的"真实"指的是文学理论所关注的叙事的"真实性"问题,亦即由苏格拉底开始就一直被谈论不休的"真"与"假"、文学与世界之间符合——再现关系的问题。

塞尔研究虚构本体论的前提是他对以言行事行为的条件规定和类型划分。在《对以言行事行为的分类》一文中,他将"以言行事的要旨"(Illocutionary Point)、"词与世界之间的适应方向"和"诚实性条件"作为分类的基础,把以言行事行为划分为"断言式"(Assertives)、"指令式"(Directives)、"承诺式"(Commissives)、"表情式"(Expressives)和"宣言式"(Declaratives)五种[③]。他预设虚构是一种言语行为,并通过与"断言式的以言行事行为"相对比来揭示其特征。的确,虚构作品中的绝大多数陈述句都具有"断言式"的外观特征,譬如某个故事的开头:"从前,有一个青年……"——这句话在日常语言之中,就是在施行一个"断言式的以言行事行为",断言一个青年曾经存在过。然而塞尔认为,在虚构语境下这种类似

① J. R. Searle, *Speech Acts*: *An Essay in the Philosophy of Language*, p. 20.
② J. R. Searle ed., *The Philosophy of Language*, London: Oxford University Press, 1971, p. 3.
③ J. R. Searle, *Expression and Meaning*: *Studying in the Theory of Speech Acts*, pp. 1-19.

断言的话语并不等于真实的断言,因为"虚构故事中的词汇和其他语言单位拥有它们原初的意义,然而附着在这些词汇和其他语言单位之上并决定它们意义的原则却没有被遵从"①。"断言式以言行事行为",按照塞尔的规定,必须服从所谓的"基本原则""准备原则"和"真诚原则"。这些原则源于塞尔对断言或陈述的真实性、正确性和真诚性三方面的各种要求:"对断言式的最简易的检验方式就是,是否能够(在一开始就)字面地定论其真假性质。"②"做出陈述的意向不同于做出真陈述的意向,但做出陈述的意向却必定会使说话者承诺去做出真陈述,并在他所做出的真当中表达其信念。"③塞尔认为,施行"断言式以言行事行为",意味着:(1)让命题内容具有逻辑真值;(2)使命题确实适应实在世界;(3)相信这种适应是合适的。如果说出的命题被证明缺少真值、与事实不合或是不够真诚,那么命题也就被证明是无效的,断言式以言行事行为也就无法成功施行。虚构在这个意义上绝不可能是成功的断言式以言行事行为,因为任何虚构作者都不保证他在虚构作品中说出的命题的正确性、真诚性与真实性。

塞尔似乎就此完全否定了虚构话语作为以言行事行为的可能性,进而认为虚构是一种伪装(pretend)成再现型(包括断言、陈述、描述、解释等)的以言行事行为的言语行为而非真实的以言行事行为,并且认为"一个文本是不是虚构作品的判断标准必须由作者的以言行事意图决定"④。作者可以意图伪装施行再现型的以言行事行为,而并不用被"诚实性条件"等所约束。作者意图一个文本是虚构的,那么这个文本就是虚构的;作者意图一个文本是真实的,那么这个文本就是真实的。

---

① J. R. Searle, "The Logical Status of Fictional Discourse", *New Literary History*, 1975(6), p. 319.

② J. R. Searle, *Expression and Meaning*: *Studying in the Theory of Speech Acts*, p. 13.

③ 塞尔:《意向性——论心灵哲学》,刘叶涛译,上海人民出版社2007年版,第168页。

④ J. R. Searle, "The Logical Status of Fictional Discourse", p. 325.

塞尔进而提出了"纵向原则"(vertical rules)和"横向惯例"(horizontal conventions)的说法。他认为,在日常语言与现实世界之间建立真实性联系的是纵向原则,而横向惯例打破了纵向原则建立起来的语词与世界的联系,使得虚构成为可能。横向惯例是被作者的虚构意图唤起的。塞尔利用维特根斯坦的语言游戏说总结道:"讲故事的确就是一种特别的语言游戏;要玩这个游戏,就要求一种特别的惯例,虽然这些惯例并非意义规则;而这种语言游戏并不能涵盖所有的以言行事的语言游戏,而只是对后者的一种寄生。"①作为一种言语行为,虚构要求与以言行事行为不同的游戏规则,而同时虚构却必须依存在严肃的以言行事行为之上。可以说,虚构作为言语行为,并不具备独立存在的地位,而在因果性上必须紧随与之相对应的真实的以言行事行为。

虚构作为"伪装的"以言行事行为,是否必须依赖于具有真诚性条件的"断言式以言行事行为"才能合法地存在?塞尔没有过多讨论这个问题,话锋一转,他说道:"在现实主义和自然主义的虚构中,作者会指称真实的场所和事件,这些场所和事件与虚构的指称混合在一起,因而让我们得以把虚构故事视为我们现实知识的延伸。"这与罗兰·巴特的"指涉幻象"说遥相对话②。巴特为了缔造"语言乌托邦",认为虚构作品中的一切都是虚构的,真实细节的出现只是为了制造幻象,让读者信以为真;这就在现实世界与虚构世界之间划出了一道本体论上不可逾越的疆界,而不是像传统的看法那样将虚构视为现实的绵延。而塞尔似乎想要论证这种绵延的存在。他在《意

---

① J. R. Searle, "The Logical Status of Fictional Discourse", p. 326.

② 可以参阅孔帕尼翁对巴特这一看法的评述。有趣的是,孔帕尼翁还提到里法泰尔对语言诗意用法和日常用法的区别:"意义,在日常语言中是纵向的,在文学语言中是横向的……"在这里他似乎与塞尔也构成了一种对话。巴特和里法泰尔都将文学对世界的指涉视为幻象,前者认为根本不存在文学对世界的指涉,后者则认为只存在文本间的指涉,他们看起来都在不同程度上反对着模仿—再现的文论传统。详见孔帕尼翁:《理论的幽灵——文学与常识》,吴泓缈、汪捷宇译,南京大学出版社 2011 年版,第 110—114 页。

向性——论心灵哲学》一书中提出了"两个层次的意向性"的看法：一个人站起来踱步这是一种具有意向的行动，但在实现这种行动时我不必一定有某种事先的计划意识；"踱步"是一种总的意向，但是踱步过程中的每一个具体行动，比如迈步、收步、转弯等的意向都是下意识的①。同样可以认为，"虚构"或"伪装"是一种总的意向，但是其实现过程中的每一步、每一细节都不是非得带有虚构或伪装意向。因此可以这么分析：虚构中可以出现真实事态，因为对这种真实事态的表述并不由作者总的伪装意向所引起，而由别的一些具体想法，如说教、议论、提供知识等所引起；但虚构行为的总体上的伪装意向是不变的，这种意向决定了作者的虚构行为是"伪装的以言行事"。所以，对虚构作品中出现的真实事态表述其实可以有两种不同的评价标准，总体上它们由虚构的、伪装的意图所引起，而它们自身则可以是真实的、有效的以言行事行为。塞尔还认为，真实事态表述出现的程度正是虚构的风格类型的决定性因素。"自然主义小说、童话、科幻虚构作品和超现实主义小说之间的不同，在某种情况下是由作者对再现客观事实的承诺的程度所决定的。"②

在塞尔那里，虚构话语事实上首先无法避免与指涉实在世界的日常语言有所交叉，同时也有必要通过与实在世界的对照来为自身寻求某种可接受的标准。虚构行为所遵守的"横向惯例"需要"寄生"在"纵向原则"之上，虚构中的真实是实在世界真实的延伸。此外，塞尔认为，在文本内部，作为伪装的断言式以言行事行为还得具备一种逻辑上的真值保证，即在整部作品内部的框架之下不能自相矛盾，必须具有一致性(coherence)："只要考虑到本体论上的可能性，那么一切都行：作者能任意创造人物和事件。只要考虑到本体论上的可接受性，一致性就该被视为关键来考察。然而，并没有关

---

① 塞尔：《意向性——论心灵哲学》，第 87 页。孔帕尼翁也谈到"打网球"的案例："打网球"是总的意向，而每一个打出网球的动作并不一定是经过头脑计划的，见《理论的幽灵——文学与常识》，第 83 页。

② J. R. Searle, "The Logical Status of Fictional Discourse", p. 330.

于一致性的普遍标准:科幻小说中的一致性在自然主义小说中就不是。"[①]而保证了这种文本内部的逻辑正确性,那么虚构也就能够自圆其说地建立起一种内在的合理与真实。

到这里,我要从文学理论研究的角度,对塞尔的论述进行一番总结和追问。

首先,根据常识,虚构这种行动本身与断言式以言行事行为的三个先决原则很难说存在着什么关系。至少,不同的人对于"真诚"和"真实"的理解度就是不相同的,作者觉得他足够真诚地讲述了事实并愿意为之承担责任,但是读者却依然可以按照"横向惯例"视其为虚构。此外,就创作的整个过程而言,虚构作品的作者肯定具有虚构或伪装的意图,但是,并非作者的这种意图决定了虚构行动的最终完成,读者的参与也是一个很重要的环节。在讨论虚构的时候,塞尔几乎没有考虑以言行事行为的接受者,在他最初设定以言行事行为的分类标准和适应原则时,他所考虑的只有世界、语词意义和说话人意图三方面,也就是说,他所讨论的"虚构"仅仅是"作者"和"世界"维度上的虚构(按照艾布拉姆斯的标准来说)。

其次,塞尔对于"伪装的以言行事行为"和严肃的、日常的以言行事行为的区分似乎暗示着他并不信任虚构话语的真实性。然而,正如他自己所言,虚构作品具有"伪装"的意图,这不意味着虚构作品中的一切都必然是伪装的,也不意味着整部作品都不具备逻辑上关于一致性的真值保证,当然更不意味着整部作品无法实现某种令读者间接获得真实性感受的效果。那么,文学虚构是否应当在表达真实性方面具有独立的地位? 对此塞尔似乎没有稳定的答案。

最后,塞尔在断定虚构并非以言行事行为时似乎忽略了许多可供选择的解答,比如,虚构并不是断言式以言行事行为,但可以是别的种类的以言行事行为。仅仅用断言式以言行事行为的原则来衡量虚构行为,这是非常可疑的。但塞尔真的没有意识到这个问题吗?

---

① J. R. Searle, "The Logical Status of Fictional Discourse", p. 331.

第二节 宣言的力量：塞尔的"漏洞"？

看起来，塞尔论述中最大的漏洞在于对虚构行动另一维度的忽视。分析哲学家格里高利·柯里就认为，虚构的研究还应当考虑读者因素，而作者的意图应当在这种意义上被视为是真诚的："并没有伪装什么。他是在诱使我们去伪装，或者更确切地说，假装相信(make-believe)什么。"[①]作者真诚地意图的是读者对于虚构文本的正当反应，即"假装相信"，进而，这就要求读者具有所谓"以言行事领会力"(illocutionary uptake)，能够意识到作者的意图，并真诚地"假装相信"。读者和作者之间存在着这样一种真诚的意向互动，这决定了虚构行为是一种有效的以言行事行为。

但在这里必须留意到塞尔文本中的这句话："一件作品是不是文学，这由读者决定，一件作品是不是虚构的，这由作者决定。"[②]这句话是什么意思呢？我想，柯里在这里似乎无视了塞尔在文章一开头就严格区分的"文学"与"虚构"。从一开始，塞尔就视"文学"为一个"家族相似性"概念，并不想在上面下功夫。他所分析的"虚构"是严格语义学层面上的，如文章标题所暗示的，他要研究的是"逻辑结构"，而不是别的什么。即使塞尔未能在这篇论文中考虑到读者，他的分析似乎依然是自洽的。当柯里提出"文学公众"(literary public)具有"把虚构地位赋予那些仅仅因作者一己之意图而定义为非虚构的作品"[③]的地位时，他已经远远离开了塞尔的原初语境，开始了自己的论述。

在塞尔那里，对"以言行事行为"的语言哲学分析本来就只应当关注语词意义和说话者的意向。对接受者的分析在塞尔看来似乎应归到"以言取效"的层面。文学批评家桑迪·帕特雷就此认为，塞尔背弃了奥斯汀的言语

---

① Gregory Currie, "What Is Fiction", *The Journal of Aesthetics and Art Criticism*, 1985(43), p. 387.

② J. R. Searle, "The Logical Status of Fictional Discourse", p. 320.

③ J. R. Searle, "The Logical Status of Fictional Discourse", p. 388.

行为观,回到了分析哲学的老路子①。的确,塞尔的研究依然延续着分析哲学重视真值问题的传统②,又具有浓重的意向主义色彩:他将考察意向性的心灵哲学视为考察言语行为的语言哲学的基础③,重视言语与世界的适应关系和说话者状态。但在文学理论家看来这却是一种偏见。他们会说,由于无视了接受者和交流群体的接受和反应,塞尔的虚构论并没展开对文学虚构现象的全面考察,也没有抓住虚构作为一种艺术的本质特征④。这似乎是学科之间"问题意识"的差异。

接下来要处理的是"真实性"的问题,可以将这个问题与虚构是不是一种"断言式"以外的真实的以言行事行为的问题一起考虑。柯里认为当且仅当一部作品是前面所述的那种作者—读者双向意图的产物时,这部作品就是虚构的,而"在事件与文本之间,并不存在信息保存的链条"⑤;一个虚构行动是不是一种真正的以言行事行为,与其是否指称客观实在世界并没有任何关系。这与罗兰·巴特的结论是一致的。然而,在塞尔那里,虚构的确能够断言或指称实在世界,尽管这种断言或指称并非作者总体上的虚构意图所带来的。作者在虚构作品中所实施的断言或指称都是伪装的,而通过这种伪装"也就伪装存在着一个可供指称的对象"⑥,进而作者也就生产出了新的可被指涉的实在世界对象。相比起柯里和巴特截然否定虚构具有真实性意义的看法,塞尔的观点可谓揭示了虚构的一个根本特征,即其对于"指涉对象"的真实性的生产力量⑦。

那么这种生产力量是如何获得的呢? 仅仅说"伪装"能够揭示其原因

---

① Sandy Petrey, *Speech Acts and Literary Theory*, pp. 67-68.

② 哈贝马斯:《后形而上学思想》,第 128 页。

③ 塞尔:《意向性——论心灵哲学》,第 6 页、第 163 页。

④ See Thomas G. Pavel, "Fiction and Imitation", *Poetics Today*, 2000(3), p. 534.

⑤ Gregory Currie, "What Is Fiction", p. 389.

⑥ J. R. Searle, "The Logical Status of Fictional Discourse", p. 330.

⑦ 这被一些研究虚构问题的语言哲学家称为"亚里士多德主义的创造主义"。徐敏:《对亚里士多德主义虚构对象理论的批评》,《哲学研究》2012 年第 7 期。

吗？伪装的以言行事行为为什么也具有严肃的以言行事行为的力量,即指涉、再现和创造呢？塞尔的"问题意识"不在这里,他没有回答这个问题。法国叙事学家热奈特认为,塞尔在分析的过程中忽视了两种可能的情况,即"转义"和"间接言语行为"。"转义"指的是句子意义外的某种含义表达,如说"您是一头狮子"时表达的意思是"您是一位英雄";"间接言语行为"指的是用一种以言行事的方式施行另一种以言行事行为,如在席间说"盐在你那里",就是用一个断言式以言行事行为施行一个"我要盐"的指令式的以言行事行为。热奈特认为许多虚构话语都在这两种意义上施行严肃的以言行事行为,整体上看虚构话语作为以言行事行为可以是"指令""要求""宣言"乃至"复杂"等①。其中最有说服力的,就是把虚构行为视为宣言式以言行事行为的看法:"叙事性虚构与数学虚构或其他虚构一样,可以作为塞尔意义上的一种宣告。"②按塞尔自己的定义,宣言式以言行事行为的规定性特征在于通过成功完成这个行为来保证命题内容符合实在世界。而这种以言行事的实施,必然涉及"超语言的机制"(extra-linguistic institution),即社会的"制度性规则""构成性规则"和行动主体的权力。比如:牧师宣布"你俩结为夫妻",那么实际上的婚姻关系也就得以建立;主席宣布"大会结束",那么大会也就结束了。这些事件得以实施需要依靠一定的规则和权威。同样地,作者在作品中说"从前有一个青年……"时并不是在陈述之前真的存在一个青年,而是宣告某个青年在文本中是存在的、可指涉的,进而是真实的。(至于读者是否认同这种真实,则是"以言取效"层面的问题。)这种以言行事行为没有关于行动者本身意图的真诚性条件,而只有由社会机制和作者身份提供的有效性担保③。作者宣告什么,什么便具有可指称性,只要这些话语不

---

① 热奈特:《热奈特论文集》,史忠义译,百花文艺出版社 2001 年版,第 115—116 页。
② 热奈特:《热奈特论文集》,第 118 页。史忠义先生将塞尔译作"西尔",为保持统一,特此更改。
③ J. R. Searle, *Expression and Meaning*: *Studying in the Theory of Speech Acts*, pp. 16-19.

自我矛盾,也就能够具有一定程度的文学真实性。

其实,塞尔并非没看到,如果把虚构视为一种宣言,那么,虚构话语也该呈现出一种"述行句"(Performatives)的特征,关系到作者、读者和社会等因素①。按照塞尔整体上的理论构架,文学理论家大多认为,虚构应该是一种在断言式以言行事行为外观下间接施行的宣言式以言行事行为,通过虚构作者的社会立场获得保证,进而获得了对正确性、真诚性和真实性的保证,能够有效地指涉、再现并创造对象,进而与实在世界发生联系。看来,只有得出这样的结论,作为文学理论的言语行为理论才得以建立,并且在之后的历史中成为时尚。

塞尔式的言语行为理论里似乎暗含着某种关注说话者或创作者的兴趣。按塞尔最初的说法,作者必须具备以言行事的真诚意图;按柯里的说法,读者必须能够意识到作者的意图并有所反馈;按热奈特的说法,我们还得注意到作者在说话时所具有的社会制度特征。进而,对虚构之为以言行事行为的分析,最终也就落实到对虚构作者的分析之上,塞尔的言语行为理论如果被应用到文学研究中,将最终被揭示为一种"作者意图论"。"一件作品是不是虚构的,这由作者决定",这句话所暗示的就是作者意图和与作者相关的"准备原则"——尤其是"真诚原则"——在塞尔心中的权威地位②。在《意向性——论心灵哲学》中,塞尔明确表示,"所有这些以言行事行动与被表达的关于言语行动的意向性真诚条件之间的关联都是内在的……做出言语行动也就等于表达了相应的意向状态……"③在乔纳森·卡勒看来,这种要求背后有着一种"强烈的人文主义意识形态"④,这也正是之后塞尔的理

---

① John R. Searle, "How Performatives Work", pp. 546-557.

② 这一观点在《文学理论及其不满》中得到了进一步诠释,"作者意图决定作者实施何种意向性行为",但这种意图不能决定作品如何被阐释。See John R. Searle, "Literary Theory and Its Discontents", p. 655.

③ 塞尔:《意向性——论心灵哲学》,第9页。

④ Jonathan Culler, "Philosophy and Literature: The Fortunes of the Performative", p. 11.

论遭逢"解构"的原因。

如热奈特所言,用"以言行事"来界定虚构言语的做法只能是"动摇不定的,或总体上的和综合性的"[1]。在利用塞尔的理论对虚构进行语言哲学层面上的分析之后,文学理论家们会认为,还要进一步展开对受众心理、社会制度和文化背景的综合研究,才能揭示文学的本来面目。譬如,带着为"读者"辩护的心态,费什认为言语行为理论的价值仅仅是帮助批评家搞清楚文本中的"可理解性"的条件,而不能胜任对文学本质的探寻工作[2]。但也有人认为,沿着塞尔的思路,我们的确可以解决从俄国形式主义到布拉格学派和"新批评"一直无法解决的"文学本体"或"文学性"的问题。塞尔的论文也被诸多批评家、叙事学家视为对文学本体论研究的经典范例[3]。但在我看来,这两种意见之间的矛盾不仅是文学理论内部的争执。已经看到虚构言语行为具备创造可被指称的对象的能力,塞尔明明可以进一步下结论,却最终止步于"寄生"的判断,似乎到这里就可以了……如果我们认为一个思想家明明可以说却没有说出的内容和他已经说出的同样重要,那么我们就必须追问:塞尔提出那看似偏颇的意图主义的原因是什么? 他为什么要在一次以文学研究为主题的研讨会上把"文学"以"家族相似性"的概念悬置起来,进而得出"虚构是一种寄生的以言行事"的带有冒犯色彩的结论?

事实上,塞尔试图回到的,是一个古老的传统,即"模仿论"。这个在柏拉图、亚里士多德那里出现的宏大词汇被许多现代文学学者视为过时的观点。但是这个词的丰富涵蕴似乎没有能够得到很好的理解。接下来我要把塞尔的虚构理论放到古典的谱系学脉络中去考察,在考察过程中我会一并

---

① 热奈特:《热奈特论文集》,第 124 页。

② Stanley E. Fish, "How to do Things with Austin and Searle: Speech Act Theory and Literary Criticism", *MLN*, 1976(91), pp. 1023-1024.

③ See James Phelan and Peter J. Rabinowitz edit. *A Companion to Narrative Theory*, Malden: Blackwell Publishing, 2005, pp. 154-155; and Peter Swirski, *Literature, Analytically Speaking*, Austin: University of Texas Press, 2010, pp. 89-94.

给出这么做的原因。

第三节　模仿之为以言行事

西方文学批评泰斗艾布拉姆斯如是理解"模仿"：

> 《诗学》和柏拉图对话中的这一概念都说明了构成艺术品要按
> 照实物之本性的先在模式，但由于亚里士多德在《诗学》中祛除了
> 作为标准的"相"（Criterion-Ideas）的彼岸世界，所以作为一种事实
> 的模仿就不再会激起人们的不满了。[①]

这样一些观点在文学理论界早已成为定论。但"模仿"是否可以被那么简单地理解为"按照实物之本性"？别的不说，亚里士多德与柏拉图的异同究竟体现在什么地方？"模仿"问题涉及对文学表达和世界之关系的讨论，进而也就与塞尔虚构理论的内在根据密切相关。搞清楚古典"模仿论"的真实所指，也就可以理解围绕"模仿论"展开的现代争论的真实意图，并最终搞清楚塞尔式虚构理论的品质究竟为何。

在《诗学》中，亚里士多德的"模仿"是一个用来定义"人"的概念。"人与其他动物之别在于其最能模仿，并且通过模仿，他们制作（ποιεῖται）出最初的知识。所以每个人天然地在模仿中感到愉快。"（1148b6—10）[②]这是一个可与"人是政治的动物""人是语言（逻各斯）的动物"放在一起共同思考的定义。"ποιεῖται"正是标题《诗学》一词的词源，所以"诗学"其实应译为"制作

---

① M. H. Abrams, *The Mirror and the Lamp*: *Romantic Theory and the Critical Tradition*, New York: Oxford University Press, 1953, p. 9.

② 此处引文参考了 D. W. Lucas 整理的古希腊文本（Oxford: Clarendon Press, 1980, p. 6）、Seth Benardete 与 Michael Davis 的英译本（South Bend: St. Augustine's Press, 2002, p. 9）、罗念生的中译本（人民文学出版社 1962 年版，第 11 页）和陈明珠的中译本（《〈诗术〉译笺与通绎》，第 74 页），本书所有引述《诗学》的皆同此。

术"或是"作诗术"。而我们能进一步联想,"作诗"其实可能是制作"人"。

书一开头就说明这本名叫《诗学》(又译作《诗术》)的书是在论述"何为作诗术"(1447ᵇ8—10),而亚里士多德在全书中却是在探讨作为制品(τὸ πρακτόν)的"诗",这与他开篇的宣言构成了某种奇异的张力,以至于古典学者戴维斯猜想这里面存在着制作行动与制品之间的辩证关系:"作诗术"这种行动作为一种研究对象,却只能通过描述这种制作行动的产物(如亚里士多德在书中所做的那样)才能得到理解。这就正体现了《诗学》第一、二章中"模仿"的双重性:"模仿"既指人的"模仿"行动,也关涉被"模仿"的对象。"什么被模仿某种意义上与其如何被模仿是一回事。事物如何被模仿,始终是模仿的真正对象。……荷马模仿这些事件的原因存在于这些事件本身背后。在此意义上,他自己的模仿活动最终才是他所模仿者。"①在亚里士多德看来,人们作诗的目的其实是表现"作诗"这种模仿活动本身的过程与状态。这似乎是一种非常现代的"表现论"或"创造论",正是在这个意义上,亚里士多德的"模仿"才被广泛认为不同于柏拉图的。

但仔细观察,就会发现亚里士多德的模仿活动与柏拉图的一样有其伦理含义:"既然模仿者模仿的是正在行动的人,而这正在行动的人要么好,要么坏……"(1148a1)这里他将"伦理学"勘察人类品质的问题意识引入对"作诗术"的讨论之中。他曾说:

> 如果是这样,且我们把人的职分视为一种生活,这种生活是灵魂的运动和合乎逻各斯的实践,且好人的职分在于善好且高贵地行事,任何施行得好的活动都依照合适的德性而被施行,那么,人的善好就是合乎德性的灵魂运动,如果有许多种德性,那么就合乎最好最完善的那一种。(1098a13—18)

---

① 戴维斯:《哲学之诗——亚里士多德〈诗学〉解诂》,陈明珠译,华夏出版社2012年版,第11—13页。

在《尼各马可伦理学》的开篇,亚里士多德就把人的活动分为"制作"与"实践",前者以其"制品"为目的,后者以"自身"为目的(1094a1—15)。按前面的分析,《诗学》中谈论的模仿行动显然并不仅仅是"制作",还可以算作一种以自身为目的的"合乎逻各斯的实践",并且"更庄重的人模仿美与高贵的行动和施行这些行动的人,低贱的人模仿的则是坏人的行动"。(1448b25—27)于是,一旦把《尼各马可伦理学》与《诗学》进行对勘,就会发现"模仿"既有其"实践"的面相,又有其"制作"的品质。作诗作为一种"实践"天然地有着德性高低之分,而这种德性高低体现在合或不合德性的"灵魂运动"之中;而"作诗"既然是对"诗"的制作,被制作出来的"诗"与"作诗"行为所具备的品质必然是一致的,那么第一个结论就是,好的实践者——具备实践智慧、以"善"为目标而行事的"好人"——就是好诗的作者。

《尼各马可伦理学》是亚里士多德用来探讨人的"性情"——灵魂品质——的书,在其中,他把灵魂内主宰着实践的三种东西称为感觉、心智(即"努斯")与意求,认为"如果德性是一种有关选择的性情状态,且选择就是经过考虑的意求,那么根据这些,如果做出慎重良好的选择,那么这种选择所依据的逻各斯必须是真的,其中的意求也必须是正确的,逻各斯所肯定的即是被意求的"。(1139a24—26)其他动物也有感觉与意求,但是它们没有理智实践的能力。人依其实践的理性,合乎逻各斯地意求,进而可以获得这样的定义:人是逻各斯的动物①。如果我们把"模仿"的产品视为模仿行动自身,那么我们可以根据一个人选择何种方式去模仿、在模仿过程中有没有遵从逻各斯的

①   这一点可以通过与塞尔所言的言语行为的"意向性"及其"规则"相比较来理解:"对于每一种具有适应指向的言语行动来说,这种言语行动将被满足,当且仅当所表达的心理状态得到满足,并且,言语行动的满足条件与所表达的心理状态的满足条件相同。""……整个意向网络只在我将称其为非表征性心理能力(没有一个更好的词了)的背景下才能发挥作用。任何这种形式的意向性都预设了某些做事情的基本方式以及有关事物运作之方式的特定类型的方法。"——塞尔:《意向性——论心灵哲学》,第12页、第19页。

"真",看出这个人的德性高低,进而判定他诗艺的优劣。这是第二个结论。

根据得出的两个结论,可以看到,如果将《诗学》放置在亚里士多德的整个灵魂理论的框架下考察,就会发现他并不仅仅在单纯谈论作诗的技艺,而更多是在探讨何种作诗行动属善,何种属恶①,是在探讨作诗这一活动的"实践"本性为何,其"制品"的性质又将会如何。其中包含着"对'做'的考量和对反思'做'的考量"②。"模仿"是一种合乎逻各斯的"实践",这个定义的意思是,假如我们无法在心灵的运动过程中持续确知自己的模仿行动是否符合某种"真"的"尺度",那么我们就不能在一个时间性过程中良好地完成它。同时"模仿"也是一种合乎逻各斯的"制作",这个定义的意思是,"模仿"所要合乎的逻各斯不仅是实践理性意义上的,还涉及一种"目的"。对于"制作"来说,合乎逻各斯的品质就是掌握一种制作的技艺,即"制作术";要让这种技艺生效,就得对制作者自身的意求与心智状态有所要求,这种要求与有关"真"的知识无法分开(1140a1—15)。总之"作诗"作为"模仿"的基础机制与人的灵魂状态是否符合"逻各斯"有关,而这种"逻各斯"则与亚里士多德整个哲学体系中属于"理论""神学"的部分有某种联系⋯⋯这是我们的第三个结论③。

---

① 由于早期译本中的一些导向,这一观点遭到了掩盖,并导致中国文艺学界对《诗学》整体上的误解。

② 戴维斯:《哲学之诗——亚里士多德〈诗学〉解诂》,第170页。

③ 我们在沃尔夫冈·伊瑟尔那里也能看到类似的对亚里士多德的理解:"(比之柏拉图)亚里士多德对模仿论的重新评价是基于他对精神永恒铸造了物质世界永恒的认识上的。⋯⋯艺术成了技艺,它通过模仿来揭露事物的本质。"但伊瑟尔也会说这种"模仿"仅仅是古典的,只适用于"基督—新柏拉图式的世界万物的等级划分",并将随着"世界秩序的衰微"而发生变异:"有别于传统观点,自然现在被看作不断发展、永无止境的事物。现在需要的不是显现自然的固有所在,而是真实地接近自然。这就需要艺术家创造的大量图式和形式能与观看者产生和谐共鸣。⋯⋯这个概念的依据不再是亚里士多德的宇宙观了,而是越来越倾向于依据知觉。"之后我们会看到,伊瑟尔在这里所说的"现在"暗示的正是"文学理论"和"美学"盛行的时代。虽然也把制作"人"当成目标,但这个"人"与亚里士多德想要制作的也许并不相同——伊瑟尔:《虚构与想象:文学人类学疆界》,第332—342页。

有意思的是,我们完全可以用塞尔的语言来翻译亚里士多德的观点:虚构的以言行事行为作为一种"制作"虽然并不依从真正以言行事行为的规则,但需要一种"虚构"的意图,这种意图要求虚构者时刻与作为"实践"的真正的以言行事行为对照,也就要求他同时去"实践"——施行真正的以言行事行为。通过写下一个句子或是说出一句台词,"制作"(虚构的言语行为)与"实践"(真正的以言行事行为)的双重过程得以发生,在这种过程中虚构者把真正的以言行事行为的规则比如说真诚性原则与自己的言语行为相比较。通过比较,作为接受者的我们可以看到虚构与非虚构话语的符合程度,进而明白虚构在何种程度上为一种特殊的以言行事行为,进而是一种"制品"。如果说日常以言行事行为的"纵向规则"是一种"实践"意义上的逻各斯,那么虚构(尤其是文学虚构)作为寄生的以言行事行为,其"横向惯例"其实是"制作"意义上的逻各斯。这种惯例其实是为了凸显虚构行动自身的意图,并且要求他人也依照这种惯例去理解虚构者的意图。

进而,塞尔的虚构理论可以被这样理解:用一种言语行为"伪装"另一种言语行为,在这种行动过程中,伪装者的意求与一般的实践者不同的地方就在于他追求的不是"以言行事"的"实践"目的,而是"以言取效"的"制作"目的。这里所取的"效"就是模仿作为制作行为的"制品",也是一切参与虚构言语行为活动的人的最终目的。"虚构断定不是真的,这并不说明虚构断定无效,并且,世界上没有任何东西与想象相对应,也不说明想象状态不存在。"存在于哪里?在意象状态的"表征"里。但这并不是说这种"表征"是独立存在的真实行动,因为这种"表征"必须依赖于"非表征性的心理能力",也就是现实行事的意向背景能力:"表征只在这种非表征性背景下才发挥其作用,只在这种背景下才具备它们所具备的满足条件。"①这就像"模仿论"中的"制作"维度无法与"实践"维度相分离一样,一旦分离,便不称为"模仿"了。"模仿"在这个意义上并不像人们理解的那样是对现实事物的模仿,而是对

---

① 塞尔:《意向性——论心灵哲学》,第18—20页。

实践方式的模仿,是对"人"的生活方式——逻各斯——的模仿。按亚里士多德的定义,"逻各斯"是让我们能够瞄准最终目标的、理智且权变的行事法则(1038b20—35),那么,言语的实践者与制作者之间行动所合乎的"逻各斯"通过比较和相互渗透而获得的效果本身,就是诗术的"模仿"既作为实践,也作为制作所合乎的"逻各斯"的目的①。

唯有将亚里士多德与塞尔摆在一起比较,我们才能暂时得出这个有些复杂的结论。这种比较合适吗?假如一个文学学者继承或吸纳了有关"模仿"的学说的话,我们当然得考察他与亚里士多德的关系。奥曼与普拉特关于"模仿"的辩难都围绕着塞尔设计的言语行为理论展开,这让我们进一步猜测塞尔言语行为理论与亚里士多德的联系。上面我们已经试着利用亚里士多德的理论去理解塞尔(或是利用塞尔的理论理解亚里士多德)。我们会进一步想,塞尔执着于依照真值语义学和意向性哲学来定义虚构的言语行为,会不会与亚里士多德将"诗术"奠基于"伦理学"的做法有关?塞尔一直关心诸如"语言""心灵""社会"这样的主题并试图构建自己的体系,这种意图与亚里士多德的诗学—伦理学—政治学体系是否存在着某种意义上的古今对话?《虚构话语的逻辑地位》在塞尔体系中的位置,看起来相当于《诗学》在亚里士多德体系中的位置……这样的判断正确吗?这就要求我们把塞尔与亚里士多德置于一个思想史的谱系之中,进一步探讨其内在的关系。

第四节　现代亚里士多德主义者

塞尔的三位思想导师奥斯汀、斯特劳森、维特根斯坦都在不同程度上受

---

① 理查德·沃尔什会引用保罗·利科的观点,认为应当用"行动的构造"而非"行动的模仿"来理解模仿论的机制,并批评塞尔的理论不合实际。值得注意的是,他这么做是因为这是一种关于叙事与实在世界之间关系的"融贯论"(而非"符合论")的主张。See Richard Walsh, "Fictionality and Mimesis: Between Narrativity and Fictional Worlds", *Narrative*, 2003(1), pp. 118-119.

到亚里士多德的影响。奥斯汀除了是语言哲学家之外还是古典学家,是"牛津亚里士多德学派"的成员①,对《尼各马可伦理学》中"善好"与"幸福"两大关键概念进行过研究②。斯特劳森将亚里士多德作为自己"描述的形而上学"理论的先驱③。《论确实性》的作者维特根斯坦关于心身问题的见解则被他的一些弟子视为"亚里士多德观点的复活形式"——因为维特根斯坦与亚里士多德在某种程度上都认为灵魂或者说人类心灵的状态是肉体的形式,是生物本质性的行为与特征,心灵与肉体不可分割,它们同时在一个制度—实践共同体的内部行为之中发生先天的逻辑联系。"在哲学舞台上,维特根斯坦与亚里士多德跨越笛卡尔主义占支配地位的三个世纪而联起手来。"④回想起塞尔的理论,我们不难发现,无论是"言语即行为",还是"意向性背景机制",抑或是"社会实在论",其实都有其维特根斯坦式的根源。塞尔通过维特根斯坦、奥斯汀与施特劳森(也许还有弗雷格、罗素)与亚里士多德发生联系并非不可能。

亚里士多德曾说:"口语是心灵的经验的符号,而文字则是口语的符号。"⑤用塞尔的表述就是"语言依赖于心智,甚于心智依赖于语言"⑥。与奥斯汀和维特根斯坦的看法不同,塞尔会更加"保守"地将语言哲学视为心灵哲学的分支,要求对心灵的研究成为语言研究的前提。这种被正确对待的

---

① 杨玉成:《奥斯汀:语言现象学与哲学》,第 30 页。
② J. L. Austin, *Philosophical Papers*, Oxford: Clarendon Press, 1970, pp. 1-31.
③ P. F. Strawson, *Individuals: An Essay in Descriptive Metaphysics*, New York: Routledge, 2003, pp. 9-11. 另可见余纪元:《通过斯特劳森而思》,《世界哲学》2009 年第 4 期。
④ 冯·赖特:《知识之树》,陈波等编译,生活·读书·新知三联书店 2003 年版,第 204—205 页。
⑤ 亚里士多德:《范畴篇 解释篇》,方书春译,商务印书馆 1986 年版,第 55 页。
⑥ 蔡曙山:《关于哲学、心理学和认知科学的 12 个问题——与约翰·塞尔教授的对话》,《学术界》2007 年第 3 期。

心灵在本体论上是第三人称的、客观的①,一个物理的实在世界的运行则是心灵活动得以发生的一般基础。亚里士多德的政治哲学建立在他的伦理学("性情之学")之上,而伦理学建立在形而上学实在论的灵魂学说之上,由之发展出对"修辞术"和"作诗术"的理论分析;塞尔的语言哲学则建立在他的自然主义实在论的意向性心灵哲学之上,这种心灵哲学要求逻辑性与实在性的基本保证,由之发展出对日常言语行为和虚构行为的逻辑研究。在《社会实在的建构》一书中,塞尔曾摆出他自然主义的实在论观点:

> 我们都生活在完全的力场中的物质粒子构成的世界中。有些物质粒子组成了种种系统。这些系统中有些是生物系统,生物系统中有些形成了意识。随着意识而来的就是意向性,即有机体向自身表现这个世界中的对象和事态的特性和能力。②

将这种心物一体的自然主义实在论与亚里士多德在《论灵魂及其他》中的相关论述③进行对比不难发现思路上的一致。亚里士多德明确指出"事实就是最本源的作为起点的东西"(1098b2);而塞尔会说实在世界是一切言语行为的最初背景:"一旦我们开始与我们的对话者进行交谈,我们就已经预设了实在世界的存在,我们在对证明感到为难时,就已经预设了我们企图证明的东西。"④古典的真理符合论在经过奥斯汀与维特根斯坦批判之后发展

---

① 但依然具有"第一人称本体论"的性质:"意识存在于状态和过程之中,这些状态和过程在本体论上是主观的,它们是由大脑中的过程所引起的,并且在大脑中得到实现。"如果依然抱着笛卡尔式的心物二元论或是纯粹唯物主义的大脑机械论观点,就无法清晰地理解塞尔这种"生物学自然主义"及其亚里士多德式的"质料—形式"先设。见塞尔:《心灵、语言和社会》,第51—55页。
② 塞尔:《社会实在的建构》,李步楼译,上海人民出版社2008年版,第8页。
③ 亚里士多德:《灵魂论及其他》,吴寿彭译,商务印书馆1999年版,第46—48页。
④ 塞尔:《社会实在的建构》,第165—167页。

为语用维度的[1]，这种言语行为的符合论与"外部实在论"一样，在塞尔看来是一切活动的"默认点"，是一切"可理解性"的基本条件[2]。亚里士多德强调模仿的逻各斯特征，同样地，塞尔在虚构问题上重视说话人意图，其实是重视人类实践必须首先具备的条件与原则。看来，塞尔与亚里士多德有着几乎相同的哲学立场与思想目标，从同一个维护真理与客观性、确定性的立场出发，他们提出了框架相似的理论。最关键的是，塞尔曾经明确说自己的工作是"亚里士多德式的"[3]。在与各式各样的主观主义、怀疑主义者辩论时，塞尔会引用维特根斯坦告诉人们的，"遵守规则"正是人类的定义："我们就是一种遵从由文化和生物学规定了习俗的生物。"[4]这个定义其实是亚里士多德"人是逻各斯的动物"的某种现代版本。

但指出他们的相似性并不够，我们还要看看他们的不同之处。塞尔与亚里士多德的根本差异在于前者的实在论要处理的对象是"语言"（language）与"社会"（society），而后者要处理的则是"言辞"与"城邦"。这是两组决然不同的概念，而导致两者差异的应该是各自的历史语境。由于摩尔贝克的威廉对亚里士多德故意的拉丁文误译，亚里士多德的"政治术"被后来人特别是托马斯·阿奎那理解成了某种"社会学"意义上的东西。"人是政治的动物"和"人是逻各斯的动物"被基督教神学家有意识地改写为

---

① 奥斯汀的观点在我们之前提到的以"言语行为"之适宜与不适宜来判断真假的言语行为理论中可以看到；在维特根斯坦那里，则体现为利用"语言游戏"的语用学策略修正柏拉图—奥古斯丁式的词与物的符合论的做法。见维特根斯坦：《哲学研究》，李步楼译，商务印书馆 2010 年版，第 3—24 页。但塞尔也明白，维特根斯坦不见得会同意奥斯汀与塞尔试图建立言语行为的一般理论的做法。见麦基：《思想家：与十五位杰出哲学家的对话》，周穗明、翁寒松译，生活·读书·新知三联书店 2004 年版，第 234 页。

② 塞尔：《心灵、语言和社会》，第 13—15 页。

③ 塞尔：《我的哲学工作的一些方面》，吴畏译，欧阳康编：《当代英美著名哲学家学术自述》，人民出版社 2005 年版，第 365 页；塞尔：《自由与神经生物学》，刘敏译，中国人民大学出版社 2005 年版，第 69 页。

④ 塞尔：《当代美国哲学》，载燕宏远、韩民青主编：《当代英美哲学概论》，第 26 页。

"人是社会的动物"[1]和"人是理性的动物"。阿奎那这么做是为了应对吸纳了希腊、罗马和基督教元素的中世纪特殊历史情境,即复杂多变的"社会"的出现[2]。在之后的接受史中,亚里士多德原本面对的"理想听众"——城邦中有德性的部分人——渐渐消失,阅读、教授亚里士多德的人变成了追求学识的人文主义者和启蒙哲学家。可以说塞尔的老师们也正是在这个传统的意义上理解亚里士多德的。塞尔本人也把亚里士多德理解为"社会科学家"[3],他虽与亚里士多德有相似的问题意识,但受到现代启蒙哲学的影响,最终以一位面向所有人,关注普遍语言、心灵、社会机制的现代理论家的姿态出现[4],而不再是仅仅面向城邦统治者的古典政治哲人。这里面有着理论品质上的古今之别。

这从塞尔对阿兰·柯德(Alan Code)的一次回复中可以看出来。柯德指出亚里士多德与塞尔在心身问题上的一致性(如前面所说,这其实是因为塞尔受了维特根斯坦的影响),即对灵魂—心灵的物理本质的共识[5];在亚里士多德那里研究灵魂是自然哲学范畴下的要务,在塞尔那里研究心灵则首先要求凭借神经生物学和语言系统来研究大脑运作的机制[6]。塞尔承认自己的看法与亚里士多德相似,但却说:"……大脑的物理损伤会摧毁心灵。

---

① 见唐特雷佛的"序言",阿奎那:《阿奎那政治著作选》,马清槐译,商务印书馆 1982 年版,第 15 页;又见阿伦特:《人的境况》,王寅丽译,上海人民出版社 2009 年版,第 16—17 页。

② 沃格林:《政治观念史稿·中世纪(至阿奎那)》,叶颖译,华东师范大学出版社 2009 年版,第 253 页。

③ John R. Searle, *Philosophy in A New Century*: *Selected Essays*, New York: Cambridge University Press, 2008, p.28.

④ 塞尔曾对中国访谈者说:"我希望他们(塞尔的书)卖出很多,每个人都读到。中国有十几亿人,我希望他们都去读。"见生安锋编著:《当代文化理论大家访谈录》,北京大学出版社 2010 年版,第 116 页。

⑤ Lepore Ernest & Robert Van Gulick ed., *John Searle and His Critics*, Cambridge: Blackwell Publishers, 1991, pp. 111-112.

⑥ 塞尔:《心灵导论》,徐英瑾译,上海人民出版社 2008 年版,第 5 页。

因此,很遗憾地,对心灵永恒性的寻求在任何方面都是不可能的。但我的印象是,亚里士多德认为心智('努斯')的永恒性至少是可能的,如果是这样,那么这就是我与他的最大差异。"①

塞尔似乎并不像他的老师奥斯汀那样熟悉亚里士多德的文本,不然他应该会看到,亚里士多德早已在《尼各马可伦理学》第一卷中就将灵魂划分为有逻各斯的部分与无逻各斯的部分,而在第六卷中将有逻各斯的部分划分为思考不变事物的部分和思考可变事物的部分,前者即"知识的"(或译"科学的")、"理论的"(或译"沉思的")部分,后者则是"考虑的""实践的"部分。知识的、理论的部分的最高层次是"智慧":"智慧乃科学与心智之综合,关切到至高事物。"而有智慧的人就是思索终极问题的古典哲人(1139a1—15,1141a1—1141b10)。永恒的心智在古典哲人那里显现得最为明白,其之所以具有永恒性,是因为其所模仿的对象乃是至高且永恒的主题。塞尔却似乎把这种"永恒的心智"理解为亚里士多德灵魂学说的全部。塞尔理论中的"心灵"(mind),按照他自己的理解,显然只是亚里士多德体系中思考可变事物的部分。作为奥斯汀的学生,大哲学家塞尔不可能不知道亚里士多德的著名区分。所以,我们只能将他之前的话语理解为一种表态:他的心灵—语言哲学之中本来就只存在着"实践的"、行动的、仅关切可变事物的部分。

亚里士多德认为灵魂中不变的部分指导人过至福的沉思生活,亦即模仿"神"(1177a20—35,1177b1—35)。"亚里士多德—托马斯主义的形而上学将根本性的东西归之于神,这依据一种存在的类推,而近代的批判则忽视了他们的类推特点,拒绝上述归因的做法。"②塞尔与亚里士多德的根本差异就在于此:亚里士多德还会为纯粹理论的、模仿"神"的灵魂状态留下研究的空间,而在科学启蒙语境中成长起来的塞尔并不把实践层面之外的心灵活动作为自己研究的兴趣,也就是说,塞尔没有亚里士多德"神学"的问题意

① Ernest, Lepore & Robert Van Gulick ed. , *John Searle and His Critics* , p. 142.
② 赛德尔:《实在主义的形而上学》,周春生译,大象出版社 2009 年版,第 70 页。

识。此外还可以看到,亚里士多德的伦理学和诗学会对学习者的性情与自然德性提出要求,而塞尔为了理论的普遍性则只在逻辑与语义学的层面上设置关卡。亚里士多德思想的准入性要求较高,而塞尔的较低。

亚里士多德与塞尔的基本立足点都是某种朴素的形而上学实在论,都在一定程度上依赖于形式逻辑,主张语用的真理符合论,都关注言语(逻各斯)和心灵(灵魂)的机制。但他们面对的时代与读者不一样,要应对的具体问题也不一样……就像我们把阿奎那称为中世纪亚里士多德主义者一样,可以的话,我们应该将塞尔命名为现代亚里士多德主义者。这个命名说明的不仅仅是塞尔所处的思想谱系,还将说明一种因历史语境的不同而出现的理论品位的差异,以至于我们可能会有这样的担心:把亚里士多德灵魂学说削减了一半的塞尔心灵哲学最终会不会只能导致一种只剩一半的甚至是颠倒了事实的哲学或"理论"?——之后我们会看到,这种担忧在局部征引塞尔理论的一些文学理论家那里变成了现实。他们会把言语行为理论当作某种反击传统模仿论的有力武器,试图甩开塞尔的原初意图,利用奥斯汀的语境论立场,结合某些解构主义的理论,来建立社会—历史动力学意义上的文学批评方法①。

最后我想额外谈些其他的问题。亚里士多德说:"诗比历史更哲学,更高明,因为诗谈的是更为普遍的事情,历史谈的则是个别的事情。"(1156b6—9)如果看不到灵魂中不变的那一部分也有可能与作诗的行动有关,就根本无法理解这句话。虚构话语虽然是一种伪装的以言行事行为,但事实是它有时表现出来的真理性往往比真实世界更真。这是为什么呢?

塞尔的虚构理论处理这一问题的方式是把在虚构作品中出现的哲学性或是沉思性质的话语都说成真实的以言行事行为,认为这种"虚构中的真实"的情况是一种"令人惊奇"的存在,并最终将其归于作家"想象力"的范

---

① John R. Searle, *Speech Acts and Literary Theory*, pp. 113-114, 165.

畴①。这样塞尔就不得不承认他自己的理论有缺陷了。然而,如果坚持原判,我可以追问,伪装的以言行事行为为何就不能达到哲学求真、道德说教的效果呢? 文学中的说教和沉思——比如陀思妥耶夫斯基的内心思辨——看起来不是一种模仿和伪装,但如果我们遵循《诗学》的要求,纳入对虚构者作为一个"人"的德性与智性状况的考察,我们就可以明白这种言语行为其实也可能是一些有特殊的"性情"与写作意图的作家在"制作"别的一些效果,比如模仿成一个具备崇高德性的人去感化读者(如荷马或凌濛初),比如模仿成一个哲学家去促进观众反思(如鲁迅或布莱希特),等等。

　　显然,在处理这个问题(或者说回避这个问题)的时候,塞尔有些大惊小怪,这大概是因为他选择的是由康德奠基的、脱去了古典德性维度的"语言哲学"——一种现代的而非亚里士多德式的运思路径。这种路径把本来在同一个灵魂中自然和谐相处的理论理性和实践理性割裂成"描述性"与"评价性"的两种语言来谈论②,同时也把一些常识切割得让我们感到陌生。之后我们将看到,这种割裂其实是某一现代性事件的余震效应,并且与我们时代伦理价值观的转变息息相关③。而塞尔其实渐渐意识到了这种割裂的不合理,并尝试逐步克服它。

第五节　"言语行为"要做什么

　　让我们回到文学理论的话题上来。检视了塞尔式言语行为理论的基本

①　John R. Searle, "The Logical Status of Fictional Discourse", p. 332.
②　麦基:《思想家:与十五位杰出哲学家的对话》,第 226—227 页。
③　康德式伦理学与亚里士多德伦理学的诉求完全不同:"对康德来说,道德的德性高于理论的沉思;后者并不像前者那样使我们配享幸福。"康德把幸福安置在内心道德律对上帝的坚信的同时却没有为它寻找到一个合适的自我证明,最糟的是,一旦"没有上帝,也就没了因我们配享而得奖赏的可能性……我们将被迫认为世界是非道德的,或换句话说,善好不能使我们幸福,更坏的是,我们可能同时是善(好)且悲惨的"。这种现代性逻辑正是当代人类难以寻觅到稳定的道德依托的根源。见罗森:《德性与幸福:康德对亚里士多德》,成官泯译,《世界哲学》2005 年第 2 期。

情况及其古典渊源之后,我想要追问的是,当我们时代的文学理论家引入作为哲学理论的"言语行为"来解决文学问题时,他们究竟想"做"什么? 他们想以"理论"行何种"事"?

在《阅读行为》中,作为接受美学奠基人之一的伊瑟尔试图提出一种超越传统语义学文论的理论——他称之为阅读过程中情境式的解释学或"语用学"。这种理论要求我们把虚构视为一种现实。这怎么做到呢? 伊瑟尔的主张是"用功能观点取代本体论观点",把虚构视为一种交流的效果。值得注意的是,伊瑟尔接下来引用了奥斯汀与塞尔的理论,想要用"言语行为"的观念化解传统的"模仿论"。伊瑟尔跟柯里一样,认为奥斯汀与塞尔虽然提出了有建设性的观点,但对待文学的态度并不公道,因为文学并不是寄生性的言语行为,而是依据"语境"而具备独特性的言语行为。在这里,伊瑟尔借用了卡西尔、莫里斯等人的"符号学"来提出他自己的文学言语行为观点:

> 文学语言的符号不"表达"任何经验现实,但是它们在事实上具有表达实体的功能。由于这一功能与现存对象没有关联,因此所表达的东西必然是语言自身。……文学言语只能表达言语所表示和完成的内容。简言之,我们可以说虚构语言提供了建构一个情境的指令,这样也就提供了生产一个想象实体的指令。[1]

这与热奈特的"宣言式以言行事行为"的说法一致:文学行为不指涉对象,只生产或者说"创造"对象,其中存在着某种"概念自指性"或称"符号自

---

[1] 伊瑟尔:《阅读行为》,金惠敏等译,湖南文艺出版社 1991 年版,第 67—84 页。受伊瑟尔影响的斯蒂尔勒在论文中把这种文学虚构的特殊性质称作"伪指称",显然这个概念是对"指称"这一分析哲学概念的模仿。值得注意的是他的基本理论依据之一是康德的判断力理论。某种康德主义的美学传统似乎沿着现代的"符号学"传递给了接受美学。见斯蒂尔勒:《虚构文本的阅读》,程介未译,张廷琛编:《接受理论》,四川文艺出版社 1989 年版,第 172—175 页。

指性",符号指涉另一个符号,构成意义的网络,甚至是一个新的世界,而非对实在世界中真实话语的模仿。这似乎也是之前提到的巴特、里法泰尔等文学理论家共同的结论,或者说一种"艺术上的共同追求"。可以用巴特的一段话来描述这种追求:

> 于是,假象得到了确立,它并没有按照它所接受的世界来表现世界……他反映了对象的一种新的范畴,这种范畴既不是真实性,也不是理性,而是功能性……它尤其充分地揭示了人类借以赋予事物以意义的人类自身的过程。……新的东西,便是一种思维(或者一种"诗学"),这种思维更多地探讨意义以何种代价和依据哪些途径才是可能的,而不是尽力赋予它所发现的对象以充实的意义。……解构主义的对象,并不是富于某些意义的人,而是制造意义的人。[①]

"制造意义",进而制作新的"人"和"世界"——这是结构主义的意图,也是接受美学的意图,更是一切企图从"言语行为"中找到"功能性"和"制造意义"等激动人心语词的理论家的共同意图(尽管他们内部存在着一些争论)。进而,所有试图为文学或"文学性"正名的理论家都不得不批判言语行为理论中天然存在的对虚构话语的"贬斥",但同时他们又会结合这种或那种理论——比如说,各式各样的"符号学"——来改造言语行为理论,使之贴近自己的文学研究方法论。通过改造,言语行为理论中的部分元素被精心挑选出来作为"文学理论",其他的则被视为不合时宜的观点遭到扬弃。比如普拉特会用格赖斯或是拉博夫的理论来修正塞尔过于"意图主义"的观点,使其更加"语境化",甚至推论出"真实世界只是种种可能世界中的一种可能"

---

① 巴特:《文艺批评文集》,第 260 页。

的观念[1]。

从奥斯汀和塞尔那里,伊瑟尔、普拉特选出的是可以消除文学语言与日常语言之间鸿沟的部分,亦即证明"文学语言"也具有日常言语行为的实践效果的部分——我把这种做法命名为"独立定义";而被他们抛弃的,则是"模仿"或称"伪装"论,我们可以给它一个中性的称呼——"依附定义"。"文学是独立的、真实的以言行事"和"文学是必须依赖真实以言行事的言语行为"是从言语行为理论中衍生出来的两种相反的看法。伊瑟尔、普拉特、热奈特等"独立定义"的拥护者企图从"言语行为"中找到的是"行动"("实践""做")和"生产"("制作""创造")的契机,并以之打破真实—虚构的古典二元对立。"文学并不是一种同科学讲述相对立、可以或应该虚构的讲述,文学只是一种不用经受真实检验的讲述,它既不真实也不虚构。"[2]一旦"虚构"具有了某种现实地位,"文学"也就可以成为从 20 世纪 60 年代成长起来的这代人在学院中反击"早已过时的阐释传统"进而为新的社会机制服务的有力武器[3]。

但综合而言,这一论证的决定性论据在于观众或读者作为个体或群体的"以言行事领会力",不依靠这种互动效应,我们从言语行为理论本身的逻辑是无法推论出"做"或"造"的有效性的。而把"做"或"造"的权柄交在观看与阐释的客体手中而不是安置在模仿主体的心灵形式之中,意味着让"虚构"成为一种可以跳出我们这个实在世界、通向某种"可能世界"的途径。但是,一旦涉及"读者"的多元维度,单纯的理论考察便会失效,费什与姚斯都曾经承认他们所谓的"读者理论"其实无法展开研究[4]。而塞尔作为"依附定义"的提出者,作为亚里士多德主义者,必然会认为在真实的以言行事行为

---

[1] M. L. Pratt, *Toward A Speech Act Theory of Literary Discourse*, pp. 95-99.

[2] 托多洛夫:《诗学》,赵毅衡编选:《符号学文学论文集》,百花文艺出版社 2004 年版,第 240 页。

[3] 伊瑟尔:《阅读行为》,第 20 页。

[4] 米勒:《解构主义者谈解构主义:希利斯·米勒访谈录》,《国外文学》1995 年第 3 期。

与虚构的言语行为之间有一个起码的、本体论上的逻辑先后关系；他的观点看起来像是"意图主义"，其实不如说是"逻辑主义"。当然塞尔也不会完全同意奥曼的看法，因为无论是亚里士多德的"模仿"，还是塞尔的理论，如我们已经揭示的，都没有奥曼设想的那么简单①。

对于大多数文学理论家而言，承认"文学作为言语行为"，似乎是为文学的真实性和现实地位正名，但这种正名是通过某种取消主义而实施的：把"真实"与"虚构"的对立通过言语行为理论中的"成功"与"不成功"的对立来取消掉，进而把是否符合或模仿实在世界与日常言语行为的话题转换为是否成功创生出新的世界和言语对象的话题。这其实并不是什么新鲜的理论游戏。文艺复兴时期的诗人维达曾认为"诗人"可以把虚构加入真实②，著名的锡德尼早就在"为诗辩护"时坦言虚构的例子和真实的例子能起同样的教育作用③，而在浪漫主义时期这样的口号更是层出不穷。晚近的人文主义大学者波兰尼就曾以此逻辑论证过艺术在真实性上的"自律"特征：

> 艺术作品可以包含某种事实，这些事实可以是真实可信的或令人误解的。艺术甚至可以审慎地表达观念，这些观念可以有真有假。但是，这种观念的真实性并不比它们可能的虚假性更能够使其表现具有真正艺术作品的资格，尽管虚假性可能会引起反感，

---

① John R. Searle, "The Logical Status of Fictional Discourse", p. 321.

② 塔塔尔凯维奇:《西方六大美学观念史》，刘文潭译，上海译文出版社 2006 年版，第314—315 页。

③ 但是至少锡德尼是误解了亚里士多德:"那些本身丑恶的东西，如残酷的战争，违背自然的怪物，在诗的模仿中变得可喜了。"(锡德尼:《为诗辩护》，钱学熙译，人民文学出版社 1964 年版，第25—32 页。)亚里士多德是说过丑陋的东西在戏剧中会变得不那么丑，但对于品性没有出问题的一般人来说，不符合美与善的客观价值的情节只会让他厌恶，"不该写好人从顺境转向逆境，这只会因而让人反感，而不会让人恐惧或怜悯"，而恐惧与怜悯的目的在于"陶冶性情"(1449b5,1453a10)。陈明珠:《〈诗术〉译笺与通绎》，第76 页、第84 页。

但它也不会使其表现失去作为艺术作品的资格。①

或许这正是一切诗人、艺术家共同的理论预设,也是我们时代的人文主义者们共同的看法。但是柏拉图主义者如斐洛和亚里士多德主义者如阿威罗伊则会对此表示惊异②。

进而,可以追问的是:为什么文学理论家总是执着于寻求"文学"的独立地位?当代文学理论强调"读者"的基本逻辑和文化渊源是什么?通过"做理论",文学理论家究竟想要以"言"行什么"事"?哲学家总会对这些问题感到惊奇。塞尔这样的哲学家会批评文学理论家连起码的语言哲学常识都没搞懂,就开始对语言问题夸夸其谈。比如自称搞懂了言语行为理论的费什会认为读者们的阐释"是文本、事实、作者和意图的源头",塞尔则告诉他,尽管没有直观的经验,但"珠穆朗玛峰山顶遍布积雪坚冰,这不取决于任何人的阐释"③——作者意图是客观存在的,不需要根据读者的阐释去构建。值得注意的是,这个"喜马拉雅山"的例子塞尔在驳斥哲学中的反实在论时也曾经用过④。或许塞尔与文学理论家之间的分歧,并不仅仅是学科分工不同能够解释的。他们之间的区别其实是思维方式和行事原则的区别。这样的区别不仅容易在文学理论与哲学两个学科交叉之处见到,也容易在文学理论家与哲学家自己的圈子里见到。对于西方学者来说,这种对立起源于两种不同的形而上学立场,在逻辑上先天难以调和,并从古至今一直存在于西方思想史的发展历程之中。"哲学"与"诗"的矛盾是文学理论研究中最为根本也最为深刻的"元问题",因为它其实反映的是人类两种性情的天然差异。

---

① 波兰尼:《社会、经济和哲学——波兰尼文选》,彭锋等译,商务印书馆 2006 年版,第404 页。
② 塔塔尔凯维奇:《西方六大美学观念史》,第 309 页。
③ John R. Searle, "Literary Theory and Its Discontents", p. 656.
④ 塞尔:《社会实在的建构》,第 162—163 页。

| 第三章 |

如何理解塞尔与德里达之争

第一节 "原意"的疑难

据说,当代西方文学理论的核心特征在于"语言转向"。在哲学史上,"语言转向"据说将对世界本体的发问扭转为对语词形式的发问;从文学的角度说,这就要求研究者首先关注以语词作为形式的文学文本本身,而将其中蕴含的关于外间世界的内容视为次级的存在。由此诞生的理论学派包括俄国形式主义、布拉格—巴黎结构主义和解构主义、符号学等。

但在一些更近的文学理论史当中,源自英国牛津日常语言哲学学派的"言语行为理论"(Speech Act Theory)得到了越来越多的重视。相比起形式主义—结构主义的传统,"言语行为理论"的哲学基础似乎全然不同,认为不应当让语言脱离世界、脱离日常生活语境而得到理解,相反,要从哲学高度落实语言问题,就得从日常语言出发展开探索。这一理论的创立者哲学家奥斯汀和他的学生塞尔的相关著作被人们奉为经典,并被大量引用,在欧美20世纪后半叶的文学理论界产生了很大的影响。当代文论界流行的"述行"(Performative)概念就来自奥斯汀。文学理论家卡勒曾如此表述奥斯汀的革命性突破:"传统观点认为语言本质上是对于事态如何的陈述,与之不同的是,奥斯汀阐明了一种行动的、创造性的语言功能。"①相比之下,塞尔则将言语行为理论加以体系化发展,揭示了言语行为分类的种种原则,②为文学研究中的言语行为分析提供了理论基础。

然而,作为一位语言哲学家,塞尔一度瞧不起文学理论的研究范式:"那些讨论者有时在语言的自然属性方面定义非常宽泛,却不采用在逻辑学、语言学和语言哲学中被普遍接受的原则和分类。"③这明显针对的是他多年的论敌德里达。1971 年,德里达在蒙特利尔宣读《签名事件语境》,对奥斯汀的言语行为理论进行了一番评判。在《雕像》1977 年第 1 期上,塞尔以《重申差异:答复德里达》一文来为老师辩护,并指出德里达对语言哲学的无知。德里达不甘示弱,回以《有限公司 abc》,用戏谑的文笔嘲弄塞尔,引来两人长久的论争与不和。他们的论争最终结集为《有限公司》一书。

根据通常看法,在这次论争中,奥斯汀、塞尔代表了"语言转向"以来称霸英美学界的分析哲学传统;而德里达的"解构"则将大陆哲学的怀疑主义和辩证法风格极端化,以迥异的思路、新奇的术语和不拘一格的写作方式颠覆了分析哲学追求程序化、规则化的哲学理想。德里达因此在英美哲学界声名狼藉。吊诡的是,他在文学理论界的声望越来越高。有人看到,"在塞尔—德里达事件中呈现出来的英美与大陆哲学的鸿沟迫使后者与文学理论建立了联盟。这场论战的两年之后,即 1979 年,在耶鲁学派的宣言当中,德里达的著作已经受到文学批评'崭新黎明'的称赞,理论大战也就正式展开"④。英美分析哲学传统与大陆文学理论传统之间,似乎构成了彼此对立的阵营。

---

① Jonathan D. Culler, " Philosophy and Literature: The Fortunes of the Performative", p. 506.

② See John R. Searle, *Expression and Meaning*: *Studying in the Theory of Speech Acts*, pp. 1-19.

③ John R. Searle, "Literary Theory and Its Discontents", p. 637.

④ David Rudrum, *Literature and Philosophy*: *A Guide to Contemporary Debates*, New York: Palgrave Macmillan, 2006, p. 3.

如批评家米勒所说,从 1979 年以来,文学研究的中心发生了巨大的转移,内部研究向外部研究让渡,"集中研究语言及其本质与能力"的"阅读"的兴趣转向"各种各样的阐释的解说形式"①。在这个时期,相对于形式主义的内部研究,社会学、心理学和人类学的视角与方法开始被纳入文学理论的框架之中,随之而来的则是关注文化差异、身份认同和意识形态话题的文本政治学(textual politics);此刻的理论家和批评家开始热衷于跳出"语言的囚笼",寻找现实与文学世界间的同构关系。② 事实上,文学理论这种从"内"向"外"的转向与解构主义狙击语言哲学所产生的颠覆性影响有着必然联系。塞尔与德里达的论争实际上正好从一个方面反映了 20 世纪后半叶西方文学理论研究的范式转换。所以,通过回溯塞尔与德里达的论争,进一步了解双方的根本意图与立场,搞清楚这次范式转换的内在逻辑,或许会有助于我们更好地对当代西方文论,尤其是源自欧陆传统的语言学文论展开反思。

西方学界对塞尔—德里达论争的研究汗牛充栋,中国学界对此次论争亦有诸多考察。③ 综合种种看法,可以发现,塞尔与德里达的争论起源于这个问题:奥斯汀的"原意"是什么? 塞尔与德里达,谁更理解奥斯汀?

德里达认为奥斯汀的《如何以言行事》一书颇有见地,试图通过"述行"概念将哲学研究从弗雷格、罗素的真值语义学传统当中解放出来;但他又认为奥斯汀关于言语行为的成功/失败的设定存在着问题:"(这种对立)预设了一种普遍且系统的对言说结构的精心构建,回避了无穷无尽的实际情况和偶然事件的可能性。"德里达认为,奥斯汀把文学虚构视作一种"寄生性"

---

① 米勒:《重申解构主义》,郭英剑等译,中国社会科学出版社 1998 年版,第 216 页。

② Fredric Jameson, *The Political Unconsciousness*: *Narrative as A Social Symbolic Act*, New York: Cornell University Press, 1981, pp. 42-45.

③ 值得参考的文献有李振:《解构与解构的马克思主义——德里达思想研究》,上海人民出版社 2004 年版,第 293—305 页;陆扬:《德里达与塞尔》,《哲学研究》2006 年第 11 期;张瑜:《文学言语行为论研究》,学林出版社 2009 年版,第 81—89 页;王亢:《重复与改变——〈有限公司〉中的语言问题》,《世界哲学》2010 年第 6 期。许多研究从德里达的视角展开论述,鲜有人重视塞尔的理路。

的"述行",这其实是说存在着一种纯粹的"述行",这种纯粹的"述行","排斥了非正式的、例外的'不严肃'"。但是,奥斯汀在书的末尾又说"不可能有'纯粹'的述行"。在德里达看来,这是奥斯汀在建构理论时不可回避的矛盾,这种矛盾源于奥斯汀自己的"结构性的无意识":作者无法控制自己文本中的张力与溢出,他的理性意图注定被文本自身的结构活动所淹没。换言之,奥斯汀将结论建立在确定的"交流"(communication)和语境(context)概念之上,认为言语行为必须有确定的意图和语境,但是这些因素根本无法控制文本结构内部种种"可能性"的溢出。进而,德里达指控奥斯汀理论中的二元对立在伦理上是"不平等"的。在德里达看来,奥斯汀把诸如舞台表演、诗歌与独白等话语行动都视作不严肃的言语行为,是"不正式的""寄生性的";将"日常语言"作为成功的言语行为,是为了排斥或忽视这些不严肃的、依附性的言语行为。进而,德里达根据自己的"文字学"质疑奥斯汀"言语"先于"书写"的预设,用"重复性"和"引用性"两个概念来解构奥斯汀附加在"述行"之上的重视说话人意图的立场:"书写创造着标记,构成一种反复创造的机制……由于引用性的结构,赋予话语活力的意图将不再彻头彻尾地呈现其自身及其内容……引入了一种本质性的沟壑与断裂。"德里达举出的例子就是,舞台上的演员是在重复、引用剧本的台词,但是舞台上的演员并不具备剧作家的说话意图;演员所说的话语只是一系列的符号,尽管与剧本上的话语一模一样,但却丢失了原意。这在德里达看来就说明了"原初意图"在文本之中的"不可能"。奥斯汀认为清醒的言语意图应当在语境当中成为起决定性作用的"中心",这在德里达看来其实是对有意识的自我(conscious ego)的不当膜拜,是一种亟待解构的"形而上学"①。

　　这就和德里达对其他经典文本所持的解构策略联系了起来。斯皮瓦克在为《有限公司》所写的书评中提到,在德里达眼中,奥斯汀具有"胡塞尔式

---

① See Jacques Derrida, *Limited Inc*., pp. 8-18.

的立场"①,进而也被归入"逻各斯中心主义"传统。可以看到,德里达试图抹去伟大哲学家自身所设定的学科界限,在他手下,无论胡塞尔还是奥斯汀,其著作都被拆解、重组,沦为能指游戏的道具,"没有所指可以逃脱构成语言的指称对象的游戏,所指最终将陷入能指之手"②。"瓦解"了奥斯汀的"体系"之后,德里达就进入了他的真实曲目,大谈他对于"签名"和"解构"的种种似是而非的看法,进而否定了言语行为理论作为哲学方法的意义。③

然而德里达在"解构"的游戏过程中其实并没有置身奥斯汀所属的英美语言哲学传统内展开讨论,进而从根本上无视了奥斯汀著作的语境,也误解了许多术语的用法。这正是自诩奥斯汀传人的塞尔对德里达的第一印象——德里达在某种"前维特根斯坦"的哲学立场上自说自话,丝毫无视作家的原初意图:"德里达的奥斯汀是完全陌生的。他与原初的奥斯汀几乎完全没关系。"④为了捍卫奥斯汀,塞尔列举了德里达的种种"无知"。

第二节　塞尔如何批评德里达

首先,塞尔指出德里达的一个常识性错误:奥斯汀提出"日常语言"这一表达,其实是想要与数理逻辑意义上的"科学语言"有所区分,而非与"文学语言"或是"不严肃的话语"相对立。奥斯汀的论辩对象是分析哲学中的逻辑实证主义一派,而非文学理论家。事实上,奥斯汀从未否认戏剧、诗歌和独白的语言是日常语言,在他那里并不存在"日常语言"和"文学语言"之间的二元对立。

其次,塞尔认为奥斯汀的论说不带有半点伦理的、政治的意味,"寄生论

---

① See Gayatri Chakravorty Spivak, "Revolutions That as Yet Have No Model", *Diacritics*, 1980(4), pp. 31-32.

② 德里达:《论文字学》,汪堂家译,上海译文出版社 2005 年版,第 8 页。

③ Jacques Derrida, *Limited Inc.*, p. 19.

④ John R. Searle, "Reiterating the Differences: A Reply to Derrida", p. 204.

是一种逻辑依赖性的关系,并不隐含着什么道德判断,自然地,寄生者无论如何并不比寄主更为不道德",而这种逻辑层面上的依赖性具体说来就是:"人们不可能不先具备严肃话语的概念,就具备虚构的概念。"①在塞尔看来,奥斯汀的理论是纯粹理论层面的,不涉及任何道德伦理层面的问题。

然后,德里达用来解构奥斯汀的"重复性""引用性"概念,在塞尔看来,一方面在使用之前没有任何精确的定义,以至于概念本身含糊不清难以理解,另一方面则反映出德里达缺少语言哲学的常识,以至于混淆了符号的"使用"(use)与"提及"(mention)(比如,舞台上的演员是在使用言语而非"引用"言语,演员有自己的表演意图)②、"范例"(type)与"标记"(token)(就是说,词句的物理形态并不等同于词句在使用中携带的符号意义)等概念。

可以举更多例子来说明德里达的混淆:在黑板上写下三个"狗"字,每一个字符都是一个独立的"标记",但是我们都认为被写下的是同一个词"狗",这个抽象的"同一个词"的共相就是这个词的"范例"。"范例"被我们在言语行为中使用,而"标记"只是其物理形态。又如,一对恋人打情骂俏说"我不爱你了",并不是在说真心话,也并不是在"重复"或"引用"某个真的对爱情失去信心的人的宣言,并且同时故意扭曲了这句话的"本意"。这一串语词作为某种特殊的"范例"被特殊地使用,在截然不同的背景之下被赋予截然不同的意义。在言语行动中被重复的只是"我不爱你了"这五个音节,它们只是语词的物理"标记",在两个相异的语境中被同样地"提及",但不能说被同样地"使用",因为它们所表达的含义和通过它们所施行的言语行为事实上并不相同。

在塞尔看来,尽管在某些场合中话语会失去其字面上的意义,但是这并不意味着话语本身会由于不断被重复和引用而失去"本意":"我通过我所说

① John R. Searle, "Reiterating the Differences: A Reply to Derrida", pp. 204-206.
② 更多对这一区分的定义,可见 John R. Searle, *Speech Acts: An Essay in the Philosophy of Language*, pp. 73-76.

的话来进行意指,而别的人可能用那些我用过的词句的别的标记形式来意指某些完全不同的东西,如果这样就竟然推论出在某种程度上我失去了我对我的言语行为的控制,那么这不外乎是思维混乱。"①这种指涉实践的明晰性则依赖于实践者意图和语境的明晰性。在奥斯汀和塞尔那里,一次完整的言语行为必须携带说话人投向世界的某种意向性。言语行为的本质在于表征、理解和行事,这些都基于人的意向投射机制。在这个意义上,塞尔会把维特根斯坦所说的"我语言的范围即我世界的范围"发展为"语言的范围也是来源于意向性的范围"②——只有在人与人交互意向性过程的"网络"内,我们才能成功实施并理解人类的言语行为。哪怕是表演、梦话、呓语和自言自语,都存在着投向实在对象的意向性亦即心灵层面的基础。在一次明晰、清楚的言语行为过程中,人们会一直保持实践理性的省察和估计,以使这次行动成功实施。

塞尔的意向性理论为言语行为提供了"可确定性"维度的基础。相比起德里达通过"重复性"和"引用性"所营造的意义不确定性迷宫而言,塞尔笃定地认为:"一旦具备了背景能力或意向性网络,说话者与倾听者掌握了共同的语言工具,那么意义与交流就能完全地得到确定。"而德里达那种包含了各种"可能性"的故弄玄虚的"签名"论则是"无意义的东西"(triviality):"我或者其他人可能用具有相同句型的完全不同的标记来做完全不同的事,这又能说明什么呢?这什么也不能说明。"③书写在"重复"和"引用"中发生"断裂"和"延异"的情况不过是一种看似巧妙的玄幻虚构,因为我们在交流行动中心灵也在不断运动着,互动的意向性能将言语行为的"满足条件"赋予话语,使其有确定的意义。④ 德里达事实上从一开始就否定了这种"交流"

① John R. Searle, "Literary Theory and Its Discontents", p. 648.
② 塞尔:《意向性》,第178页。
③ John R. Searle, "Literary Theory and Its Discontents", pp. 659-660.
④ 塞尔:《心灵、语言和社会》,第138页。

的可能性,进而他就将本该证明的东西当成了论证的前提。[①]

塞尔最终发现,德里达的困惑源于"认识论"偏见对"本体论"事实的错误代换:我们可能无法通过现有手段知道作者的意图,但这并不等同于作者意图天然就不存在,也不等同于文本本身没有明确、稳定的意义。譬如,尼采的遗稿中有这样一句话:"我忘了我的雨伞。"在德里达眼里,这句话有"永恒的秘密",甚至可能"什么意义都没有"。这在塞尔看来非常荒谬,因为至少这句德语本身是可以理解甚至被翻译的,而"从尼采可能通过创造这个标记却什么也没意谓(说话者的意义)的事实,并不能推出这个标记就'什么意义都没有'(句子的意义)",事实上"我们是否知道这个说话者的意旨,这是传记学的问题,而非理论所应关注的"。[②] 语词的意义是可以确定的,因为它总会与某种语词使用的意向性背景相关,并且在别的意向性背景之中被理解,总是与这个世界上的某种事态、意图和情境相符合。如果不能理解一句话,那说明背景不够完善,我们对事态如何还不够了解。但说"这是一句话"的意思就是"它是可以理解的"。只有先确定这一点,我们才能理解语言并且用语言谈论语言,而不是仅仅从认识上的困难推论出本体的缺失。正如亚里士多德所说:"并不是我们真的认为你是白的,你就是白的,而是由于你是白的,我们这样说才是真的。"[③]如果德里达抛开他的偏见,他绝对能看到这么简单的道理。

看完塞尔对德里达的批驳,我们忍不住会问:德里达真的试过"理解"奥斯汀和塞尔的著作吗? 可以确定的一点是,德里达所阐发的关于"中心"与"暴力"的概念其实并不在奥斯汀乃至塞尔的讨论范围中。德里达只想利用言语行为理论的某些观点来抒发自己的看法,而不是想从他们那里学到什么新东西。塞尔认为对言语行为意图的理解是可能的且可确定的,而德里

---

① 相似的批判,见哈贝马斯:《现代性的哲学话语》,第 229 页。

② John R. Searle, "Literary Theory and Its Discontents", pp. 661-662.

③ 亚里士多德:《形而上学》,李真译,上海人民出版社 2005 年版,第 284 页。

达则认为……他"认为"什么？如果真的想要尊重德里达的意图，我们反而会发现其实不可能理解德里达的"原意"。《有限公司》是这样一个刻意营造"矛盾"和"延异"的文本：如果我们要谈论它，我们必须首先假定这个文本有某种意图，并且我们可以知道这个意图。但这个文本的核心意图竟然是"文本当中不存在唯一确定的意图"。进而，如果我们要谈论它，我们必须首先假定这个文本关于文本意图的观点是错的或者至少是难以接受的。但既然一开始就明白一本书是错的或难以接受的，我们读它的意义又是什么呢？

第三节　"解构"的困境

德里达本人据说是一位温和谦逊的现代知识分子。但是，他的"真实形象"最终在花哨的修辞写作之中恰好朝着相反的方向"延异"。他呼吁人们尝试理解他和他朋友的书，[①]对那些理解自己的人表示感激和"负债"，鼓励人们阅读福柯、巴特与列维纳斯。[②] 但是，按德里达的观点，既然我们最终无法确然获知思想家的意图，那么为什么要读他和他的朋友或论敌们的书呢？读他们的书和读别人的书有何区别？德里达的理论诉求最终让他自己的言说遭遇尴尬，他在以"理性对话"自矜的英美哲学界一直得不到广泛认同的原因就在于此。塞尔引用福柯的话说德里达是"昏昧主义的恐怖主义"（terrorism of obscurantism），或许有几分道理：

> 他的写作如此晦涩，以至你搞不懂他在说什么，这是昏昧主义
> 的一面；而如果你批判他，他总会说"你没有理解我，你这个蠢货"，

---

① "……所有这一切（来自塞尔和丹托的批评）颇不严肃，但必须严肃对待……韦勒克阅读过德曼没有？他能读懂吗？"见德里达：《多义的记忆——为保罗·德曼而作》，蒋梓骅译，中央编译出版社 1999 年版，第 53 页。

② "我能从德里达身上看到一种迫切的神情，想要迫切地表达对翻译过、阅读过或者在公共讨论中为他辩护过以及那些恰当地使用了他的思想和言词的人的感谢。"——巴特勒：《论雅克·德里达》，何吉贤译，《国外理论动态》2005 年第 4 期。

这是恐怖主义的一面。①

德里达最让塞尔反感的地方是他在行文中流露出来的反逻辑、反理性、反传统倾向。尽管强调对心灵意识的重视，塞尔的言语行为理论与其他分析哲学观点一样，思索"语词与世界之间的联系"②，探寻语言现象中存在的哲学真理。这是弗雷格、罗素、奥斯汀等人的共同目标。德里达如果要在学理上批判言语行为理论，必须进入这样一个学术传统内提问。但事实却恰好相反，德里达对子虚乌有的"逻各斯中心主义"的攻击只能让语言哲学家感到不明所以。塞尔会说，解构主义总是能够通过某些非理性的方式"自辩"（self-justifying），然而事实上只会给人们带来认识上的困惑，给真正坚持理性、探寻真理的哲学与科学研究带来麻烦。③ 这让我们注意到双方论辩的实质：解构主义者们总是从伦理—政治的立场出发，强调对被排斥者和边缘化观念的同情，而塞尔则在学术惯例与常识的层面强调理性对话与逻辑论证。他们并不在同一层面上"理论"。

一些学者从思想渊源的角度提出了可供参考的见解。斯皮瓦克提醒我们注意"解构"通过"反讽"概念与本雅明、海德格尔乃至德国浪漫主义建立的内在亲缘关系。④ 这在罗蒂那里得到了进一步的阐释。在为德里达辩护时，罗蒂区分了两类哲学家的特征：某些"康德主义者"倾向于把哲学视为"以探讨关于语词与世界的关系的一系列问题为中心的领域"；而黑格尔辩证法的继承人们则把寻找"真理"视为不断重复的自由阐释。前者是古典哲学家和分析哲学家；后者是文化哲学家和解构主义者。在罗蒂的叙事框架

---

① Steven R. Postrel & Edward Feser, "Reality Principles：An Interview with John R. Searle", *Reason*, February 1, 2000. (Access：https://reason.com/2000/02/01/reality-principles-an-intervie/. Available at：January 4, 2023.)

② John R. Searle, *Speech Acts：An Essay in the Philosophy of Language*, p. 1.

③ See John R. Searle, "Reply", *The New York Review of Books*, February 2, 1984.

④ Gayatri Chakravorty Spivak, "Revolutions That as yet Have No Model：Derrida's *Limited Inc*", pp. 47-48.

里,德里达的"解构"是对 20 世纪以来的语言哲学的反叛,这一语言哲学传统企图延续康德(乃至柏拉图)对超验真理的探寻,将语词与事物的关系"规则化",试图展示其间的"结构",但是这种结构实质上禁不起辩证法的颠覆①。阅读德里达,就得将他放在"非康德的辩证传统"之下,这样才能理解他对"康德主义"的语言哲学的抨击。

这清楚说明了德里达攻击奥斯汀与塞尔的意图。的确,塞尔是继承了西方哲学传统目标的理性主义者,认为"理性的约束是普遍的,这种约束在心灵和语言的结构之中,尤其是在意向性与言语行为的结构之中得到建立"②。而德里达则继承了以德国浪漫派、本雅明与海德格尔为代表的哲学传统,他们共同的写作习惯是通过"反讽"的修辞颠覆各种文本之外或之中的形而上学"暴力"。如伯林所说,正是这种浪漫主义"打破了迄今为止人类以各种方式奉行的那个单一模式,即永恒的爱智慧"③。沿着这个传统而发展出来的解构主义,关注的自然不再是哲学问题,而始终是潜藏在文学理论和语言哲学命题下的"暴力"和"反暴力"叙事。通过这种"理论活动",理论家可以在安全的学术领域内更好地谈论"政治"。

或许正是洞察到了德里达的真实意图,塞尔才会对解构主义之后诸种忽视作者意图、强调自由阅读的文学理论表示不满。在塞尔眼中,如果任由"另一类"哲学家以"文学理论"的面目行动下去,西方文明的基础——理性、实在论、对确定性的寻求、真理等——将遭到摈弃,虚无主义将随之来到。在《美国高等教育存在危机吗?》一文里,塞尔谴责现代语言协会(MLA)长期以来处于一种不严肃的狂欢气氛之中,他们本该名副其实地认认真真研

---

① Richard Rorty, "Philosophy as A Kind of Writing: An Essay on Derrida", pp. 141-144.

② J. R. Searle, *Rationality in Action*, Cambridge: The MIT Press, 2003, p. xiv.

③ 伯林:《浪漫主义的根源》,吕梁等译,译林出版社 2008 年版,第 142 页。

究语言与文献,却成天打着文学理论的牌子,不太专业地谈论政治问题。①
在塞尔眼中,这种缺少智识责任感与精英立场的做法除了与亚里士多德的
诗学传统相违背,进而和西方哲学的传统相违背之外,还会使得美国知识界
乃至整个民主社会的价值尺度出现根本性的危机:

> 在论辩活动中,当白人男性遭遇特殊少数人群时,后者会获得
> 优待。本质性的改变在于,民族、性别和出身本来是尚需人们去争
> 辩的前提,现在却成了评判论辩结果的标准。这种政治有一种传
> 统的称呼叫种族或性别歧视。②

这种反向的"歧视"事实上正是德里达们随意解读经典文本、探寻伦
理—政治解放契机所带来的,也正是当代文学理论家和文化研究者们在批
评行动背后的预设。就像"新批评"被内化在以"解释学循环"为基础的"解
构批评"中一样,③作为文学批评纲领的"解构"也被内化在激进的文本政治
之中,甚至可以被视为后者的理论根基。强调"无权威"的"解构"发展为"反
权威"的文本政治,这在逻辑上是必然的。而他们的最大成就是"对真实性
的贬损":把现实世界视为一个在不断的差异与重复的游戏中自我模仿与颠
覆的"仿真"世界,一切都在人们的感触和意志决断中发生。这其实指涉的
是某种以"对关系的焦虑"为主题的晚期资本主义泛审美化世界。在这个世
界之中,人们"永远害怕自己被操纵、抄袭或劫持",他们对"不真实性"的批
判或表述其实出于对现代性焦虑的应急自保心态;这些批判现代性的"理
论"本身无论多么激进,它所依赖的规范参照系统依然无法脱离现代性的逻

---

① John R. Searle, "The Case for A Traditional Liberal Education", *The Journal of Blacks in Higher Education*, 1997(13), p. 43.

② John R. Searle, "The Case for A Traditional Liberal Education", p. 47.

③ See Paul de Man, *Blindness & Insight: Essays in the Rhetoric of Contemporary Criticism*, New York: Oxford University Press, 1971, pp. 28-32.

辑。"即使是最激进的运动也同它所批判的对象在'有些事情'上是一致的。"①

在塞尔这类知识人看来,在追寻新奇的外表之下,以德里达为代表的解构主义理论家其实都是某种"基础主义者",他们往往"态度先行",不断从文本中寻找自己一开始预设好的结论。艾布拉姆斯看到:

> 作为语言学家,德里达是一位缺乏绝对要素的绝对论者……拆除了传统的绝对要素后,在其文本阅读的批评方面,德里达却抱住绝对论不放;因为他也持有其观点已为他所解构的那种设定前提——想要明确地理解语言,就需要一种绝对的基础……要么全然是,要么全然非。②

再比如,德里达认为,如果不能绝对清晰地对概念进行定义,那么定义就是无效的。塞尔则提醒德里达,语言哲学的业内常识就是"大多数概念和区分的边缘都是模糊的,它们没有清晰的边界"③。塞尔则与艾布拉姆斯看法一致,判定德里达的哲学是某种"基础主义":

> 德里达自身是一个非常"传统"的哲学家……当他认识到传统预设的失败时,他觉得某种东西丢失了或是出了问题。进而,他毫无保留地发明新的术语,试图解决旧传统遭遇的失败困境。"重复性"和"延异"就是两个例子。但是这些术语并不能让他克服其哲

---

① 相关的论述,见博尔坦斯基:《资本主义的新精神》,高铦译,译林出版社 2012 年版,第 40 页、第 523—535 页。
② M. H. Abrams, *Doing Things with Texts: Essays in Criticism and Critical Theory*, New York: W. W. Norton & Company, 1989, pp. 274-307.
③ John R. Searle, "Literary Theory and Its Discontents", p. 637.

学传统的基础主义预设。它们充其量为其失败提供一个暂时的掩护。①

哲学家皮平曾对德里达这种"基础主义"的独断的理论风格有精辟的总结:"……一种对真理的自我表达,或者说一种经验的、反讽的重新描述,旨在创造一种话语,后人将用这种话语促进团结、确保自身利益。"②这正是罗蒂笔下属于"诗"的未来状态:

> ……理性唯有随于想象才能发生。没有词语,就没有理性思维。没有想象,则没有新的词语。没有这些词语,就没有道德或思想的进步。……男男女女一旦拥有了充足的对诗歌的记忆,他们就会变成更加完整的人。③

这种在许多后现代思想家那里普遍存在的革命激情超越了早先结构主义者收缩于象牙塔中的"语言乌托邦",与各种激进的政治诉求联合,发展成了一种由学术界向城邦突进的"诗性政治乌托邦"。但是,当时尚的文学理论观点呼吁反抗各种阶级、性别、种族、文化的"暴力"时,他们依据的不外乎是对"民主""自由"等宏大价值的绝对信任。如果不是对这些价值有先入为主的认同,德里达那种"超越人与人文主义的存在"④的理论绝对站不住脚,罗蒂也没有任何理由声称"民主先于哲学"⑤。事实上,"后结构主义抨击人文学科,倒并不是因为它辜负了自由民主的理想,而是因为它过分忠于这些

---

① John R. Searle, "Literary Theory and Its Discontents", pp. 663-664.
② Robert B. Pippin, *Modernism as a Philosophical Problem*: *On the Dissatisfactions of European High Culture*, Oxford: Basil Blackwell, 1991, p. 43.
③ Richard Rorty, "The Fire of Life", *Poetry*, 2007(191), pp. 129-131.
④ 德里达:《书写与差异》,张宁译,生活·读书·新知三联书店 2001 年版,第 524 页。
⑤ 罗蒂:《后哲学文化》,黄勇编译,上海译文出版社 2004 年版,第 156—185 页。

理想"①。

德里达与塞尔的争论在许多人眼里是激进派与保守派之间的政治斗争。解构主义者的领袖人物米勒曾把塞尔归为"右翼分子"②,而塞尔也明确表示反感米勒、费什等"左派"理论家富有煽动性的腔调,认为美国的大学应该有其学术的独立空间,不该过多涉足政治。③ 左翼学者指责塞尔曾经拿过布什政府的奖励,认为塞尔自称为客观性与真理辩护,其实是在维护现有的世界秩序。④ 但塞尔事实上认为"布什应该被选下台",并且认为自己并不属于"左"和"右"的任何一边。⑤ 这样的意识形态口水仗是永不停歇的。回过头来看,在文学理论研究中,"意识形态"一直是一个关键的问题。或是激进,或是保守,决定着我们"做"理论的不同途径。但必须看到,跳出这种"做"的政治选择维度,在"思"的逻辑论辩层面,我们没有理由不遵从理性的引导,审慎节制地从事理论工作。

所以,现在的问题在于,我们是否应当继续模仿德里达或罗蒂,沿着他们的方向走下去? 我们是否还有理由把他们看似激进自由实则绝对化的"诗化哲学"视为一切理论活动的先在导向? 如果答案是"是",那么我们就得首先拥有他们具有的政治环境与行动方式。但从中国人的角度来说,这怎么可能? 这又有什么意义? 这些问题都尚待解答。毫无疑问的是,如果理论的争鸣仅仅是从学理出发,那么问题也就能够止于学理的讨论。但德里达与塞尔的争论反过来教会我们的则是,在如今的西方学界,政治的、意识形态的斗争已经远远凌驾于对哲学的探索,对民主、自由的追求已经超越

---

① 中国社会科学院外国文学研究所《世界文论》编辑委员会编:《重新解读伟大的传统——文学史论研究》,社会科学文献出版社 1993 年版,第 246 页。

② 米勒:《重申解构主义》,第 235 页。

③ John R. Searle, "The Case for A Traditional Liberal Education", pp. 97-98.

④ Santiago Zabala, "A Philosophy for the Protesters", Al Jazeera, January 3, 2012. (Access: http://www. aljazeera. com/indepth/opinion/2011/11/20111128161836969394. html. Available at: January 4, 2023.)

⑤ 生安锋编著:《当代文化理论大家访谈录》,北京大学出版社 2010 年版,第 117 页。

了对知识、真理的追求。我们在当代任何一位西方大思想家身上,都能看到哲学与政治的张力。事实上,这种张力自古以来就存在于每一个过理论生活的人身上,甚至是一种宿命。

| 第四章 |

建构论及其不满:"科学大战"的思想根源

　　我不能不认为,通过一场一蹴而就的革命成为今天这个样子的数学和自然科学,作为范例,也许应予以充分注意,以便对这两门科学赖以获得那么多好处的思维方式变革的最基本要点加以深思,并在这里至少尝试着就这两门科学作为理性知识可与形而上学类比而言对它们加以模仿。……哥白尼在假定全部星体围绕观测者旋转时,对天体运动的解释已无法顺利进行下去了,于是他试着让观测者自己旋转,反倒让星体停留在静止当中,看看这样是否有可能取得更好的成绩。现在,在形而上学中,当涉及对象的直观时,我们也能够以类似的方式来试验一下。……我们关于物先天所认识到的只是我们自己放进它里面去的东西。

——康德①

---

①　康德:《纯粹理性批判》,邓晓芒译,人民出版社 2004 年版,第 19—20 页。

第一节 作为思想史事件的"科学大战"

尽管主流人文学术界正在尝试有选择地与"后现代"保持距离,但这一狂飙突进般的思想浪潮的确也将某种激进逻辑印刻在了每一个关心文化议题的思考者心中。这一激进的逻辑就是"建构论"。在许多著名的理论家、哲学家那里,这种将人类科学探索所获得的"真理"视为有意建构的逻辑俯拾即是。譬如:库恩会将科学中的"范式"定义为一个科学家集团内部的"共同的信念",其中包含着并非自明的先入之见;费耶阿本德则将科学"范式"进一步与人类的其他思想形式如文艺、神话、神学和形而上学等同,认为这一切都是人类理解世界的路径,科学只是其中的一种,不应当被作为一种具有独特优先认识地位的方法论而得到不当的供奉。[1] 当然,库恩和费耶阿本德的看法并未得到科学家集团内部的承认,大多数科学工作者依然坚持朴素的实在论立场,以符合外间世界的"真"为其探索对象。[2] 问题在于,一批"后现代"理论家及受其启发的文化批判者往往会将建构论逻辑挪用到对科学领域话题的讨论中,试图对统治西方数百年的科学主义进行彻底清算,解放被其精密的治理框架所"异化"的现代人。[3] 值得注意的就是,文学理论往往构成这种批判的建构论的载体。这也就引出了一系列的问题:为何西方人文学者需要对科学研究采取"建构论"的批判态度?其思想动机又是什么?"文学理论"为何又会在这种批判中发挥作用?

对自然科学进行检讨,这样的传统在西方可谓历史悠久。文艺复兴时期涌现出的现代科学革命旨在通过实用意义明显的实验获得知识,这类知

---

[1] 刘高岑:《当代西方科学哲学划界思想的演变和反思》,《自然辩证法研究》1999 年第 4 期。

[2] 博格西昂:《对知识的恐惧——反相对主义和建构主义》,刘鹏博译,译林出版社 2015 年版,第 7 页。

[3] 康纳:《后现代主义文化——当代理论导引》,严忠志译,商务印书馆 2004 年版,第 344—389 页。

识的地位被视为高于以亚里士多德思想体系为代表的经院哲学知识,但后者一直在宗教和社会伦理的领域保持着一定的影响,并一直与前者构成一种张力。科学史家往往会说,现代科学的实用、实证导向推动了西方世俗化的发生,并为专制政治、工商经营、殖民战争和世俗享乐提供着巨大的便利。[①] 换句话说,现代科学与现代历史进程及其意识形态脱离不了关系。因此,西方数百年来的人文主义者进而会对现代科学背后的政治伦理意图进行怀疑与批判。近代早期,有斯威夫特对培根科学政制的反讽;启蒙时期,有卢梭对科学会造成社会奢侈风气与道德败坏的警惕;等等。也许,现代科学及其导致的启蒙进程中过于强烈的世俗化冲动,是少数崇尚精神纯净的人文知识人对其加以批判的根本原因。但从某个角度来说,对于人文学科,尤其是我们关心的文学理论学科本身来说,科学与启蒙的帮助又是巨大的。无论如何,我们都应当采取一种现象与历史分析结合的方式,对西方科学与人文主义双方的思维特征及其渊源进行一定的考察,从中尝试找出双方的争议和本质上的共同出发点。这将有助于我们更好地理解西方文明的基本脉络,从而为我们自身的文学理论研究提供更多的材料与思想辅助。

　　我们不妨从当代的重大事件"科学大战"(Science Wars)谈起。这一事件的起因就在于,当代人文学术界常见的建构论论调引起了科学界的普遍不满。1996 年,纽约大学理论物理学教授索卡尔(Alan Sokal)刻意向著名的文化研究杂志《社会文本》提交了一篇穿凿附会的"论文",却获得该刊评委的好评并得以发表。这篇题为《超越界线:走向量子引力的超形式的解释学》的文章试图通过援引一些人文学界的权威理论(包括拉康、德里达的)来论证量子物理学问题,比如:

　　　　德里达敏锐的回答涉及经典广义相对论的核心:"爱因斯坦常

---

① 亨利:《科学革命与现代科学的起源》,杨俊杰译,北京大学出版社 2013 年版,第 59—69 页。

量不是一个常量,不是一个中心,它只是一个变量的概念——最终,它是游戏的概念。换言之,它不代表对某一事物——一个观察者能够把握这一研究领域的中心——的认识,它只是一个游戏的概念。"[1]

尽管德里达关于书写与语言的理论一直受到人文学界的广泛征引,但是用其来解释广义相对论,索卡尔可谓"头一位"。除此之外,他的这篇文章还有许多类似于把集合论中的等价公理和女性主义的平等观念关联起来的"诉求",还假造了一大堆纯属虚构的引文和定理。诸如这样的牵强附会的论述时常出现在这篇文章里:

量子物理学、强子的靴带理论、复数理论和混沌理论具有共同的基本假设:实在不能在线性的术语中被描述,非线性(和无法解释的)方程是描述一种复杂的、混沌的和非决定论的实在的唯一手段。这些后现代理论显示自身的最主要特征是比喻自然,而不是"精确地"描述自然。从这种意义上说,它们具有元批判的性质。基于那些文学理论家而不是理论物理学更熟悉的东西,我们可以说所进行的这些由科学家发展出来的一种新的描述策略的尝试,表现出一种朝元理论方向发展的信号。[2]

稍有常识的人都会质疑:为何谈论量子物理学要"基于文学理论家"?显然,索卡尔此举旨在通过假意投诚"文学理论",嘲讽那些随意对科学研究提出武断看法的人文学者。从上面的引文中可以看出,索卡尔敏锐地把握

---

[1] 索卡尔、德里达、罗蒂等:《"索卡尔事件"与科学大战:后现代视野中的科学与人文的冲突》,蔡仲等译,南京大学出版社 2002 年版,第 8 页。

[2] 索卡尔、德里达、罗蒂等:《"索卡尔事件"与科学大战:后现代视野中的科学与人文的冲突》,第 9 页。

到了文学理论研究者惯常的思维方式：崇尚复杂性和对现实的转喻，同时批判简单的理论叙述和对现实的再现，通过这一系列理论假设，进而推导出非中心化的多元主义与平等主义的意义，同时批判一切实在论的对世界的定论解释，认为那些解释和其他人文现象一样，实际上都不外乎是人为建构的产物，进而可能构成某种意识形态的帮凶。量子物理学和其他的科学理论进而都遭到刻意的歪曲，以迎合人文学者的这一系列伦理—政治上的诉求。由于索卡尔的文章不但旁征博引了德里达、拉康、利奥塔和阿尔多塞，还煞有介事地批评了"右翼批评家"，并最终结合后现代主义和女权主义的"伟大见解"，得出"超越界限，发展一种具有解放意义的科学（Libratory Science）"的"革命性结论"，该杂志的五位主编——包括著名的文学理论家詹姆逊——一致同意发表这篇"十分有趣的文章"。没多久，索卡尔就在《共同语言》（*Lingua Franca*）上发表《曝光：一个物理学家的文化研究实验》，表明："我有意识地写这篇文章，目的是让任何有能力的物理学家和数学家（大学物理学或数学专业的学生）能够识别出这是一个恶作剧。"[①]

　　索卡尔的恶作剧引起了剧烈的反响，一场全球范围内的"科学大战"由此开始了，科学家和后现代文论家们分成两大阵营互相攻击。后者的代表德里达的反应尤其激烈，他以古怪的方式追问："谁在这件事上获得了利益？"[②]事实上，无论索卡尔的真实利益诉求是什么，问题的关键都在于，如果聚集在"后现代"旗帜之下的人文学者尚承认学术研究旨在追求真理，他们就不该在未经任何专业科学家的审核之下刊发该文。显然，《社会文本》刊发该文的原因并不在于其揭示的道理切近科学意义上的真理，而在于其中体现着人文理论家们乐意看到的那些关于民主自由、阶级解放、男女平等、生态保护的坚定信念。但在科学家们看来，当这些信念通过"政治正确"的

---

① 索卡尔、德里达、罗蒂等：《"索卡尔事件"与科学大战：后现代视野中的科学与人文的冲突》，第 59 页。

② 索卡尔、德里达、罗蒂等：《"索卡尔事件"与科学大战：后现代视野中的科学与人文的冲突》，第 257 页。

逻辑强加给科学研究的时候,往往会变成一种非理性的、专制的暴力。譬如,尽管神经生物学和认知生物学曾经瓦解了许多关于男女社会差异之天然正当性的成见,但由于其对另外一些男女自然差异的证实,某些女权主义者依然会对其表示愤怒。这就正如《高级迷信》一书中所抱怨的:"科学规范的权威之所以遭到质疑,仅仅是因为它们能带来在意识形态层面上不受欢迎的新信息!"[1]

在"科学大战"当中,毫无疑问最值得我们重视的,是"文学理论"的思维方式所起的作用。在后来的许多观察者看来,"后现代"的文学理论家们之所以会被索卡尔带入圈套,是因为他们"感情用事",过度强调"文学性"并将其运用到一切现实问题探讨当中,却往往"在一些浅显的科学和文化问题上提出了一些貌似高深的思想,而在真正深刻的科学和文化问题上得出的却是一些浅薄的看法"[2]。这些哲学特征包括解构主义时常谈论的"差异性""歧异性"和"隐喻"等。可以发现,后现代理论家经常试图将一切关于现实世界之基本事实的研究都处理成"文学理论"问题。德里达、罗蒂等人经常站在语言哲学的立场上,把世界解释为依照语言发生和施行的逻辑在运作。正因为如此,索卡尔意识到,如果不采取"戏仿"和"反讽"的方式来对待不分对象地搬弄"文学理论"的作风,人文学者们不会意识到自身逻辑的荒谬性。

无论如何,根据西方学术界围绕此次事件的论争,我们可以首先明确一件事:双方都在指责对方干涉了自己本来研究领域以外的事情。把话说得更明白一些,双方在争论谁更有资格在超出自身学术领域的公共领域发出声音,为人民的生活方式提供方向。在搬用"文学理论"的后现代人文主义者们看来,文学领域与人民的公共意见更加接近,所以更具有代表性;而科学家则相信自己凭借实证研究和演算所发现的真理更具备引导人民走向文

---

[1] 格罗斯、莱维特:《高级迷信——学术左派及其关于科学的争论》,孙雍君、张锦志译,北京大学出版社 2008 年版,第 266—268 页。

[2] 格罗斯、莱维特:《高级迷信——学术左派及其关于科学的争论》,第 97 页、第 105 页。

明的力量。

　　科学试图在公共意见领域占据话语主导权,这是西方现代科学的常态。自现代科学诞生的那一刻以来,科学精神的拥护者就时常扮演现实批判者的角色。不过,他们所批判的是"前现代"的那些思想和生活方式,如封建等级制、启示宗教、迷信和陈规陋俗。相应地,科学技术精神能够通过对某种自然规律的发现和利用,确保"现代"的基本安乐生活;普及科学技术,也就等同于拥护世俗化生活的基本伦理。就算到了 20 世纪 30 年代,也有一批科学的拥护者试图借助大众文化普及科学精神与知识,让西方社会整个建立在科学技术的根基之上。著名的"两种文化"的提出者斯诺(C. P. Snow)就一贯强调科学不同于"文化"的一面,认为其中包含着进步乐观的精神,能够最终解决世界上的一切问题;相较之下,以宗教、文艺和礼俗为代表的"文化"则总是止于保守。英国人文主义的代表人物列维斯(F. R. Leavis)则对此表示不满,他坚持其精神导师阿诺德(Matthew Arnold)重视文化的立场,强调人文教育具有不可替代的塑造人类共同体的意义。这样的争执甚至可以追溯到 1880 年,当时著名的科学家赫胥黎(Thomas Henry Huxley,即《美丽新世界》作者赫胥黎的祖父)在伯明翰发表过一场名为"科学与文化"的演说,提出要加强科学普及教育,培养新的工商业者的科学技术能力,宣称文学将不可避免地被科学所取代。阿诺德则针锋相对地于 1882 年在剑桥发表了名为"文学与科学"的演说,以回应赫胥黎对人文教育的攻击。

　　值得注意的是,在当时,阿诺德和列维斯都被视为要通过文学来制造一种少数人的优越性(superiority),相较之下,普及科学教育的主张者则旨在追求平等(equality)。① 这与我们在"索卡尔事件"当中看到的情况截然相反。"后现代"理论家们代表的似乎是以文学、艺术为表征的人文学术领域,但相比起一百多年前带有贵族色彩的阿诺德主义的文化立场,他们反而更

---

① 　Pamela Gossin, *Encyclopedia of Literature and Science*, Westport: Greenwood Press, 2002, pp. 428-433.

追求对平等、多元等激进价值的探寻。相比起来,今天的科学家共同体则被人文学者们攻击为以真理之名维护部分人优越政治地位的既得利益者。

这种差异当然和时代的变迁有关。在西方近现代以工业革命为历史主导性叙事的进程里,民主与平等往往伴随着商业资产阶级凭借技术与科学向传统的贵族与教会争夺物质资料与精神话语权的努力而逐步实现。科学教育的日益普及,意味着让更多地位不高的民众有机会通过实用性的技术训练和思维启蒙认识到自己的"自然权利",并试图由此获得资本主义式的美好生活。在这个意义上,"科学"当然提供了通向民主的桥梁。

但是,在"后现代"的历史谱系学梳理当中,科技与商业共同为当代跨国资本主义全球治理提供根基的这段历史,则被解读为经济理性主义的专制逐渐实现的过程。这在福柯对现代国家始于马基雅维利、终于新自由主义的"治理术"的分析中体现得最为明显:国家治理被现代自由主义批判主义者们转化为社会与市场维度以"节俭"为目标的家政经济管理,其所援引的理论依据就是基于数理科学逻辑的实证法学、政治经济学、统计学、人口学等"新知识";当市场及其相关的法律与哲学被论证为真理和正义的承载物时,一种以实用性为最终指归的"治理理性"构成了其核心,反过来强化了国家维度的理性活动,使其发展为一种全球范围内关于个体与群体关系的普遍策略。① 受到福柯的影响,许多理论家认为,作为个体的人的本真性在所谓"真理"的国家理性经济与科层制设计的总体性结构当中,将遭遇"异化"的风险,个人凭借自由意志选择多元幸福生活的可能性将被有计划地压制。于是,在人文学术领域,科学技术的启蒙意义逐渐被解构为最强有力的奴役手段,变成 20 世纪 80 年代以来所谓"新自由主义"意识形态的帮凶。

福柯关于"治理术"的探究关注的是"真理是如何形成的",言下之意,当下宣称自身能够揭示宇宙和人类存在本质真理的科学理论也有可能是在一

---

① 福柯:《生命政治的诞生》、《自由主义的治理艺术》(一),载汪民安编:《什么是批判:福柯文选 II》,北京大学出版社 2016 年版,第 237—279 页。

定历史语境当中人为建构的产物,其目的则是实现某一类人对其他人的合法治理。比福柯更加激进却思想单纯的人文理论家则会将这种建构论绝对化,走向一种彻底的"反实在论",对一切科学行动都加以质疑——因为一切科学行动的主体都不外乎是某种具有社会身份的人类。

　　明确了这一点之后,我们才能洞悉"索卡尔事件"中当代西方"科学大战"可能具备的思想斗争性质。如果科学因为某种原因必须与以父权制、资本主义和地域与人种歧视为表征的"自由主义"相绑定,那么作为反面的"后现代"文学理论事实上也就与女权主义、马克思主义和后殖民主义等激进文化政治理念相绑定,在后者看来,科学家已经堕落为一切保守主义的喉舌。①如果在西方传统中找寻其所对应的渊源,那么,可以认为我们今天所看到的现代科学(包括以科学性为根基的人文社会学科,如分析哲学)的观念始于所谓"理性现代性";而以"后现代"为基本标志的当代文学理论则诞生于由卢梭、浪漫主义和马克思开启的"审美现代性"话语温床。"索卡尔事件"及其背后的理论与意识形态博弈,就其本质而言,则是西方现代性内部张力的爆发。

第二节　西方科学批判思潮的哲学理路

　　即便科学具有某种意识形态上的"原罪",西方的人文主义者们又为何非得通过文学理论和"建构论"的逻辑来对其加以批判呢? 问题在于,科学研究者们宣称自己所发现和代表的是关于客观世界的普遍真理;人文学者如果依照实在论的、实验的方式,则不可能战胜久经训练的科学家在这方面的权威。于是,把问题拉回哲学观念的领域,对现代科学的基本哲学方法在真理观上的自相矛盾进行推敲,也就成了唯一的制胜之路。

　　在 20 世纪上半叶,社会理论家霍克海默曾经有过一个关于"传统理论"

---

① 　林奇:《科学维和,有必要吗?》,载拉宾格尔、柯林斯主编:《一种文化? 关于科学的对话》,张增一等译,上海科技教育出版社 2006 年版,第 56—58 页。

和"批判理论"的著名区分：被视为"传统理论"的自然科学和社会科学"只是劳动或人的历史活动过程中的一个非独立的环节"，但人类的自我认识并不基于"自称为永恒的逻各斯的、关于自然的数学知识，而是本来意义上的社会批判理论，是时时由对合理生活条件的关心支配着的理论"。当代人文学者所秉持的批判精神，大多类似于霍克海默式的理解，将发挥"构造性思维"视为比"经验实证"更为重要。人文学科更为坦诚地承认自身的"构造性"特征，相较之下，过去科学研究提倡的客观与中立，则是依赖其特定的旨趣和视角而建立起来的，因此体现着某种形而上学倾向，进而往往在探索"客观真理"的挡箭牌下为意识形态添砖加瓦："宣称事件是绝对必然的，同要求马上实现真正的自由一样，归根到底都意味着同一个东西：实际上的顺从。"①

当今对"科学"的一种基本理解就是：以经验实证为获取知识和预测未来的根本尺度。相应地，观念先行的哲学形而上学，被排除在科学之外。但是，如霍克海默所言，即便宣称摒除一切先入为主意见的干预，人类的科学实践当中也必然会携带或多或少的主观性，进而，形而上学的幽灵总会时刻复苏在科学理论的实践过程中。另一位当代人文批判理论的奠基人福柯在《词与物——人文科学考古学》当中特别指出了启蒙时期科学研究中常见的"限定性分析"的困境：虽然强调对人类具体经验的重视，现代的科学理论家却在认识经验的方式上施加了由抽象的理论所规定的运思界限。"对认识的一种性质或一种历史进行探求，就假定了对某种批判的利用。这个批判不是一种纯粹反思的运作，而是一系列或多或少模糊的分割的结果。"作为理论上的代表，笛卡尔式的"我思"在这一过程中进而具备了还原并整饬事物秩序的超凡能力。②

"限定性分析"的第一步，是清除一切源于感官的经验判断：

---

① 霍克海默：《批判理论》，李小兵译，重庆出版社 1989 年版，第 190—220 页。
② 福柯：《词与物——人文科学考古学》，莫伟民译，上海三联书店 2001 年版，第 407—417 页。

　　我要认为天、空气、地、颜色、形状、声音以及我们所看到的一切外界事物都不过是他用来骗取我轻信的一些假象和骗局。我要把我自己看成是本来就没有手、没有眼睛、没有肉、没有血,什么感官都没有,而却错误地相信我有这些东西。……严格来说我只是一个在思维的东西,也就是说,一个精神,一个理智,或者一个理性……现在我要闭上眼睛,堵上耳朵,脱离开我的一切感官,我甚至要把一切物体性的东西的影像都从我的思维里排除出去,或者至少我要把它们看作是假的……①

　　在笛卡尔的怀疑主义预设中,一切由感官经验所总结得出的关于世界的认知从一开始都是无效的。限定性分析最初唯一可以依靠的只有摒除肉体的个体精神。肉体经验与现实生活被贬低为次等的、具有欺骗性的。相反,"我思故我在"规定的是,我们所认识的确切存在对象是在我们自身思维当中产生的,进而能对其进行绝对把握。这就如卢卡奇所言:

　　因为认识的对象是由我们自己创造出来的,因此,它是能够被我们认识的;以及只要认识的对象是由我们自己创造出来的,那么它就是能够被我们认识的。数学和几何学的方法,即从一般对象性前提中设计、构造出对象的方法,及以后的数理方法,就这样成了哲学、把世界作为总体的认识的指导方针和标准。②

　　如果承认这种"先验的主体主义"是近代数理科学逻辑的主要特征之一,那么其所推导出来的实证研究也就必然基于先验且无情的主体状态。用胡塞尔后来的话总结就是:

---

① 笛卡尔:《第一哲学沉思集》,庞景仁译,商务印书馆 2012 年版,第 21—37 页。
② 卢卡奇:《历史与阶级意识》,杜章智等译,商务印书馆 1999 年版,第 182 页。

世界对于我们来说只不过是我们所要求的存在,它全然不是实存着的……其他人和动物只是由我对他们身躯的感觉经验而得到的经验给予。……我失去了属于社会性和文化的所有东西。[①]

这种将日常经验隔离化处理的思维方法背后蕴藏着"对象化"(objectification)的逻辑:在"我思"观照下的一切外在事物都被"我思"提供的限定性框架无限细分,唯有先验的思维主体能够从中"明见"到其所规定范围内的最为精确无误的真实状态。这也就是海德格尔、法兰克福学派与福柯共同批判的理性技术主义的思维基础:出于一个独断主体的无限分析、演绎与限定,意味着对经验的无限对象化与还原,意味着将一切变为原子事实,使之不再具备其在日常生活中具有的绵延性和含混性,同时也失去了属肉身的亲和力,变成个别思想目标所需的干瘪佐证。可以意识到的是,"限定性分析"并非如其宣称的那样反对形而上学,而毋宁说又成了唯一的形而上学。其中的独断论意味使得其不再承认一切通过其他途径探索本源规律的做法,唯有眼前的有限条件之下的有限结论方能构成唯一的真实,进而具备唯一的指导意义。关于世界的所有知识开始日益分割为各门学科,虽然由此知识门类的"精确性"得以实现,但其与不可分割的物质世界的关系则日益削弱,只能在封闭的形式世界当中实现对其既定前提的证明。卢卡奇认为,这就是资产阶级社会存在客观引发的精神状态。[②]

对这一统治西方数百年的科学方法论,胡塞尔的批评至今依然值得品味:

[①] 胡塞尔:《笛卡尔沉思与巴黎讲演》,张宪译,人民出版社 2008 年版,第 40—42 页、第 55—61 页。
[②] 卢卡奇:《历史与阶级意识》,第 196—197 页。

　　　　我们时代的实证主义的科学概念是一个残缺不全的概念。实

　　证主义丢掉了一切人们在时宽时狭的形而上学概念中所考虑的问

　　题,其中包括一切被不清楚地称为"最高的和最终的问题"。……

　　与这种对理性的信仰的崩溃相关联,对赋予世界以意义的"绝对"

　　理性的信仰,对历史意义的信仰,对人的意义的信仰,对自由的信

　　仰,即对个别的和一般的人生存在赋予理性意义的人的能力的信

　　仰,都统统失去了。[①]

　　诸如艺术、文学、宗教乃至于伦理价值等话题,一旦通过实证主义的还
原策略被降低在原子事实维度来解释,就无法对人的生活处境给予价值维
度的反思。人的生命存在的整体性和可能性在技术化的研究中无法再度以
"应当"的姿态出现。认识到这一可能的危险,以人类之"内在可能"去探索
"应当"的审美现代性浪潮随之发生,这也是"后现代"诸家理论的思想来源。
体现在哲学思想史上,我们可以称其为"语言转向",这一转向也正是如今以
文化研究为主要战场的"后现代"理论的根本立足点:如果不是相信必须走
出"我思"的困境,发现应当通过对人类意识及其语言表征的考察来发现人
的存在性真理,对理性—实证主义科学范式进行反思批判的学术传统也就
不会诞生。

　　我们可以以著名的文化史和语言哲学之父赫尔德为例。在讨论语言的
起源时,赫尔德对单一的"视觉"及其背后暗藏的理性主义意蕴给予了怀疑:

　　　　触觉太富热情,视觉则太冷漠,前者太容易使我们产生激情,

　　后者让我们过于平静。……视觉把整个世界同时展示在人的面

　　前,数不胜数的物象和关系会吓跑初涉世界、欲创语言的人。……

---

① 胡塞尔:《欧洲科学危机和超验现象学》,张庆熊译,上海译文出版社 2005 年版,第
　　7—17 页。

对于一个仅有视觉的生物(就算它是人),要想把它看到的东西加以命名,把冷漠的视觉与温暖的触觉即人性的基础统一起来,会有多难!①

在赫尔德看来,视觉性所对应的是冰冷的无情性,是缺少生命质感的生命状态。赫尔德笔下这种仅有视觉的生物,一旦被放置在西方传统中理解,不难发现其真实所指:在无限精微的现象中进行纯粹"观看"的自然哲人。亚里士多德笔下纯粹静观的哲人模仿众神或天体,将肉身性减小到极致,沉浸在观察和沉思万事万物的超然生活中,并在其中享受到至乐。对于这种人来说,语言的交流乃至于社会活动都是不重要的,因为他们的经验全然呈现在彼此眼前,他们又将身体的欲求减到最少,不需要再次进行编码和解码的传递活动。赫尔德反对这种纯粹的视觉性及其所譬喻的哲学生活方式,认为听觉及其对应的经验——语言——才是普遍人性的根本。听觉成了人类获得关于自身本性最为恰切的经验来源,语言,尤其是诗的语言,则将构成人的灵性得以表现的唯一媒介。我们在"后现代"之父海德格尔对赫尔德的解读当中也能看到他对这一点的重视。②

正如卡西尔所言,在赫尔德那里,最为重要的思想进步就是发现了精神的"收缩"与"舒张"节奏:作为人类存在方式的历史不是孤立的,而是处在整体序列当中。历史性的思维能对物质世界的"客观性"有全面深刻的把握,应当取代笛卡尔以降的形而上学思维。而历史性思维的枢纽在于语言本身的表现力——通过语言的历时性特征,片断孤立的个体精神状态对世界的判断得到了整合和系统表达。进而,"语言的理解乃成为对世界的理解之最

① 赫尔德:《论语言的起源》,姚小平译,商务印书馆 2014 年版,第 58—61 页。
② Martin Heidegger, *On the Essence of Language : the Metaphysics of Language and the Essencing of the Word : Concerning Herder's Treatise On the Origin of Language*, trans. Wanda Torres Gregory and Yvonne Unna, Albany: State University of New York Press, 2004, pp. 35-39, 97-101.

真确的和最典型的表达方式"①，所以，语言不仅是符号，还是人类精神活动表征"事物"的根本能力。在这个意义上，赫尔德似乎提出了一种崭新的认知形式(Erkenntnisform)，即：利用内在的主观理解力或省思能力对客观质料进行精神性的驾驭和表现。②

以语言为质料的文学创建社会实在的能力一直得到人文学者的普遍颂扬。所谓"建构论"，其实也正是赫尔德式语言观的一种哲学衍生物。如果说启蒙时代早期的科学实证论体现着数学与物理学的理性范式，那么在以赫尔德为代表的一代人那里，对哲学的、理论化的科学主义进行批判与重构，也就成了主要的任务。至少，一旦将"语言"提升为人类本质的唯一表征，那么人与人之间最大限度的"交流"就成了人类本质的根本性规定。把康德和笛卡尔联系起来看，不难发现，前者一直在尝试消解摒除一切社会性的个别"我思"主体，使之泛化为一种普遍的人类思维系统的先天知识原理。③ 赫尔德等人所强调的语言的普遍性，正是这一普遍思维系统原理的凸显，随之而来的，则是语言之交流性、社会性所能延伸出的人类共同体的建构方案。这也就揭示了基于康德认识论原理的人文理论对科学及其背后笛卡尔式理性主义方法论提出批判的根本意图。

早在赫尔德等人生活的18世纪，自然哲学在全社会范围内就获得普遍胜利，这导致大量美学与文学批评家模仿物理学的思维，尝试以笛卡尔的还原主义来对待人文话题，引出了一系列"机械论"的文艺理论。后来浪漫主义提倡基于生理学的"有机论"，旨在对这种机械论进行扬弃。④ 我们在20世纪的"新批评"和文艺理论与批评流派中依然能够认识到这种有机论逻辑

---

① 卡西尔：《人文科学的逻辑》，关子尹译，上海译文出版社2004年版，第22页。
② 卡西尔：《人文科学的逻辑》，第17—24页。
③ 关于康德和笛卡尔理论中思维主体的差异的比较，见韩水法：《批判的形而上学：康德研究文集》，北京大学出版社2009年版，第38—45页。
④ 艾布拉姆斯：《镜与灯：浪漫主义文论及批评传统》，第189—200页。

的延续。① 但是,众所周知,这些理论流派背后也有着诉诸新兴科学的出发点。当瑞恰慈通过统计实证的方法调查学生的文学批评心理能力时,他深信科学手段进入人文研究的可行性。文学理论常识也告诉我们,批评中的"语言学方法"尤其因其大量援引以实证科学方法为基础的语言学和心理学理论而时常被视为"科学主义"。如果我们回过头去看当初针对笛卡尔理性主义进行批判和改造的思想家如康德和赫尔德,也会发现他们往往将自己视为与"形而上学"的迷误做斗争的"科学家",并且认为科学的普及能够帮助民众认识到真理。② 其实,正如卢卡奇所深刻揭示的,康德主义内在的理性形式主义即便能够对笛卡尔主义带来的疑难给予一定程度的解决,其本身也会陷入另一种与之类似的独断论:"思维只能把握它自己创造的东西。"③或者这也说明,即便当代人文主义者反对科学主义者的许多立场,他们实际上的出发点也都基于同样的现代性逻辑。

第三节 "语言转向"与真理建构论的兴起

在"后现代"思潮兴起之前,西方文学理论与美学长时间都以追求科学性、精确性为目标。我们今天熟知的文艺心理学、文艺社会学的研究范式,大多源自"理性现代性"的传统。"后现代"也少不了从这些资源当中获取营养,甚至在"索卡尔事件"当中也不难看到,人文理论家依然迪过自称"科学"来武装自己话语的权威性。从思想发生史的角度来说,将当代语言哲学的"语言转向"与前述的康德—赫尔德的"语言转向"进行对照,不难发现其中存在一定的因缘性。至少我们时常看到,虽然当代的语言哲学一贯自诩"科学",并在抵抗"后现代"浪潮的战役中扮演领军者的角色,但其许多基本立场和理论前提,又时常被当代文学和文化批评内化为自身的武器。这绝不

---

① 韦勒克:《近代文学批评史》(卷一),杨自伍译,上海译文出版社 2009 年版,第 2—6 页。
② 康德:《纯粹理性批判》,第 24—25 页。
③ 卢卡奇:《历史与阶级意识》,第 198 页。

是没有原因的。

在分析哲学语境中，"语言转向"这个由逻辑经验主义者伯格曼发明、实用主义者罗蒂发扬光大的概念一度被译为"语言学转向"，这让许多学者——尤其是文学理论家——没有能够分辨清楚它作为一个哲学思想史事件的真实含义。① 其实，"语言转向"最大的历史影响在于改变了人类关于"真实"与"虚假"的本体论认识，使得关于世界的讨论转向了关于我们对世界的语词表征方式的讨论。

早在康德之前的霍布斯那里，这样的转向就开始了："真实和虚假只是语言属性，而不是事物的属性。没有语言的地方，便不可能有真实或虚假存在……"②这其实是在暗示语言不再是人类用以准确表述实在世界状态的工具，而仅仅是用来表述某些可能源自内心的概念和定义的符号——"真理"其实等同于"真的陈述"——这与后来许多语言学家和哲学家的看法有"家族相似"性，③以至于伯格曼把霍布斯视为当代"语言转向"的先驱。④

根据学者佩迪特的考证，作为现代性逻辑的一大开端，霍布斯推动了之后"现代语言学"的出现。⑤ 这种"现代语言学"的代表就是洪堡特与索绪尔。受到法国启蒙主义和德国观念主义的影响，⑥洪堡特认为"语言的作用是内

---

① "语言转向"和"语言学转向"两种译法的差异，见陈嘉映：《说理》，华夏出版社 2011 年版，第 46—69 页。

② 霍布斯：《利维坦》，黎思复、黎廷弼译，商务印书馆 2012 年版，第 22 页。

③ William Sacksteder, "Some Ways of Doing Language Philosophy: Nominalism, Hobbes, and the Linguistic Turn", *The Review of Metaphysics*, 1981(3): pp. 466-468.

④ Gustav Bergmann, "Two Types of Linguistic Philosophy", *The Review of Metaphysics*, 1952(3): p. 417.

⑤ 佩迪特：《语词的创造：霍布斯论语言、心智与政治》，于明译，北京大学出版社 2010 年版，第 39—40 页。

⑥ 洪堡特的思想渊源，见江怡：《评洪堡语言哲学的美学取向及其限度》，《哲学研究》1993 年第 11 期。此外，文学研究者伊斯特汉默认为，受到康德、赫尔德、席勒的影响，洪堡特推动了"语言转向"，他的问题意识也是本维尼斯特、哈贝马斯、奥斯汀和塞尔的问题意识。更多可见 Angela Esterhammer, *Language and Action in British and German Romanticism*, Stanford: Stanford University Press, 2002, pp. 106-131.

在的(immanent)和构建性的(constitutive)……是构成思想的器官",认为"词不是事物本身的模印,而是事物在心灵中造成的图像的反映"。语词是心灵对事物的重新理解和概念重构——这正是近代语言学的基本原理。此外,洪堡特还看到了个人的差异性在语言活动中的重要影响:"运用词语时,每个人都跟别人想得不一样,一个极其微小的个人差异会像一圈波纹那样在整个语言中散播开来。所以任何理解同时始终又是不理解,思想和情感上的所有一致同时也是一种离异。"①毫无疑问这与索绪尔的差异性原则乃至于后来德里达等人的解构主义具有相似之处:"语言"并不具备稳固的形而上学系统,而是一个不断生成的思想结构,在不同的个体和文化群体间必然会构成理解上的冲突。之后海德格尔和他的弟子伽达默尔就沿着这条路走向了所谓"语言生成主义"②。

现代语言学之父索绪尔则认为:"思想本身好像一团星云,其中没有必然划定的界限。预先确定的观念是没有的。在语言出现之前,一切都是模糊不清的。"③相较于霍布斯,索绪尔走得更远,认为语言符号可以决定思想的形式,"不是思想创造符号,而是符号首先引导了思想"④。在索绪尔那里,这种引导思想的符号的存在需要借助其他符号的存在,进而可以推论说,一个人能够思想的前提是置身于诸多符号构成的意义网络。为了能够进行思维,我们必须把自己交付给先天的符号结构;我们对自我心灵的认识、对实在世界的感知,都是通过与他者之间的符号—意义交换而获得的——我们被"他者"乃至整个社会决定着。这种符号差异性原则后来被人们视为现代语言学和风靡一时的"结构主义""解构主义"的基本理念。"语言学之父"规

① 洪堡特:《论人类语言结构的差异及其对人类精神发展的影响》,姚小平译,商务印书馆 2009 年版,第 35 页、第 65 页、第 72 页、第 77 页。
② 倪梁康:《语言哲学的基本问题:结构还是生成?——卡西尔与海德格尔对洪堡思想的不同解读》,《学海》2008 年第 2 期。
③ 索绪尔:《普通语言学教程》,高名凯译,商务印书馆 2009 年版,第 157 页。
④ 索绪尔:《普通语言学手稿》,于秀英译,南京大学出版社 2011 年版,第 30—36 页、第 58—74 页。

定语言符号"联结的不是事物和名称,而是概念和音响形象",进而,对"实在"与语词之间关系的审视不再是语言研究者感兴趣的话题。"约定性""任意性"的原则决定了这一现代科学本质上将语言视为彻底人为建构产物的预设。

继承了索绪尔语言学基本观念的结构主义哲学家、文学理论家们则更加激进地相信"除了自身,语言什么都不指涉"①。在这个意义上,"语言转向"将对世界本体的发问扭转为对语词形式的发问。无论是俄国形式主义,还是"布拉格学派",抑或是后来的巴黎结构主义,都始终坚持符号的任意性和语言结构的功能性。他们理解的"结构研究"本质上指的是对语词和语词之间关系的研究,而非对语词与世界之间关系的研究;以这种理念为出发点的符号学家最多会关注到某种"符号现实",这种"现实"是社会中具体个体的某种"经历"。② 这些具体的"经历"却难以具备上升为普遍真理的潜能。这一在现代思想星云中普遍存在着的理论立场为现代对文艺创作的规律探索提供了极大的支持,并最终通过解构主义与"后现代"的话语实践,使得与之相应的种种观念借助文学艺术批评扩大到对一切关于实在世界和生活的讨论当中。这就是当代"文学理论"的思维方式介入现实议题、挑战科学的根本理由。

正如前面所谈到的,"科学大战"的核心议题在于:科学共同体和人文共同体谁更有为未来世界提供确定生活方式的权力。现代科学承诺要通过实在工具和商品的制作来满足人类的物质生活;人文学者则认为精神维度的制作更为根本。关键在于,它们都延续着"制作"或"创造"的机制,都以笛卡尔—康德以来的主观认识论为其立论基础。

让我们对比一下笛卡尔式思维与"语言转向"导致的语言建构论的相似

---

① 多斯:《解构主义史》,季广茂译,金城出版社2012年版,第49页。
② 格雷马斯:《符号学与社会科学》,徐伟民译,百花文艺出版社2009年版,第44页、第45页。

性。首先,科学研究者和"语言转向"的拥护者们都将自己的理论建立在一个孤立于实在世界的观察个体之上,这也就导致他们自觉努力杜绝对外在世界先入为主的判断。在排除外在世界的干扰之后,他们都会认为个体认识需要在一定的观察视角和范围之内才能保持确定性,因此,无论是科学探索还是对人事进行分析,首先要求在自身意识内部进行方向性奠基。显然,这种奠基的策略之一是笛卡尔的先验"我思"的明见性。当然,对此不满的探索者往往要援引康德关于先天理性原则的立法,将语言规定为人类获得世界的认识结构,通过对逻辑和语言使用方式的考察,对自身的认识能力和结构进行批判——"语言哲学"因此得以发生。后者开辟了关于人类认识能力的心理学、人类学、历史学乃至于文学的探究范式,这一系列的探究能够通过对人类各种经验质料的分析来获得更为丰富的人类"可完善性"。但无论如何,语言哲学首先预设的是真理标准蕴含于人类自身的语言活动和概念创造当中,这与笛卡尔式"我思"最终的局限具有一致性。

我们还得明白的另一个关键性的事实是:在启蒙运动迄今的许多哲学与科学理论当中作为最终目标而存在的,并不是传统真理观意义上的"真实性",而是笛卡尔—康德意义上的"确定性"。正如赫尔德所质疑的那样,由于人类经验能力的局限性,科学探索者意识到自身不再能够对外在客观事物提出全称性的规律总结,于是,返回认识能力和语言能力成了另外一条更值得依赖的道路。在很大程度上,这种依赖体现为对"真实性"的逐渐放弃和对"有效性"和"适用性"的向往。围绕语言展开的科学探索,最后必然会变成彻底实用主义的、语境决定论的"方便之门",而不再具备对终极真理及其相关价值的探索心态。于是,正是在这里,当代人文理论界相对主义和政治—伦理观念先行的诉求之根源,才能够得到彻底澄清。显然,这样的批判进程,未必比功利主义的科学技术研究更有资格通向人类赖以生活的普遍"价值"。

可以认为,西方以"语言转向"为认识论基础的文学理论和科学研究实际上具备共同的思想起源,而其共同的动机或目标,则是在有限范围内找寻到关于人类生活确定性的一切佐证。尽管许诺要通过对科学中实用理性的批判来重新找寻人类生活的终极价值,但其对建构论、制作论或表现论的承认和对形而上学的警惕,反而会导致其失去对全称真理命题的共同信任,最终走向无穷无尽的对话和争执,在看似多元民主的氛围中沉浸于现状,继续服务于人类的世俗生活,失去对终极价值提问的力量。正如平奇所言,当代"科学大战"出现的根源在于一家独大的科学论试图打破实证科学与文化之间的关系,抹平两者的差异。[①] 就事实而言,在当代西方确实只存在着一种文化,那就是启蒙的文化,也就是以人类的世俗安乐生活为目标、探究个体的理性能力为唯一保证的进步主义文化。在科学理论和文学理论中,这一共识是根源性的。

现代科学与人文理论具备其启蒙主义的同源性,"建构论"可能带来的危机或许从一开始就埋藏在启蒙的真理观当中。但我们也得承认,至少在重新理解现代生活时,建构论具有相当强的解释力度。尤其是当科学家宣称其能够通过对一定经验的限定性分析实现对普遍真理的把握时,来自"语言转向"传统的种种理论往往会提出批判性的警示,这也不失为一种良性的鞭策。关键在于,切不可就此陷入非常极端的怀疑论(尽管笛卡尔的怀疑论的确构成近代科学与"语言转向"的共同基础),或是陷入索卡尔所批判的"自相矛盾":在对自然科学采取相对主义态度的同时,对社会科学采取客观主义的态度。[②] 至少,对于需要采用文学理论进行社会政治批判的人来说,他们首先应当对建构论的解释方式保持清醒的控制,带着真正解决问题的态度,回到"认识世界"的维度,进行知识探索。唯有在符合实际的科学探索基础之上,批判的力度和现实意义才能得到彰显,对正义和美好生活的诉求也不至于引起普遍的"不满"。这是一切历史上真正留下名字的理论家留给我们的宝贵经验。

---

① 平奇:《科学论损害科学吗? 科学论与科学大战的先驱维特根斯坦、图灵和波拉尼》,载拉宾格尔、柯林斯主编:《一种文化? 关于科学的对话》,第 20 页。

② 布里克蒙、索卡尔:《科学与科学社会学:超越战争与和平》,载拉宾格尔、柯林斯主编:《一种文化? 关于科学的对话》,第 43 页。

| 第五章 |

《日常理性及其责任:斯坦利·卡维尔哲学及文艺思想研究》中的"承诺"

第一节　"怀疑主义"的老问题和新问题

林云柯的《日常理性及其责任:斯坦利·卡维尔哲学及文艺思想研究》(简称《日常理性及其责任》)是国内首部以哈佛大学哲学学者斯坦利·卡维尔(Stanley Cavell)为研究对象的专著,其学科定位当属"分析哲学"。就标题而言,《日常理性及其责任》似乎承诺要对"理性"进行一种清理或界定。这项批判性的工作借助了卡维尔的问题意识,即探讨"传统哲学、形而上学或者怀疑主义是如何表现在我们的日常语言当中的"[①]。日常语言的习惯会让我们认为,这句话的意思是:"哲学"并非由少数人掌控的一种特殊知识;相反,它是人类生活中普遍存在的一种现象,只要我们审视自己的日常语言,不难发现自己或多或少分享了"传统哲学、形而上学或者怀疑主义"。

与这一意图形成有趣呼应或对比的是,《日常理性及其责任》又承诺要通过检讨卡维尔的哲学思想,来探究"文艺学学科"的基本精神。常识告诉

[①] 林云柯:《日常理性及其责任:斯坦利·卡维尔哲学及文艺思想研究》,北京大学出版社 2021 年版,第 3 页。之后引用该书均随文标注页码。

我们,文艺学在对待文学艺术具体案例时,注定要求某种美学思维的介入。这里的"美学"专指那种具有启蒙主义底色的现代哲学范式。据说,"美学"存在的意义是让理性获得其"感性显现"。换句话说,是思维着艺术作品的哲学头脑,而非被思维着的艺术作品,构成了美学行动的焦点。文艺学与美学的行动表面相似,但又有着实质性的差异。通过援引美学的某些既成观点,文艺学试图实现对文学艺术作品之本质的探究,但其重点显然不再是探究者自身的智识状态,而是被探究的对象所呈现出来的某种客观规律。这也可以解释一个有趣的现象:我们往往关心作为美学家的康德和黑格尔的整个"体系",因为"体系"被建构出来的过程中时刻呈现着纯粹哲人之"思"的轨迹;但我们的文艺学研究者大部分情况下只关注挂上地域与学派标牌的各种"方法论",甚少具体展开对个别理论家自身的"知人论世"。一种由学科自身发出的律令认为,文艺学要"指导"具体行动着的文学和艺术。这一教育学层面的任务使得它不可能沉迷于自身思虑,而必须把"思"变成可以激发实践的一整套"原则"。如果说在美学的名号下,人们还可以尝试模仿康德的思考,那么文艺学则更为关注康德已经设定好的律令如何能够带来某种实践规范性。

明确了这种差异,便不难发现,林云柯虽然宣称从事文艺学工作,实际上却在尝试返回美学的原初意涵,即让某种理性获得"感性显现"。这种理性就是卡维尔的理性。卡维尔相信,对哲学文本的无前提性阅读亦即日常阅读,可以帮助我们找到超越传统哲学思维的"理解方式"(第4页)——换句话说,卡维尔对传统哲学的阅读当中体现着他比过往某些哲人更为高明的"理性";作者对卡维尔的阅读的再度阅读,如果旨在感性地呈现卡维尔的理性,那么也就必然同样以超越前人的理解方式为目标。这种前人的理解方式,当然也包括卡维尔自己的理解方式。因此,我们在阅读前会猜测,作者会否想要用卡维尔的理性作为武器,来挑战卡维尔的理性?这或许是理解"无前提性阅读"必须首先接受的大前提。

这样一种近乎刁钻的玩笑性猜测并非源于作为读者的我们,而是源于日常语言自身可能激发出的"怀疑主义"。这种怀疑主义源于日常语言,也把矛头指向日常语言。人类很难笃定地宣称一种彻底的怀疑主义的立场——"我怀疑我正在说的这句话"会让语义陷入循环吊诡——当然,我们说出这句话依然有着某种语用学的功能,即让我们发现并怀疑语言本身。诸多思想家都注意到,这与其说是怀疑主义本身的问题,不如说是我们对于用以宣称某种立场的语言的理解存在问题。在使用语言的行动当中天然有着一种肯定或者说在场,被说出来的否定也是一种肯定。哲学的论说因此不可能仅仅是单纯怀疑主义的论说。这个古老且常见的哲学现象据说导致了当代哲学转向关注"日常语言",并认为:

> "怀疑主义"的问题就在于,有些问题在其所要动摇的语言"在地性"中是无法被真正提出的。(第 152 页)

为了进一步解释这一哲学现象,作者告诉我们,卡维尔的日常语言观中包含着源自罗素的语言逻辑结构与世界的同构性。洞悉这种同构性,可以有效缓解由怀疑主义难题带来的相对主义焦虑:

> 我们对于自己语言之中信念"基础"的觉知,同时也就是我们对于日常世界汇总诸多"概念"范畴,比如政治、道德、法律以及广义的"共同体"的清晰觉知。日常语言在卡维尔的看法中,既是反思的对象,也是反思本身得以成为可能的通道。(第 152 页)

卡维尔的日常语言哲学进而需要一个康德式的先验内核。如果说卡维尔倾向于在日常语言中暴露而非"解决"怀疑主义自反性这一由语言自身引发的现象,那么我们也可以认为,反思日常语言并探究其所同构的那个"世界",意味着让世界的荒谬本质获得曝现。进一步说,这也就意味着,批判性反思所获得的世界注定是某种吊诡的世界。

康德或者说卡维尔作为哲人，自然明白这一普通人难以接受的结论当中包含着某种"真理性"，亦即"人类的困境"（第155—156页）。传统哲学的真理当然需要更多的检验，但彻底的检验只能让我们认识到"检验无效"，这也是一种检验的成果。尤其是对于更为古老的柏拉图主义美学传统来说，对"思"之对象之真实状态的明确，这本身构成了生活的全部意义。但是，现代文艺学则要求美学向"我们到底该做什么"的维度进军，这样一种积极的、实在的诉求不可能停留在对吊诡的消极接受层面。换句话说，"检验无效"显然无法回馈"文艺学"的实践指导。即便结论是"检验无效"，这种结论也需要"感性显现"，甚至需要"实践理性显现"。

因此，我们也就能够发现，在双重的意图和承诺作用之下，相比起前述的"哲学"和"理性"维度，作者必然把论述重点集中在"日常"和"责任"的维度。正如卡维尔为了拯救美国知识界的分裂错乱那样，为了拯救"文艺学"，作者必须在怀疑主义自反性之外，提供另一种至少能显现出"有效"的语言属性，亦即他所发现的源于雅科比或者说18世纪末德意志地区泛神论者们的日常信念的直接性。这种直接性所针对的当然就是唯心主义哲学及其前驱所引发的"现象主义"（第39—43页），其主旨是要求清除哲学怀疑主义对简单存在物的过度操作。日常语言哲学据说与这种雅科比式的浪漫主义信念相似，渴望用语言自身在指涉经验中生成的对象范畴所具有的论述稳定性，来缓解语言自身的自反性。换句话说，只要澄清语词中各种属性的逻辑关系，自反性也就能被分解为不同的维度，吊诡也就随之消解。

第二节　语言游戏与现代责任理性

确认怀疑主义反思本身是否具有某种操作下去的可能性，这并非康德乃至于雅科比或维特根斯坦所关心的关键话题（第164—168页）。因此，《日常理性及其责任》也没有把讨论"怀疑主义"的章节放在开端。重要的是"语言"。

对于卡维尔来说，怀疑主义问题的简化版本，似乎可以表述如下：哲人的怀疑在日常语言中得以延续的可能性是什么？日常语言所对应的日常生活需要这种怀疑与反思来干什么？作者似乎相信，这种怀疑与反思可能刺透直接经验，并在每一个人类那里实现"亲知"（acquaintance）——这并非一个理想，而是由人类的理性所确保并一直发生着的事实。再说得简单一点：我们每个人都具有同样的理性潜能，都在进行着或多或少的哲学怀疑主义反思，这种反思并未腐蚀我们的日常生活信念，而是在加固它们；但如果我们不当地通过系统性哲学来展开某种特定的怀疑主义理性推演，就会破坏二者的平衡关系：

> "怀疑主义"与日常语言甚至日常理性是扭结、融合在一起的。任何系统性哲学都不可能在彻底清除"怀疑主义"的同时保留我们的"日常"。这种彻底清除的诉求也是"怀疑主义"的一种，因其想要将"日常世界"整合为"一个世界"。（第 170 页）

在这个意义上，作者的问题意识依然会回到文艺学亦即关于文学艺术经验的原理性学说层面：美学的重点在于理性的感性显现，而这种感性显现发生在对感性显现的日常语言表达当中，换句话说，发生在文艺学对哲学的"直接性"领会和使用当中。文艺学与作为哲学的美学的关系，正是日常语言的理性与怀疑主义理性的关系。对理性自身的理性反思可以进入文艺学，也就意味着哲学可能进入每一个人的日常生活，或者说，每一个人的日常生活可以进入"哲学"。

据说，后期的维特根斯坦与康德一样，关注"理性"如何在各种其自身造就的困难中得以成为可能的问题。他的抓手是作为日常言语行为的"语言"。维特根斯坦的洞见在于看到了"语言本身是诸多经验事例的聚集处"：客观事实进入并加强语言的丰富性，让我们通过熟练掌握语言来更"强"地表达客观事实（第 175 页）。这一路径实则把言语行为视为事实判断的开端，"一个人所能够做的判断取决于其判断'标准'的建立这一行为本身"，进而,语言习得的机制也就等同于一种主体间性的伦理奠基(第 176 页)。说到这里,我们也就可以明确《日常理性及其责任》的初衷或者用法了——与其说林云柯要作为文本读者把卡维尔的精神现象视为模仿或裁定的客观对象,不如说他要作为修辞学家,通过不断申说卡维尔之精神现象的发端之处,用言语行为树立一种文艺研究的"标准"。

借卡维尔之口,《日常理性及其责任》告诉我们,在"标准"方面,维特根斯坦能给予我们的启示是:

> 认识对象是由我们的认识行动本身所揭示的对象,我们对于对象的认识就是去发现对象是如何落入我们的概念之中的……卡维尔对于维特根斯坦这一层面的阐释转变了关于人类知识有限性的理解,这种有限性并不受制于关于世界的真命题积累的可能性,而是在于某一特定的历史时期内我们概念外延的有限性。(第 180 页)

卡维尔在语言中注定看到人类认识的有限性,因为,语言自身有其"标准",这种标准并非源于事实性承诺,而是源于使用语言时就必然给出的"约定"或者说伦理性承诺:

> ……屡次假装有险情而呼喊"狼来了"的恶作剧者之所以最后被抛弃,并不是因为他违反了某种客观的关于"不能说谎"的道德律令,而是由于他的多次呼喊使得自己关于"狼来了"这一语言的"Criteria"逐渐脱离了共同体原有的"语言在地性"……呼喊者通过自己的行动树立了一种"新的语言"并为之负责……由此伦理性就是语言本身得以成为可能的"先验范畴",它基于行动上的承认,而不是某种客观的抽象道德教条。(第 197 页)

这种判断与其说要动摇共同体的伦理根基,不如说让承担着有限日常理性的"语言"同时也具备一种建立伦理的能动性。只不过这种能动性并不是某些哲学理想中纯然的怀疑主义否定,而是一种欲求被共同体再度承认的肯定性承诺。语言中并没有纯然的否定,或者说,言语行为本身就是肯定性的承诺。肯定性承诺造就标准与畛域,进而造就伦理。我们进而可以写下从后期维特根斯坦到卡维尔事实上所揭示的这样一个公式:

言语行为=伦理承诺

这样一来,作为语言游戏之一的怀疑主义言语行为,也就并非逻辑层面的"吊诡",而是一种让现有的"沟通方式"或者说共同生活尺度获得突破的"制作"。正如文学作品一样,怀疑主义的言语行为"所要威胁的不是知识的确定性"(第 198 页),而是要让我们再度认识到,这种超出既有畛域的思想实验其实也是人类的自然属性。自由的想象和自由的怀疑一样,源于对"日常"的承诺,又能够填补"日常",就像看似谎言的文学和艺术可以改变很多东西那样。这其实是一种视角切换的辩证法,非常朴素。

我们是否已经获取了可靠的"标准"? 我们又能通过阅读《日常理性及其责任》做什么? 显然,被"语言"的解放所解放的,并非某种"知识"——换句话说,我们阅读这本书,事实上也不期待获得某种知识,而是渴望听到某种能够落入我们自身意向性概念网络的"承诺",在其中,我们看到作者自己所坚信的那种游戏规则。在玩语言游戏之时,"我知道"和"我相信"之间的鸿沟据说可以由此化解。如果一个人选择进入语言游戏,也就意味着他不可能尝试颠覆最初作为"规则"的语言游戏自身(第 212 页)。人可以挑衅上帝,但不能挑衅语言。哲人如果言说,就注定活在一系列的先在承诺当中,进而他们的真知也不过是自身"亲知"的一种延展。反过来也是如此,每一个常人的"亲知"中也都包含着真知的潜能。进而,在日常语言的使用中蕴藏着批判理性的潜能。不断使用日常语言并显在或潜在地做出各式各样的承诺,在这种游戏当中,在某种教育学的启蒙下,可以顺理成章地引导出成熟的理性实践。现代文明史也验证了这个在康德的时代就为人所熟知的哲学人类学判断。

第三节　有待丰满的"承诺"

根据上面的分析,以语言哲学面貌出场的《日常理性及其责任》,其实延续了近代哲学的志向,即承诺人类普遍启蒙的可能。这不光是这本书作者的承诺,还是继承了浪漫派思想遗产的卡维尔的承诺。把"共通感"的美学目标置于篇首,强调语言哲学的社会维度,是在要求读者认识到,共同体问题才是作为哲学探究的文艺理论探究的首要问题。要澄清这个问题,日常理性的语言哲学必须首先论证共同体社会就是人类的"自然"。但这显然并非不言自明。

卡维尔的哲学理性指向的是对世界、对自我与他人关系的重新理解,按这本书作者的说法,这是一种"斯多亚主义"(Stoicism);卡维尔对文学的期待,也蕴藏着通向共同福祉的"至善论"因素;这种"至善论"和柏拉图主义的最大区别在于不会脱离这个世界,即始终如一地坚守"日常",并坚信其中体现着时刻建构着、完善着的每一个自我对共同生活的期待(第224—229页)。

文学的言语行为当中"表明的是文学行动者对于自身存在之可疑状态的处置",进一步说,过去被理解为"虚构"的言语行为,实则是一种针对存在秩序产生的怀疑主义游戏;只不过这种怀疑主义不得不承担一种返回"日常"的责任,借此实现"重新树立自我",并完成对自我凭借语言而置身的"世界"的"全然革新"(第230页)。公共性和私人性的张力似乎可以由此得到一定的调和——对言语行为的责任本身,造就了我们自身对更好状态开展批判性探究的可能,由此而来的"至善论",就绝非罗尔斯式的"人类美德的最大化",而是个体内在表达天性向外迈出一步时所承担的"必然性"的集合(第234—236页)。

这一方案的设定所设想的相对稳固的根基,是人类"语言"的本质。发现"语言"具有让并未实存的事态得以发生的功能,这使得康德、赫尔德与浪漫派的一代人都相信"诗"能够在某些环节取代探究真理的传统哲学,并让更多人的日常生活也获得更具批判意味的实践理性指导。更为明确地说,这一方案的思想来源是查尔斯·泰勒在《自我的根源:现代认同的形式》里描述过的"表现主义"——它起源于现代欧洲,起源于新教经验,远渡重洋后在美洲的独立心智中扎根,在惠特曼和爱默生的言辞中扎根①。用卡维尔式的语言来说:"作为认识主体的'我''说话者'或者说'作者'自身最终在向文学语言的返还中清晰地显现自身。"(第 236 页)

从"我思故我在"到"我说故我在"并不困难,中间只需要一种新教式的"因信称义",即可带来爱默生式的"自立"(Self-Reliance)。同时,内在自我的"创造"恰恰必须要求外在的赞同,才能真正取代传统真理形而上学的地位。只要被抛于世的现代人敢于用语言承诺,那么他就承担了责任,也就能在"日常"中维持理性的运作,以获得属己的"至善";而如果所有人都明确这一语言的功效并敢于使用言辞去"创造",也就意味着社会表面的"至善"至少可以获得某种明确或显现。但熟悉人类复杂自然本性的思考者,或许会更加愿意思考在这个结论基础上再进一步的艰难。

但不断怀疑并穿透复杂的表象,这毕竟不是大多数人所关心的工作。时至今日,对于具有一定美学或文艺学修养的读者来说,要理解卡维尔—林云柯试图描述的这种浪漫主义反思性自我,都不会有太大问题——这种"我说故我在"已经成为自由主义社会中人人或明或暗坚信的人性自然。而用"人性"来规范文艺,则在改革开放以来的中国显得顺理成章。因此,《日常理性及其责任》的确完成了为文艺学确立范式的工作。它所揭示的东西,是文艺学人早已或明或暗意识到的东西,即文学的现实责任。《日常理性及其责任》让它所承诺的哲学目标服务于它所承诺的文艺学目标,这也是一种显著的公民责任。对于诚实且勇敢的现代学人来说,这样的研究具有充分的

---

① 泰勒:《自我的根源:现代认同的形成》,韩震等译,译林出版社 2012 年版,第 725—726 页。

正当性。他们宣称自身要从形而上学的埃及沙漠走向世俗生活的迦南美地。

但我们也不免会凭借某种油然而生的福柯或德里达式的恶意,品出一丝"自由人文主义"暗中对其所诅咒的老派形而上学的延续:"我思"所塑造的知识型和"我说"所带来的"世界"之间固然不同,但每一个言说时刻达至的"世界",在日常的语用环节,未尝不会被理解为仅供引用的百科全书词条,变成另一种单向度的律令。进一步说,我们的言语行为固然必须遵守"规则",但"规则"却因历史限制而各有不同。"规则"的复数属性会导致"世界"的多元,但也会导致"世界"注定无法变为一个。德里达曾经批评奥斯汀和塞尔的语言哲学中有一种形而上学,也正是因为他们几乎没有思考语言中重要的现象:注定俯拾即是的"不可理解性"。

用一种更为古老的话语来复述这一问题,那就是:诗宣称自身高于哲学,应当主导城邦通向至善,但问题在于,诗人无法在自身的言辞之外找到关于至善的永恒客观的依据。用简单的例子来说就是,我们依照关于事实的真理观裁决刑事案件,因为裁决将带来更多的事实,因此我们也只能相信那些宣称关于事实的符合论汇报,比如法医的鉴定等。在法庭上诗人没有地位,即便努斯鲍姆(Martha Nussbaum)等人声称需要提升这种地位,但明智审慎的立法者会将此按下不表。这或许是因为,诗的承诺和每一个个体的言语行为一样,一向处于流动变化之中。这种变化的确形成了我们关于现代的经验体感,但这并不意味着它就等同于"至善"。在更多时候,抛弃了良好品位或者说对事实的承诺的文学,恰恰容易被非理性的日常实践所吸收。尼采的确曾认为文学艺术不仅是美的表象,还应当成为对"幸福的承诺",但这种承诺中丝毫没有日常语言中那种"怀疑主义"的主导权。怀疑性的自我最终让位给了秩序的信赖者,而不是始终在场。这也是另一种对哲学的拯救。

如果携带着怀疑主义的态度阅读这本书作者的言辞,一个期待更"强"的"至善"承诺的人,将不会满足于对语言中的"日常理性"的正面承诺,还必然会要求作者处理生活中普遍存在的、对每一个人来说都扑朔迷离的"非理性"和"不可理解性"。但言说"非理性",显然是一个超出"日常"的类形而上学任务,即便我们会感觉到"非理性"无时无刻不存在于现时代所设定的"人性自然"框架外。而如果不处理这一维度,对真正"至善"的承诺也就只完成了一半,我们的哲学义务也就只履行了最简单的一半:

> 什么样的政制最好? 柏拉图和亚里士多德(还有此前的苏格拉底)等人最早给出的答案是:由智者绝对地、不负任何责任地进行统治的政制最好。所谓不负责任,是指他们不必对其他人负责。认为智者应对不智者负责,这似乎违背自然。但柏拉图和亚里士多德也知道,这种政制不可能存在。少数智者的体力太弱,无法强制多数不智者,而且他们也无法彻底说服多数不智者。智慧必须经过同意的限制,必须被同意稀释,即被不智者的同意稀释……这就是政治的悖论:不智的这样一种权利要得到承认。城邦——民众——要求最高程度的尊重,但它其实当不起最高的尊重……城邦之为城邦的特征是,它对理性有一种本质性的、不可救药的抵抗。[①]

---

① 施特劳斯:《论柏拉图的〈会饮〉》,邱立波译,华夏出版社 2012 年版,第 11—12 页。

第三辑 ｜ 居间于诗的哲学

| 第一章 |

审美虚无主义的历史及其表象

第一节 "审美虚无主义"的理论表象

张红军先生《审美虚无主义》①一书试图检讨整个西方现代虚无主义的起源和发展。毋庸置疑,这是一个艰巨的学术任务。由于虚无主义本身是一个哲学命题,那么,对虚无主义问题的检讨首先意味着对现代哲学的检讨。诸多研究试图说明,现代思想的虚无化走势,来自上帝及其信仰机制方面的理论难题对哲学造成的压力②。换言之,在信仰层面对"虚无"的觉察,有可能是思想者依照现代方式(via moderna)从事"思"之实践的首要前提。因此,不难理解《审美虚无主义》的故事从《圣经》中的上帝讲起。这要么意味着,把《圣经》中的上帝作为哲学论题对待,这种做法本身与虚无主义有着逻辑关联;要么意味着《圣经》中的上帝注定在哲学所承诺的思考范围之外,正是这一点导致了哲学意识到自身的不完备性,从而让虚无主义的暗面获得滋生的空间。

---

① 我十分荣幸能够在本书正式出版之前读到其主要部分。后文引用此书,均随文标注书名。
② 雷思温:《牧平与破裂:邓·司各脱论形而上学与上帝超越性》,生活·读书·新知三联书店 2020 年版;孙帅:《抽空:加尔文与现代秩序的兴起》,商务印书馆 2021 年版。

　　上述两种推测可以姑且用"哲学与上帝的相契论"和"哲学与上帝的冲突论"两组不那么严格的术语进行概括(这么概括也只是为了论述的方便)。相契论的典型代表是中世纪晚期的经院哲学,张红军先生密切关注的"唯名论"立场属于其中一支——尽管其最终结论是哲学与上帝的冲突论。而这种冲突论在后世的最典型代表则是尼采。"上帝之死"的命题,是尼采对过往哲学与上帝之冲突历程的全面总结。那么,要讨论现代的虚无主义,也就有必要首先认识到相契论的努力,然后探究冲突论如何在现代语境当中逐步生成。

　　在书中,张红军先生提及了尼采对亚伯拉罕宗教经验之生存论意义的分析。在这里,他发现了"第一种虚无主义",亦即人之为人的恐惧体验,以及对这种体验的信仰遮掩:"柔弱的犹太先民面对冷酷、可怕的现实世界时产生的不确定感、偶然感和荒唐感等极端消极的体验"需要"能够赋予生命绝对的价值,能够让人们相信这个世界是为了人而存在的,从而让人相信生命即使充满苦难也值得"的宗教信仰及其伦理来拯救(《审美虚无主义》)。但历史的流动让这种信仰遭遇"真诚"的"理性主义"的冲击,难以持续发挥遮掩的功能。进而,尼采提出了第二种虚无主义,即积极的、肯定生命本身之价值的虚无主义,即"审美虚无主义":

> 　　作为西方现代性精神本质的虚无主义,不是一种仅仅强调否定性的虚无主义,而是一种既强调虚无、否定与毁灭,更强调存在、肯定与创造的审美虚无主义,它开端于中世纪末唯名论革命,完成于尼采的狄奥尼索斯哲学。(《审美虚无主义》)

　　在这一表述里,对"精神本质"的描述,似乎显示出作者置身于虚无主义之外进行考察的立场。一般人会认为,存在着一种"精神本质",亦即存在着与之相应的内容稳定且意义明确的哲学之思。虚无主义与这种哲学之思的关系尚不明确。但作者这段话也暗示,确立本质的方式未必基于知性,而可能基于单纯的"肯定与创造",亦即诗学行动。试图言说"精神本质"的学术史写作,在这个意义上是否可能意味着对"精神本质"的审美塑造? 我们难免会猜测,书中对"唯名论到尼采"的思想脉络的梳理,也可能体现出一种亚里士多德曾经提及的对"普遍之事"的礼赞:

> 诗比之史述更具哲学性、更高尚,因为诗更多讲述普遍之事,而史述更多讲述个别之事。[①]

事关"虚无主义"的"普遍之事"是什么呢? 张红军先生认为:即便是指出唯名论之于现代性革命之重大意义的吉莱斯皮(Michael Gillespie),在注意到现代人之"自主"特质亦即"自我创造"和"创造历史"之特质时,也有待进一步看到这种态度中恰恰体现着虚无主义的积极方面;虚无主义,不应当只是"否定哲学",其中有着"肯定性"态度,其目标或许在于"新的建设"。在吉莱斯皮的著作中,张红军发现,这就是可以用"诗性虚无主义"或者说"审美虚无主义"来概括的一种"精神本质",其典型代表,是费希特式的绝对自我和由此而来的浪漫派的"在虚空中自由游戏"(《审美虚无主义》)。审美虚无主义不光是个别思想者的偶现灵光,而毋宁说是一条漫长的"逐渐形成并最终获得'胜利'的逻辑进程"(《审美虚无主义》)。在这个意义上,审美虚无主义似乎就是一种"精神本质"或者说历史必然性,也进而成为这本书考察的学术"实体"。

第二节　现代思想中的"虚无"难题

但到目前为止,我们才仅仅理解了"审美虚无主义"的概念。作者需要呈现其具体现象。随着"唯名论到尼采"的史述区间的确立,这本书第二章

---

① 　陈明珠:《〈诗术〉译笺与通绎》,第 80 页。

讨论的"人文主义与宗教改革者"和第三章讨论的"笛卡尔与霍布斯"获得了作者赋予的"审美虚无主义"裁定。这一判断的令人惊异之处在于,极少有人把"审美"(aesthetic)这一直到启蒙时代才广为人所使用的概念用于描述上面这些人物的思想。这或许是因为过往学术史本身的惯性,也或许是因为这一概念所指示的那些能让人一下子想起来的话题在这些人物笔下甚少构成主要问题。但这不能说明"审美"的要素事实上没有隐藏在他们的思想深处。

张红军先生看到,有必要把完成创世后的上帝形象称为审美理性主义者形象的原型——他在完成创世大戏之后,作为观众观看世界舞台上的表演[这一观点来自弗里德里克·拜泽尔(Frederick C. Beiser)];与此相应,审美虚无主义者的原型,则是唯名论的上帝,即意愿高于理性的作为绝对权力和绝对自由的超道德存在(这一观点来自吉莱斯皮)。在这里,张红军先生的字面表述为"上帝……是一个追求绝对权力和绝对自由的超道德存在"(《审美虚无主义》),言下之意,上帝作为"绝对权力和绝对自由"又爱"绝对权力和绝对自由",亦即爱自身。上帝对世界的摆布是为了通过创造来表现自己对自己的"爱"。这样的意象构成了现代审美虚无主义者试图模仿的对象。人文主义所代表的唯意志论和宗教改革所代表的唯信仰论(张红军先生的表述是"决定论"),都只是人类对作为审美虚无主义者的上帝进行模仿和替代后的思想产品。

被选中成为"审美虚无主义者"的人文主义者之一是马基雅弗利。马基雅弗利的美德观具有某种"把厄运转化为好运的主观能动性",因此似乎具备一种积极创造的"审美"特质,"完全按照自己的意愿塑造自己的人生"(《审美虚无主义》)。在这个方面,不得不承认马基雅弗利有效地把这种"审美虚无主义"运用到了政治生活当中。君主需要审美化的外衣,这种外衣表现为德性,但并非实在论意义上的德性。

但在这里,我们不妨停留一下,思考马基雅维利本人可能会思考的问题:对人类自由意志的承认,是否就能得出创造性冲动的必然性?马基雅弗利的君主具有自由创造的意志,但这是君主的独特品质。君主具备审美效果的"外衣"抑或表面的道德,也需要依托于君主自身控制搬弄民众自由意志的政治手腕或者说表演能力①。君主在这里是数量很少的一批人。但君主也并非真正的自由创作者,他们对唯名论上帝的模仿也不可能实现,因为他们受限于对自身权力的安全的维持,亦即对人民之意愿的满足;而人民之自由意志也不可能全然实现,因为他们受限于君主的政治表演而沉浸于其审美化的道德表象。

在这里,"审美虚无主义"遭遇了意愿状态与其事实上造成的效果之间的必然矛盾。如若要解决马基雅弗利案例中存续至今的上述难题,就有必要让民众也模仿君主,彻底摆脱对表象的实在论理解,而走进对"审美"的虚无主义理解。这也就意味着,存在于世的人们不受任何审美表象的遮蔽,而只需要直面其背后的"虚无",然后勇敢地创作自身存在的秩序。创造表征着自由,被创造出来的人生在超逾实在论曾经承诺的伦理道德尺度的同时,又带来了新的伦理道德尺度,亦即把不断创造视为生存之唯一意义的尺度。这也就意味着,不去勇敢创造乃至于不去直面虚无的自由不受保证。

"审美虚无主义"的这一困境仅仅出现在马基雅弗利那里吗?张红军先生指出,在笛卡尔这里,追求"确定性知识"的途径,实则是主体意识的自身"建构"。众所周知,作为哲人,笛卡尔的这一诉求主要和他的纯粹哲学兴趣有关。在第六沉思中,笛卡尔尝试理解身体与灵魂"完全渗为一体的实体性结合"这一人类的普遍生命现象及其伦理学意义——这或许具有某种实在论倾向。作为一种经验现象的身心一体现象会强调激情和感受的"生动鲜活"特质——这似乎可以被理解为某种"审美"特质;当然,灵魂最终会"反制"身体感受,以摆脱具身经验的被动性和猜测性②。这种灵魂的"反制",就

---

① Leo Strauss, *Thoughts on Machiavelli*, Chicago: The University of Chicago Press, 1958, pp. 262-270.

② 雷思温:《物理与伦理:笛卡尔的目的论思想》,《道德与文明》2022 年第 2 期。

是排除感官错误引导之后通达绝对自明性的哲学沉思:"闭上眼睛,堵上耳朵,脱离开我的一切感官",继而"把一切物体性的东西的影像都从我的思维里排除出去……试着一点点地进一步认识我自己,对我自己进一步亲热起来"①。在这里,作为近代形而上学和物理学之主体性基础的"我思",作为唯一能够通达永恒真理的桥梁,其具体途径则是清除由肉身感性带来的幻觉②,亦即"做减法"地对感性身体进行否思。毫无疑问,灵魂的内在澄明和身心一体的实然体验之间,形成了巨大的张力。曾经古典哲学中同时照应宇宙和人事的灵魂理性,也就被区分为与身体密切结合的经验理性和排除身体的哲学沉思的纯然自身意识。后者不再"及物",而是让沉思活动成为一切实然秩序的逻辑开端。这就是泰勒将笛卡尔视为现代"自我"之源的原因:"观念的秩序就不再是某种我们发现的东西,而成为我们建构的东西。"③这当然也正是张红军先生用"审美虚无主义"描述的那种"精神实质"的最终表象:尽管哲人的"我思"在建构中达到了自由,但被创造出来的体系则具有排他性,亦即以哲学怀疑主义的"否定"为立场前提。人作为主体似乎实现了思想上的积极自由,其代价则是感性激情和与之相伴的信仰上的消极自由因绝对的否定意识的作用,不再具有"确定性"。

　　笛卡尔和马基雅弗利的学说尽管立场、层次和论说方式大相径庭,却都带来了显著的现代性影响。霍布斯也不例外。张红军先生用"唯名论时代"描述了霍布斯所处的混乱时代:暴力冲突频繁,每个人都随时可能遭遇横死……为了逃避这种类似"第一种虚无主义"的环境,霍布斯需要重新检讨人类实然生存状态的基本原理。霍布斯和笛卡尔一样,把物理科学置于现代数学的基础上,坚信自己可以由此总结出人类认识能力之推理本性;基于数理推理的能力,人类机械地领受自然因果律的支配,所谓"自由意志"被还

① 笛卡尔:《第一哲学沉思集》,第37—50页、第90页。
② 吉莱斯皮的论述:《现代性的神学起源》,张卜天译,湖南科学技术出版社2012年版,第260—268页。
③ 泰勒:《自我的根源——现代认同的形成》,第201—205页。

原为趋利避害的生理与心理运动;这样一来,最具备"决定论"表象却反而最为激进的具体的自由意志论得以产生,"自然权利"的设定也就随之出场;人们通过放弃部分自然权利,换取有限的自由和安全,以便"使我们可以愿意像别人对待我们那样对待别人";"代表所有人的意志的人格"的利维坦国家随之出现(《审美虚无主义》)。

张红军先生相信"审美虚无主义"是现代国家的基本语法和矛盾所在:霍布斯通过将人还原为自然状态下的抽象个体的理论体现着一种否定性思维,基于此,人类的实然历史被"摧毁",紧接着,共同体在社会契约的模型中被再度"建构"。这也符合"先虚无再审美":

> 霍布斯人类学、政治学的审美虚无主义即使能够让人摆脱对横死的恐惧,或者摆脱对命运与死亡的焦虑,但又会导致对空虚和无意义的焦虑,因为在前者那里,人的生活世界必然是一个永远处于战争状态的世界,一个依赖国家的绝对权力强行遏制混乱和暴力的世界……道德虚无主义的世界……生存论虚无主义……对生命意义的否定。(《审美虚无主义》)

在霍布斯这里,聚集了马基雅弗利对政治自由及其秩序表象之张力的全面揭示和思考,也蕴含了笛卡尔哲学中昭示的"否定—建构"的思维语法。这些是否都构成了"审美虚无主义"的"精神本质"? 首先,我们似乎可以初步得出结论:在"否定—建构"的意义上,马基雅弗利、笛卡尔和霍布斯具备一种极其强烈的哲学—立法冲动。这里的"哲学"特指怀疑主义的否定哲学,"立法"则包括了政治立法和知识立法两个层面。直到这里,《审美虚无主义》更多呈现了思想家们将"建构"亦即"立法"作为"第一种虚无主义"问题之回应方式的一面,在这个意义上,现代的哲学—立法冲动和行动,毫无疑问都是积极的。这种"积极"的表象是建构主义的自由意志,亦即对唯名论上帝的模仿。

但我们不能忽略其实在论意义上的内在动机。对马基雅弗利、笛卡尔和霍布斯来说，一个实在的世界因众人的需要而应当被维持。实在论意义上的上帝如果说不可信任，就得找到另一种可信任的实在论替代品，它可以是君主、我思或者因果律中的任何一种。换句话说，在看上去模仿唯名论上帝并且加剧"哲学与上帝的冲突论"的"精神本质"当中，我们实则可以分析出模仿实在论上帝并且强化"哲学与上帝的相契论"的主观意图。这也充分呈现了"积极"（positive）一词的原初内涵——建设性的、实证的、正面的、进步的。实证主义建构知识体系，赋予进步的历史以意义，确立反抗过去的意识朝向，取消沉思并将建构性的理论树立为可以取代中世纪基督教的"属灵权力"，让"现在""实际处境"成为标准，进而成为"权威"；民众对自身生活领域的实在表象的需求，是这一切的逻辑开端①。

第三节　尼采如何理解"审美虚无主义"

这里令人疑惑的地方在于，哲学家试图发明或建构某种审美化的世界秩序的尝试，是否可以被理解为对上帝看护实在世界之功能的模仿？诚然，在"否定"的层面，哲学家需要唯名论赋予的意志与勇气。但在制作图式和观念的层面，他在逻辑上首先需要模仿（也就首先需要了解）传统中缝合"第一种虚无主义"之原初负面情感的那些信仰和道德工具，包括实在论的上帝。这也就给我们带来了一个相对琐碎的困扰：积极的"审美虚无主义"可能不光始于唯名论中唯意志论带来的精神断裂，还始于对这种精神断裂的缝合手段的自觉或不自觉继承。

因此我们必须再度追问：应当如何理解现代哲学与古典精神之间的实质性断裂？中世纪经院哲学中共相宇宙的连缀机制崩解，是一个特殊的历史现象，它足以构成对现代性的开端的全部解释吗？要回答这个问题，我们

---

① 沃格林：《政治观念史稿·卷八：危机和人的启示（修订版）》，刘景联译，张培均校，华东师范大学出版社 2019 年版，第 89—101 页。

首先需要一种思想谱系学来告诉我们实在论意义上的上帝及其携带的全部传统道德秩序最初得以发生的历史理由。众所周知,尼采的《道德的谱系》就是这方面的重要文献。张红军先生业已发现这一点:

> 而在尼采那里,基督教本身被视为虚无主义。不仅如此,尼采还把基督教虚无主义视为规定了整个欧洲现代性历史的虚无主义运动的一部分。也就是说,尼采现在要用虚无主义来批判基督教神学,批判作为基督教神学延伸的欧洲现代性思想。(《审美虚无主义》)

但张红军先生本人还发现,尼采并不关心经院哲学中的实在论与唯名论之争这一现代性"分水岭"现象:

> 尼采显然没有关注或强调基督教神学发展史中实在论与唯名论的重大斗争,没有认识到能够克服第一种虚无主义的只是实在论的基督教神学,而导致第二种虚无主义的却是唯名论的基督教神学,也没有认识到第二种虚无主义早在中世纪末就已经出现,而从文艺复兴时期人文主义运动开始的诸多西方现代思想家,都已经把第二种虚无主义视为危险与机遇并存的危机,并且纷纷把唯名论上帝的审美虚无主义属性赋予西方个体,让他们自己勇敢承担克服虚无主义危机的重任。(《审美虚无主义》)

搞清楚尼采是否在学识上熟稔作为思想史常识的中世纪争执,这并非一项需要我们紧迫处理的任务。既然尼采对基督教与虚无主义之关系如此清楚,那我们就不得不搞清楚,何以在他那里,基督教会对现代性,尤其是作为哲学趋向的"虚无主义"有着深远影响。

因此,我们的问题再度回到"哲学和上帝的相契论"这一精神现象当中。

尼采对哲学和上帝本身关系的评述事实上俯拾即是。在遗稿《重估一切价值》里，他提到"哲人作为教士类型的继续发展"的典型特征在于"谋求成为最高权威"，即谋求让人们相信他所代言的上帝，并相信只有他能代言这位上帝①。也就是说，问题的关键不在于基督教本身对"第一种虚无主义"的掩盖，而在于哲学试图取代上帝去进行这项掩盖工作。

必须注意，尼采在这个问题上一直保持着某种严格性：他声明自己处理的乃是哲人问题，而非一切人的问题。毫无疑问，对于大多数人来说，尼采的唯意志论（也可以被视为一种唯名论）"是一种极其可怕的思想，因为它意味着从本体论层面彻底否定了上帝、理性、永恒秩序的存在，彻底取消了人类生命的意义来源"（《审美虚无主义》）；但对于尼采自己来说，哲人本身如何看待这个问题并且如何树立事关道德的学说，才是他思考的着力点。对此，我们不妨引用《善恶的彼岸》开篇的一段话作为例子来看看他的态度：

> 哲人的有意识思维大多受到其本能的悄然控制，并被迫沿着特定轨道运行。在富于逻辑和看似独断的活动背后，是价值判断，说得更清楚些，是为了保持某种特定生命而提出的生理要求。例如，确定的事物比不确定的事物更有价值，表象的价值不如"真理"。如此这般的评价，虽然它们在调节方面对我们具有一定的重要性，但却只是肤浅的判断，只是一种特定的愚昧，对维持我们这样的生命必不可少的愚昧，也就是说，假设并非恰恰"人"才是"万物的尺度"……承认非真实是生命的必要条件：这无疑是以一种危险的方式与习以为常的价值感作对。一种哲学敢于如此，便将自己孑然一身置于善恶的彼岸。②

---

① 尼采：《重估一切价值》（上卷），维茨巴赫编，林笳译，华东师范大学出版社 2013 年版，第 237—238 页。

② 尼采：《善恶的彼岸》，魏育青等译，华东师范大学出版社 2016 年版，第 5—7 页。

对于哲人来说,经由否定性思考而达至的"善恶的彼岸",或者说超逾信仰和道德的虚无主义,不外乎是对"非真实"的承认。但这种"非真实"也在这一刻成为哲人发现的那种特定的"真实"。相比起这种真实,"习以为常的价值感"及其相应的道德和审美表象,尽管在多数人的生活历程中具有确定性,进而十分重要,但那也是出于一种"维持我们这样的生命必不可少的愚昧"。实在论意义上的上帝,或许就携带着这种表象价值。那么,尼采认为哲人应该在多数人的生活中做出何种道德教诲呢? 张红军先生认为尼采把答案交给众人去"选择":

> 承认权力意志的世界是虚无主义的世界,是无意义的世界,这如何有助于摆脱"作为心理状态的虚无主义"? 如何有助于克服蒂利希所谓对精神性存在的焦虑? 问题的关键,就在于选择强者的积极虚无主义还是弱者的消极虚无主义。(《审美虚无主义》)

问题似乎被尼采(或者张红军先生在此诉诸的海德格尔笔下的尼采形象)归化为了对"积极"和"消极"的"知识型"确认。可是,存在于"第一种虚无主义"之精神焦虑下的众人,如果能够做出对"积极"和"消极"的选择,也就意味着他或她已经具备成为强者的天然潜能,而这种潜能理应实现。进一步说,这个答案的前提是:所有人自然地都意愿成为强者。现在,让我们看看《道德的谱系》前言中位于虚无主义著名界定之后的一段话:

> 自从这一远景呈现在我眼前之后,就足以使我自己有充足的理由去寻找博学的、勇敢的和勤奋的同志(我今天仍在寻找)。现在需要做的就是用全新的问题和崭新的眼光去探索那广阔的、遥远的并且如此隐蔽的道德王国——那是真正存在过的,真正生活过的道德——这难道不就是几乎意味着发现这个王国吗? ……也许有朝一日人们获得许可,可以轻松愉快地对待这些道德问题,那

时的人们将会获得何等的报偿呀。轻松愉快本身——或者用我自己的话说，就是快乐的科学——就是一种报偿，它是对一种长期的、勇敢的、勤奋的、隐秘的严肃工作的报偿，当然并非每个人都可以胜任这份工作。①

就此看来，并不是所有人都能满足条件，成为尼采"博学的、勇敢的和勤奋的同志"，去完成"长期的、勇敢的、勤奋的和隐秘的"工作。这或许是因为，大多数人很有可能自认为"博学"，却未必能够长期自居"隐秘"，亦即未必耐得住虚无主义本身施加的孤独寂寞，又同时"轻松愉快"地开展对新道德的"发现"（尼采在这里并没有提到"建构""制作"或"创造"）。

简单地看，众人意愿的与其说是直面虚无的强力，不如说是忍受生命的强力。后者未必需要仰赖前者的彻底性和哲学上的准备。"忍受"首先需要的是对"肯定"的承诺，而非某种"直面深渊"的否思。这种正面的"标牌"之于众人亦即自认为"好人"的人的第一要务是"承诺幸福"，而非"创造"未来道德这一属于少数扎拉图斯特拉之"弟兄"的功业②。而摆脱生命的痛苦而对幸福进行艺术化的承诺，亦即尼采真正理解的"审美"："意志（利害心）的兴奋通过美而成为事实。"③如果说尼采在这里揭示了"审美虚无主义"的"精神实质"，那么这种"虚无主义"中生发出来的"美"，也并非权力意志的直接表达或者说投射，而毋宁说依然是一种面向多数人的实在论承诺，只不过其所承诺的并非上帝与世界或别的什么体系的和谐或有序，而是权力意志这种"精神实质"本身作为审美表象的日常有效性，它所要搭救的是众人，以及与众人一样渴望摆脱生命之折磨的现代哲人。

因此，当张红军先生认为"美不是纯粹的静观所得，而是主动的毁灭与

---

① 尼采：《道德的谱系》，梁锡江译，华东师范大学出版社 2015 年版，第 58—60 页。
② 尼采：《扎拉图斯特拉如是说》，娄林译，华东师范大学出版社 2022 年版，第 317 页、第 417—422 页。
③ 尼采：《道德的谱系》，第 168 页。

创造活动的结果,是超人把自己的权力意志投射到事物上的结果"(《审美虚无主义》)时,他是否意识到了这里面存在着某种尼采刻意为之的"颠倒"呢? 尼采的本意是否如此呢?"美"在"超人"这里旨在让新的道德价值获得确认,而这与不可或缺的那种"愚昧"之间的关系是什么呢? 张红军先生看到:

> 相同者的永恒轮回,也保证了低级事物的继续存在,而它们将会作为权力意志的刺激和挑战发挥作用,鼓励超人不断地自我超越……他敢于把深渊作为舞台,敢于在那里循着音乐的节奏舞蹈和歌唱,从而敢于享受生命的和谐、充盈与快乐,并以此鼓舞后来的人们继续去做超人,从而保证整个人类不会堕入因颓废而衰落、灭亡的命运。(《审美虚无主义》)

如果"超人"需要某种"鼓励",而这种"鼓励"来自"低级事物"之实存,也就意味着"超人"的自由意志有其"所待",他的勇气和快乐也就以对"低级事物"的实在体验为根基。这样一来,"超人"也并非彻底超脱的否定者或者真正的虚无主义者,而毋宁说是被他的实存经验和利害观所左右,从而去"意愿虚无"[①]。"超人"会否也给自己设置对"美"亦即对一种特定的幸福生活的承诺? 如果是这样,这种"审美虚无主义"也就和尼采所批判的普遍时代的"虚无主义",亦即"最高价值的自行贬黜",没有任何实质性区别。无论其中包含的情绪是"积极"还是"消极",无论其最终感觉是"快乐"还是"痛苦",就其"精神本质"而言,确实都是"审美化"的——换句话说,都是期待实在论承诺的。在这里,尼采的超人表象其实被描述为马基雅弗利主义式的现代君主表象。既然现代君主无法保证人类不堕落,"超人"也无法通过"鼓舞"而承诺其他人也成为"超人",超人的"意愿虚无"也就无法摆脱变成另一种供人模仿的"习以为常的价值观"。

---

① 尼采:《善恶的彼岸》,第 27 页。

第四节　如何探究"虚无"的历史

这或许是因为，无论对于"超人"还是众人，"意愿虚无"一旦作为一种"主义"登场，也就意味着对权力意志作为生存本体依据的实在论承诺。"审美虚无主义"的定义暗示，积极的虚无主义者在模仿"唯名论的上帝"的同时，渴望成为新的"实在论的上帝"。在张红军先生所理解的"超人"那里，生活实践（praxis）几乎被等同于创制活动（poiesis）。如果说"审美虚无主义"旨在把实践中的自身作为创制的目的，那么这种意愿当中，不可能不蕴藏着关于正当的、可欲的"自身"的一些原初型相（eidos）。通过模仿这些型相，"审美虚无主义者"把自身制作为正确的、积极的"意愿虚无"之人。张红军先生认为，这类型相的内核依然是"神"，即作为"宇宙艺术家"的狄俄尼索斯。他作为范型，可供他的门徒模仿，以确立这种生存态度：

> ……时时刻刻都在操弄着即虚无即存在、即否定即肯定、即毁灭即创造的审美虚无主义游戏，一种把生成的混乱和矛盾转换为和谐，又把和谐重新转换为混乱与矛盾的无限循环的解释游戏……（《审美虚无主义》）

如张红军先生所认为的那样，这会"导致西方现代思想总是在怀疑、否定和毁灭传统，从而把不懈的怀疑、否定与毁灭本身变成传统"；但这是否进而意味着"任何所谓真理和价值瞬间都失去了客观性和永恒性，而只剩下主观性和随意性"呢（《审美虚无主义》）？在逻辑上我们看到了这一虚无主义后果。但在严格的生存感觉层面，"主观"和"随意"（正面的表述是"创造性"和"自由"）程度其实降低了。基于"意愿虚无"这一普遍人性意义上的正当性假设，我们不得不积极，不得不勇敢，不得不"意愿"，也不得不"审美"——我们不得不模仿唯一的神狄俄尼索斯。也许，尼采并没有"亲手彻彻底底地杀死这位实在论的上帝"(《审美虚无主义》),而是借助狄俄尼索斯和上十字架者的二元关系,使之再度重生。

因此,我们在学习了张红军先生对"审美虚无主义"的批判之后,也不得不认真对待他如下的结论:

> 马克思主义就不仅没有陷入这一困境,还是走出困境的重要理论资源。不同于审美虚无主义只是从"抽象的人"从发,相信后者通过纯粹个体性的自我解放与自我创造活动就能实现自己先天就有的自由存在,马克思主义从"现实的人"出发,主张后者通过物质生产实践活动历史性地实现自身全面自由的发展。(《审美虚无主义》)

张红军先生当然知道,诗性创造作为现代经验的开端,与政治生活中的历史主义精神有关。"审美虚无主义"作为一种现代精神安慰的表象或者说语法,其背后有着更为深切的"精神理由"(而非本质),即解释当下的历史事实,使其中荒谬和偶然的成分获得未来层面的积极承诺。就此而言,马克思主义的"这种自由存在的实现"依赖于对"物质越来越丰富、环境越来越健康、社会越来越和谐、心灵越来越充实的共生世界"的实在论预测(《审美虚无主义》)。这种对历史规律之救赎意义的期许,或许具有其漫长的传统。在启蒙时代的美学或哲学人类学当中,在从"自然状态"到"文明社会"的普遍历史叙事中,未来生活的乐观积极面相俯拾即是。张红军先生所频繁引用的斯坦利·罗森(Stanley Rosen),就在《虚无主义:哲学反思》中指出:

> 现代理性主义与历史主义的联系归根结底在于"合理"与"善"的分离……虚无主义研究的根本问题是将历史主义的本体论语言

与人类创造的相关学说相分离。[①]

现代理性主义的否定性特质让"善"成为人类主观历史实践中的"合理性";这种历史主义合理性取消了神创造人类这一神圣叙事,进而取消了对"善"的神学承诺。但历史主义合理性自身会承诺一种历史当中的"善",亦即当下和未来的"合乎理性"。相比起少数模仿"宇宙艺术家"的积极创造者的"审美虚无主义",这种历史主义因为援引了更具有"实在感"的普遍历史序列及其哲学原理,而更容易为众人所接受,反而使得其虚无内核获得了更为精致的"哲学和上帝的契合论"的审美表象。

从总体上看,《审美虚无主义》达到了其所宣称的理论目标,即澄清现代自由意志何以始于一种唯名论式的否定性哲学思辨。在这个层面,这本书的意义重大。但也许,这种思辨的遗产并不仅仅包括在极少数思想家和艺术家那里常见的积极创造的唯意志论,还包括迎合现代众人当下生活的历史主义观念和相应的世界历史现实。试图树立一种"精神实质"的学说,很有可能会预设对后者的一种无意的宽容。

最后不得不提到的是,《审美虚无主义》的叙事开端,是对代表信仰和启示的希伯来传统的分析,那么希腊呢? 我们是否应当试着看到,青年尼采在荷马史诗和希腊式城邦中发现了何种"虚无主义"? 此外我们还会注意到,《审美虚无主义》全书中没有一处对荷马和柏拉图本人作品的引用。出现二者名字最多的段落,是对尼采悲剧学说的转述。卢梭关于启蒙的科学与文艺、关于人类历史的几部重要作品,在整本著作中也是缺席的。作者提及卢梭,主要是服务于对康德和浪漫派的讨论。20 世纪学人的论述(比如卡西尔)在其中起到了决定性的中介作用。这些迹象表明,作者对当代的历史性阐释——包括作为史学的阐释和作为思想的阐释——的信任多于怀疑。

---

① 斯坦利·罗森:《虚无主义:哲学反思》,马津译,华东师范大学出版社 2019 年版,第 5—6 页。

他对吉莱斯皮的思想史梳理具有这样的信任,对罗森、拜泽尔等人的思想史勾勒或者说建构也具有这样的信任。我们今天大多数人也相信:基于某种后见之明及其创作来理解作为实在的人类历史,这是无可避免且可以信任的。但这并不意味着这些后见之明乃至于对后见之明的信任本身不可以受到审视。换句话说,在认可作者的卓越贡献时,作为读者的我们或许可以尝试探究一个比较浅显的事实:审美的虚无主义是否可能首先源于历史主义及其承诺的"精神本质"这一更为显著的现代性表象?审美虚无主义和历史虚无主义会不会是一体两面的关系?这就要求我们首先对"自身"赖以思考的"本质"进行类似于直面深渊的审视。

| 第二章 |

《扎拉图斯特拉如是说》①中的哲学友爱

第一节　"友爱"的古今之变

亚里士多德是西方古典学术的集大成者,他的《诗学》被后世文学艺术理论研究者奉为经典,与此相应,同属于"政治学"的《尼各马可伦理学》中的"友爱"主题历经两千多年,依然为人所关注。20世纪,"友爱"变成了核心的政治哲学和伦理学议题。法国哲学家德里达认为:

> 在友爱之中赞美可能的敌人的能力,就是自由的标记。就是自由本身。……友爱等于自由加平等。唯一缺席者就是博爱,而我们正在走向博爱……②

这种思路并非德里达自己的发明。《〈友爱的政治学〉及其他》全书始终贯穿着两个声音,一个来自亚里士多德,一个来自尼采。德里达挑战亚里士

---

① 本书对《扎拉图斯特拉如是说》的引述均用娄林译本(华东师范大学出版社2022年版),随文标注页码。
② 德里达:《〈友爱的政治学〉及其他》,胡继华译,吉林人民出版社2006年版,第373页、第346—353页。

多德的看法,自称要从尼采那里继承关于"友爱"的学说。这启发我们思考亚里士多德和尼采在友爱问题上的真实关系。

过去人们很少尝试处理哲人之祖亚里士多德与诗人哲学家尼采的关系问题,认为后者不外乎站在反形而上学的立场上与前者为敌。的确,无论是在悲剧理论方面,还是在对待修辞和哲学的态度方面,亚里士多德和尼采看上去都大相径庭。学者温格勒卓有见识地指出:

> 如果尼采曾在文本脉络中阅读过亚里士多德的话,那么,他也许就不会那么心安理得地给亚里士多德贴上科学的"绝对化者"这个标签了。……仅仅是亚里士多德的伦理学著作就足以表明,生命在知识之外还有其他目标;我们也应当意识到,尤其对于亚里士多德而言,知识并不敌视生命(1216a-b)。只有在尼采那里,我们才第一次遇到这一观念。[1]

在尼采那里,"知识"与"生命"的确彼此为友——我们之后还会谈到这个话题。但是,作为古典学家,尼采真的毫不清楚亚里士多德的学说吗?尼采或许一直都在与亚里士多德及其传统对话,否则,眼光独到的知识人德里达就不会利用《人性的,太人性的:一本献给自由精神的书》一书中关于朋友的一段话来解构亚里士多德的友爱观了。这段话值得全部引用:

> 关于朋友——你自己想一想,即使密友至交,感受也有多大的区别,意见也有多大的分歧;即使同一观点,在你和你朋友头脑中的地位和强度也有多大的差异;这种情况多么频繁地导致误解,导致反目成仇,分道扬镳。想到这一切,你就会对自己说:我们所有

---

[1] 温格勒:《尼采和阿奎那思想中的亚里士多德》,载奥弗洛赫蒂等编:《尼采与古典传统》,田立年译,华东师范大学出版社 2007 年版,第 55—81 页。

的联盟和友谊都建立在多么不可靠的基础上,冰冷的暴雨和恶劣的天气离我们是多么近,每个人是多么孤独!谁看到了这些,而且还发现,别人的所有观点及其方式和强度,都和他们的行为一样是必然的和不能负责的;谁能觉察到,性格、职业、才能、环境交织在一起难解难分,形成的观点便具备这种内在的必然性——那么,谁或许就能摆脱那位贤哲高呼"什么朋友,没什么朋友!"时的悲愤感,就会承认,是的,有朋友,但他们是因为误解了你才成为你的朋友,他们必须学会沉默方能够与你保持友谊,因为要维护这种人际关系,有些事儿就永远不能说,永远不能提,一旦说了提了,友谊也就完了。难道有这样的人,即使知道自己的挚友其实对自己了解多少,也不会受到致命的伤害?——只要我们有自知之明,对自己本质的评价略低一点,认识到它是观点和情绪多变的所在,我们就又能和别人达成平衡了。诚然,我们完全有理由低估每个熟人,即使对伟人也不例外;但是,我们同样也完全有理由这样看待自己。——能如此容忍自己,我们就能相互容忍,也许每个人都能体验到更幸福的时光,就能说:

"朋友,没什么朋友!"垂死的贤哲这样叫道。

"敌人,没什么敌人!"我这活着的愚人这样叫道。[①]

世界上不存在绝对稳固的朋友关系,进而不存在朋友和敌人的区分——德里达的思路就是如此。但这种理解是否符合尼采的原意?我们不能跟着"解构"的思路走。像尼采这样的大家的意图,当然值得我们以研究古典文本的态度去细心推敲。

首先,尼采这段话里"垂死的贤哲"的确指的是亚里士多德。但是,他极

---

① 尼采:《人性的,太人性的:一本献给自由精神的书》(上卷),魏育青译,华东师范大学出版社 2008 年版,第 275—276 页。

有可能是误解了亚里士多德。最早指出"朋友啊，没有什么朋友"（O philoi，oudeis philos）的是载有亚里士多德言行的文献《名哲言行录》，之后，蒙田和尼采都曾围绕这句话大做文章。问题在于，如今流传的《名哲言行录》中并没有这句话，这是因为，16 世纪的某位编撰者在开头的 O 下面加了一个 ι，进而使之变成了"有很多朋友的，没有单个朋友"（oi philoi，oudeis philos）[①]——这就是当前流行版本的翻译。这两种解读蕴含着截然相反的哲学精神。就亚里士多德而言，后一种翻译或许更符合他的原意。所以，我们不能将这句话真正坐实为亚里士多德的表述，相反，我们得回到亚里士多德的核心文本当中，归纳总结出他的友爱观，然后再看看尼采是否真正相信或反对这种友爱观，从而进一步看到尼采怎样用他自己的哲学或诗学来重新处理这种友爱观。

第二节　尼采与亚里士多德的隐喻式对话

根据亚里士多德的记载，最初把"友爱"（philia）与"敌对"（neikos）引入哲学的人是诗人恩培多克勒，他用这两个概念解释万物变动的原因（252a8—252b5，985a3—30）。亚里士多德本人则为友爱主题贡献了《尼各马可伦理学》的第八、九卷和《优台谟伦理学》的第七卷。"友爱"被他描述为连接城邦的因素，关系着"如何共同生活"的重大政治话题；进而，与公正相比，立法者更加重视对友爱的加强和对敌视的消除；最大的公正与友爱相关，爱朋友是高尚的事情（1155a20—30）。根据《政治学》，从事物的根源考察，家庭、主奴关系和城邦都是自然生成的："城邦显然是自然的产物，人天生是一种政治动物，在本性上而非偶然地脱离城邦的人，他要么是一位超

---

① Giorgio Agamben, *"What Is an Apparatus？" and Other Essays*, Stanford: Stanford University Press, 2009, pp. 26-29.

人,要么是一个鄙夫。"(1252a24—1253a8)①人的自然本性决定了人需要共同生活,进而需要交朋友。友爱是人类自然本性的一种实现。由于在共同生活当中要面对不同的人,所以友爱分为三大类:出于有用的友爱、出于快乐的友爱和"为了朋友自身而希望朋友为善"的友爱。前两者基于偶性,后者以总体的善为目标,与德性相关,是最完美的友爱(1156a6—1156b36)。

简单摘取亚里士多德友爱理论的初步命题后,我们可以试着思考:在尼采那里,"敌人"与"朋友"的话题,会不会也与人的"自然本性"有关? 毕竟尼采是一位哲人,而哲人首要关注的则是研究对象的自然本性。

尼采无时无刻不在谈论朋友与敌人,正如他无时无刻不在窥察自己的心灵。《扎拉图斯特拉如是说》就是他自我窥探的代表作。可以认为,除了前述来自《人性的,太人性的:一本献给自由精神的书》一书的引文之外,尼采关于友爱的话题,大多集中在这部作品之中。而这部作品的诗性外貌显然迥异于亚里士多德的哲学论述。无论如何,只要我们承认尼采的哲人身份,那就得对他笔下的"寓意写作"展开大胆的猜测与小心的解读,从中剖析出与古典传统,尤其是与亚里士多德的学说能够构成对话的线索。

在作为尼采哲学"前厅"的这本书里,主人公扎拉图斯特拉的第一句话是对着太阳说的:

> 你这伟大的星球! 你所照耀的,倘若并不为你所有,又如何是一种幸福!(第3页)

扎拉图斯特拉的名字据说与恒星有关,他对太阳的指称或许有"自况"的意味。太阳作为最亮的恒星,要通过照耀一切来获得幸福,这种对人类的馈赠同时也是扎拉图斯特拉下山的理由。在第一卷最后一章"论馈赠的道

---

① 对《政治学》的引用来自颜一、秦典华先生译文:《亚里士多德全集·第九卷》,中国人民大学出版社1994年版,下同,均只标注贝克尔编码。

德"中,这种太阳—黄金的馈赠精神被描述为至高美德,"馈赠者的目光如同黄金耀目。黄金的光芒缔结了日月之间的和平"(第138页)。什么是"日月之间的和平"?"和平"是一种政治上的和谐状态,熟悉古典哲学的人会想到,古人眼中的宇宙就是要适应于这种和谐状态。在这种和谐中贯彻着据说出自亚里士多德手笔的《宇宙论》曾提到的"联缀"(sunapsies)机制:

> 就这么一个协和,凭以调洽最相对反的诸本性(原理),而使天
> 与地,以至于全宇宙,组合为有秩序的一个整体。(396b24—25)[①]

天体运行合乎时序,日月星辰在时序中构成整体。在现代人觉得漆黑混沌的无限空间当中,曾经有着古人坚定的秩序信念。正如亚里士多德在《形而上学》中所提到的:

> 所以"混沌"或"暗夜"不是历无尽时而长存,只因受到变化循
> 环的支配或遵从着其他规律,这些事物得以常见于宇宙之间,故而
> 实现总应先于潜能。于是,假如永恒循环是有的,某些事物(星辰)
> 必须常守着同一方式以为活动。(1072a8—12)

"永恒循环"或许和尼采笔下时常出现的"永恒轮回"一词有着某种相似之处。在古典天学那里,日月星辰要保持彼此的"和平"——保持守常的运行,就要依照由"规律"带来的秩序。《扎拉图斯特拉如是说》内里穿行的"永恒轮回"是否也以这个"规律"作为前提?如果没有,是什么替代了它?"永恒循环"与人类的友爱又是否有联系?我们之后还会看到,昼夜的循环恰恰是揭示尼采笔下友爱生活的基本线索,是读进他文学修辞的法门之一。

---

① 对《宇宙论》的引用来自吴寿彭先生译文,商务印书馆2007年版,下同,均只标注贝克尔编码。

　　让我们收敛思绪,回到《扎拉图斯特拉如是说》这一尼采深思熟虑编织的文本当中,思考这样一个问题:该如何理解在开篇出现的扎拉图斯特拉—太阳—馈赠者三者的关系?

　　古典看法认为,太阳是天体,而诸天体就是"诸神"(391b10—392a30)。所有相信诸神存在的人,都把他们安置在同样的至高处,因为"不朽的东西要与不朽的东西相伴"①(270b9),按这个逻辑,唯有诸神与诸神之间才有亚里士多德意义上真正的"友爱"。

　　一旦把尼采的写作与古典天学、形而上学文本对勘,就会发现,发光天体就其照耀的意志而言,与《扎拉图斯特拉如是说》里的"馈赠者"具有同样的品质。亚里士多德笔下的"神"正是一位馈赠者:他将智慧馈赠给人,使双方共同分有理性(nous)。《形而上学》最辉煌的段落揭示了"神"的馈赠,这种馈赠也是"神"至善之实现。思想与"所想者"——"理知对象"的接触最终成就了思想者对"神"的秉持,这种"通神"是一些人生命当中达到的最高幸福(1072b15—30)。与其说这种"通神"是神对人的单方面"馈赠",不如说还包括爱智之人对"神"进行探索并获得赠礼的潜能。

　　这让我们想起"论馈赠的道德"的语境:门徒们围绕着扎拉图斯特拉,赠送他手杖。扎拉图斯特拉是单方面的被馈赠者吗? 我们看到,这位导师同时也馈赠门徒以格言:

> 身体如是行走于历史之中,一位生成者,一位战斗者……于是你们的身体高升并复活;它以其幸福而令精神欣喜,于是精神成为创造者、评价者、爱者和一切事物的施慧者。(第 144 页)

这句意味深长、带有激励性质的格言,就此看来,可能正是打开尼采前

---

① 对《论天》的引用来自徐开来先生译文:《亚里士多德全集·第二卷》,中国人民大学出版社 1991 年版,下同,均只标注贝克尔编码。

述那段出自《人性的，太人性的：一本献给自由精神的书》中关于"朋友"说辞的奥秘之门的钥匙。从这句话来看，扎拉图斯特拉希望门徒成为自己的朋友，但前提是，门徒能够提升为与他类似的存在，成为"生成者、战斗者"，进而成为"创造者、评价者"。然后，这句格言有一个互相馈赠的语境：先知与门徒之间相互的馈赠有如亚里士多德笔下爱智之人与"神"的互通有无关系。在亚里士多德那里，人对神的感通，端赖对"自然"的感知与思想：人和神分有智慧，所以他们之间可以交通，甚至人在一定程度上有成为神的可能性，如《尼各马可伦理学》中所言，"如若理智对人来说就是神，那么合于理智的生活相对于人的生活来说就是神的生活"（1177b30—32）。就亚里士多德的整个体系而言，自然之至善、神明之至善、理性的至善和人类集体生活的至善是同一的。基于这种信念，亚里士多德看到，最善好、最有德性之人总是"全心全意追求同一事物"，那就是"至善"。进而，由于独自的理智思考最为高贵、离"神"最近，最好的人总是愿意与自己为友；最好的朋友，就是另一个自己（1166a1—31）。这一合乎理智的生活就是我们熟悉的哲学生活，所以，最好的友爱是哲人之间的友爱，而哲人自己与自己之间也能构成友爱。我们在这个意义上把亚里士多德所说的最高的友爱称作"哲学友爱"。

有可能出现的问题是：如果人像神一样自足，就不需要朋友。但是，根据亚里士多德，对于接近神的哲人来说，需要的仅仅是那种"有用的朋友"；他们依然会找寻"有德性的朋友"，这纯粹是为了分享快乐，是一种最高层次的友爱。原因在于，如果哲人总把自己想成认知的对象，那么他就会渴望认识自己，进而需要具有同等德性的朋友作为一面镜子："感觉朋友必然是某种意义上的感觉自身，认知朋友也是某种意义上的认知自身。"这种由对自我的感觉和认知带来的友爱之乐，本身就是一种作为哲人生活目的的"至善"。在这个哲学生活的目的论意义上，哲人的完满是与天体不同的，天体根本不会思想，而哲人的完满（实现"通神"）则端赖感知、认识与思想

(1244b—1245b20)。① 这些活动也就意味着对此生"幸福"(eudaimonia)的观照。哲人对"幸福"的理解和其他人是不一样的,因此他们的生活品质也就存在着天然的差异。

尼采似乎完全继承了亚里士多德对于友爱的规定,尽管在他的笔下,"友爱"在字面上是缺席的。根据尼采一贯的思想,可以发现,扎拉图斯特拉与"门徒"之间,存在着心性品质上的不平等。就像扎拉图斯特拉(或许具备"哲人"的面相)在德性上未能企及天体的完满一样,门徒也不是扎拉图斯特拉真正哲学友爱的分享者。他们跟随扎拉图斯特拉或许只是出于"有用"或一般的"快乐",大多尚不具备足够的智慧与扎拉图斯特拉分享智性愉悦,进而无法像亚里士多德笔下的哲人那样发现人类自然生活所应追求的共同善。"门徒"仍然是以偶像崇拜的方式领受馈赠之人,他们和扎拉图斯特拉之间的关系有如人与神的关系,亦有如扎拉图斯特拉在即将下山时与太阳的关系。扎拉图斯特拉从太阳那里得到启示,这相当于获得了一种"道法自然"的馈赠;于是,扎拉图斯特拉也模仿太阳——曾经启发过他的那一永恒天体——馈赠门徒以格言。无论如何,门徒皆因"误解"而成为扎拉图斯特拉的路上伴侣,他们之间并不存在亚里士多德所说的真正的高级友爱——哲学友爱。

借助对尼采在扎拉图斯特拉和门徒之间设立的区隔,我们终于认识到他和亚里士多德友爱论之间张力的来源。尼采在《人性的,太人性的:一本献给自由精神的书》中对亚里士多德的哲学友爱进行讽刺,是因为他洞察到,基于亚里士多德的哲学观,不够智慧的门徒对爱智者的"误解"是必然发生的。他当时的重大发现其实就是:社会生活中最高层级的"共同认知"(包括一个人内在达成统一的自我认知)和由此而来的"共同善",其实是不可能完全实现的。在德里达念念不忘的那段话里,尼采说道:"……只要我们有

---

① 此处对《优台谟伦理学》的引用采用徐开来先生译文:《亚里斯多德全集·第八卷》,中国人民大学出版社 1992 年版,下同。

自知之明,对自己本质的评价略低一点,认识到它是观点和情绪多变的所在,我们就又能和别人达成平衡了。"也就是说,写作《人性的,太人性的:一本献给自由精神的书》时期的尼采似乎认为,唯有通过修改对自我的评价,使之降格到众人之间,才能获得某种共同生活方面的彼此平衡。显然,这种表述意味着全然否弃亚里士多德规定的哲学友爱。

　　古代与现代在友爱问题上的最大差异就是:作为最高级友爱之目的的那种东西一去不复返了。在现代语境之下,尽管我们可以获得许多出于利益和出于乐趣而建立起来的友谊关系,但是,由于至高目的——形而上学沉思生活通达万物之"神"的目的——不复存在,亚里士多德描述的高级友爱确实显得不可能。尼采暗示我们,古典的纯粹友爱——出于爱智慧而建立的真正的哲学友爱——在他的时代是缺乏基础的,至少是缺乏社会基础的。进而,对于当代谈论友爱的理论家来说,问题似乎变成了:在古典目的论及其哲学探索意义缺失的今天——也就是"哲学"发生品质转变的今天,有崇高爱智心性的人应当与什么样的人共同生活? 这个问题远远比"我们应当如何共同生活"更为本质。

　　尼采在沉思这个问题之后,究竟给出了什么样的答案? 据说尼采是现代性"第三次浪潮"的代表人物,将现代性推向了极致……施特劳斯曾经探问,如果尼采的"超人"　亦即扎拉图斯特拉作为"桥梁"　次次指向的那种状态——得以实现,那么人和人之间是否还会有一个自然的等级秩序?[①]尼采至少在《扎拉图斯特拉如是说》的前半部分没有这样的想法。如果亚里士多德的秩序在尼采眼中的确崩溃了,那么也就不存在建立于友谊基础上的"馈赠"与"寻求馈赠"的意义,因为所有人都能躲进"相互容忍"的社交礼仪当中自寻其乐……如果尼采未曾抛弃德里达征引的那段话的表面上的观点,那么,《扎拉图斯特拉如是说》的整个第一卷就显得格外多余,因为这整

---

① 　施特劳斯:《苏格拉底问题与现代性——施特劳斯讲演与论文集:卷二》,彭磊等译,
　　华夏出版社 2008 年版,第 45 页。

卷书实质上都是在"馈赠"。尽管门徒总是误解扎拉图斯特拉,但后者一直渴望提升前者,同时不会为了迎合他们而过于降低自我——扎拉图斯特拉自己出众的高明言行,就是一个自然等级秩序的保证。扎拉图斯特拉把教诲馈赠给门徒,正如太阳把启迪馈赠给扎拉图斯特拉,又正如尼采把这卷书馈赠给我们。无论尼采还是扎拉图斯特拉都始终在馈赠着,而这本身就保证了"闻道有先后"的秩序依然存在,并且还相信"后来者"能够超拔到"先觉者"的状态。

《人性的,太人性的:一本献给自由精神的书》当中那段表述,其实来自"愚人"(fool)。在《扎拉图斯特拉如是说》的"论爱邻人"一章中,扎拉图斯特拉也曾引用一个"愚人"的话:"与人类的交往败坏个性,尤其是在人全无个性之时。"(第113页)将这两种"愚人"说辞放在一起,不难看出《人性的,太人性的:一本献给自由精神的书》的引文其实具有某种反讽语气。这位"愚人"实际想要表达的意思是:如果同与自己品性不同的人委曲求全地交往,必然得拉低自己的品质、败坏"个性",进而会被同化,与品性较低的人达成和谐。而这恰恰就是一种"愚人"的、疯狂的、肆无忌惮的逻辑。进而,我们不得不从更加深刻的角度去理解《人性的,太人性的:一本献给自由精神的书》中的这段说辞。这本书的第232节里有这样的话:"思想深刻的人在与别人打交道时,会觉得自己像个滑稽演员,因为要让人理解,他们必须先违心地谈论肤浅的东西。"[1]这里的"滑稽演员"就是"愚人"(fool)。进而,"朋友啊,没有什么朋友"和"敌人啊,没有什么敌人"或许都只是尼采故作肤浅的反讽和误读,是扮演愚人并"违心地谈论肤浅的东西"。"朋友啊,没有什么朋友"是对亚里士多德哲学的刻意误读,揭示其在当下失去根基的尴尬局面;"敌人啊,没有什么敌人"则是对实实在在生活世界的刻意反讽,其中暗含的立场则是彻底的批判。把这些反讽与误读当真,就是对尼采要表述的真理的误读。德里达就是一例。

---

[1]　尼采:《人性的,太人性的:一本献给自由精神的书》(下卷),第533页。

我们可以找到更多证据来证明尼采并未对亚里士多德的哲学友爱观绝望。在《快乐的科学》中，尼采曾用诗意的口吻描述过"友朋星散"的状态：

> 我们曾是朋友，但时下形同陌路。……我们是两艘船，有各自的目的地和航线……两艘勇敢的船只静泊于同一个海港和同一个太阳下，看似二者皆达目的。然而，我们各自的使命有着强大无比的力量，它旋即驱散我们至不同的海域和航线……我们彼此必然成为陌生人，这是控驭我们的铁则！唯其如此，我们彼此应该更加尊重才是！对往昔友谊的忆念应该更加神圣才是！肯定会存在茫无际涯的曲线和星儿运行的轨道，我们各自的航线和目标仅为其中一个短距离罢了，让我们把自己升华至这一理念吧！人生苦短，我们的视力无奈过于微弱，以至于不可能超越崇高的朋友关系。如此，让我们还是信奉似天上星儿一般的友谊吧，即使我们彼此不得不成为地球上的敌人。[①]

这段由种种譬喻和象征构成的诗性话语已经十分清楚地表达了如天体般的友谊——崇高的友爱——依然值得信奉的前提，那就是面对命运时友爱双方在理念上的共同"升华"。尽管当下有某种命数决定了友爱的中止，但是对于"天行健"的高明之人来说，的确不存在"敌人"，"敌人"只存在于属于大多数人的地球之上。只要"馈赠"仍然在进行，那么真正友爱就终将来到。也就是说，唯有能够通过扎拉图斯特拉星体般的馈赠，上升为星体般的人物，才能成为扎拉图斯特拉的朋友，实现彼此之间的高级友爱。所以，《扎拉图斯特拉如是说》里的"馈赠"，恰恰为失序的时代提供了新目标。尼采没有德里达想象的那么消极。

当然，我们也可以有另外一种理解，那就是《人性的，太人性的：一本献

---

① 尼采：《快乐的科学》，黄明嘉译，华东师范大学出版社 2007 年版，第 268 页。

给自由精神的书》中的"愚人"选段才是尼采的真实想法,而来自《快乐的科学》的诗意选段和整部《扎拉图斯特拉如是说》都是他的显白说辞。这样的猜测不是没有道理。事实上,我们目前尚未切入《扎拉图斯特拉如是说》当中关于"友爱"的核心篇章。我认为,在这些篇章里,尼采不光解释清楚了他自己的友爱观(及其与亚里士多德传统的真实关系),还回答了另一个更加深刻的问题,那就是,谁是作为大预言家和"桥梁"而生活着的扎拉图斯特拉的朋友。

第三节　寻找扎拉图斯特拉的"朋友"

在"论朋友"一章中,扎拉图斯特拉如是说:"我们对他人的相信,泄露出我们乐于在何处相信自己。我们对一个朋友的渴望,便是我们的泄露者。"(第102页)这与亚里士多德式哲学友爱构成字面上的契合:

> 一切与友谊相关的事物,都是从自身而推广到他人。一切谚语也都同意这个说法。例如,什么"心灵相通""朋友彼此不分""友爱平等""血肉相联",这一切主要都是就自身而言的。因此,一个人是他自己的最好的朋友,人所最爱的还是他自己。(1168b3—9)

但是,就其在尼采的语境中意指某位哲学"隐士"的自我交谈而言,扎拉图斯特拉似乎将这种友爱视为一种应当讽刺的东西:"对一切隐士而言,总有太多的深渊。因此,他们渴望一位朋友及其高处。"(第102页)这里的"隐士"或许指的是"前言"里那个向扎拉图斯特拉提供面包与葡萄酒的老人——他总是睡不安稳。扎拉图斯特拉曾提道:"我要对隐士,也向双潜的隐士唱我的歌;凡是有耳听未曾听闻之事的人,我意欲以我的幸福令他的心沉重。"(第33—34页)而在"论朋友"中,"隐士"就是"双潜"的。这位老隐士睡不安稳,或许是因为他总是与自己交谈,而"与自己交谈"抑或"认识自己"，则是"做哲学"的方式，扎拉图斯特拉把这种生活称为"直面深渊"。在《偶像的黄昏》中，尼采发展了亚里士多德关于"城邦之外"的论断："想要独自生存，必须是动物或者上帝——亚里士多德说。缺少第三种可能的情况：得是两者——哲学家……"①在尼采看来，这种"独自生存"的哲学家是非道德的野兽与超道德的神的综合体。纵览整部《扎拉图斯特拉如是说》，唯有"隐士"符合这样的形象。只不过，独居的隐士很有可能发展为"双潜"的隐士。

　　"隐士"是"禁欲主义"的。"论朋友"的前一章是"论贞洁"，其中有一句话说："贞洁对少数人是一种道德，但是，对多数人近乎为一种恶习。"(第 99 页)老隐士或许是一位性属"少数人"——哲人——的禁欲主义者，他秉持亚里士多德"沉思—至福"的生活逻辑，希望通过禁欲的自我反思达到星辰的境界。但尼采却反讽地将其刻画为睡不安稳的人。还得注意的是，老隐士也是一位馈赠者，他向扎拉图斯特拉馈赠了面包和葡萄酒这些典出基督教的饮食。与此同时，扎拉图斯特拉当然也把自己的到访和言辞馈赠给了老隐士。

　　这两人在何种意义上互相馈赠？他们会否成为朋友？扎拉图斯特拉说得很清楚："在其朋友身上，人们应该拥有他最好的敌人。倘若你对抗他，你便可以最接近他的内心。"他还说："你朋友平时的相貌怎样？这是你本人的面目，映了一面粗糙、残缺的镜子。"(第 102 页)老隐士的敌人是谁？他与自己交谈，这使他自己睡不安稳。在扎拉图斯特拉到来之前，老隐士的敌人是他自己——此之谓"双潜"。在尼采笔下，"禁欲主义"的一种表征就是对自己(的肉体欲望)的憎恶，如《人性的，太人性的：一本献给自由精神的书》第137 节所言："在任何禁欲的道德中，人都在把自身的一部分奉为上帝顶礼膜拜，为此就必须将自身的其余部分妖魔化。"②《朝霞》第 370 节也提到"思想者之爱敌人"的话题："切莫压制、隐瞒与你的思想反对的思想！要鼓励！

---

① 尼采：《偶像的黄昏》，卫茂平译，华东师范大学出版社 2007 年版，第 28 页。
② 尼采：《人性的，太人性的：一本献给自由精神的书》(上卷)，第 133 页。

此乃思想正直的第一要求。你必须每天展开反对你自己的战役。"①老隐士正是一位对自我进行压制、反对和妖魔化的禁欲思想者。他一直与自己灵魂中低下的一面为敌,这样他就变成了"两个人"。问题在于,扎拉图斯特拉对于老隐士来说意味着什么? 我们会看到,在两人甫相遇时,扎拉图斯特拉说了一句奇怪的话:

赐食物与饥饿的,也会提振他自己的灵魂:智慧如此说。(第30 页)

这是在要求一次交换——用自己肉体的安慰,交换隐士灵魂上的安慰,而这种交换出于智慧。谁的智慧? 或许是两人共同分有的,也有可能这两人根本就是同一人,肉体的安慰和灵魂的安慰也许是一致的,都是某种智慧的结论。我们必须留意这是个夜晚发生的故事。之后我们会看到,扎拉图斯特拉也是一个容易夜不能寐的人,他"惯于夜行",喜欢看"沉睡万物的面孔"(第30 页);在"论朋友"中,他暗示这时他正在看朋友熟睡的脸,而这样就等于透过"粗糙、残缺的镜子"看到了自己。在这个意义上,他发觉自我是被认识的对象,继而,是需要被超越的存在者之一。或许扎拉图斯特拉与老隐士正是同一个心灵的不同面相,他们之间在自我认识和宽慰方面是朋友,但同时又在自我超越、寻觅智慧方面是敌人。

为了证明这一点,我们需要进一步考察《扎拉图斯特拉如是说》的那些"准备工作"。在《朝霞》第212 节中,尼采表述了"自我认识的来源":

每当一动物看见另一动物,它就在心里把自己与它比较优劣;野蛮时代的人也是这样。因此,每个人之认识自己,庶几近于纯粹

---

① 尼采:《朝霞》,田立年译,华东师范大学出版社 2007 年版,第 328 页。

认识自己的攻击和防卫能力。[1]

西塞罗曾经延续亚里士多德的看法,认为"真正的朋友就是另一个自我",同时又加强了对纯粹友爱的奠基,把"爱自己"和"爱同类"都视为一种源自动物本性的自然法则。[2] 但在尼采的描述中,对自我或同类的爱体现为彼此作为敌人的能力的提升——这里所说的"攻击和防卫能力"就是作为敌人的能力。《朝霞》第 312 节提道:"不再能满足其愿望的朋友,人宁愿将其当作敌人。"[3]这里的"愿望",就是自我确证、满足和提升的"意志"。诚如罗森所言,尼采或许认为:"相互支配的欲望必须掩饰为对对方的爱和对对方的力量和天赋的钦佩。……在人类中,互相妒忌必须转变为对超人的渴望。"[4]把这一逻辑运用到哲学的自我反思当中,不难发现其意味着"认识自己"或"认识朋友"就是不断以自己和朋友为敌,试探彼此权力意志的强弱,迫使自己与朋友提升,重新达至一种至高的关系。

尼采似乎要通过这种权力意志的表述来超越《人性的,太人性的:一本献给自由精神的书》当中那种自我降格的世俗朋友关系,重新奠定高级哲学友爱的基础。与此同时,这种高级友爱与古典目的论不同的地方在于,在诸神隐遁的状态下,在禁欲主义作为一种哲学虚无主义的危机的时代,少数人唯有通过把自我规定、自我为敌的逻辑进一步扩展为自我提升的逻辑,来获取生活的目的。这样的猜想可以在整本《扎拉图斯特拉如是说》昼夜循环的叙事线索中找到答案。如果扎拉图斯特拉与太阳构成彼此隐喻的关系,那么"夜晚"也就是思想者"扎拉图斯特拉"的力量最为薄弱的时候。就全书而论,对于扎拉图斯特拉来说,夜晚的确是他自我反观的时间,他在夜晚经常

---

①　尼采:《朝霞》,第 263 页。

②　西塞罗:《论老年・论友谊・论责任》,徐奕春译,商务印书馆 1998 年版,第 76 页。

③　尼采:《朝霞》,第 305 页。

④　罗森:《启蒙的面具:尼采的〈查拉图斯特拉如是说〉》,吴松江等译,辽宁教育出版社 2003 年版,第 126 页。

会遇到奇形怪状的访客,从不同的方面对他产生刺激,促使他自我提升。

"夜晚"如何提升扎拉图斯特拉?不妨看看位于全书中部的那首具有"午夜"气息的"夜歌"。在其中,扎拉图斯特拉成了一位诗人,高唱"我的灵魂也是一位爱者的阕歌"。"爱者"的表述让人联想起柏拉图在《吕西斯》(Lysis)中关于如何让被爱者爱上爱者的讨论,当时苏格拉底曾经有一句可怕的话"几乎要脱口而出":一个人理应在与其所爱之人交谈时贬低他、挫伤他的信心(210e)。亦即,爱者为了获得爱,甚至应当扮演"敌人"的角色。我们可以想到,扎拉图斯特拉也曾经在对话中被"小丑"(fool)之类的人物贬低、挫伤信心。在那个语境中,他在与"著名的智慧者"们争论之后独自唱道:

> 这便是我的贫穷,我的手从未停止馈赠;这便是我的嫉妒,当我看见期盼的双眼、渴求中的澄澈之夜……他们向我索取:但是,我还能触及他们的灵魂吗?……我的淘美中生出一种饥饿:我要伤害我所照耀的人,我要劫掠受我馈赠之人——如是,我渴盼为恶……总是馈赠的人,其危险在于,他会遗忘羞愧的危险;总是给予的人,他的手和心因全然的给予而起老茧。(第202—203页)

众人在光辉灿烂的扎拉图斯特拉身旁宛如黑夜,他们冰冷且麻木,领受着伟大灵魂的馈赠,却无动于衷。这是令光自身也遭受隐没的危机。但扎拉图斯特拉并没有放弃馈赠,而是表示:"我内中的渴求,正渴望你们的渴求!入夜:唉,我必须成为光!对暗夜之人的渴求啊!孤独!"(第204页)尽管如此,白昼或光明或发光的天体本质上对待彼此都是冷酷的,因为"神"不需要朋友:

> 在内心最深处不公地看待照耀者:冷对那些太阳——每个太阳都皆如是漫游。那些太阳在其轨道上飞如狂飙,这便是他们的漫游;他们跟随其不屈的意志,这便是它们的冷酷。(第204页)

这似乎是森林中老隐士的状态,他只管施舍,但却仅仅是为了施舍而施舍,却无视被施舍者的生死苦乐。扎拉图斯特拉永远不可能做到这一点。这首"夜歌"可以揭示这一模糊性的隐藏逻辑:扎拉图斯特拉作为人类,尚未企及天体纯然禁欲状态下呈现出来的无情意志,进而尚未实现最高程度的完满,也就注定无法实现彻底与自我的哲学友爱;在生活中,他的"心"仍然会因为爱人类而软弱无力甚至陷入颓废,这种软弱无力的颓废感就是"午夜"在全书的隐喻意旨。"午夜"总会在(来自他人或自我的)敌意最盛时来临。在这个意义上,他有必要戴上一个老隐士的面具,就像因馈赠而生出的老茧那样,隐藏自己火烫不安的内心。但这样一来,"老隐士"显然仅仅只能表征扎拉图斯特拉所试图成长为的那一"自我"的一个方面。

第四节　哲学与诗之间的友爱

在尼采的著述中,源于"午夜"的软弱无力的颓废感,集中体现为瓦格纳式的艺术精神。"现代性通过瓦格纳说出它那最隐秘的话语:它既不隐其善,亦不掩其恶,它丢弃了所有的廉耻心。"①这便是"夜歌"中提到的"失去羞愧的危险"。在《瓦格纳事件/尼采反瓦格纳》中,尼采表示,软弱无力者,亦即"疲惫者"的三大兴奋点是"残忍、做作、无辜(白痴,fool)"②——这恰好就是扎拉图斯特拉的诸多对话对象(包括午夜状态下的他自己)的特征。

《扎拉图斯特拉如是说》中的确有一个戏份极重的角色影射瓦格纳式的诗人与艺术家,那就是在第四卷正式登场的"老魔术师"(Der Zauberer)。这三种颓废的征兆在他身上体现得淋漓尽致。这位"老魔术师"据说还与狄俄尼索斯有关。学者朗佩特认为,在尼采那里存在着两种艺术精神:一种源于感激与爱,是歌德与荷马式的追求永恒化的馈赠意志(见《扎拉图斯特拉如

① 尼采:《瓦格纳事件/尼采反瓦格纳》,第15页。
② 尼采:《瓦格纳事件/尼采反瓦格纳》,第38页。

是说》的"初愈者"和"论伟大的渴望"两章）；另一种则是颓废的僭政意志，是叔本华与瓦格纳的浪漫主义，即老魔术师这一形象身上狄俄尼索斯风格的来源。① 的确，在题为"魔法师"（曾在誊清稿中作"思想的忏悔者"）的篇章中，老魔术师的颓废之歌被尼采收录在他精神崩溃前的最后一部文稿《狄俄尼索斯颂歌》中，题为"阿莉阿德尼的咏叹"。② 可见，老魔术师对于尼采而言是一个十分重要的人物。而将他同我们关于"敌友关系"的主题联系起来的证据，则是在第四卷"忧郁之歌"一章里他所唱的"裸体而来"的颓废歌声（第 573 页）。

首先，在前面的"论朋友"中，扎拉图斯特拉曾表示：

> 你意欲在朋友面前不着衣裳吗？在你的朋友面前袒露你自己，这便是对他的尊敬？但是，他却因此祝愿你去见魔鬼！谁对自己毫无遮掩，就必招愤怒：如此，你们便极有理由避免赤裸！是的，假若你们是神，你们会因你们的衣裳而羞愧！（第 102—103 页）

之后可以看到，老魔术师表现出来的"裸露"和扎拉图斯特拉表现出来的"反对裸露"构成了敌对关系。只有扎拉图斯特拉看得出老魔术师本质上是在掩饰自己的疾病——颓废之病。接下来，他们展开了关于诗歌真假的争论。老魔术师先是伪装成一个颤抖、目光呆滞、仿佛被世界抛弃的孤独者形象，悲哀地吟唱：

> 谁温暖我，谁还会爱我？……你嘲讽的眼神，从黑暗中注视我……你这幸灾乐祸的未识之神？——哈哈，你悄然而至？在这午夜，你意欲何为？……你意欲进入，进入内心，登上，登上我最隐秘

---

① 朗佩特：《尼采与现时代——解读培根、笛卡尔与尼采》，李致远、彭磊、李春长译，华夏出版社 2009 年版，第 442—445 页。
② 尼采：《狄俄尼索斯颂歌》，孟明译，华东师范大学出版社 2013 年版，第 191—201 页。

的思想？……啊，七层寒冰，教人渴求敌人自己，给吧，甚至给出你
自己，你这最残忍的敌人！把你自己——给我！（第 491—495 页）

　　这段诗歌与"夜歌"在意象与主题上有微妙的响应，而"夜歌"的作者是
扎拉图斯特拉。与扎拉图斯特拉一样，老魔术师也渴望敌人，但他渴望的是
占有敌人，占有那个"幸灾乐祸而又未认"的神——狄俄尼索斯。关于这段
诗，《狄俄尼索斯颂歌》中的版本比《扎拉图斯特拉如是说》中的版本要多出
最后一段：
　　一道闪电。狄俄尼索斯出场，一身绿宝石般的丽质。

　　　狄俄尼索斯：

　　　放聪明点，阿莉阿德尼！……
　　　你长的是一对小耳朵，你长了我的耳：
　　　好好听一句明白事理的话！——
　　　人该相爱的时候，不是从相恨始么？……
　　　我，就是你的迷宫……①

　　显然，第四卷中的两人相遇其实是一场模仿尼采另一文本的"戏剧"。
老魔术师扮演的是狄俄尼索斯的祭司兼女伴阿莉阿德尼，通过歌咏召唤神
灵的到来；而扎拉图斯特拉扮演的是酒神——狄俄尼索斯。在《狄俄尼索斯
颂歌》中，酒神并没有主动参与表演，而是被女祭司所吸引、带入剧中。正是
在这种语境下，《扎拉图斯特拉如是说》中的扎拉图斯特拉才会想要用"真理
的棍棒"打破老魔术师的试探。但这种举动则应了诗中所言："人该相爱的
时候，不是从相恨始么？"根据狄俄尼索斯这一教诲，友爱的起源实则是敌

———————————

① 　尼采：《狄俄尼索斯颂歌》，第 201 页。

对,爱一个人就要像苏格拉底那样去盘诘、追问他,使他不得安宁。这岂不是前述的基于"权力意志"的那种友爱? 当然,这也正是老魔术师对扎拉图斯特拉之所为。老魔术师嘲讽说,自己只不过是在扮演"精神的忏悔者"而已,而真的"精神的忏悔者"就是扎拉图斯特拉在"论诗人"一章中提到的有邪恶知识与坏良心的诗人。在那一语境中,扎拉图斯特拉承认自己就是一个"谎话连篇"的诗人:

> 我们这些诗人之中,谁没有在他的葡萄酒里掺假? 我们的酒窖里制成了许多有毒的混合[酒],那里也发生了许多难以描述的事情。因为我们所知微渺,所以心中喜爱精神贫乏者,尤其它们为少妇之时! 我们甚至探求老妪晚间讲述的事情。我们称此为我们永恒的女性气质(Ewig-Weibliche)。……天地间有许多事物,唯有诗人才令它们可以为人所梦! 尤其是天空之上:因为一切神明均是诗人的比喻,诗人的诡骗! ……一切不充分者,却终会完全成为事件(Ereignis),这令我何其厌倦! 唉,我何其厌倦诗人! (第250—252 页)

当扎拉图斯特拉对门徒说这些话时,门徒略微有些愤怒,但保持了沉默,也许因为他依然爱着说谎的诗人。但或许这段话本身就是极其高明的谎言,是对门徒施加的教育,促使他们通过暂时看破某些诗人的虚荣之海而进入另一个追求真理的境界。出于这种教育目标,扎拉图斯特拉设想诗人会成为精神的忏悔者,设想他们会自我反思,深入精神深处(第253—255 页)。然而,在老魔术师身上,扎拉图斯特拉却洞察到诗人永远"必须欺骗",他们

> ……总有双重、三重、四重和五重的意思! 至于你现在的供认,我早已觉得不够真实,也不够虚伪! (第498 页)

对于以说谎为天职的诗人来说,越是虚伪或许就越是真诚;这种真诚已经超越了对一般人应尽的义务,是一种对灵魂深处真理的真诚,亦即自我"权力意志"的真诚。尼采眼中的瓦格纳就是一个说谎的天才:"他成了音乐家,他成了诗人,因为他身上的暴君习性和他的演员天分迫使他这样。谁只要没看出他身上占支配地位的本能,谁就无法参透瓦格纳身上的任何东西。"①瓦格纳的统治意志与老魔术师和扎拉图斯特拉的统治意志是相同的。而扎拉图斯特拉与老魔术师都是诗人,彼此都有说谎的嫌疑与能力,这种能力超越了一般诗人,是至高智性的体现。在这个意义上,他们具备了构建至高友爱的部分条件,就像尼采与瓦格纳之间也具有这种友爱的可能性一样。

老魔术师的的确确是"更高的人"。他的"颓废"是模仿出来的;他的真实行动,则是等待"最诚实的人""智慧的容纳者""知识的圣者""伟大的人"——扎拉图斯特拉。这至少说明他有足够的智慧判断扎拉图斯特拉的智慧。作为最成功的说谎者,他也是最成功的揭穿谎言的人。《朝霞》第223节描述了这种人"可怕的眼睛":"没有什么比这样的眼睛更让艺术家、诗人和作家们害怕了……在你们的作品中,看到了你们的全部不安、窥伺、贪婪,你们的模仿与夸张……"②老魔术师与扎拉图斯特拉有同样的诗人之心,至少看得出后者显白层次的谎言。耐人寻味的是,迪过与老魔术师的对话,扎拉图斯特拉最终也学到了狄俄尼索斯式的揭示真理的权能,进而具备了"神样的眼神":"'你试探我什么呢?'——扎拉图斯特拉如是说,他的眼睛辉光明耀。"(第500页)老魔术师说自己想要扮演更伟大的人,却刻意暴露自己的不伟大。扎拉图斯特拉则洞察到,这种说辞本身就是老魔术师以最为诚挚的姿态说出的试探性谎言。进而,扎拉图斯特拉以最诚挚的姿态说出了更高明的谎言,继续考验老魔术师。这场斗智游戏在两人良久的沉默

---

① 尼采:《瓦格纳事件/尼采反瓦格纳》,第50页。
② 尼采:《朝霞》,第268页。

之中达到高潮:老魔术师自称的显白目标是找寻诚实伟大之人,其真实目标是试探扎拉图斯特拉是否缺少真正伟大的自我觉知的意志;扎拉图斯特拉看透了第二层的谎言,于是"充满礼仪与奸诈"地给老魔术师指路,要他"向上"前往扎拉图斯特拉那住着鹰和蛇的巨大洞穴。这毫无疑问是对柏拉图洞穴神话的颠倒使用,对于老魔术师而言或许是一个精心的骗局。正是在洞穴里,诗人——老魔术师遭到了"精神的良知者"——现代科学精神代言人的训斥,发生了思想转变(第500页,第580—581页)。

这场彼此算计并不只体现出思想史上所谓浪漫主义对古典哲学的彻底敌意。① 也就是说,在尼采的安排当中,表面上作为诗人的老魔术师事实上不仅仅是在挑战并贬低作为哲人的扎拉图斯特拉。尼采或许认为,作为敌人一朋友,两人确实共同分享许多高层次的东西,并且在斗智当中彼此提升,追求智慧的哲人与抒情诗人的界限在他们两人身上逐渐得到了本质性的破除。这个老魔术师身上有着哲人扎拉图斯特拉的一面,正如老隐士身上有着受馈赠者扎拉图斯特拉的一面。老魔术师和老隐士,共同构成了扎拉图斯特拉在夜晚和白昼之间交互的思绪特征。比如,老魔术师在遭到训斥之后,给予扎拉图斯特拉如下的评价:

> 但黑夜来临之前,他又重新学会爱我、赞我;他若不做这样的蠢事,就不能久活。这人——爱自己的敌人:在我见过的所有人中,他最擅长这种艺术。但是,为此他却向自己的朋友们——复仇!

扎拉图斯特拉听到这些之后"兼具恶意与爱",与那些身为"更高的人"的朋友一一握手,并打算离开洞穴(第585页)。显然,老魔术师指出的正是

---

① 朗佩特:《尼采的教诲——〈扎拉图斯特拉如是说〉解释一种》,娄林译,华东师范大学出版社2013年版,第514—515页、第525—529页。

我们先前发现的扎拉图斯特拉灵魂中无法消弭的人之自然天性——在"心"之中无法抑制的爱与恨。这种爱恨交加的自然激情或者说意志，使得扎拉图斯特拉无法彻底模仿天体，而必须在"白昼—黑夜"与"上山—下山"等人世间的永恒轮回当中自我成全。而这些天性中的爱恨激情，则由这些"更高的"朋友身上"沉重的精神"带来。

从这些"更高的"朋友之后爆发出的笑声里，扎拉图斯特拉似乎听到了他们的软化与康复（第598页）。但在这之后，他惊奇地发现，这些"更高的人"竟然在共同膜拜一头驴子，视其为时代的新神，还发明了"驴节"。扎拉图斯特拉追问老魔术师，作为"自由精神"（《人性的，太人性的：一本献给自由精神的书》显然题献给老魔术师——诗人、艺术家中的哲人），他为什么要干这种事。聪明的老魔术师回答说："你说得对，这是一桩蠢事——这对我也变得足够沉重了。"（第605页）其实，这段文字首次出现在尼采1882年春夏之交的笔记之中："一个朋友对另一个很聪明的人说——这是一桩蠢事。聪明人答道：'这事把我的心情已经搞得够沉重的了。'"从1882年秋天开始，这段话以不同的形式反复出现在尼采的写作当中，曾经是扎拉图斯特拉本人口中的台词。这让我们不得不想想，在1882年的尼采身上发生了什么？是什么使得他如此"沉重"？

我们可以稍微"索隐"一下。尼采于1881年8月在林中漫步时，驻足一座山峰之旁。在那里，他产生了"永恒轮回"的思想。这时他正在写作那些后来构成《快乐的科学》一书的篇章。其实，他本来在写作《朝霞》的续篇，但在1882年结识莎乐美之后，他改变了原先的计划，要用诗一般语言写就的警句出版《快乐的科学》。[①]在这部书之后，他出版了《扎拉图斯特拉如是说》。看来，结识莎乐美和产生"永恒轮回"思想，是尼采这段时期在生活与思想上的两大转折，或许只有认清这两种转折的可能的统一性，才能够搞清楚这一时期尼采的创作意图。

————————————

① 　见《快乐的科学》的"编者前言"，第5页、第6页。

《快乐的科学》的附录"'自由鸟'王子之歌"有一个题为"西尔斯马利亚"的片段,在其中,尼采写道:

> 我安坐于此,等候,等候——漫无目的,
>
> 那善与恶的彼岸,
>
> 我一会儿享受光明,一会儿享受黑暗,
>
> 全是游戏、海、正午,漫无目的之时光,
>
> 蓦然,女友来了! 一个变两个,
>
> 扎拉图斯特拉与我擦肩而过……①

这个地方的"我"身处超越善恶的彼岸,他自称是在"无目的"地等待,但是最终"女友"的到来给出了一个偶然的目的。"女友"来临并使得"一"变成"二"时(回想一下"论朋友"的开篇),恰好扎拉图斯特拉与"我"擦肩而过,似乎这两者之间有必然的联系。显然,尼采暗示的是现代思想者内在的自我分裂和综合,也就是"愚人"(嘲讽者、颓废者)和"超人"(肯定者、超越者)的分裂和综合。

"愚人"在整部《扎拉图斯特拉如是说》里指的是那些通过反讽方式道说真理的人,他们所体现的就是狄俄尼索斯精神。这提醒我们注意《悲剧的诞生》。在其中,尼采曾看到,狄俄尼索斯式的人物与哈姆雷特有相似之处,都曾经洞察到这样的真理:对事物的本质的认识和对行动的厌恶是无法改变世界的,唯有幻想的遮蔽,才能让切实的行动得以发生。② 而在《哈姆雷特》中,小丑(fool)和哈姆雷特都是"胡闹者",一个在"里面"胡闹,一个在"外面"。③ 这就如同老魔术师和扎拉图斯特拉一样,一个在"里面"说谎,一个在

---

① 尼采:《快乐的科学》,第 412 页。

② 尼采:《悲剧的诞生》,孙周兴译,商务印书馆 2012 年版,第 59 页。

③ 莎士比亚:《莎士比亚全集》第五卷,朱生豪译,译林出版社 1998 年版,第 365 页、第 366 页。

"外面"。掘墓的愚人是哈姆雷特遭遇存在之虚无的思想媒介,在《扎拉图斯特拉如是说》的前言中,令走钢索者跌死、使得扎拉图斯特拉启蒙民众之梦幻灭的小丑也扮演了类似的媒介。这些情节上的呼应和暗示,就是尼采精心设计的对狄俄尼索斯精神——反讽精神——的最终表征:"过度揭示自身为真理,那种矛盾、由痛苦而生的狂喜,从自然天性的核心处自发地道出。"①作为思想者的哈姆雷特和刚刚下山的扎拉图斯特拉是热爱哲学的思想者面对尘世的外部人格,而在他们之内则有一个"愚人"不断地鞭笞他们的心,说出他们不敢面对的可笑真理。这样的谐剧设计要与一种肃剧的初衷结合起来才有反讽意味。在尼采眼里,肃剧就是"为了超越恐惧与同情,成为生成之永恒的喜悦自身……还包含着对于毁灭的喜悦……我,这个哲学家狄俄尼索斯最后的信徒,——我,这个永恒轮回的老师……"②。

狄俄尼索斯的敌人与朋友是阿波罗。鉴于《扎拉图斯特拉如是说》的第一个隐喻是太阳,其末尾是朝向太阳而呈现的未来超人征兆,我们应当看到这本书与日神诗学的关系。狄俄尼索斯的诗学通过模仿宇宙真理,构成对世界的无形象、非主观的重演或重铸;阿波罗的诗学则在诸如雕塑和史诗的梦境营造中使得原始的矛盾和苦乐变得感性而生动,激发人的积极生命力。用尼采本人的框架来说,这两种诗学的结合,就是希腊第一个抒情诗人阿尔基洛科斯的诗学,亦即抒情诗的诗学.

> 抒情诗人的形象无非是他本人,而且可以说只是他自己的不同客观化,因此作为那个世界的运动中心,他就可以道说"自我"了:只不过,这种自我与清醒的、经验实在的人的自我不是同一个东西,而毋宁说是唯一的、真正存在着的、永恒的、依据万物之根基的自我,抒情诗的天才就是通过这种自我的映像而洞察到万物的

---

① 尼采:《悲剧的诞生》,第 40 页。
② 尼采:《偶像的黄昏》,第 190 页。

那个根基的。①

没有什么能比这段话更好地解释《扎拉图斯特拉如是说》中这种与万物同一的诗人精神。"最好的朋友是自己"——当我们回想起亚里士多德式的友爱论时,也就能够理解愚人、魔术师、老隐士等纷繁复杂的人格面具(person)之于扎拉图斯特拉这一整全人格的真实意义。当老魔术师膜拜驴子时,他主动承担了"沉重的精神",自愿走进阿波罗式幻梦之中,与其他"更高的人"一起,成长为自愿遮蔽真理之人,为未来"超人"的来临提供准备。他们在第四卷末尾的表现就像歌德一样:

> 他强大得足以使用这个自由;他塑造了宽容的人,不是出于软弱,而是出于强大,因为他懂得把那导致平庸者毁灭的东西,为自己的利益所用;……这样的一个实现了自由的英才,带着快乐和信赖的宿命论站在宇宙中央,心怀信仰,唯独个体卑劣,而在整体中一切得到拯救和肯定——他不再否定……这样一种信仰在所有可能的信仰中层次最高:我用狄俄尼索斯的名字为它举行洗礼。②

"'自由鸟'王子之歌"一开始就讥嘲了歌德这位大诗人和"自由精神"的代表:

> 不朽,
> 只是你的比喻!
> 尴尬的上帝
> 被诗人骗取……

---

① 尼采:《悲剧的诞生》,第43—48页。
② 尼采:《偶像的黄昏》,第178页。

> 滚滚世界车轮，
>
> 把一个个目的碾碎，
>
> 怨者称这是痛苦，
>
> 愚者称这是游戏……
>
> 主宰一切的世界游戏啊，
>
> 混淆着真实与虚伪，
>
> 而永恒的愚蠢
>
> 将我们卷入其中……①

　　这种表面的讥嘲背后是愚人的透彻。"目的"被歌德时代盛行的历史主义车轮碾碎，每一个时代有其自身的合法性，人类不再有自然正当的严肃考量，从此走向为所欲为——这正是现代颓废的标志。"怨者"的痛苦和"愚者"(fool)的玩世不恭恰好响应了《人性的，太人性的：一本献给自由精神的书》中的那句名言。"垂死的贤哲"成了"怨者"，这似乎暗示亚里士多德式古典友爱论在当下的命运——降为同侪之人在智性上的彼此怨恨，价值上的相对主义随之而来。所谓"永恒的愚蠢"针对的则是歌德笔下代表智慧的"永恒的女性"——对智慧的友爱最终降为漫无目标的永恒愚蠢，宇宙秩序的"不朽"也就成了一种谎言。

　　但是，在前面的"西尔斯马利亚"片段中，尼采则用扎拉图斯特拉这一形象与"女伴"并列，言下之意，扎拉图斯特拉是通向"新女性"(暗喻"新智慧")的代表，是未来哲学的桥梁，是走出无目的颓废时代的新路标。《扎拉图斯特拉如是说》的第二卷伊始，当持镜的小孩让扎拉图斯特拉看到自己心中的魔鬼时，他奋而起身，要继续去找寻他的朋友与敌人："我的敌人也属于我的

---

① 《快乐的科学》，第 399—401 页。

幸福。"（第 157 页）扎拉图斯特拉所启迪的朝向"超人"不断升华的权力意志，显然需要这种"对立"与"综合"的过程。扎拉图斯特拉心中的"魔鬼"或许就是狄俄尼索斯，是时代精神——歌德式历史精神——的形象化，他总是对幸福快乐充满渴望，而智慧就是"至善"，这恰好又是亚里士多德式的哲学生活方式的必然之旨；只不过在这里，由于时代的沉沦，自然生发的友爱至福被哲学争斗带来的超克快乐所取代。这也就预示着，在过度启蒙的现代思想语境中，哲学内在的破坏性是导致哲学友爱变得不可能的根本原因。而尼采给出的答案就是，唯有继续披上权力意志的外衣，延续通向"超人"的意志，努力与"颓废"的虚无主义特征相斗争，才能延续某种看似高等哲学友爱的纯粹性——这就是"新智慧"的实际内容。

　　从更为具体的角度来说，"超人"和"愚人"的象征性斗争实际上揭示的是，哲人需要与他自古以来最大的敌手——诗人时刻对话，并学习后者编织谎言、打造幻象的技艺，甚至变成一种新的抒情诗人。《扎拉图斯特拉如是说》的中间部分恰恰是三首诗歌：《夜歌》《舞蹈之歌》《坟墓之歌》。这三首歌预示了扎拉图斯特拉是一个能够综合哲学与诗的未来哲人。在"论诗人"中，扎拉图斯特拉不断地暗讽歌德及其《浮士德》，原因就在于，在当时的扎拉图斯特拉眼里，歌德仅仅是一个以诓骗的形象示人的民族诗人，与荷马别无二致，是阿波罗诗学——伟大幻象与神话——的代言人。但在第四卷，通过与老魔术师和其他"高贵的人"设计出来的新宗教打交道，扎拉图斯特拉最终看到了阿波罗诗学通向"超人"的升华潜能，亦即用宗教谎言掩盖哲学禁欲主义与虚无主义，并提供一种健康完善的显白说辞。这种高贵性份属在大地之上建立国家的成年男子——政治家。与浪漫主义颓废诗学不同，这种塑造"超人"的诗学在多重的谎言背后，在发明"驴节"的喜剧精神背后，首先藏匿着愚人——狄俄尼索斯的坦诚与权力意志。

　　当然，"超人"也不全是谎言。对于"扎拉图斯特拉"所象征的整体人格而言，如果欠缺自我探索、超越的超人精神，"魔术师"这样的抒情诗人就只是一个肤浅、虚荣的反讽者；同时，如果缺少一种积极的权力意志的信念，反讽也就无法回应实际生活提出的一系列挑战。而我们不难发现,写作《扎拉图斯特拉如是说》的尼采本人就在阿波罗与狄俄尼索斯两种面相(person)当中自由切换,正如扎拉图斯特拉从白昼到午夜的循环。这种循环本质上就是一种自我对话和自我友爱。我们清清楚楚地看见,从"前言"到"论诗人"和"夜歌",最后到第四卷,扎拉图斯特拉本人的智慧程度在永恒的自我对话当中发生了质的改变:他从不同的面相那里学到了越来越多的东西,阿波罗和狄俄尼索斯的精神——以及与之相伴的善与恶、昂扬与颓废、表象与真理的本质——在他身上也就越来越融洽。就像学者莫瑞尔所说的那样:

> 我们怎样理解尼采本质上是历史上的所有人名呢? 在其肯定的方面,这一提议宣称一个个体只有通过失掉他既有的身份,只有通过经历永不停息的改变,才能真正成为一个自我。只有以这种方式,永恒才能成为生命:从几个完全不同的面孔得来的一个变形面孔。这是真正身份(person)的运动——从罪犯到狄奥尼索斯。①

扎拉图斯特拉的"朋友"是谁呢? 是太阳、老隐士、老魔术师、其他的"更高的人",是鹰、蛇、狮子和梦中持镜的小孩,包括他"自己"。如果说尼采所面临的颓废时代的表征是漫无目的与彼此怨恨,那么尼采设计的扎拉图斯特拉与这些"朋友"之间的相友相爱,则构成了一次又一次的哲学对话和上升,通过自我的不断重构与超越,将实实在在的爱智行动标尺通过诗性的写作展现在更多心性高卓之人——《扎拉图斯特拉如是说》预想的读者——面前。扎拉图斯特拉经历的周而复始的永恒轮回过程,最终又彰显出真诚的自我完善的"超人"意志,最终用别样的方式实现了对古典目的论友爱在当代的重新奠基和立法——尽管我们尚无法确认其是否有效。在尼采的期许

---

① 转引自弗拉狄耶尔:《迪奥尼索斯对抗被钉十字架者》,成官泯译,载洛维特、沃格林等:《墙上的书写——尼采与基督教》,华夏出版社 2004 年版,第 204 页。

中,作为桥梁的未来哲人通过体验颓废与自我进行对话,进而超越颓废,在知识与生活的夹缝当中,在午夜的诗歌与正午的立法之间,找到一条通向新目标的道路。这就是他在"论新旧标牌"中(也在《偶像的黄昏》的末尾)写下的"金刚石"对"煤炭"所提出的要求:你与我是同胞兄弟,但你若要成为我的同侪之人,就应当变得"比青铜还坚硬,比青铜还高贵"(第 420 页)。

　　或许如一些论者所言,尼采眼中的亚里士多德形象不佳:这个哲学家之祖其实甚少谈论尼采所热衷谈论的哲人"自我"。与柏拉图相比,亚里士多德本人的好恶爱憎与其思想之间缺少联系,呈现出科学家或展示纯粹哲学的圣徒(sage)姿态。① 显然,亚里士多德与尼采当然有着本质上不可调和的时代差异,由此也就造成了双方的思路差异。尼采深切地理解古代哲学的政治期许,作为现代人,又深切地认识到我们时代颓废气氛的症结。在书中,他把颓废气氛提炼、纯化成高贵哲学精神的象征——扎拉图斯特拉的敌人,同时又使之表现为可敬可贵的对手,从而使之进入哲学精神内部,构成一种补充。尼采就此让树敌并克之的"权力意志"推动"永恒轮回"的发展,使之成就一种新的"超目的论"。与成为"神"的古典目的论不同,对与自己完全势均力敌"朋友"的克服和内化成为新的目的。"人是必须被超越的"——而"我"的"午夜"与"颓废"一面,作为我的朋友,也是必须被超越和完善的。扎拉图斯特拉身上"愚人"与"超人"透过这种"化敌为友"的精神体验最终达成的综合,是尼采为现代哲学癌病开出的药方,是他对古代最宝贵的遗产——爱智精神的存救措施。值得注意的是,这种药方要求哲学进一步政治化和诗化。这种政治化和诗化不再是哲人的世俗伪装,而是世俗价值本身被哲人通过"狂者进取"的姿态囊括到自己的灵魂深处进行的净化,是扎拉图斯特拉通过敌人—朋友的辩证上升而实现的对至高真理和一般意见

---

① See Monique Dixsaut, "Is There Such a Thing as Nietzsche's Aristotle?" edit. R. W. Sharples, *Whose Aristotle? Whose Aristotelianism?*, Burlington: Ashgate Publishing Company, 2001, p. 156.

之间的彼此对峙。或许我们可以称其为重新提出区分—敌对关系,又能够超越这种敌对关系的"超—政治化"。这就是现代哲学心灵中的"永恒轮回"。

　　"权力意志"作为显白写作,一直与"重估价值"联系在一起。而尼采"重估一切价值"的真实目标,是意欲重新得到一个自然与生命的"世界"——"永恒轮回"的世界。在尼采眼里,爱智其实就意味着爱生命、创造生命——这也就让哲人承担起了古代诗人的使命。与智慧为友,同时与自己的一生为友,调和两者之间的关系,使之重新焕发出活力,朝向真正的幸福挺进——这就是"重估价值"的真意。尼采试图和亚里士多德在这个地方达成和解,但我们必须更多地看到他们之间因时代的迥异所造成的根本性的气质差异,并且认识到尼采深谋远虑的言辞正是在这一意义上进一步促成了现代性的最终完成,引发了后世思想者们激烈的诗性革命,为 20 世纪的激进意志提供了一条悲壮的道路。

| 第三章 |

图像学的历史哲学奠基

第一节　探究图像学的哲学前提

"图像学"(Iconography)是诸多人文学科共同关注的一种研究方法。在史学层面,对人文图像的解释,远比对语言文本的解释更为艰难。这是因为,图像虽然更为形象,但意义也更容易暧昧不定。相比起思想史和文学史,美学史事实上要求一种"图像"向"语言"的解释或者说转译工作:沉默无声的画作、雕刻、书法和建筑的形式可以通过研究者的双眼,直接在大脑中生成意义,但需要研究者再度用言辞将这种观看经验表述为白纸黑字的人文历史意义。传统的美学史或多或少对这一解释过程有所意识,但并未在理论层面对研究者提出解释学方法论上的严格要求。与此相应,图像学的方法,则明确承诺要让图像的意义解释获得稳定可靠的理论支持,进而,也就要对艺术史研究者自身的观看和解读方式提出哲学层面的检讨。

那么,相比起传统的美学研究,图像学究竟具有何种哲学层面的方法论自觉,足以使之承担起上述任务?对于艺术研究来说,这种方法论的具体要求和功效又是什么?

根据潘诺夫斯基(Erwin Panofsky)这一现代图像学奠基人的说法,有别于传统的艺术史研究,图像学的目标,是通过对图像的系统解读,开展人文对话与反思,进入"综合性和主观性的心灵过程",并在这种心灵活动中"重新实践那些实践,重新创作那些作品"①。就此看来,图像学方法论明确地意识到研究者自身在解读图像时的决定性作用。图像之所以为图像,在于其以视觉性为先导,引发观看者的直观审美经验,进而引发头脑中一连串的通感反应。居于不同观看主体自身当中的意义生成机制,往往具有含混性和复杂性,更在可交流性层面存在困难。所以,不难理解当代图像学理论家米切尔(W. J. T. Mitchell)会认为,随着时代处境的变化,图像"不再是它们曾对批评家和启蒙哲人所承诺的那样,是让现实被呈现给我们理解力的完美且透明的媒介",而是把理解力囚禁在世界之外的"种种谜团"(enigmas)②。因此,在图像学必须以规范的艺术史学身份出场时,其中必然会出现科学性(史学实证性)与诗性(体验性和创造性)的张力:如何有效地处理不同时代和不同语境中生成的图像经验,使之获得稳定可靠的意义定位,进而对当下的审美生活甚至伦理政治生活产生影响(至少是文化教养上的影响)? 换句话说,每一个独立的图像解释者,如何确认自己的解释足以成为具有普遍性的艺术史知识?

正因为这一难题性,作为潘诺夫斯基意义上的"人文科学",图像学要求研究者在面对图像展开观看和解释时,必须具备某种"资格",使得"科学"得以成立。米切尔认为,要以负责任的心态回答"图像何求"的问题,就得首先尝试在图像探究者与图像作品之间形成一种特定的"看"与"对话"的变奏关系。观看者作为负责任的研究者,不能完全沉浸于图像提供的情感氛围,但也不能完全出离,对其进行冷漠的解构:

> 图像就像人那样,可能不知道自己想要什么;它们必须获得帮

---

① Erwin Panofsky, *Meaning in the Visual Arts*: *Papers in and on Art History*, Chicago: Doubleday, 1955, p. 14.

② W. J. T. Mitchell, *Iconology*: *Image*, *Text*, *Ideology*, Chicago: University of Chicago Press, 1987, p. 8.

助，通过与他者的对话（dialogue）而自我重组……图像想要的，就是不被其观看者诠释、破译、迷恋、摧毁、暴露或去魅，也不让这些观看者在其中出神沉迷。①

这种居于自身和图像之间的解释学立场，让我们首先认识到，纯然"无我"的图像研究并不可能。把自身感触降到"零度"，认为图像的意义可以在材料、文献和符号语义学分析当中自明的"实证"倾向，可能包含着最大的偏执与盲见。图像研究的现代奠基人之一瓦尔堡（Aby Warburg）认为，应当得到揭示的不应该只是图像的一般语义及其对应的实在内容，而应当是其中蕴含的"心理图像"，是"艺术家故意运用图像公式去表达某些基本感觉"的心路历程，以及图像研究者对这种历程的再度把握②。如果要把"图像"的诱惑性面纱穿透并揭示其心理效应，首先应确保的，是研究者自身进行哲学化"观看"与"对话"的强度。

研究者应当如何进行这种特殊的哲学化观看和对话，才能对如恒河沙数般的图像进行有效的解释和定位呢？在这方面，潘诺夫斯基对图像学所追问的"三种意义"的规定，可以作为我们回答上述问题的一个理论起点。这三种意义是自然意义、约定意义和内在意义。潘诺夫斯基认为，在"前图像学描述"的研究阶段，图像学者应当借助"实际经验"，把握"自然意义"，即图像所再现的事实性主题（如历史事件、环境背景、人物身份等），以及其中传达气氛和情绪的表现性主题（如宗教氛围、政治氛围或日常生活氛围等）。一旦进入"图像学分析"的研究阶段，图像学者则要凭借对历史语境和原典的熟稔，把握"约定意义"，即图像中由习俗和文化传统所赋予的特定"寓意"或"故事"内涵（蒙娜丽莎身后的水流意味着什么？阿卡迪亚的牧人看到的

---

① W. J. T. Mitchell, *What Do Pictures Want? The Lives and Loves of Images*, Chicago: University of Chicago Press, 2005, pp. 46-48.

② 洛赫尔：《关于"大写的艺术"——贡布里希、施洛塞尔、瓦尔堡》，翟梓宏译，《新美术》2012 年第 5 期。

石碑有什么寓意?)。最后,在"图像学解释"的阶段,图像学者应当凭借"综合直觉"去沉思图像中体现出来的整个世界之"内在意义"(委拉斯开兹的镜子让巴洛克时期的观看者把自我体验为什么? 他们如何理解自己的生活世界?)及其形成普遍历史"符号"的精神逻辑①。

在把握"自然意义"时,潘诺夫斯基建议人们以"风格史"的态度进入图像材料,琢磨其中的客体形式及其造成的基本审美体验规律。显然,"前图像学描述"需要带经验论色彩的方法论作为辅助。在这个意义上,我们的确可以首先借助生理学、心理学等方面的理论,如阿恩海姆(Rudolf Arnheim)的视觉动力学等,分析一般意义上的观看经验。其次,在对"约定意义"进行"图像学分析"时,除了庞杂的"类型史"知识的储备外,我们还需要一种冷静且不乏穿透力的方法论作为"手术刀"。在这方面,我们可以通过现象学、语言学和符号学等以剖析"约定俗成"为己任的理论视角,还原图像观看过程中凝结成的寓意和文化逻辑。最后,要达至"内在意义"或者说"内容",我们还应当提升全面综合历史现象并把握人类心灵基本倾向的历史化能力,对视觉现象背后具备复杂象征机制的文明或文化史意蕴进行深度的"图像学解释"。对于以"科学"为目标的图像学来说,这三个步骤理应全部具备。孤立地侧重这三个层面中的某一层面,往往会陷入发生学上的盲目与困难。

仅仅诉诸经验形式与感性体验的研究范式,显然从一开始就具有"剥洋葱"的危险:研究者通过外部的测量和观察,把审美还原为不同层次的生理反应,具有生命弹性的高阶心灵活动被剥解为无涉价值的机械作用,"刺激—反应"机制成为唯一"科学"的解释框架。这种消极的"给予—接受"的反应论逻辑显然无法有效切入成熟的艺术性图像,穿透其丰富的意义网络。因此,图像学研究必然需要更高的维度,也就是呈现生命意义的哲学维度。

就思想史而言,这种哲学维度的自觉,体现为近代认识论哲学向 20 世

---

① Erwin Panofsky, *Studies in Iconology*: *Humanistic Themes in the Art of the Renaissance*, Boulder: Westview Press, 1972, pp. 3-16.

纪哲学的漫长"语言转向"(Linguistic Turn)。在经历了这一转向之后,符号学、语言学和现象学等理论让艺术研究者们意识到,若要对图像之文化基底开展深入探究,首先需要一种作为解释之基底的原初哲学视域。这种视域,会把意义在生活世界抑或文化社会中的生成机制视为首要甚至唯一的探究对象,相应地,图像意义和外在世界的事实性层面的直接关系,也就随之降格。进而,在艺术史领域,出现了从追问"相似性"向追问"自指性"、从思考"看什么"向思考"怎么看"乃至于从关注"内容"向关注"形式"的转变①,也就出现了经验实证式图像学(对应着实在论式的观看之道)向意义生产式图像学(对应着建构论式的观看之道)的转变。

在"后现代"的视觉景观社会当中,可能存在图像意义无限滑动导致的"拟像化"危机,以至于图像本身成为观念中的"现实",并遮蔽存在之真②。但是,从另一个角度来看,很有可能的就是,图像符号的自指性及其现实化,最终又发展为对更复杂的符合论—模仿论结构的有意编织。很多时候,被精心构筑且符号化、隐喻化的图像存在的目的,就是期待更为精细的解读,以求绽现出其中复杂的世界指向性和观念发生过程③。按照黑格尔的逻辑,现代艺术的核心指归,是让观念超出甚至取代形式。这也就要求现代图像艺术的生产者自身在精神的运动方面走得更远。唯其如此,他们才能以绝对的"情感""见识"与"巧智"的权利和威力构成其绝对自由的主体性,全面主宰现实界,超越内容和形式的现成划分,做到"任意选择和处理"④。如果黑格尔的判断成立,当代图像艺术自身也就已经变成意义解释之哲学活动的一种呈现方式,那么,对由此生成的图像作品背后复杂的现代世界意义生产机制再次进行描述和解释,思考现代人的复杂心灵如何从中被生产出来,或许将是图像学研究的未来使命。

---

① 周宪:《视觉文化的转向》,北京大学出版社 2008 年版,第 44—60 页。
② 牛宏宝、冯原:《表象与造型的交错:从显现到造型再至图像》,《美术》2018 年第 7 期。
③ 牛宏宝:《图像隐喻及其运作》,《文艺研究》2022 年第 6 期。
④ 黑格尔:《美学》第二卷,朱光潜译,商务印书馆 2010 年版,第 366—385 页。

在这方面,现象学方法可以提供充足的理论支持。借助现象学,研究者在分析图像时,会尝试摆脱绝对主体观念和单纯事实截然二分的成见,领会到"主体间性","让现象或事情本身直观、忠实和充分地显现出来",在对图像的制作实事的还原过程中,开启显现为此在真理的存在真理①。这一还原—开启的思想历程,将使得被遮蔽的意义在面向生活世界的体验中重获新生。这就是"意义从行为,或更准确地说,从自我与外界的相互作用产生"②的含义。

然后,在这种现象学式的图像分析完成后,如果承认"图像"不仅是约定俗成语境下的被决定的符号产物,还是具有意义生育力的精神驱动实体,那么,图像研究者将推进其工作,对业已被揭示的意义进行整体上的史学重述,以求把个体对图像的现象学体察再度安置在稳定的历史意义系统之中,使其中携带的文明象征力量为公共生活所普遍承认和分享。这也就要求图像学方法论更为重视对潘诺夫斯基所说的第三种意义的追问,努力亲近对人类精神秩序史的宏观体认。图像学最终应以一种同时包容实证工作和现象学视野的历史哲学作为其基础——这就是我们接下来讨论的重点。

第二节　图像学的历史哲学潜能

自启蒙时代以来,对图像艺术进行线索勾勒以把握人类精神秩序的思想实验层出不穷。作为浪漫主义艺术史观的先驱,赫尔德曾在其关于人类趣味兴衰变迁的获奖论文中谈到,艺术趣味的曲折发展中,实则体现着人类实践理性的不断成长过程;因此,解释人类的艺术趣味史,也就是解释人类

---

① 　吴增定:《〈艺术作品的本源〉与海德格尔的现象学革命》,《文艺研究》2011 年第 9 期。
② 　玛格欧纳:《文艺现象学》,王岳川、兰菲译,文化艺术出版社 1992 年版,第 99 页。

的智性发展史①。从此之后,将图像艺术安置在"历史哲学"当中,使之成为
人类理智性观念运动之象征符号,这种工作在谢林、黑格尔等哲学家那里层
出不穷。基于对这一传统的批判性继承,布克哈特(Jacob Burckhardt)提出
了一种以"文化史"承载人类思想史的人文研究方案:对具体历史语境中表
征出来的艺术文化的"美好"和"自由"进行揭示,借此揭示人类对美好生活
方向的共同体认②。如果像19世纪的诸多思想家那样,相信艺术活动的任
务是通过对现实世界历史的形式化、美化,以让更高层次的"存在"完全苏
醒,那么,也就不难理解后世的图像学家如瓦尔堡、潘诺夫斯基们会或多或
少受到布克哈特文化史哲学的启迪。

　　根据洛维特(Karl Löwith)的总结,布克哈特所说的"文化史",本质上
是怀有哲学兴趣的学人把握生活世界中的艺术文化传统,并将其还原为历
史性精神运动轨迹的学术途径。在"文化史"中,"运动的、自由的和丰富多
彩的世界"应当自行呈现为史学写作中的核心内容,这需要一种极高的精神
天赋——对"本质"的直观和清晰化——作为其前提。在这个意义上,后来
出现的现象学方法,其实在"文化史"的理念中也可以找到其哲学上的先声。
"文化史"试图在艺术表象当中发现整个人类命运谱系的普遍特征。艺术图
像中呈现的"至高境界",并非"形而上学"意义上的终极观念,而是意图体认
艺术之"美"的观看者的审美综合。但要达成这种综合,文化史需要首先反
过来重视历史的限定性,返回人类各民族的宗教神话的语义网络,开展"象
征性的描述和阐释"。简而言之,从事文化史研究的学人,必然要借助"想
象"和"形象"的力量,从历史的殊相中不断澄清艺术之为艺术的美学本质,
尝试跨越一切时代演变和政治规训的限制,追问"永恒之美"③。

---

① Johan Gottfried Herder, *Werke*, *Band* 4: *Schriften zu Philosophie*, *Literatur*,
Kunst und Altertum, 1774-1787, Brummack and Bollacher eds., Frankfurt am
Main: Deutscher Klassiker Verlag, 1994, p. 113.

② 洛维特:《雅各布·布克哈特》,楚人译,商务印书馆2013年版,第83—94页。

③ 洛维特:《雅各布·布克哈特》,第167—179页。

布克哈特的"文化史"本质上是一种通过阐释行为透视人类心灵结构、追问终极指归的历史哲学,虽然其中有着对意识的关注,但也未尝忽略经验层面——用以衔接二者的,是艺术体验者心灵中发生着的观察、功能分析和图式构建①。在作为这种"文化史"的层面,我们今天的图像学,可以获得一种奇妙的柏拉图式的审美—历史哲学品质。只要具备一定的对终极意义的追求兴趣,就会理解,图像解释的学术意义并非让某种专门学科获得约定俗成的合法性,而是要以自身的心灵活动为基础,对历史中隐藏的诸多"心灵图像"进行揭示、体验和意义阐明。这种图像学,首先需要考虑如何让图像在其自身所开启的现象学式观看结构当中,既给予观者沉思意义发生的智性体验,又唤起"历史感"和"共通感"。这就是我们接下来的理论任务。

为了完成上述任务,我们有必要吸收一种同时具有现象学和"文化史"特征的理论资源。这种资源来自 20 世纪著名的历史哲学家沃格林(Eric Voegelin,1901—1985)关于人类"理智性意识结构"及其历史性显现的论述。

沃格林生于奥地利,后移居美国,其一生以历史哲学和意识哲学为研究兴趣,但在布克哈特的影响下,也不乏对艺术史和文化史问题的关注。在维也纳求学时,沃格林曾倾听斯特齐戈夫斯基(Josef Strzygowski)的文艺复兴艺术史课程②,这门课程主要延续了德沃夏克(Max Dvořák)的艺术史理念。在其学术生涯里,沃格林多以使用图像分析的方法辅助对思想史的解释。譬如,在分析文艺复兴时期宗教符号问题时,他对博斯(Hieronymus Bosch)的三联画进行了系统的图像学解读③。可以说,沃格林对图像学方法有相当程度的哲学反思。这种反思和他的意识哲学往往关涉在一起。

① 吴琼:《作为文化史的艺术史——文艺复兴的发明与布克哈特的现代观念》,《艺术学研究》2021 年第 6 期。

② Eric Voegelin & Ellis Sandoz, *Autobiographical Reflections*, Columbia: University of Missouri Press, 2006, p. 33.

③ 沃格林:《政治观念史稿·卷四:文艺复兴与宗教改革(修订版)》,孔新峰译,华东师范大学出版社 2019 年版,第 254—259 页。

在其代表作《记忆——历史与政治理论》中,沃格林认为,在凝视某一个图像时,最初的分析性的观看方式往往关注到的是"主题、构图、各种色值及其平衡、技法,以及与其他画作的比较";在这种观看方式下,观看者达成了某种"统觉",旨在让绘画的形式和主题直接进入精神领域,但是,"这个精神领域与时间的流动没有任何直接关系"。与此不同,如果一个人把注意力集中在自身对认识图像时的感受上,他会"把知觉当成时间过程来意识到";意识到自我感知并综合画面的整个身体知觉过程,这一思维的转变会引出对时间性的注意,使得我们会觉得时间意识必然会和图像自身呈现的意义具有相关性,但事实上,通过描述图像意义而产生的时间性认知体验,只不过是直观凝视之后发生的"推究性构建"。只要把"意识到意识本身"理解为流变不居的自我对自身统合知觉的不断反思,那么也就会导致这样的哲学态度的转折:"不会让人更好地理解作为整体的意识和时间,反而让人将躯体领域领会为意识的根子所在。"①

在指出这种将身躯体感当成意识来源的极端化态度后②,沃格林提出了相反的观点:"并非时间意识产生于流动中,而是对流动的体验产生于意识中,而意识本身并不流动。"③越是试图对感官的完形知觉进行分析并将原子化的"基本元素"还原出来,我们也就越是对作为整体的审美经验施加着某种推论性的重新解释,并用身体感性的隐喻对之进行类比。比如,在观看艺术作品时,我们总认为光影流动、气韵变化等可以作为客观内容而获得清晰的描述,但事实上,和数学中的"无穷小"等概念一样,对这些内容的描述其实是推论性的。围绕"深浅""明暗""韵律""节奏"的陈述,本质上通向的并

---

① 沃格林:《记忆——历史与政治理论》,朱成明译,华东师范大学出版社 2017 年版,第 34—35 页。

② 沃格林这一产生于 20 世纪 40 年代初期的观点主要针对的乃是柏格森和胡塞尔的理论,没有证据显示其中有对海德格尔的存在主义和对梅洛-庞蒂自 1945 年《知觉现象学》以来才发展出来的具身性学说的回应。

③ 沃格林:《记忆——历史与政治理论》,第 37 页。

非实存的某个样态,而是一种自身感觉综合中的假设之"物"——这就是胡塞尔之"实性构成"(die reellen Komponenten)所扮演的角色:其一方面指向的是创作者和观看者交互意识的"流动",另一方面指向的则是一种看似超越性的、可供审美的对象性要素(中国美学中常见的"气韵生动",便是这种要素的典型例证)。但后一方面往往会过于片面地被理解为艺术作品的实质。在沃格林看来,图像所要求的视觉注意,最终应当"强有力地固定住"客体,并把流动体验再度整饬为一种"完型",也就是说,因为注意到交互意识而产生的"生成/建构"式的具身性体验,应当被再度还原到非时间性的静观结构之中,借此,艺术作品真正的整体意义才能随之获得把握。

因此,与驻足于"时间性"和"身体性"的美学描述不同,沃格林提出了另一种理解图像之"视觉性"的意识哲学态度:在图像观看或制作的过程中,感性综合必然会由运动再度返回空明清晰的纯然静观状态。时间性的、流动中的自身注意,会再度朝向一种普遍的实在确定性迈进。在一整套"静观对象—反观自身并建构体验流—再度静观并形成整体确定性"的观看过程里,人类的理智性意识(noetic consciousness)所表征出来的心灵完型结构(而非单纯的理性结构或感性结构)也会在图像意义的解释过程中获得呈现,进而,具有整体性文明意涵的秩序象征,也会随之在艺术文化史当中获得意义的确定性①。

可以看到,沃格林和布克哈特一样,对历史之普遍整全意义的关切,远远多于对个别艺术经验带来的当下流变体感的关切。对于艺术史、文化史的整体意义具有兴趣的研究者,也因此需要在布克哈特和沃格林的路径上思考:作为人文研究的艺术解释,固然需要关注特殊性,但也需要再度回到普遍性。借助沃格林的描述,探究者会意识到,对图像的深度解释,首先当然会牵引出属己的历史性—此在性感知,但这并不意味着应当就此驻足,对这种此在性感知的超历史的哲学反思,仍然是艺术讨论中不可或缺的环节。

---

① 沃格林:《记忆——历史与政治理论》,第38—43页。

如果我们延续布克哈特或潘诺夫斯基的判断,把图像艺术理解为带有哲学意蕴的交流媒介,进而也就能够理解,"图像学"所要呈现的真实内涵,不只是制作者意图、体验者之审美经验或外在客观世界的内容投射,还应是图像观看者对其和作品交流时产生的体验进行意义思辨时的复杂理智活动,更应是这种理智活动作为人类文明活动所呈现的普遍历史秩序。

事实上,这也正是作为现代艺术史理论奠基人之一的里格尔(Alois Riegl)在《视觉艺术的历史语法》中试图说明的道理:

> 人类的艺术活动只要涉及图像,就会在两极之间不断波动:和谐的一极,它竭力要在所有的图像(包括有机图像)上显出晶体的不变的形式法则;以及有机的一极,其最高的目标是要再现有机图像所有的偶然和短暂的面貌……如果我们想对双方做出公正的评价,只需要考察一下艺术史的进程,去清楚认识有机特征所发挥的作用。①

里格尔此处所说的"不变的形式"和"有机图像所有的偶然和短暂"体现着两种"艺术意志"。即便在不同时代的不同文化语境当中,作为精神产品的图像艺术,也必然会同时给予观看者这样两种层面的意识体验。当然,不同的时代语境,会使得人们在创作和解读图像的过程中,更为偏重其中某一种"艺术意志"。在图像体验中同时存在的"完型"与"流变"这两种意识体验,构成了里格尔所谓"与自然竞争"的全部内涵:一方面,呈现"流变"的殊相,是对自然之变动不居属性的精神性的再现,其中体现出个人在机运和偶然面前通过"模仿"自然来与之进行竞争的崇高意志;另一方面,对殊相进行"完型"沉思,并再度从中认识到某种更高历史秩序的确定性,则体现出对自然的更为自信的风格化和抽象化,最终让"和谐"统摄"偶然"。里格尔还指出,无论如何,有机化的艺术意志必然会在传统化、教条化后转化为和谐主

---

① 里格尔:《视觉艺术的历史语法》,刘景联译,上海三联书店2017年版,第62页。

义,在这个意义上,"激进的有机主义受着和谐主义不断的控制和操纵"①。

和里格尔对艺术意志的理解相似,在其思想史巨著《秩序与历史》中,借助对古希腊哲学之开端的分析,沃格林指出,人类作为思想者,会在不断置身历史的过程中,逐渐将"理智性意识"揭示为与"实在"发生本质关联的唯一心灵结构;人对被给予的感性图像之意义的怀疑、思考和重新阐发,体现出其理智在尚未确定意义的生存处境和对秩序的超越性体认之间摆动的规律:

> 生存,意味着对两种实在模式的参与:(1)参与到事物之无时间性起源(timeless arche),亦即"无定"(Apeiron)之中;(2)参与到"无定"的时间性显现当中,亦即,参与到事物的秩序化序列之中……随着理智性意识的领域在思想者的序列中逐渐展开,这一意识的领域自身也将被理解为实在结构的一部分……这种静默无声的对其自身之意义产生疑惑的理智性意识的过程,成为让其自身之意义持续不断地获得澄清的过程;这种被发现的意义,正是理智性意识本身在此过程中的涌现。②

生存与体验中伴随着人类理智性意识的自身注意,这种自身注意就是对无定生存和稳定秩序两个维度的不断发现。在图像观看的问题上,对这种理智性意识之双重过程的发现,意味着让单纯的艺术体验上升为历史化的艺术哲学。如果说沃格林的这一思路具有哲学上的创见,那么,它也并非无源之水。在19世纪以降的艺术史思考中,这类对心智活动自身的注意也比比皆是。在里格尔的历史语法论中,就隐含了对艺术史之"观者"本身思辨心灵的一种自反性意识的注意:图像在历史语境中对不同观者唤起的"内

---

① 里格尔:《视觉艺术的历史语法》,第53—63页。
② Eric Voegelin, *Order and History 4: The Ecumenic Age*, Columbia: University of Missouri Press, 2000, pp. 233-236.

在活动"——凝视、时间体验和秩序化体验——具有一定的规律。借此,里格尔将"艺术史几千年观看方式的历史演变"确立为"艺术史叙述的对象",其背后站立的"超级观者"①,其实正是能对不同时代的"艺术意志"进行归纳和再阐释的理智性意识:它能在生成流变的现象之中引导出人类共同的心智运行的结构,进而为不同时代的艺术心灵之间的深层对话奠基。当然,这颇类似于黑格尔《精神现象学》中被阐述为精神发展过程的客观自我和作为阐述者的哲学家自我的关系,而谢林则尤其注意这种自我精神现象描述中两种自我之间的辩证关系,并在这个意义上把"哲学"理解为不断返回自身意识的柏拉图式的"回忆"②。鉴于里格尔位于赫尔德和黑格尔以降的德意志历史哲学的观念谱系之下,而沃格林受益于谢林式的柏拉图主义灵魂论③,这种在图像解释中诉诸"理智性意识结构"的观念,可以溯源到康德以降的德意志唯心主义的艺术哲学,进而返回到重视"心灵"(psyche)和"心智"(nous)之"宇宙—自我"二重特性的思辨传统④。

　　一旦注意到"心智"的维度,作为艺术史经典范式奠基者的里格尔的"艺术意志"论,也将得到哲学层面的澄清。不同历史语境的外在因素导致图像发生语法和风格的变更,但在深层意识结构方面,图像则可能反过来体现出历史殊相中不变的实体性讯息,并被今天的研究者把握为"艺术意志"。这种讯息产生的现实功能,恰恰在于推动图像研究者自身的理智性意识在观看—体验—沉思过程中逐步提升。在这个层面上,置身图像艺术的讯息海洋中,对其进行历史化、秩序化的沉思和解释,就等同于布克哈特、沃格林等思想家所描述的通向至高实在——无论其语词对应物是"真理""神"还是"美"——的哲学体验。

① 　周宪:《艺术史的二元叙事》,《美术研究》2018 年第 5 期。
② 　先刚:《"回忆"和黑格尔精神现象学的开端》,《江苏社会科学》2019 年第 1 期。
③ 　沃格林:《政治观念史稿·卷七:新秩序与最后的定向》,李晋、马丽译,华东师范大学出版社 2019 年版,第 256—301 页。
④ 　Eric Voegelin, *Order and History4 : The Ecumenic Age*, pp. 51-54, 236.

第三节　图像解释与人类文明史

让理智性意识进入图像解释,可能导致两种结论:一是令观者把可见的所有信息都归于此世当下的既定观念之下,即"确证";二是让观者经由图像的可感形式,探究自身思维过程所呈现的整全意蕴,即"反思"。就后者来说,对自身理智性意识的结构有所省察,意味着哲学思维的开启。理智性观看具有"使物回看观者的能力"[①];脱离这一层面而进行的单纯的图像研究,则更多地容易滑入约定主义、历史主义,甚至产生独断的、意识形态化的史学立论。这种危险的本质源于图像自身的暧昧:

> 图像或圣像是以可感的形式来表达超感官的神秘,所以它在以可见的形式把不可见性召唤到场的时候,它在把观者引向对神圣的沉思的同时,也有可能使不可见性在可见性中永久地陷落,把观者引向物神崇拜的幻觉。[②]

如果说,单纯把图像中表征的某一类文化历史征象及其伦理政治尺度规定为唯一的"理智性结构",而忽略图像在生成和被观看时对思索着的个体产生的提升性的有机体验,进而忽略需要不断参与和探究的"无定"在历史化叙述中自发隐遁的可能性,就有可能陷入以"可见性"取代"不可见性"的陷阱当中。反过来说,唯有和有机性、生成性的"艺术意志"共同进入深层的参与进程中,才能帮助观者在"图像"的艺术媒介中与至深的存在性体验打交道,逐渐生成整全的、具有交流可能性的"意义完型"。这种"意义完型"不仅是一个文学解释学现象[③],还是一次自我启蒙的精神唤启,也是中国传

---

① 高薪:《物的凝视——论审美静观的宗教性起源》,《中国人民大学学报》2017 年第 5 期。
② 吴琼:《图像的力量——中世纪圣像论争的理论价值》,《文艺理论研究》2016 年第 1 期。
③ 周宪:《系统阐释中的意义格式塔》,《中国社会科学》2018 年第 7 期。

统美学"澄怀味象"体验中蕴藏的思想性期待。其艰难的批判性特质,实则和人类创造性力量不断绽放并推动文明进程的宿命密切相关。可以说,在每一次严肃的图像观看活动中,都潜藏着这样一段个体在生存性的审美张力中努力与"不可见者"严肃照面,并最终澄明自身乃至于人类哲学心灵境界的历史。

如果承认对"理智性意识结构"的澄明在图像学理论中具有深刻的人文价值,那么,对图像的凝视和反思,将最终体现为对人类文明之精神现象史的重新回忆。艺术史也随之超越为布克哈特所期盼的"文化史"。对此,我们可以举出一个著名的例子来理解这种"回忆"的重要性。瓦尔堡曾在《〈记忆女神图集〉导言》中如此总结:

> 在迷入对象和超然克制之间,距离意识有韵律的变化意味着一种介于图像宇宙学和符号宇宙学之间的持续摆荡;作为人类心理定向的手段,这种摆荡充分与否,预示着人类文化的命运。集体的和个体的回忆,以一种独特的方式,帮助艺术家摆荡在宗教的世界观与数理的世界观之间。它不会无条件地创造智性空间,但是会强化两种趋势——要么静穆沉思,要么迷狂献身——由此构成精神活动的两个极点。

> 被我们称为艺术活动的,实际上是这样一种不断摸索对象的探究过程,它居于想像性的把握和观念性的沉思之间,体现在由此产生的雕塑和绘画中。一方面,艺术作品提炼对象的轮廓,以便反抗混乱,另一方面,艺术品需要观者以宗教般的热忱,凝视被创造出的偶像。这种二元对立产生了人类智识上的困境,它构成文化科学的真正主题,并将所描绘的居于冲动与理智行动之间隙处的

精神史作为自己的研究对象。①

　　这种与尼采的"酒神—日神"学说关系密切的意识结构描述，试图让我们明白的是，作为一种"回忆"的图像观看，应当不断在个体直面实在的沉思性灵魂体验和沉浸于集体历史文化的图像符号内容之间摆荡。图像的历史意义，与其说来源于作为实体的史学内容，不如说来自图像可能激发的情感结构②，以及从这种激情中解脱、最终在不断回忆中完成的理智性意识结构。作为激情之人象征的"宁芙"与作为思想和记忆之神的"摩涅莫绪涅"的二元关系，在瓦尔堡那里，正隐喻着这种图像学的历史哲学基础③。

　　在阿甘本（Giorgio Agamben）看来，瓦尔堡描述的这种"无名之学"，试图达成的是数理化体验和宗教化体验的"中道"。每一个被放置在上述二元摆荡体验之前的图像，就像是储存了集体情感经验的"电容器"，在后世观看图像之人的生存需要的刺激下，其蕴藏的巨大能量得以涌出，或是令人屈服于这种巨大的激情之流，或是令人"走向救赎和知识"，由此，欧洲近现代文明的内在张力将得到揭示，生存性情感中涌现的对自身理智性意识统一的热望，也就不言自明地成为艺术活动中的精神底蕴。在这个意义上，瓦尔堡所理解的图像学，也就成为"不断让欧洲的记忆恢复活力"的巨大"电容器"，其《记忆女神图集》就此成为"对西方文化的记忆术式的和开创性的图集"，能够让"优秀的欧洲人"（good European）尝试观察、分析、转译、思考自身文化所面临的整体性难题，并治愈时代的精神分裂④。

―――――――――――

① 瓦尔堡：《〈记忆女神图集〉导言——往昔表现价值的汲取》，周诗岩译，《新美术》2017年第 9 期。着重号为笔者所加。
② 吴琼：《上帝住在细节中——阿比·瓦尔堡图像学的思想脉络》，《文艺研究》2016 年第 1 期。
③ 高逸凡、唐宏峰：《瓦尔堡艺术史哲学中宁芙形象的生成——以〈记忆女神图集〉第 46 号图版为中心》，《艺术学研究》2022 年第 2 期。
④ Giorgio Agamben, *Potentialities: Collected Essays in Philosophy*, Stanford: Stanford University Press, 1999, pp. 94-98.

在这种意义上,图像研究可以带有危机意识和价值担当,也就具有了及物的历史哲学意义,能在更高的价值层面克服历史主义[①],进而克服艺术价值层面的相对主义和虚无主义。图像学除了要以知识的丰富性促成经验的积累,还应时刻关注以永恒化为目标的"美的艺术",不断借助个别图像所传达的信息符号,揭示艺术过程中理智性意识得以形成的线索和结构。让"个别"和"一般"在批判的图像学研究中达成融洽,将成为一种让"认识自己"和"认识世界"同时得以开展的自我教育的思想风格。这样一种图像研究将要求研究者在和伟大形象的对话中对图像所传达的整个文明符码系统进行唤起、审视、破译和内化。这也就意味着,将图像研究视为哲学研究而投注心力的研究者,应当是一个对"理智性意识结构"的最终呈现充满热情的人,亦即热爱智慧的人。

---

① 鲁明军:《艺术力——重识李格尔的"艺术意志"与瓦尔堡之"情念程式"》,《美术研究》2020 年第 3 期。

| 第四章 |

情深与文明：婚礼摄影的美学意蕴

第一节　婚礼摄影艺术的仪礼品位

在古典生活的语境里，婚姻具有重大的意义，婚礼也因此在众多仪礼中具有独特的地位。即便在世俗化的当代中国社会，婚姻的仪礼也依然重要非凡。相比于其他类型的仪礼，普通人的婚礼在形式设计方面往往以各种快感的实现为目标：宽阔的场地和丰盛的宴席，震撼的场景和巨大的音响效果，还有众多的参与者与复杂的仪式环节……在其中，表演、音乐、美术和建筑的艺术，都扮演着重要的角色。

在所有艺术形式中，摄影的艺术格外引人注目。这是因为，作为现代艺术手法，摄影本身的片断性和瞬间性让"定格"的审美功能更多集中于"震惊"。但婚礼是代表两个现实生活中的人物达成社会性关系的意义重大的仪式，其社会指向性格外显著，所要面向的社会对象也格外丰富。要让来参与婚礼的亲朋好友都把注意力集中在婚礼的主角身上，婚礼摄影的艺术也就有必要特别重视如何在一瞥的瞬间给人留下震惊的审美印象，同时又使得作品不失其艺术的深度意蕴。

就此而论，婚礼摄影是最为极端的印象式造型艺术形式之一。好的婚礼摄影师，是视觉的魔术师，他们能够精准地把握两个即将走入婚姻殿堂的人各自迥异的心情,并用自己的构图和造型技艺,在片断式的图像闪光中,营造出种种恰到好处的氛围,让他们自身的气质和一种社会的整体期许,都能在其中并行不悖地呈现。

要说明婚礼摄影的复杂意味,不得不首先讨论婚姻的仪礼本身。婚姻本身是一件奇妙的事情。要让两个本来不属于一个家庭的个人组成一个新的家庭,并且把自己原有的家庭也作为元素组合在其中,这需要一种社交的或者说情感的艺术。一般会认为,爱情是这种艺术的触发媒介。唯有尝试去爱一个对象,人才会紧接着去把这个对象纳入自身,尤其是把一些本来陌生的人纳入自己的家庭。而爱的本意或许是"匮乏":唯有缺乏某种东西,我们才会去爱某种东西。我们甚少去追求自己已经拥有的东西。因此,婚姻是一种彼此对"匮乏"的填补。婚礼的艺术,进而也就成了对填补双方"匮乏"的仪式行动的象征。

从日常经验角度说,一般的婚礼摄影师在把握婚礼参与者的状态时,往往会停留在表面上的情绪,如惶恐、紧张、喜悦、亢奋等。唯有具有本质洞察能力的摄影师,会抓准"婚姻"的欲求本身,亦即一种对双方各自"匮乏"的满足。满足不光是一种情绪,还是一种期许,是参与婚礼的双方对自身生活潜能的表达。而潜能往往需要获得形式以自我实现,因此,"婚礼"的图像定格,也就意味着对"匮乏"之原初状态逐步获得满足的整个心理过程的形式化。

一种有美学品位的婚礼摄影,在把捉这种爱欲逐渐获得满足的心理过程时,采用的首要技法,应当是巧妙地运用光影色彩,让人物的互动产生更有深度的体验。本来孤立的两个存在者,在明暗的界限中,互相寻求彼此以填补自身的匮乏,进而不断自我表达以确证自身的意义……摄影的图像功能,此刻反而流露出一种具有叙事性的潜能。这种光影的调度所达成的叙事给予礼仪参与者的,不仅是视觉的渲染刺激,还包括对视觉体验背后彼此生存体验的回忆的唤起。借此,礼物性交换的仪式,获得了充实的基本内容。

　　愿意去爱一个人终生,往往意味着要和对方共同分享对欢乐和悲伤的全部体验。人生道路上沉重和轻盈的彼此交织,也必然随之构成婚姻的主旋律。婚礼摄影师往往试图用强烈的色彩对比,让"爱"的纯粹性得到视觉意义上的经验化。婚姻双方在观看这样的婚纱摄影时,他们的想象性、能动性会让爱的整体氛围随之生成。在仪式化的摄影作品共同作用之下,一场婚礼不光是对情感的纪念,还是对情感之未来走势的一种期待。在其中,对家庭和美好生活的希望也就成为"瞬时的永恒"。

　　一旦具备鼓励共同生活的动机,成熟的婚礼摄影,也就可以避免陷入"摆姿"的当代图像陷阱①,转而具备仪礼化的艺术意志。如果说,两性的结合是人的自然动物属性,那么,让两性结合披上礼仪和审美的外衣,使之具有纪念性的婚礼及其相关的摄影行动,则是将"自然"提升到"文明"之高度的重要技艺。婚礼摄影进而超出了作为现代技术的摄影原初的还原实在生活的欲求,而把艺术意志转向了较为古典的对美的形式的再现。唯有从"情深而文明"的层面出发,婚礼的魅力及其内含的美学意蕴,才能在婚礼摄影中获得一种意义的稳定表征。

第二节　情绪重整与意义重构

　　婚姻仪礼是一种社会习俗,也是一种非凡的艺术,能让人之情欲自然获得合理的、文明的表达。奥地利美术史家里格尔曾经把艺术的历史定义为"创造性的人类与自然竞争的取胜历史"②。在今天,"与自然竞争"显得并不那么"生态文明",但究其实质而言,这个表述的确很好地把艺术活动的本质揭示了出来:在广义的"自然"亦即天地万物所给予人的有限对象和条件面前,在巨大的自然之力造成的心灵压力之下,艺术家作为人类当中具有独到天才的人群,会首先考虑如何化解里格尔学说的继承者沃林格尔曾提及的

---

① 吴琼:《论"摆姿"的表演美学——以婚纱照为例》,《中国文艺评论》2016年第2期。
② 里格尔:《视觉艺术的历史语法》,第3页。

人与周遭环境之间的"绝对二元对立"：

> 以未受限制的精神性行为，原始人为他自己创造了用几何和立体形状表达的绝对符号。他们对生命感到迷惑和震惊，于是，在无生命中寻找到避难所，因为生命永远不息的躁动得以消退，一种持久的稳定感产生出来。艺术的创造对他意味着回避生命及其偶然性，意味着超越于外在世界的一个稳定世界的直觉性建构，其中前者的偶然性和易变性质已被克服……生命的偶然与其结果的变化无常，让他感到痛苦，只有这无生命的、僵硬的线条带给他平和与满足，对他来说，它是绝对存在无生命的唯一的直觉表现。[①]

借助无机化的艺术形式，来回避生存中的偶然，亦即回避不可抵抗的自然之力对人类理想中的稳定生活的破坏。为了创造稳定感，艺术手法必然走向抽象化、形式化。相比起动态化的新闻记录式摄影，在具有审美品质的婚礼摄影图像中，这种对稳定的图像结构的光影再现可谓俯拾即是。无论在安宁平静的山水风景中嵌入人物的亲密行为，还是在巨大的建筑框架中安置刻意缩小并模糊外观的情感主体身影，都是为了让"秩序"及其稳定意味获得最大限度的呈现。

常识告诉我们，自然界中并不存在完美的三角形、圆形和平行四边形，画家却可以形成关于这些图式的完整的概念，并在同样作为假想概念的"平面"上，把这些似乎具有几何学意义的"标准"图式描摹出来。进一步说，尽管曾被视为最纯粹的科学，几何学却未尝有一种"唯物"的特征。几何学整体的根基，并非个别事物的实存，而是人的认识能力。"三角形内角和是180°""一个三角形只能有一个钝角"这些"公理"，无法再还原为更为基础的

---

① 沃林格尔：《哥特形式论》，张坚、周刚译，中国美术学院出版社 2004 年版，第 17—19 页。

大前提,它们都来源于我们凭空对自然杂多之物不完美外观的先天综合判断。这种先天的综合判断能力,也就是"抽象"。人类的智慧之处,就在于懂得把形象变成"抽象",用一条事实上并不实存的圆满线条,为杂乱而无规律的"物"赋予一种源自先天综合判断的"形式"。

因此,在没有发明摄影之前,人类把握事物并同时传达情感的艺术手法,往往也更加具有抽象的、形式化的特征。将一个实在物件的全部细节充分呈现出来,这没有可能,也没有必要。原始人在岩壁上画一头牛,只是数笔勾勒出其外观,而不是细描牛的一根根毛发。"勾勒"是最初的造型手法,也是最初的认知手段。通过"勾勒",某些具备"规律"的图式,开始首先在我们的头脑中形成,并构成我们用以观察、理解外界万物的先天形式。试图进入这种先天形式,是人类追求"美"的根本动机。

作为现代技术的摄影的出场,实则让可复制的诸多实在世界的经验细节获得重视,这反而冲淡了抽象化的"美"的整体效力(本雅明称此为"光晕的消失"),转而让观看者的注意力集中于"真实"。新闻记录式的婚礼摄影也有着类似的问题:各种情感片断的呈现,如哭泣、拥抱、欢笑、喧闹……的确能够提供促发回忆的直接功能。但就其作为婚姻仪礼之整体部分来说,这种摄影要求我们更为关切的是每一个个体的当下情绪的意义。然而,人类的生活总是在当下情绪的 再生产中延续的。换句话说,很多情绪会一去不复返,很多情绪即便被回忆,也变成了新的情绪。重复曾经发生过的顷刻情绪的影像记录,与其说保留了可贵的真实,不如说让关于永恒和幸福的期许依附于具体可感并时刻产生新鲜意蕴的审美刺激状态。事实上,每一个人类个体的感性能力总会随着身体能力的衰退而衰退,但头脑中的观念和形式却不会。容易消逝的情绪尽管也可以参与仪礼化秩序的构建,但也会悄然暗示永恒之表象的易碎和易逝。唯有对观念和形式的回忆,能够让这些情绪再度凝聚、综合、挥发,变成人类对当前生活的意义重构。

由此,不难理解,在某些追求最大限度的仪式感的婚礼摄影的构图中,传统绘画中的抽象化无处不在,其目标也正是借助抽象图式的普遍性,激发人类对形而上的某种理想的期待。可以说,婚礼摄影不同于其他类型的摄影——它是一种模仿绘画,尤其是古典式绘画的现代综合艺术。诸如"中心化""对称化"或"序列化"的构图表现形式,证明了借助这种仪礼性的摄影,人类在何种意义上凭借其先天的理性在不断克服并重构质朴的情绪性"自然"。作为婚礼之情感再现的摄影,可以依据抽象化和形式化的构图原理,超出日常经验的时间性焦虑,通向某种美的观念,进而通向对美好生活的表象性铭刻。这一"抽象"的过程是美化、艺术化的过程,也正是人类文明化的过程。过着日子的人类,用他天赋的判断力,把世界变成画面,把自己在生存中获得的种种难以言传的经验,用最直接也最扼要的视觉刺激,流传给自己的同族亲友和子子孙孙。在仪礼的稳定性层面,这种图像艺术,也就成为让共同存在的生活方式得以在更高的秩序维度奠基的一种坚固证词。

从原始人的壁画和陶器纹路,到早期的象形和拼音文字,人类的"文明",本质上就是要把生存体验和相应的知识和智慧,用最经济、最具概括性的方式,在时间和空间两个维度不断普及开去,使越来越多人能够有效地认识到万物背后的某种规律,继而让自己那曾在炎凉风雨侵袭下显得脆弱不堪的肉身得到保存,并开发出更多应对自然或者使用自然的"艺术"。在这个层面,艺术对自然情感应当有一种温润如玉的调整和整饬,让一部分的记忆坚定不移地延续,也让一部分的记忆随春风秋雨从容散去。正如婚姻的仪式旨在传达分散个体达成一致之后的情绪重构,关于婚姻的影像表达的重心,则并非在于对单纯主观意愿的凝聚,而在于对这种主观意愿的形式化、抽象化和稳定化。即便这种摄影立足最为现代的光影技艺,它的内核依然延续着某种古典的美学品质。

第三节　从艺术结构到文明结构

值得进一步讨论的就是,在欣赏文明化的图像结构时,我们可以获得的意义,则并非仅仅是稳定的心理平衡,而更多的是积极情感的再生产。在这种艺术表达中,一加一不再仅仅等于二,生命意义的自行增值,开始在稳定化的文明结构中循环发生。

我们不能远离真实生活中的情感流,但我们可以看护这股生命的信息长河,使之成为浇灌灵魂土壤的有机资源。作为文明结构的艺术,是引导情感之水源进入秩序之地的通渠。这是因为,优秀的艺术作品总会让情感凝聚为在经验之上的某种东西,这种东西其实是大多数人从事审美活动的目的,往往与宗教、政治、伦理和其他的话语范畴扯上关系,也常被人们把握为"道""法""中心""意味""灵魂""神性""宗教性"等。这种东西不一定是被有意道说出来的,更多时候,它在作品的形式中得到不经意的流露,并被鉴赏者心领神会。

正因为如此,艺术作品不等同于观念,却具有强大的观念驱动力,不仅能改变鉴赏者的价值观,还能驱使他们去实践和生产。不等同于上述的单纯的形式化冲动,这种让形式进一步意义化、观念化的艺术驱动力,实则通向了形而上的维度。是否具备这一维度,决定着作品是否"伟大""完美"或"激动人心"。

"自然"伴随着天地万物的节奏和能量,在"通感"的审美机制当中混融一体,表征为图像的整一化光影效果。"观物"然后"取象",被图像化的自然是抽象的自然。如果说,康德意义上的崇高感,一开始必须由自由无限生成洪流当中的"数"与"力",那么,对崇高感的图式化和象征化,则意味着艺术家试图凭借自身的"完型冲动",模仿或者说赶超无限的自然。前面已经提到,在当代诸多婚礼摄影的作品里,这种"完型冲动"可谓俯拾即是。无论是抽象化的图像工作,还是对稳定的情感力场的微妙塑造,都旨在对无秩序体验进行雕琢,使之承担起安宁祥和的共同生活趣味,而非沉闷不安的此世存在感。但这并非是说,凭借单纯的形式构图和秩序化、稳定化的创作意图,就能有效安顿好纷繁复杂的人类情绪的"自然"。事实上,在婚礼摄影作品里,最为重要的特征恰恰是:让实在的情绪性"自然"自发地在生活中显现,不断自我升华,最终提纯、深化为形而上的情义观念。

现象学美学家英伽登把这种形式之外的审美质感命名为"形而上学质",认为它是"生命和所有一切存在的东西中最深邃的东西",我们不能随便让这种超越之"质"得到呈现,唯有哲学和艺术的活动能够让我们对之进行"平心静气的思考"。英伽登把艺术作品视为纯粹的意向性客体,通过描述意向性的活动,将艺术作品的意义生成结构概括为"语音""意义单元""图式观相""再现客体与其命运"的四个有机层次,并把"形而上学质"视为由这些层次自然生发出来的一个特殊层次;艺术作品中所有的层次都要参与形而上学质的呈现活动,"都要以一种特有的方式相互之间和谐一致地进行合作,为此创造一些必要的条件",而形而上学质只有"通过具体化的观相所真正明见展示的客体的情境中,也就是在阅读作品的具体化中,才能充分地显现出来"。这种形而上学质自然并不完全源自作者或读者的主观意图,而是他们在参与本文和互文的意义生成时所体验到的客观质感①。

作为一种日常文化现象的婚礼摄影,也正是在这个意义上具有了纯粹艺术的审美表象,提示着我们这种艺术本源的"形而上学"可能。这是一件奇妙的事情:我们在一项最具有世俗功能的艺术门类中,也能洞察到这种人类审美体验的终极要素——前提是我们在视角上进行了充分的转换,悬置既有的社会文化分级成见,充分让日用饮食的经验获得神圣综合的潜能。事实上,我们不得不借助古人的视角,认为这是由"婚姻"这件虽然世俗但同时承担着沟通天地神人关系的神圣仪礼所带来的心灵完型的实现。

"昏礼者,礼之本也。"(《礼记·昏义》)结婚的两个人不再是孤立的前社会个体,而象征着面向天地万物真诚敬献生活热望的人类共同体的本质。共同生活本身要求"形而上学"的奠基,进而,也就要求一种编织光影以证明"爱"之本体意涵的仪礼作为纪念。婚礼的摄影艺术正是在这个层面获得了既传统而又现代的审美品位。这种现代属性当然体现为光影的技艺手法,但更多体现为对具体情绪的尊重。但尊重不意味着任其自然,而是意味着

---

①　英加登:《论文学作品》,张振辉译,河南大学出版社 2008 年版,第 282—294 页。

陶冶和提炼,意味着让大地自身涌现为"世界"。

第四节 居间于"情感"和"文明"

情感和文明的关系,贯穿着人类的思想历程。情感的不可理论化,是艺术的、象征的表象得以诞生的根本理由。在"寄寓遥深"的层面,个体的情感获得了"形而上质",婚姻与爱情也上升为人类共同命运的终极隐喻。就中华传统而言,可以看到,《诗经·关雎》始于男女之爱的主题,"窈窕淑女"不仅是自然幽微之理的象征,也是政治人事婉转之道的寓言。君子辗转反侧的追求,不光朝向代表自然规律的"左右"的流水和"荇菜",还要朝向"琴瑟"和"钟鼓"——他需要借助艺术和政治手段,通向稳定安全的水中之洲,营建美好的家庭和邦国。人居于自然和文明之间,就像雎鸠鸣唱于水流与陆地之间。爱情是这两个极点之间的通衢,美的形式是其表象。人应当在这两种极点之间存在并设立秩序的美好神话,在今天依然未曾消弭。在被历史赋予习俗意味的社会仪礼当中,更高的艺术追求则让这种设立秩序的原初体验超出单纯的习俗意味,再度临场于日常。这种还原居间体验的艺术技法,有可能来自梅洛-庞蒂所归纳的现代艺术风格:

> 这是一个从自我出发,被看作是空间性的零度空间。我不是按照它的外在形状来看空间的,我是在它里面来看它的,我自己也是被包括在它里面的,总之,世界围绕着我,而不是面对着我。[①]

对于大多数人来说,在面对婚礼摄影作品时,这样的零度空间体验是可能发生的。人们会积极调动自己的想象力去填补"理应如此"的情感内容,进而填补出一个美好的世界。在还原、补足图像中的秩序图式时,在面对各

---

① 梅洛-庞蒂:《眼与心——梅洛-庞蒂现象学美学文集》,刘韵涵译,张智庭校,中国社会科学出版社 1992 年版,第 150 页。

式各样光影之"力"的矩阵时,在面对情绪饱满但又克制在稳定构图之中的"自然"和"人"时,观看者或许愿意为整个仪礼编织积极的"故事",把情绪推向高潮和完整。我们作为观看者和参与者,会为婚姻送上祝福,为共同生活营构美好的展望。于是,我们也可以说,我们也在婚礼的艺术表达中,不断地体验着超出凡俗时间的"真理"或"道德"的临场,不断地感知并重现着"形而上学质"。我们其实并不能十分明确地表述出它的义理指归,这就是诗的生命力之所在:我们在进入艺术作品亦即进入"异域"展开填补和想象的过程之中,经历和反思着"形而上学质",进而不断更新自身的情感。

　　这就如杜威所言,艺术创作看似具有疏离性,但又有着通向社群经验的一维;对于我们这个格式化严重的社会,这种艺术经验反过来能够催化我们对自然情感的复述和提炼①。即便"情绪"的流露在不动声色地不断衰退并隐藏,但在婚礼的秩序化影像之内,更具有强度和深度的综合情感则一以贯之地绽开着,随之而来的则是社会共同体自身的逐步稳固:

　　　　每一个强烈的友谊与感情的经验都艺术地完成自身。由艺术品所产生的共享感可以带上一种明确的宗教性质。人与人相互的联合是从古到今人们纪念出生、死亡与婚姻的仪式的源泉。艺术是仪式与典礼的力量的延长,这些仪式与典礼通过一种共享的庆典,将人们与所有生活的事件与景观结合起来。②

　　在东方艺术的传统中,这种在宇宙论体验和现实秩序创建之间找到稳定立足点的艺术经验,似乎并没有完全过时,而是依旧在现代都市生活中提供乐趣、兴味与调和。只是,居间的艺术经验不仅仅是单纯提供共同生活尺度的塑造,还需要确证这种尺度的哲学来源。一场婚姻的摄影活动,不光要

---

①　杜威:《艺术即经验》,高建平译,商务印书馆 2005 年版,第 87 页。

②　杜威:《艺术即经验》,第 301 页。

让伦理得到明确,还要让自然爱欲的基本原理获得明确。在艺术史家看来,东方艺术本质上是让"世界"的整全规律和秩序进入我们的生活:

> 在远东艺术家的手中,形象的浮现作为世界存在本身的显现——宇宙威力的象征……所有的这些作品是"敞开的"形式,即它们并不以鲜明的轮廓或确切性对抗天地万物入侵的变动性,而是被天地万物所渗透。它们是宇宙的川流不息之指挥,而西方的作品则是隔离物;但是在那些中国物件中,无限的感觉也许最为强烈,这些物件具有赤裸的外形,手和眼可以在上面滑动——如有神秘意义的古玉或线条纤细的宋瓷,其乳白色的质地有着海洋的青色深度。[1]

继承了这种东方艺术的美学传统,我们今天的婚姻摄影,体现着向自然无尽敞开的美好构想,更是文明秩序与每一具体生活场景不期而遇的有效见证。无论是光影声色的秩序与操控,还是对个体生命的无限化和纪念碑化,就其形而上学本性而言,都体现出一种变动中的永恒,那就是至高之"爱"的节奏。宇宙因为爱而获得明朗和稳定,而设计爱之共同体的艺术作品的丰富意蕴,则让我们进一步思考:艺术如何让人们在大地之爱的共鸣中达成浑然的默契,从而能够怀着感激之情和踌躇之志,在这片幽眇的人生之海上,扬起"情深而文明"的风帆……

---

[1] 巴赞:《艺术史——史前至现代》,刘明毅译,上海人民美术出版社 1989 年版,第514 页。

附　录

一、"隐微"何以嵌入历史

——在潘静如讲座"退向未来"上的发言

　　潘静如老师的发言主题是 20 世纪近体诗,看得出来,他搜集了大量的作品材料,也做了非常能展现功底的背景调查。但在整个发言过程中,他并没有完全集中对这些近体诗作品展开文本分析和语境钩沉,而是梳理了未来有可能展开的一系列研究的基本思路。因此,在我看来,今天这场报告其实是为一次规模盛大的总体性研究提供一个"导言"。这次报告以"回到未来"为题,也是对一项面向当下甚至是面向未来的研究的展望。在这个意义上,我们或许不能单纯将静如老师的报告视为一次史学研究,而应当看到其中试图提供的规范性内容,亦即"如何进入历史"的方法论内容。所以,接下来我将从理论上尝试再度概括一下静如老师今天的发言,并试着就一些我尚未搞清楚或存有疑虑的概念,提出一些问题。

　　"回到未来"的议题,在我看来,体现出一种"以退为进"的论说策略。以本雅明的"历史的天使"作为隐喻,揭开讨论的序幕,静如老师此举显然是为了延续本雅明式的对现代性危机的审视和批判。现代性的一个典型表征是静如老师提到的进步史观。本雅明的隐喻，也是为了说明，作为"时代狂风"的进步主义观念，裹挟着整个人类历史不断"狂飙突进"，可能造成一种异化的困境。问题在于，我们必须理解他所说的"天使"是什么。在本雅明的语境里，《历史哲学论纲》这段话旨在阐释保罗·克利的一幅关于天使的画——当然，那个画面上的"天使"和西方绘画传统中的天使图像大相径庭，显得像是一个儿童涂鸦，也显示出一种显著的"非人感"，或者说明摆着的虚构特质。这个"天使"是什么意思呢？本雅明作为一个对犹太神学深有研究的人，在摆出"天使"意象时，或许是在隐喻这个历史观察者本身可能具有的神圣功能——天使是神和人之间的信息传达者，当天使被历史的狂风刮得不由自主平行飘荡时，它也就不再能够担负起把下方的信息传递到上方的责任，它变成了一个非人化的单纯艺术图像，而非拟人化但同时具有"光晕"的"圣像"。本雅明似乎是要告诉我们，曾经承担起某种传递信息功能的历史观察者——比如传统基督教传统以降的老派知识分子，在现代性的语境中注定被"进步"给"去魅"，他们带有年代印迹的沉思和写作也就注定显得苍白无力，只能是一个往回张望的"符号"。静如老师或许正是把握到了这个隐喻内含的这一层寓意，才会选择以此展开对 20 世纪旧体诗人的讨论。在进步的新文学大行其道的时代还坚持以旧体诗承担"史诗"或者"诗史"功能的这些诗人，似乎也正是在扮演这样一个信息传达者的角色。

于是我们看到，静如老师接下来马上进入了第一个话题，也就是"诗史"和"诗社"的话题。当我们称 20 世纪旧体诗人们为"诗史"作者时，等于是认为他们也承担着中国现代化过程之历史观察者的角色。在这里，静如老师告诉我们，"诗史"作者通过一系列带有"隐微"色彩的对历史现场的诗化评述，通过一系列讽喻和寄托的话语实践，在一定范围内形成了文人彼此心照不宣的公共意见空间。说到这里，我就很好奇一点：到底"诗史"当中传达的"史"，是"史实"或者说"事件"，还是"史观"或者说"历史反思"？我们都知道，"历史"和"史学"是两码事：前者指的是现实中实实在在发生过的事件的序列化,后者指的是对这些事件依据一定逻辑进行重新叙述的一种学问。史学必然以"史观"为基准,不同的"史观"决定着史学学问的尺度和品位高低。如果说,旧体诗这一文体承载的乃是"史实",那么,我们便无法分辨这类作品和当时的新闻报刊上的断烂朝报之间有什么区别。

我们当然不能说,单纯汇报公共事件,就可以自动形成一种"公共话语空间"。公共话语空间的实际内核,是能够为公共所分享的普遍观念,这也就和"史观"有着更大的关系。显然,除了文体上的美学差异,旧体诗的意义在于"旧"。而"旧"的出场,并非形态上的复古而已,还是观念上的复古。而我们知道,中国的"复古"大多数时候指的是"革新"。所以,旧体诗作为"诗史"而登上近代舞台,看似"复古",但其实并不是尼采说的"好古癖",而是要对当下的史实事件进行批判。而批判也就必然提供"史观"。

如果旧体诗之于新文学的区别性特征在于"史观"的不同,那么,旧体诗团体即"诗社"的实存,也就意味着一种历史观念的公共化。但静如老师似乎并没有在今天详细告诉我们这种公共化的"史观"是什么,而只是让我们首先了解这样一个情况,即,他们进行公共交流的基本形式是所谓"隐微"。而令我感到疑惑的是:既然要传达"史观"并形成公共话语空间,那么为何还有必要"隐微"?"隐微"的动机在于什么?旧体诗的写作意图如果不是如我们过去所理解的那样带有私人性质,而是一种公共抒情,那么它又何以要以"隐微"来对这种抒情加以节制呢?

静如老师提到了列奥·施特劳斯的隐微写作论。在我看来,施特劳斯毕生试图揭示的隐微写作现象,其实可以分为两种。

一种是现代启蒙哲人的隐微论,他们为了和占据统治地位的主流宗教与政治立场进行观念斗争,而同时保护自己不受到现实中的政治迫害,不得不采取匿名、颠三倒四、密文和混用古代语言等手法展开公共书写。众所周知,启蒙哲人是现代性进步主义的支持者,是他们推动了自然哲学和科学的进步,并在政治哲学层面为现代国家和世界秩序设计了进步主义的宏阔蓝图。在这个意义上,现代的隐微论,确实服务于现代公共空间的开辟,也服务于进步主义,是西方"新文学"得以成立的艺术基础,其出场的目的,是逃避迫害,同时尽可能动员社会上的各界人士参与到颠覆传统的政治行动当中。

当然,施特劳斯还提到过另一种隐微论,也就是古典隐微论,即柏拉图、色诺芬和亚里士多德这些"苏格拉底哲人"曾经使用过的秘密书写形式。这类哲人担心自己关于宇宙自然万物的探究可能会威胁到人间世的伦理政治稳定,因此用隐微写作的方式把自己的表述有限地包裹起来,只有少数具有哲学天赋的人,才能从字里行间读出他们的真实意图。与现代隐微论不同的地方在于,古典隐微论者们的动机并非"明哲保身",而是为了让自己那些具有破坏性的思想不至于伤害到既有的城邦律法,造成剧烈的观念革命。此外,古典隐微论的真意还在于,在同一个话语表述中可以读出多层含义:比如在色诺芬的《回忆苏格拉底》里,普通人读了可能会学习到苏格拉底遵循城邦律法的虔敬道德,史学家读了会掌握苏格拉底这一历史人物的生平与公开言论,政治家读了会体会到一些治理城邦的智慧,而更高层次的哲人则会从中体察到苏格拉底话语中的微妙之处,并产生对人间万事的新鲜领悟。

当然,在我们今天,有一些人用比较晦涩、含混的方式从事写作,则往往具有第三种意图,那就是刻意营造一种"优越"的区隔性,以求和普通人拉开身份上的距离,从而获取更多的文化资本。

说完上述三种"隐微"后,我们回观静如老师所讨论的这些诗人时,也就不得不问以下这些概念辨析性质的问题。

倘若,他们采取的是现代隐微论的策略,那么,是何种特殊的政治处境导致他们必须"隐微"? 如果存在这样的严酷处境,那么为何就在同一个时代,还有那么多人用显白易懂的方式,在表达他们的"史观"呢? 如果说是这批使用显白手法的人在压制"隐微"的诗人,那么也就意味着"隐微"的诗人们事实上难以更好地获取公共舆论的同情,那么,他们也就缺乏能力去动员社会和人民,或者根本就没有动员社会和人民的意图,进而,我们在何种意义上能说他们的"隐微"可以开启"公共空间"？这和现代隐微论的整体行动结构是有点矛盾的，除非，我们认为他们只是想要实现一种非常有限的公共空间，也就是少数文人的观念共同体而已。

　　所以我们必须考虑这样一种情况，即，他们采取的可能是类似于古典隐微论的策略。如果是这样，我们就得追问：他们私下分享的那种可能引起现实政治世界动荡的"史观"是什么，以至于让他们感到担忧，而不得不把这种"史观"潜藏起来？在这个维度，静如老师告诉我们，他们想做的事是建造"自己的园地"，以求通过"个人"的"抒情"，以"优雅、闲适"的态度传达一种自我安顿的选择。可是，我们都知道，这种自我安顿的抒情当然不会给社会造成什么困扰，也不会有人觉得这有什么应当被压制的——人都有自足、自由的冲动，多数人追求的是饮食日用、儿女情长的自由，有政治意识的人追求人身自由和言论自由，少数有智慧的人追求心灵自由。唯有后两种人才会采取隐微手段。但我们该如何理解"抒情自由"呢？从某个角度说，它是"言论自由"——尤其是当其中透露出严肃的"史观"或者"政治观"时；但更多时候，"抒情"只不过是饮食日用、儿女情长的载体。静如老师不断提及"载道"和"言志"这一对范畴，看来受到周作人影响很深。众所周知，周作人一生都提倡"优雅""闲适"，问题在于，他基本上是一个新文学作家，他立足文学史，依据的是白话文创作。事实上，要实现"自己的园地"，未尝非得"隐微"，更未尝非得"旧体"，只要"抒情"，即可做到。

　　因此，我们只能猜测，静如老师并非要延续周作人那种"优雅、闲适"的"为人生"作风——这种作风，恰恰是多数人向往的安逸生活作风。否则，静如老师不会认为这种主张应当"隐微"——因为这种主张本身人畜无害，也不会引发他人对自己的迫害。静如老师则以夏志清的"individual"论来告诉我们，其实他想要揭示的乃是一种政治性的"抒情自由"，也就是言论自由。所以，我们也就可以理解静如老师自己的"隐微"：他用周作人"优雅、闲适"的带有消极自由色彩的"自己的园地"，来隐藏夏志清和王德威试图证成的那种带有政治上的积极自由色彩的"individual"观念，并把这种观念灌注到对 20 世纪近体诗的研究当中,试图挖掘更多这类在"优雅、闲适"生活之下渴望突破小众话语空间、不断朝向更大公共空间输出"史观"的英雄诗人。

但根本性的问题还是没解决:为何是"旧体"而不是新文学?众所周知,新文学传统中这类向往积极自由的政治化诗人可谓俯拾即是。静如老师对他们在美学上可能缺乏兴趣,因此试图以"旧体诗"为材料,来挖掘"individual"。但我却又发现一个观念上的难题:静如老师一开始试图审视、反省现代性,但他抱持着"individual"去研究旧体诗时,却基本上必然陷入"现代隐微论"的整个框架,把笔下的旧体诗人们描述为争夺公共空间的积极自由论者,使得他们在"史观"上显得和引发现代性进步主义危机的启蒙知识人传统无甚区别。这样一来,我们就很难说这批"诗史"作者提出了什么新鲜的"史观",而只能看到他们和新文学史观提供者们"貌离神合"的根本情性。

当然,我们也可以重新对"individual"进行更高层次的估量。在静如老师的论述里,我能够感觉到这批旧体诗作者想要创作出来的审美境界及其渴望脱离的状态,它们是用"载道"和"言志"这一范畴难以概括的。毋宁说,传统诗学中强调的"俗"和"真",亦即道家和儒家之间的本质性差异,更能够解释这种旧体诗中的内在张力。在"优雅""闲适"的诗性生活中得以绽现的存在意义,未必是"自己的园地"及其隐藏的政治自由主义,还可能有更高层级的价值指归,也就是抒情传统的真实指归——与天地同一而获得自然正当性明证的"真性情"。"言志"的"志"可能具有个体性,但其中必然有道体的参与,才能保证"我"并非"意必固我"的"我",而是"吾丧我"的"我",是由内在不断超越并获得万物照见的"大我"。我相信,旧体诗之"旧",其与新文学不同的地方,恰恰在于其中保留了"见天见地见众生"的这种哲学基因。如果仅仅在"个人"和"公共"的二元平面中锚定"individual",或许本身是一件太过现代的事情。但在静如老师所引用的旧体诗中,诸如"刻蜡藏锋觉有神"的语句俯拾即是,"有神"的美学期许,难道不正体现出一种本雅明所说的对"光晕"的朦胧期待?当然,其中也体现出鲜明的现代性反思的意味,比如"心惟物映分宾主,道自群成视后先"——也许,当时这些"诗史"的抒情者早已意识到,现代危机来源于"唯物"之后"分宾主"而造成个体愈加虚弱的观念偏见,来源于把"道"置于"群"并期待其不断通过启蒙成长为成熟理性社会主体的"历史狂风"。那么,我们则可以反过来想,如果不抛掉这些偏见并"逆风前行",如果不重新找回因过度历史化而丢失的那种宝贵的向上的神秘维度,如果不重新把握"道"本质上的孤独性和封闭性,我们又如何能够理解何为真正的"隐微",又如何能够在旧体诗那带有宇宙音乐节律色彩的魅力中,体察到真正"自我"所必须依托的妙不可言的森罗万象呢?

二、从"禹贡精神"到"情感经验史"

——在《探索与争鸣》第三届全国青年征文论坛上的发言

这里收录的两段文字,是我在《探索与争鸣》第三届全国青年理论创新征文颁奖大会暨"中国知识体系构建与青年使命"论坛上的两次发言,包括上午报告的"获奖感言"和下午在论坛上围绕"知识体系"问题展开的发言。在这两次发言里,某些曾经形成过的观念后来还没来得及展开,在此且先作为一种"灵光一闪",展示出来,供批判用。

获奖感言

感谢上海市社科联,感谢《探索与争鸣》,再一次给予我这个发表获奖感言的机会。非常意外自己能得奖,文章不是很精彩,只是一个观点的提出,没想到能得到青睐,实在感激不尽。其实我个人是打定主意作为上一届获奖嘉宾来发表感言的——这样会轻松很多,聊聊自己这两年的生命历程就可以了,比如说,托咱们刊物的福,给我一个大奖,帮助我找到了工作并且顺利结了婚什么的,没想到又成了领奖人,也就要继续在学术层面自我剖析了,其实是很难为情的。

时过境迁,上一次得奖时我还是一个行将毕业的博士生,现在则是一个即将出站的博士后。在中国人民大学哲学院上了两年课,重新进入一个新的领域,帮助我开阔了视野,提升了学术研究的韧性。如果两年前我还在谈"一"与"多"的结合,促进经典和经验的贯通之类的大道理,现在的我则更多地想要谈谈进入真正学术探究时必须具有的心态保障。这是因为最近也有一些渴望读博士搞研究的后辈、师弟师妹来向我咨询一些经验,不妨趁着这次机会,既向各位老师和同行汇报一下我自己的心得,也为后来的青年提供一次经验分享。

　　说到学术的心态保障,我们不妨提一些反面例子。之前在《探索与争鸣》的公众号上也有文章提到过,很多青年学生会搞不清楚如今读书、搞研究的意义是什么。象牙塔和外部世界之间似乎脱节了,书本和现实的价值冲突太大,而学术世界本身也出现了一套非常现实的管理和经营原则,并且并不保障其作为科学所提供的那些纯而又纯的价值。以前有师弟师妹来问我搞学问需要什么准备的话,我会说你得多看书、多交流之类,丰富视野,增长现实经验,等等。现在我发现这些都还不够。我有很多师弟师妹很聪明、很能读书,他们基础好、外语好,视野广阔,但往往在学术研究方面并没有什么后劲。这是一个奇怪的现象。后来我才发现,他们缺乏一项尤其重要的品质,那就是坚忍不屈。

　　一个人在从事研究时,不管他所处的时代和世态如何,他必然会和外部世界有一定的脱节。否则,他的学术体验也就不纯粹,他的精神高度也就出不来。与世俗的逻辑保持距离,与既有的利益保持距离,把青春投入长远的计划当中,这种刻意为之的脱节是必须且必要的。要让学术的心志能够维持下去,就需要坚忍的性情作为其基础。

　　无论是希腊城邦时代,还是中国先秦时代,所倡导的主要德性里都很少有"坚忍",但很显然,要实现勇敢和节制,要做到仁义礼智信的全面实现,没有一种本真性的生命意志作为基底性的驱动,也就不可能。所以有"士不可以不弘毅,任重而道远","弘"是打开眼界,"毅"则是坚忍不屈。这两年里,我最大的体会就是,从事学术工作必须在当静的时候静,不断蓄积自己的可能性与能量,才能为将来的喷薄做好准备。我们身边有很多同辈青年投身学术时,往往汲汲于瞬间出成果,获得极高的评价。但很显然,即便我们很早就获得奖励,获得支持,但我们最终的成就会怎样,却难以在此时此刻下定论。

《探索与争鸣》第一次给我奖励时,我大受鼓舞,而这一次却平静不已。因为我认为受到鼓励的并不是我的某一篇文章或者某一个问题意识,而是我的平稳度。连续获奖的意义,在于呈现出对我这个人的稳定性的认可——也就是说,我不是一个昙花一现的所谓天才,也不是一个在响应一段时间“时代精神”之后就急急退场的存在,而是一个持续不断保持思索和探究的坚毅不屈的普通研究者。

说到这里,我会怀念起一些被我们誉为大师、泰斗的老先生。其实,现在回头去看他们的研究,未必能感到太多才气和敏捷性,其问题意识也可能过时了,但在他们的写作中,却总会让人感到数十年如一日进行修行的厚重与努力。比起高瞻远瞩的天才见解,我们中国的人文学术基底,更多的是由上面数代人在苦难的、恶劣的、贫困的生命处境中坚忍不屈地造就的。

事实上,我们虽然进入了新时代,但在人文的、精神价值的探究方面,有很多奠基性的工作还未完成,有很多整合性的、开辟性的任务还在召唤年轻人去从事。在这个意义上,我们和“五四”一代人面对的困境是一致的。正如“五四”之后中国学界开始尝试回归传统、修补文明自信,如今的我们在经历四十多年改革开放的思想风暴之后,到了今天,也就需要开动脑筋、提出总结性的判断来回应时代。这就要求我们在这个历史关头坚忍不屈地夯实基础、提炼观点,回到传统,回答那些悬置未解的伟大难题,深化积累每个学科的知识基础。比如说,虽然我们有大量的信息技术条件帮助我们获得关于本国历史和其他文明传统的知识,但如何将这些庞杂的知识整合起来,构成新时代的新体系,真正有效地回应世界的命运难题,我相信我们如今还没有人敢于直接说自己已经找到了答案。面对这些难题,没有十到二十年的耕耘,没有将外界功名利禄有意悬置的自觉,没有吃苦耐劳的愚公精神或者说“禹贡精神”,无法在艰苦条件下去“随山浚川”,一旦遭遇巨大的文明价值冲突的危机，也就难以及时给出饱满充分的回应。

　　因此，说了那么多，我想表达的只是我这两年的心路转向：我们这代人除了尝试高瞻远瞩之外，还必须学会不断以新的态度和方式去坚毅不屈地积淀一些内容，使得后世能够在此基础上有所突破，从而为未来的天才提供一个良好的教育体制与方法论方面的温床。我们虽然自称"青年"，但正如李大钊所说，青春和"青年"的意义就在于朝向未来，永远为后世的"青青年"扛起历史的闸门。我们还不是历史的主人，而只是历史主人的前奏曲。置身于世界历史中的我们，正是在这个意义上将把"探索和争鸣"进行下去，不仅为我们自己的功名与真理性的自我成全，还是为国家和天下的整体进步，为未来的学者提供真问题、真观点。这就是我想要在"五四"一百周年之际，和各位前辈、各位同辈和各位后辈分享的一点体悟。

论坛报告：从"知识体系"之问到"经验史"

　　面对这个"青年使命"的话题时，我就已经有了"陪跑"的打算，因为自从进入博士后工作以来就逐渐感觉到不那么"青年"了，总是恐惧和后面的硕士、博士，那些"90后""00后"站在一个层面上竞争：他们基础扎实，外语底子好，重要的是没有那么多观念上的束缚，眼界更广，愿意打开自己的研究空间去接受新鲜的知识和视角。相比之下，我们这代人则更多地愿意遵循专业学科的界限，在本专业同行能够认可的范围内尝试言说。这种专业的界限会给我们非常好的保护，让我们获得稳定的研究领域和相应而来的各种实际利益。然而，对于思想和观点的勃发来说，专业有时显得像是一种外来的律法，往往是以看不见摸不着的方式要求我们"停止思考"。我曾经参加过古希腊哲学、中国近代史和电影学等距离甚远的学科的会议，充分感受到不同专业所造就的范式差异是如何形构了每一个活生生的学者的头脑的。在哲学领域受到迫切追问的那些根本性的价值问题，在史学界则往往被还原为材料的翔实性问题，而在电影学界则会被还原为技法甚至是经济问题。而在文艺理论界，以上的追究都不太重要，每个人都在表达自己的"一家之言"，其实根本说不到一起去，多元主义的大前提限定了一切讨论都不过是自我表达的社会约定形式罢了。

显然，在同样的时代生存，我们所面临的问题本质上都是一样的，只是往往透过不同的层面表达出来。在精神价值的层面，在实证的层面，在实践、操作的层面，问题往往都能得到解答，但都显然并不全面。如果说学术依然要求求真意志作为其基础，那么，如何回到事情本身，将所有的问题层面凝聚在同一个视域内进行切实有效的探讨，也就成了一项必须去完成的思想工作。

大家可能以为我要引入一个"跨学科"的老生常谈话题，其实不是的。跨专业、跨学科和跨媒介等口号，往往试图激发我们尝试去打破陈规，但这么多年过去了，我们发现专业化的壁垒并非在降低，而是在不断升高。因为很多学者在盲目的"跨"当中并没有获得适合他的新鲜启发，而只是意识到了对话的不可能性，因此他们宁愿回到本专业寻找安全感。比如我在近代史的会议上就曾经感到很惶恐，因为很多老师追问我为何不多提及某个相关思想家的这段材料，为何不追究某个思潮的另一种解释可能，等等，这让我感到空前的知识压力，也无助于我丰富自己本来的论点。在古代文学界，研究会严格限定在"文学"的话题如文体、文类、修辞和文本文献等话题当中，涉及制度、经术和哲学思想的文章则往往不受重视。在艺术界也是如此，当我作为一个批评家提出一种见解时，艺术家中最硬核的一类人会直接顶回来一句："你会书法吗？你会画画吗？你会弹琴吗？"这样其实是拒绝对话，怎么"跨"也跨不进去，专业知识体系本身形成了一种"知识物自体"，拒绝任何外来的观念侵略。

其实，正是因为我们对"跨学科"或"跨媒介"的理解本身就有问题，才会导致这种具有反弹性的张力。只要我们依然抱定"知识"是学术研究的核心目标和动力，那么"跨学科"也就不可能。因为知识的总量肯定是无限扩增的，我们不可能以有生之涯尽无限之知。因此，我们要坐在一起对谈，一起思考人类命运共同体的问题时，应该找到的对话根基不应当是学科知识，而应当是此在生存处境中的种种难题。只要我们生活在这个世界、这个时代，就会有共同的"难题"激发我们去追求和创作知识与技术方法,因此我们的跨领域的共同点就在于"难题性"。

问题在于,我们时代的难题也很多。有很多难题对于一些人来说根本不是问题。比如我认识一个在西方读古典学博士的朋友,他家里有厂,根本不操心找工作、发文章这类"学术民工"操心的问题。往更深处说,有些人的特殊生存处境引发的危机,对于大多数人来说也是几乎难以被察觉的,比如一些同性恋朋友遭遇的心理困惑、一些农村子弟从小到大成长过程中遭遇的价值紊乱等等,还有一些思想深邃丰富的哲学家本身如尼采之类人也会遭遇极其癫狂的内在思想冲突。这些个别性的生存难题若是有必要被学术化、知识化,那么我们就得追问其普遍性意义是什么。对人类情感或者说"情性"之参差不齐的理解,也就尤为必要。

在此,我想提的就是一个大家可能比较抗拒的命题,那就是:跳出"知识"或"知识学"的视野,从头开始思考人的存在境遇,从而尝试从"情感经验"的历史维度,建构新的求知与理论方向。

这个说起来好像很激进,但其实也有着一条漫长的学理轨迹可谈。我想举的例子来自文学史和艺术史学科。了解这两个研究领域的朋友都知道,要用一种整全的史观来梳理"文学"和"艺术"这两个宏大概念下的每一个现象与细节,几乎是不可能的事情。文学要分成诗歌、散文、小说、戏剧等,每一种文类内部还有不同的文体,其表征逻辑都不同,创作技法也不同,如何能够在同一部历史中将其圆满呈现出来?"艺术史"的问题更大:音乐、美术、电影、文学、戏剧、舞蹈……其内在逻辑都完全不一样。书法家如何能够与音乐家有共同的经验?即便我们觉得有,也只是一种类比式的隐喻,像什么"诗如画、画如诗"之类,或者书法的韵律感、音乐的画面感之类,实际上只是一种宏大的审美体验表述,在具体的艺术创作层面,它们之间的差异是巨大的。如果要从技法、手段和知识的角度来说,一种总体艺术史是不可能存在的:音乐和绘画、书法和舞蹈之间找不到"知识"的总体化、有机化可能,而只能是不同种类知识的堆叠,构成一部大而无当的艺术史。

　　但是,正如我们已经注意到的,在美学的审视中,在对审美经验的抽象描述中,各种被视为艺术的人类活动有其相通之处,亦即其都对人类的此在身体产生非同寻常的影响(日常生活中的身体感知就是"寻常"的影响)。因此,如果要组织一部总体艺术史,也就不得不回到艺术的感受经验而非制作经验,从而也就要把重点从"媒介"和"知识"转向"身体"和"情感"。在这个意义上,比起知识社会学和文化符号学等手段,探寻总体艺术史的核心方法,应当是加入了生活世界现象学眼光的"情感经验史"。所以,我会在过去的数年里围绕"经验史"和"情感"这两大问题尝试进行一系列的理论探讨。我两年前的"义气论"和随后的一系列围绕大众文学艺术所写的文章,也都是为了用一种更为直观的方式呈现"经验史"的研究可能。当然,我得承认,其中依然存留着知识社会学和文化符号学的本质性因素。现在,我要在美学领域继续从事的工作,就是从理论和批评实践上继续清理出一条真正围绕"身体"、透视"情感"的道路,并且尝试结合中国的艺术实际,提出一种不同于西方舒斯特曼式身体美学和德勒兹式情动理论的立足中国自身文明智慧基底的"情感经验史"方法。

　　我用我上述的研究思路试图申明的观点就是:唯有提出一套理论,我们才能找到整合各种知识、体验和观点的体系根基。只要我们的大前提或者说开端正确,我们的道路就是科学的。因此,无论是美学、艺术学领域,还是其他的哲学、史学和社会科学领域,现在尤为重要的任务,想必应当是积极回应西方理论的霸权,在吸收其中可资借鉴的智慧的同时,尝试从中国丰富的文教资源中抽象提炼出一系列直面当代现实问题的方法论结构或向度。如果我们这个时代能够在宏大的思想谱系中发掘处理知识材料的新线索,如果我们愿意开动脑筋,而不是沉浸在挪用理论的温室效应中密不透风,那么,我愿意为未来新知识体系的乐观图景提供担保。

参考文献

专著

[1] 陈国球,王德威.抒情之现代性:"抒情传统"论述与中国文学研究[M].
北京:生活·读书·新知三联书店,2014.

[2] 陈明珠.《诗术》译笺与通绎[M].北京:华夏出版社,2020.

[3] 崔柯.克里斯特娃文本理论研究[M].北京:中国文联出版社,2016.

[4] 林云柯.日常理性及其责任:斯坦利·卡维尔哲学及文艺思想研究
[M].北京:北京大学出版社,2021.

[5] 王德威.抒情传统与中国现代性:在北大的八堂课[M].北京:生活·读
书·新知三联书店,2010.

[6] 周宪.审美现代性批判[M].北京:商务印书馆,2005.

[7] 周宪.视觉文化的转向[M].北京:北京大学出版社,2008.

[8] 周宪.文学理论导引[M].北京:高等教育出版社,2014.

译著

[1] 艾布拉姆斯.镜与灯:浪漫主义文论及批评传统[M].郦稚牛,等,译.北京:北京大学出版社,2004.

[2] 艾布拉姆斯.以文行事:艾布拉姆斯精选集[M].赵毅衡,等,译.南京:译林出版社,2010.

[3] 艾柯.诠释与过度诠释[M].王宇根,译.北京:生活·读书·新知三联书店,2005.

[4] 昂热诺,佛克马,等.问题与观点:20世纪文学理论综论[M].史忠义,等,译.郑州:河南大学出版社,2010.

[5] 巴赫金.陀思妥耶夫斯基诗学问题[M].王刘虎,译.北京:中央编译出版社,2010.

[6] 巴特.文艺批评文集[M].王怀宇,译.北京:中国人民大学出版社,2010.

[7] 柏拉图.伊翁[M].王双洪,译.上海:华东师范大学出版社,2008.

[8] 戴维斯.哲学之诗:亚里士多德《诗学》解诂[M].陈明珠,译.北京:华夏出版社2012.

[9] 德里达.文学行动[M].赵兴国,等,译.北京:中国社会科学出版社,1998.

[10] 德里达.书写与差异[M].王张宁,译.北京:生活·读书·新知三联书店,2001.

[11] 笛卡尔.第一哲学沉思集[M].庞景仁,译.北京:商务印书馆,2012.

[12] 格罗斯,莱维特.高级迷信:学术左派及其关于科学的争论[M].孙雍君,张锦志,译.北京:北京大学出版社,2008.

[13] 哈贝马斯.后形而上学思想[M].曹卫东,付德根,译.南京:译林出版社,2001.

[14] 哈贝马斯.现代性的哲学话语[M].曹卫东,译.南京:译林出版

社,2011.

[15] 赫尔德.论语言的起源[M].姚小平,译.北京:商务印书馆,2014.

[16] 亨利.科学革命与现代科学的起源[M].杨俊杰,译.北京:北京大学出版社,2013.

[17] 康德.纯粹理性批判[M].邓晓芒,译.北京:人民出版社,2004.

[18] 康纳.后现代主义文化:当代理论导引[M].严忠志,译.北京:商务印书馆,2004.

[19] 库恩.科学革命的结构[M].金吾伦,胡新和,译.北京:北京大学出版社,2003.

[20] 孔帕尼翁.理论的幽灵:文学与常识[M].吴泓缈,汪捷宇,译.南京:南京大学出版社,2011.

[21] 拉宾格尔,柯林斯.一种文化?关于科学的对话[M].张增一,等,译.上海:上海科技教育出版社,2006.

[22] 利奥塔尔.后现代状态[M].车槿山,译.南京:南京大学出版社,2011.

[23] 里格尔.视觉艺术的历史语法[M].刘景联,译.上海:上海三联书店,2017.

[24] 洛夫乔伊.观念史论文集[M].吴相,译.南京:江苏教育出版社,2005.

[25] 洛维特.雅各布·布克哈特[M].楚人,译.北京:商务印书馆,2013.

[26] 麦基.思想家:与十五位杰出哲学家的对话[M].周穗明,翁寒松,译.北京:生活·读书·新知三联书店,2004.

[27] 尼采.快乐的科学[M].黄明嘉,译.上海:华东师范大学出版社,2007.

[28] 尼采.瓦格纳事件/尼采反瓦格纳[M].卫茂平,译.上海:华东师范大学出版社,2007.

[29] 尼采.道德的谱系[M].梁锡江,译.上海:华东师范大学出版社,2015.

[30] 尼采.善恶的彼岸[M].魏育青,等,译.上海:华东师范大学出版社,2016.

[31] 尼采.扎拉图斯特拉如是说[M].娄林,译.上海:华东师范大学出版

社,2022.

[32] 塞尔.心灵、语言和社会[M].李步楼,译.上海:上海译文出版社,2006.

[33] 塞尔.意向性:论心灵哲学[M].刘叶涛,译.上海:上海人民出版社,2007.

[34] 施米特.现代与柏拉图[M].郑辟瑞,朱清华,译.上海:上海书店出版社,2009.

[35] 索卡尔,德里达,罗蒂,等."索卡尔事件"与科学大战:后现代视野中的科学与人文的冲突[M].蔡仲,等,译.南京:南京大学出版社,2002.

[36] 泰勒.自我的根源:现代认同的形成[M].韩震,等,译.南京:译林出版社,2012.

[37] 沃格林.政治观念史稿:中世纪(至阿奎那)[M].叶颖,译.上海:华东师范大学出版社,2009.

[38] 沃格林.政治观念史稿·卷三:中世纪晚期[M].段保良,译.上海:华东师范大学出版社,2009.

[39] 沃格林.政治观念史稿·卷四:文艺复兴与宗教改革(修订版)[M].孔新峰,译.上海:华东师范大学出版社,2019.

[40] 沃格林.政治观念史稿·卷七:新秩序与最后的定向[M].李晋,马丽,译.上海:华东师范大学出版社,2019.

[41] 沃格林.政治观念史稿·卷八:危机和人的启示(修订版)[M].刘景联,译,张培均,校.上海:华东师范大学出版社,2019.

[42] 沃格林.记忆:历史与政治理论[M].朱成明,译.上海:华东师范大学出版社,2017.

[43] 沃林格尔.哥特形式论[M].张坚,周刚,译.杭州:中国美术学院出版社,2004.

[44] 亚里士多德.亚里士多德全集[M].北京:中国人民大学出版社,1994.

[45] 亚里士多德.尼各马可伦理学[M].廖申白,译.北京:商务印书馆,2011.

［46］伊瑟尔.虚构与想象:文学人类学疆界[M].陈定家,汪正龙,译.长春:
吉林人民出版社,2011.

［47］伊瑟尔.怎样做理论[M].朱刚,谷婷婷,潘玉莎,译.南京:南京大学出
版社,2008.

外文著作

［1］ARISTOTLE. Nicomachean Ethics, Chicago: The University of
Chicago Press, 2011.

［2］ARISTOTLE. Aristotle on Poetics, South Bend: St. Augustine's
Press, 2002.

［3］AUSTIN, J L. How to Do Things with Words: The William James
Lectures Delivered at Harvard University, London: Oxford
University Press, 1962.

［4］DERRIDA, JACQUES. Limited Inc., Evanston: Northwestern
University Press, 1988.

［5］EAGLETON, TERRY. The Event of Literature, New Haven: Yale
University Press, 2012.

［6］GILLESPIE, MICHAEL A. The Theological Origins of Modernity,
Chicago: The University of Chicago Press, 2008.

［7］MITCHELL, W J T. Iconology: Image, Text, Ideology, Chicago:
University of Chicago Press, 1987.

［8］MITCHELL, W J T. What Do Pictures Want? The Lives and Loves
of Images, Chicago: University of Chicago Press, 2005.

［9］PANOFSKY, ERWIN. Meaning in the Visual Arts: Papers in and on
Art History, Chicago: Doubleday, 1955.

［10］PANOFSKY, ERWIN. Studies in Iconology: Humanistic Themes in the Art of the Renaissance, Boulder: Westview Press, 1972.

[11] PIPPIN, ROBERT B. Modernism as A Philosophical Problem: On the Dissatisfactions of European High Culture, Oxford: Basil Blackwell, 1991.

[12] PRATT, LOUISE M. *Toward a Speech Act Theory of Literary Discourse*, Bloomington: Indiana University Press, 1977.

[13] RORTY, RICHARD. Contingency, Irony, and Solidarity, New York: Cambridge University Press, 1989.

[14] RUDRUM, DAVID. Literature and Philosophy: A Guide to Contemporary Debates, New York: Palgrave Macmillan, 2006.

[15] SEARLE, JOHN R. Speech Acts: An Essay in the Philosophy of Language, London: Cambridge University Press, 1969.

[16] SEARLE, JOHN R. Expression and Meaning: Studying in the Theory of Speech Acts, London: Cambridge University Press, 1976.

[17] SEARLE, JOHN R. "Reiterating the Differences: A Reply to Derrida", Glyph 2, 1977.

[18] SEARLE, JOHN R. "Literary Theory and Its Discontents", New Literary History, 25(3), 1994.

[19] VOEGELIN, ERIC. Order and History 4: The Ecumenic Age, Columbia: University of Missouri Press, 2000.

后　记

　　这些书中的文字,大多来自我攻读硕士、博士学位阶段从事文艺学研究的相关成果,其中一些内容发表于《文艺研究》《文艺理论研究》《探索与争鸣》《古典学研究》《南京社会科学》《云南大学学报(社会科学版)》《中国图书评论》《艺术学研究》《美学研究》《人文杂志》等刊物。我必须感谢这些学术期刊对我的帮助和鼓励,是它们的肯定让我敢于尝试如此之多的"话语实践",挑起那纷繁复杂的理论话语的面纱,进行这般胆大包天的窥视。

　　我要感谢对我的文艺理论研究有过重要影响的老师们,他们是:我在南京大学攻读硕士学位时的导师周宪教授、本科时的导师周计武教授和"西方文论"启蒙者汪正龙教授;我在中国人民大学文学院攻读博士学位时的导师刘小枫教授;中国人民大学文学院的张永清教授、陈奇佳教授和陈剑澜教授;中国人民大学哲学院的牛宏宝教授、吴琼教授、张旭教授、余开亮教授和李科林教授;华东师范大学中文系的朱国华教授、王峰教授、王嘉军教授和汤拥华教授;南开大学文学院的周志强教授;中国艺术研究院的张颖研究员和李松睿研究员;《探索与争鸣》的叶祝弟主编;中国社会科学院哲学所的何博超研究员。

　　我还要向那些一直在学识、思想、创作和人格等方面给予我正面引导的老师和朋友表示感谢,他们是:王基宇、张小迪、陈明珠、贺方婴、娄林、彭磊、李致远、林志猛、胡镓、陈会亮、徐戬、叶然、马勇、陈慧、仝广秀、杨磊、李三达、高薪、张红军、傅正、王锐、吕明烜、吴寒、孙大坤、邢程、王钦、初金一、潘静如、姚云帆、吴功青、雷思温、饶静、常培杰、李昕揆、徐文贵、田艳、汪尧翀、时霄、苏岩、舒志峰、林云柯、王丽、秦兴华、易冬冬、黄江、包大为、张巍卓、黄若舜、李诗男、张佳峰、尹智鹤、雷欣翰、童群霖、姚啸宇、梁心怡、贺晴川、张培均、刘禹彤、顾枝鹰、毕唯乐和罗雅琳。

最后,必须隆重向中国社会科学院文学研究所《文学评论》的吴子林老师致以诚挚的谢意——是他提携后进、栽培青年的美意,让本书得以顺利面世。如果没有他作为前辈老师的鞭策、帮助和激励,我不会尝试把这些"话语实践"组织为一部著作,让它成为我个人成长道路上的一个"路标"。